atb aufbau taschenbuch

Tom Liehr, geb. 1962 in Berlin, war Redakteur, Rundfunkproduzent und DJ. Seit 1998 Besitzer eines Software-Unternehmens. Er lebt in Berlin.
Im Aufbau Taschenbuch erschienen seine Romane *Radio Nights*, *Idiotentest*, *Stellungswechsel*, *Geisterfahrer*, *Pauschaltourist* und *Sommerhit*.
Mehr zum Autor unter: www.tomliehr.de.

»Im Flur drückte ich zum x-ten Mal die Wiedergabetaste des Anrufbeantworters.
Patrick, ich bin morgen in Düsseldorf, danach im Allgäu. Ich freue mich auf die Pause bei meiner Familie. Hab dich lieb. – Hab dich lieb. Das sagt man zur eigenen Mutter, aber doch nicht zu dem Mann, mit dem man sechzig Stellungen aus dem Kamasutra ausprobiert hat.«
Patrick ist sich sicher, dass Cora ihn betrügt, und ausgerechnet jetzt hat er sich mit drei – sogenannten – Freunden verabredet, mit einem Hausboot die Havel hinaufzuschippern. Eine Idee, die ihm nun so klug vorkommt wie ein Landkauf auf dem Jupiter. Die Chaos-Crew: Henner, ein evangelischer Pfarrer, Mark, ein Verlierer, wie er im Buche steht, und Simon, der gerne die Welt erklärt, unzuverlässig ist und fünfundzwanzig Handys besitzt. Mit dem Schiff »Dahme« stechen sie in See.
Zehn absurde, chaotische und doch wunderschöne Tage auf dem Wasser, die bei den vier Männern etwas zum Vorschein bringen, das sie alle eigentlich längst wissen: So kann es nicht weitergehen.

Tom Liehr

Leichtmatrosen

Roman

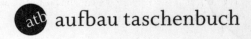

Mit einem Glossar

ISBN 978-3-7466-3073-1

Aufbau Taschenbuch ist eine Marke
der Aufbau Verlag GmbH & Co. KG

1. Auflage 2015
© Aufbau Verlag GmbH & Co. KG, Berlin 2015
Die Originalausgabe erschien 2013 bei Rütten & Loening,
einer Marke der Aufbau Verlag GmbH & Co. KG
Karte © Rainer Josef Fischer
Covergestaltung und Illustration www.buerosued.de
grafische Adaption Mediabureau Di Stefano, Berlin
gesetzt in der Whitman, der Corvinus Skyline
und der Apex Sans
durch Greiner & Reichel, Köln
Druck und Binden CPI – Clausen & Bosse, Leck
Printed in Germany

www.aufbau-verlag.de

Für die Jungs –
Steve, Maddin, Zirni und Frank.
Danke!

*Auf dem Boot bleibt
auf dem Boot.*

LEICHTMATROSEN

W

Waren

Mecklenburg-Vorpomme

Müritz

Röbel

Rechlin
26

24
Mirow

25

Müritz-Havel-Wasserstraße

23

21   Canow   18
22 20   13
         19

Zechliner Gewässer

15 Kam
     Kar
16

14

Rheinsberger Gewässer

Rheinsberg

Vorbemerkung

Beim Entwurf dieser Geschichte stand irgendwann die Entscheidung an, die Originalschauplätze – Flüsse, Seen, Kanäle, Häfen, Orte, Schleusen, Marinas usw. – mit ihren richtigen Namen zu nennen oder diese durch Fantasiebezeichnungen zu ersetzen. Ich habe mich für Ersteres entschieden, denn dieser Text ist – nicht nur am Rande – auch einer über jene wunderbare Landschaft zwischen Schwerin und Berlin.

Dadurch könnte aber der Eindruck entstehen, das Personal an Schleusen, in Charterhäfen usw. wäre ebenfalls authentisch, doch das ist *nicht* der Fall. Bei meinen eigenen Touren und Recherchereisen sind mir in der Region fast ausschließlich freundliche, zuvorkommende und verantwortungsbewusste Menschen begegnet, die die Hausboottouristen keineswegs als notwendiges Übel oder gar als üble Parasiten betrachten (einige Freizeitskipper allerdings scheinen so zu denken). Auch die Chartereinweisungen, die ich selbst mitgemacht habe, verliefen absolut ordnungsgemäß und gewissenhaft – und vermittelten jene Kenntnisse, die für eine Bootsreise unabdingbar sind. In anderen Worten: Diese Geschichte ist, ihr Personal betreffend, *vollständig* fiktiv, aber die meisten Schauplätze gibt es wirklich. Nur Restaurants und Kneipen sind frei erfunden, und einige Details wurden aus dramaturgischen Gründen verändert, was mir Kenner des Reviers bitte verzeihen mögen.

Ein »Treffen Evangelischer Freikirchen« im Jahr 2008 gab es meines Wissens ebenfalls nicht.

Fast alle nautischen Begriffserklärungen bei den Kapitelüberschriften stammen aus »Seemannssprache«, Dietmar Bartz, Delius Klasing.

Tag 1:
Fieren

Fieren – eine Kette
oder ein Tau nach-, auslassen.

Curt lümmelt sich auf der Rückbank von Lauries Auto, vorn sitzen Laurie und Steve dicht beieinander; der Wagen verfügt dort über eine durchgehende Sitzreihe, und Steve fährt, obwohl das Auto Laurie – Curts Schwester – gehört. Die drei haben sich über das unterhalten, was jetzt kommen wird – nach der Highschool –, inzwischen aber amüsieren sie sich über Wolfman Jacks Radioscherze. Der Song »Why Do Fools Fall In Love« von Frankie Lymon & The Teenagers beginnt. Steve stoppt den Wagen an einer Ampel, Curt schaut aus dem Fenster. Direkt neben ihnen hält ein weißer 1956er Ford Thunderbird Convertible, an dessen Steuer eine hinreißende junge, blonde Frau sitzt. Sie lächelt; Curt lächelt zurück. Dann formt sie mit den Lippen den Satz »I love you«. Die Ampel wird grün, beide Autos fahren an, aber der T-Bird biegt nach rechts ab. Curt reißt das Fenster auf, ruft der Frau hinterher; er ist fassungslos, hingerissen, euphorisiert. Er bittet Steve, anzuhalten, dem weißen Wagen zu folgen, denn er meint, eine Vision gehabt, eine – seine persönliche – Gottheit gesehen zu haben. Aber Steve fährt unbeirrt weiter. Den Rest der Nacht wird Curt damit verbringen, dieser Vision nachzujagen, und mehr als einmal wird er einen kurzen Blick auf den weißen Schlitten erhaschen. Aber die blonde Frau sieht er nicht wieder.

Ich wischte mit dem Rücken des rechten Zeigefingers die Tränen von meinen Wangen. Diese Szene in der elften Minute hatte ich schon viele dutzend Mal gesehen; ich kannte sie auswendig, konnte jede mimische Veränderung in Curts Gesicht – gespielt vom damals noch taufrischen Richard Dreyfuss – antizipieren. Es schmerzte mich dennoch immer wieder, wenn der weiße Thunderbird abbog, und ich hoffte absurderweise darauf, dass Curt irgendwann die weiße Fee träfe, doch der Film endete jedes Mal gleich. Der Moment der Katharsis blieb ein metaphorischer, aber gleichzeitig drückte er all das aus, woran ich glaubte, wenn es um Liebe ging.

Oder, besser: geglaubt *hatte*.

Ich ging in den Flur und vermied den Abstecher zum Kühlschrank; es wäre zu einfach gewesen, mich jetzt zu besaufen, und auch zu klischeehaft. Männer müssen sich nicht betrinken, wenn in ihrem Leben etwas schiefläuft, aber, zugegeben, meistens tun sie es. Bei mir bewirkte höher dosierter Alkohol lediglich, dass ich noch trübsinniger, noch melancholischer, noch selbstzerstörerischer wurde; das Ungemach wuchs zu einem emotionalen Sauron an, dessen böses, feuriges Auge mich nicht mehr losließ. Kiffen hatte dieselbe Wirkung. Ich beneidete Leute, die der Konsum weicher Drogen in fröhliche Partytiere verwandelte.

Im Flur drückte ich zum x-ten Mal die Wiedergabetaste des Anrufbeantworters.

Patrick, ich bin in Köln und morgen in Düsseldorf, danach dann im Allgäu. Die Tour macht Spaß, aber ich freue mich auf die Pause bei meiner Familie. Wir hören uns. Hab dich lieb.

Hab dich lieb. Das sagt drei Jahre altes Brüllfleisch zum Papa, das sagt man zur eigenen, inzwischen sechzigjährigen Mutter, die altersbedingt für so etwas empfänglich ist. Aber doch nicht zu dem Mann, mit dem man sechzig Stellungen aus dem Kamasutra ausprobiert, dessen Sperma man geschluckt, dessen feuchte, fleckig-dunkelgraue Socken man in die Waschmaschine gesteckt hat. Hab dich lieb. Diese Wendung hatte ich von Cora noch nie gehört. Aber sie war nur ein Symptom. Eines von vielen.

Ein heftiges Symptom, eigentlich ein Indiz, nein, ein *Beweis* war die Tatsache, dass sie überhaupt nicht ins Allgäu fahren würde. Sie hatte sich mit diesem Alibi ein bisschen zu sicher gefühlt, weil ich ihre Eltern – nichtswürdige Spießer, die mich für einen Verlierer hielten – hasste, aber Cora hatte leider vergessen, ihre Mutter über die Tour und den vermeintlichen Besuch zu informieren, so dass ich Rosa (*Rosa!*) plötzlich am Telefon hatte, obwohl die nur anrief, wenn sie todsicher war, meine Freundin direkt an den Apparat zu bekommen. In der Regel mied sie das Festnetz und wählte Coras Handynummer. Das Gespräch, das wir führten, war kurz, aber erhellend.

»Patrick. Ach.« Dieses Ach war ein Filtrat aller Achs, eine Beleidigung und Feststellung, ein Urteil, ein zutiefst ablehnendes Geräusch, eine Zusammenfassung all dessen, was sie von mir dachte und hielt – was nicht viel war. Ich interessierte sie weniger als ein Ameisenpopel, und sie hätte gerne mit mir gemacht, was man mit Ameisenpopeln tun würde, wenn man dazu in der Lage wäre.

»Rosa.« Ich versuchte, Neutralität in meine Stimme zu legen, aber das war eigentlich unmöglich, wenn ich mit Coras Mutter sprach – was glücklicherweise äußerst selten geschah.

»Ich würde gerne mit meiner Tochter sprechen.«

»Die ist nicht da.«

»Oh.« Schweigen.

»Ich sehe sie auch erst, nachdem sie bei euch war.«

»Bei uns?« Kurz überrascht, dann erkennbar begreifend, in eine Falle getappt zu sein, die ich ohne Absicht aufgestellt hatte. Ich wurde hellhörig.

»Ach so«, ergänzte sie rasch, aber Rosa war keine gute Schauspielerin. »Stimmt ja.«

»Holt ihr sie vom Bahnhof ab?«, fragte ich, dem Impuls folgend, soeben eine Lüge aufzudecken.

Rosa schwieg für einen Moment. »Sicher«, sagte sie.

Aber Cora würde nicht mit dem Zug kommen. Vom Auftritt in Memmingen wollte sie ein Taxi nehmen; das Kuhkaff, in dem ihre Eltern lebten, war nur eine Ameisenpopellänge davon entfernt.

»So, so.«

»Ja. Äh. Morgen?«, riet Rosa. Ich hätte sie gerne in diesem Augenblick gesehen, zugleich triumphierend – schließlich musste sie auch begriffen haben, dass hier ein Lügengebäude einstürzte, das mich auf unselige Weise betraf – und stark verunsichert, denn ausgerechnet von mir, dem nichtswürdigen Verlierer (»Lektor? Was tun diese Leute? *Bücher lesen*?«), beim Lügen ertappt zu werden, passte nicht in ihr Wertgefüge. Ich antwortete nicht.

»Oder doch übermorgen? Ich habe meinen Kalender nicht hier.«

»Ich auch nicht«, sagte ich schnippisch, aber ich war am Boden zerstört. In diesem Augenblick wurde mir nämlich klar, was all die kleinen Zeichen bedeuteten, die ich seit jenem verhängnisvollen Nachmittag geflissentlich ignoriert oder heruntergespielt hatte. Cora betrog mich, sie hatte nicht viel Federlesen veranstaltet, sondern einfach die nächstbeste Option gewählt: ein neuer Kerl. Sie würde nicht zu ihren Eltern fahren, sondern etwas anderes tun, mit *jemand* anderem. Sehr wahrscheinlich mit einem männlichen Jemand. Ich hatte ein oder zwei Typen im Verdacht, ihren Bassisten und diesen glatten Gesellen von der Booking-Agentur, mit der sie zusammenarbeitete, aber diese Verdächtigungen waren ziemlich beliebig, denn Cora hielt mich aus ihrem Musikerdasein weitgehend heraus. Es spielte auch keine Rolle, wer es war. Entscheidend war, dass es jemanden gab.

Ich ging doch zum Kühlschrank, aber nicht, um die Wodkaflasche aus dem Eisfach zu nehmen, die dort seit unserem Einzug lag. Im Gemüsefach lagerte mein Mousse-Vorrat, das gute von »Merl«, nach dem ich süchtig war. Ich nahm fünf Becher.

Vier Stunden später klingelte mein Wecker. Es war kurz nach sieben, ich hatte noch nicht gepackt, und in zwei Stunden würde ich die anderen drei treffen, um sechzig Kilometer ins brandenburgische Fürstenberg an der Havel zu fahren, auf ein Hausboot zu steigen und zehn Tage auf dem Wasser zu verbringen. Die Idee kam mir in diesem Moment so idiotisch vor wie Landkauf auf dem Jupiter, und sie *war* auch definitiv idiotisch, aber ich hatte sowieso nichts Besseres vor, der Trip war nicht stornierbar, und vielleicht würde es lustig werden, wenigstens interessant – aber daran glaubte ich nicht wirklich. Ich glaubte eigentlich überhaupt nichts mehr, nur an die vorübergehend heilende Kraft von Mousse-au-chocolat aus dem Hause »Merl«, Telefonjoker im Allgäu und die vernichtende Energie des Drei-Worte-Satzes »Hab dich lieb«. Ach ja und an Richard Dreyfuss alias Curt Henderson in »American Graffiti«.

Henner stand neben seinem Discovery wie jemand, der nur neben seinem Auto steht, um zu zeigen, dass es sein Auto ist. Henners linker Ellbogen lag auf dem Dach, was nicht ganz einfach war, denn der teure Geländebockel war nicht nur eine Schrankwand auf Rädern, sondern eine *hohe* Schrankwand auf Rädern – und obwohl Henner sehr groß gewachsen war, überschritt diese Position seine Körperreichweite. Deshalb befand sich der Ellbogen über seinem eigenen, redlich ausgedünnten Scheitel. Das sah lächerlich aus, und eigentlich passte diese Geste nicht zu ihm. Aber was wusste ich schon? Wenig. Henner, eigentlich Jan-Hendrik, war Pfarrer, ein unglaublicher, zuweilen allerdings kluger Schwätzer und ein mittelmäßig guter Badmintonspieler, der sein oft ungeschicktes Taktieren auf dem Spielfeld und seine bauartbedingte Unsportlichkeit mit Zitaten aus dem Regelwerk zu kaschieren versuchte. Jan-Hendrik alias Henner glaubte – mehr als alles andere, wie ich meinte – an das geschriebene, gedruckte Wort, und seine Allzweckwaffe war diejenige, gedruckte Worte zu zitieren.

»Patrick«, begrüßte er mich lächelnd und hielt mir die linke Hand entgegen, weil die rechte haltungsbedingt (sie gehör-

te zum Ellbogen auf dem Dach) zu weit von mir entfernt war.
»Fehlt nur noch Simon.«

Ich schüttelte nickend die angebotene Hand – Simon war tatsächlich noch nicht da – und ging zum Heck des fetten Bockels, um meinen Rucksack in den gut gefüllten Laderaum zu stopfen. Da stand Mark und musterte die Beladung skeptisch. Mark Rosen. Ich wusste kaum mehr über ihn als über Henner, nicht einmal sein Alter – ich schätzte ihn auf Anfang dreißig; er wirkte in gewisser Weise *von innen* jugendlich. Kompakt, sogar ziemlich muskulös gebaut, ohne unattraktiv zu sein, etwas kleiner als ich, dunkle, buschige, kurz geschnittene Haare. Gute Rückhand, prinzipiell brauchbares Stellungsspiel, einfallsreicher, origineller Einsatz, ohne jede Rücksicht auf sich selbst, kraftvolle Schläge, aber zu wenig grundsätzliches Interesse am Spiel, das dann auch noch schnell abflaute. Mit Mark spielte man am Anfang Doppel. Während der ersten zwanzig, dreißig Minuten dominierte er auf dem Spielfeld, erreichte fast jeden Ball, überraschende Lobs genauso wie präzise Schmetterbälle, aber danach ging es mit ihm rasant bergab. Da wir die Besetzungen auslosten, war es reine Glückssache, ob man Mark anfangs im Team hatte oder nicht.

Er umarmte mich, was mich ein wenig überraschte, denn diese Form von Intimität hatte es bei den dienstäglichen Badmintonrunden nicht gegeben.

»Urlaub«, sagte er, ein bisschen aufgesetzt-fröhlich, was wahrscheinlich daran lag, dass er die Idee im Moment ihrer Ausführung genauso blöd fand wie ich auch. Ich nickte nur.

Es war warm, die Sonne schien, der Himmel sah eher nach Mittelmeer aus. Gutes Wetter für Urlaub auf dem Wasser. Ich hatte keine Ahnung, was das genau bedeutete. Meine Bootserfahrungen beschränkten sich auf die Dampferfahrten mit meinen Eltern, in einer Zeit, als ich noch nach Kinderschokolade und nicht nach Mousse süchtig war und Mädchen für eine Tierart hielt, und außerdem auf die drei, vier Tretboottouren, die ich später – mit Mädchen, als ich sie nicht mehr für eine Tierart hielt – unternommen hatte.

Drei Leute, die ich seit knapp zwei Jahren einmal pro Woche für anderthalb Stunden traf, würden mit mir zehn Tage auf einem Boot verbringen – auf engem Raum, wie ich annahm –, und in diesem Moment war mir die Sache peinlich. Mir war die Tatsache peinlich, dass ich hier hinter diesem teuren Auto stand. Ich wünschte mich fort, zum Beispiel ins Allgäu, um Rosa zu fragen, wo ihre Tochter ist. Mark sah auf die Uhr und griff dann zum Telefon. Ich überlegte währenddessen, welche Krankheit, die als Hinderungsgrund infrage käme, urplötzliche und von außen unsichtbare, aber gut vorzutäuschende Symptome hatte. Es fiel mir keine ein.

»Simon fehlt«, sagte Mark erklärend, während er die Gesten vollführte, mit denen man heutzutage Telefone bedient. Dann hielt er sich das Teil ans Ohr, Sekunden später zog er die Augenbrauen hoch. »Der Teilnehmer ist vorübergehend nicht erreichbar«, zitierte er.

Henner kam zu uns. »Wo steckt Simon?«

Wir zuckten synchron die Schultern.

Das taten wir auch eine Stunde später noch. Simon kam nicht, Simon war vorübergehend nicht erreichbar.

»Welche Nummer hast du gewählt?«, fragte ich Mark.

»Hä? Die von Simon.«

Ich lächelte. *Simme*, wie er gerne genannt wurde, hatte mir mal in einer Spielpause das komplizierte System zu erklären versucht, nach dem seine telefonische Kommunikation organisiert war. Er besaß mehr als ein Dutzend billiger Mobiltelefone, die allesamt mit Prepaid-Karten – er nannte das »Praypaid« – ausgestattet waren. Es gab eines für die Familie, eines für »Mädels«, eines für Noch-Freunde, eines für die Freunde, für die er mal gearbeitet hatte, eines für Kumpels, eines für Bekannte, eines für Lieferanten, eines für Lieferanten, die noch Geld von ihm zu bekommen hatten, und insgesamt fünf für die verschiedenen Zustände, in denen sich seine Kunden befanden – die Palette reichte von »früher Begeisterung« bis zu jenem, in dem sie ihn nur noch zur Hölle wünschten, vorzugsweise mit einer Maurerkelle bis zum Anschlag im Schließmuskel. Die Mehrheit, wie er mir lächelnd gestanden hatte.

Wir verglichen die Rufnummern, jeder von uns dreien hatte eine andere, aber keine funktionierte.

Henner sah auf die Uhr. »Die Einweisung ist ab zwölf, wir müssen noch Proviant kaufen, die Bootsübernahme ist um drei. Wenn wir nicht bald losfahren, wird es nichts mit der Tour.«

Wir schickten Simon Kurznachrichten an die diversen Nummern. Der etwas ungeschickte Henner mühte sich redlich damit ab, auf dem Touchscreen seines edlen Smartphones die Wegbeschreibung einzutippen. Und dann fuhren wir los, die Stadtautobahn in Richtung Norden, anschließend auf die A24. Ich saß hinter Mark, Henner hielt das Lenkrad mit beiden Händen umfasst und starrte konzentriert nach vorne. Es gab für ihn nur zwei Arten, Dinge zu tun: mit vollem Engagement – oder überhaupt nicht. Ich betrachtete seine zunehmende Glatze und die seltsamen Flecken auf der Kopfhaut und im Nacken. *Ihm* würde es leichter fallen, eine Krankheit vorzutäuschen, dachte ich.

»Warst du mit dem Teil schon mal im Gelände?«, fragte Mark.

Henner antwortete nicht.

»Du warst gemeint«, ergänzte Mark und tippte dem Fahrer auf die Schulter.

Henner zuckte zusammen. »Was?«

»Ob du mit dem Ding schon im Gelände warst.«

»Mit welchem Ding?«

»Gott, natürlich mit dem verdammten Auto.«

Henner sah kurz zu Mark. *Gott. Verdammt.* Ein Pfarrer,

wenn auch ein evangelischer (wirklich evangelisch? Nicht einmal dessen war ich mir sicher), hörte das sicher nicht so gerne in dieser Konnotation.

»Nein, warum?«

Mark lachte. »Weil's ein verdammter *Geländewagen* ist.«

Henner sah Mark an, dann das Armaturenbrett, die Motorhaube, wieder das Armaturenbrett – als gäbe es da eine Erklärung für die merkwürdige Frage.

»Ich meine«, fuhr Mark fort, »das Teil ist ja ultrabequem und riesig und all das, aber, ehrlich, mit der Leistung zieht er keinen Hering vom Teller. Du fährst Vollgas, und wir werden von *Enten* überholt. Aber dafür kann er wahrscheinlich Wände hochfahren, oder?«

Henner sah wieder kurz zu ihm, mit einem etwas verwirrten Was-zur-Hölle-willst-du-von-mir-Gesichtsausdruck. Wir fuhren durch waldreiches Gebiet mit knapp 160, und das Geräusch, das vom enormen Windwiderstand des Bockels verursacht wurde, war weitaus lauter als dasjenige des Dieselmotors.

»Ich fahre dieses Auto, weil man Überblick hat. Und weil es sicherer ist. Im NCAP-Test hatte der Discovery fünf Sterne.«

»NCAP-Test«, wiederholte Mark. Das war eine Eigenart, die ich bereits kannte. Mark wiederholte Formulierungen, die er irgendwie interessant fand.

»Ist ein schönes Auto«, sagte Henner etwas kryptisch. Ich konnte nicht umhin zu nicken. Schön. Geräumig. Zwei Schiebedächer. Viel Leder. Geile Instrumente. Riesiger Laderaum. Trotzdem fand ich Marks Frage plausibel.

»Ich verstehe das nicht«, sagte der jetzt, »warum sich alle Geländewagen kaufen und dann nicht ins Gelände fahren. Ich täte das als Erstes. Irgendeine Kiesgrube mit viel Schlamm und so – ab geht er, der Peter. Ich hab irgendwo gelesen, dass es sogar Sprühschlamm für solche Leute gibt, in Dosen.«

»Sprühschlamm?«, fragte der Fahrer konsterniert, offenkundig ohne eine Peilung davon zu haben, wovon Mark sprach.

»Ja, zum Draufsprühen. Damit die Karre nach Gelände aussieht.«

Darauf wusste keiner mehr etwas zu sagen, also schwiegen wir. Wieder überkam mich dieses unangenehme, leicht peinliche Gefühl. Die beiden waren unterm Strich Fremde für mich. Gut, in der Jugendzeit hatte man so etwas häufiger gemacht, Trips mit irgendwelchen Leuten, die man kaum kannte, ein Wochenende in Amsterdam oder wenigstens Köln, zelten in Ungarn oder so. Aber wir waren Erwachsene. Je näher wir dem Ziel kamen, umso bescheuerter fand ich die Idee. Zur Ablenkung versuchte ich, weiter Simon zu erreichen, aber der Teilnehmer ... und so weiter.

Die Marina – seltsamerweise trugen Charterhäfen diesen Frauennamen – lag in einem überschaubaren Wohngebiet aus Einfamilienhäusern am Ufer eines nicht sehr großen Sees. Gedrungene, weiß angestrichene Zweckbauten befanden sich unweit einer großen, sich verzweigenden Steganlage, an der etwa zwanzig unterschiedlich große Schiffe sehr ähnlicher Bauart lagen. Wir hoben uns die Begutachtung für später auf und enterten das Verwaltungsgebäude. Eine dickliche, offenbar ziemlich genervte, aber auf fröhlich machende Enddreißigerin begrüßte uns, beglückwünschte uns zur großartigen Entscheidung, diese wundervolle – und nicht eben billige – Art von Urlaub gewählt zu haben, und bat uns, in einer Sitzgruppe Platz zu nehmen, um erst mal, wie sie es nannte, ein Käffchen zu trinken. Wir tranken Käffchen, blätterten durch eine rätselhafte großformatige Gewässerkarte, die sie uns überreicht hatte, und warteten auf die Dinge, die da kämen. Die Dame kehrte nach ein paar Minuten zurück, notierte unsere Namen auf einer Liste.

»Wollen Sie das *Ruspi* buchen?«, fragte sie feierlich.

»Ruspi?«, echoten wir.

»Unser Rundum-sorglos-Paket. Alles inklusive. Vollkasko ohne Selbstbeteiligung, Endreinigung, Diesel, Leihfahrrad, keine Kaution. Sehr empfehlenswert. Nur das Geschirr müssen Sie spülen, alles andere übernehmen wir.«

»Ruspi«, wiederholte Mark abermals und rollte mit den Augen.

»Klingt vernünftig«, sagte ich. Auch die anderen waren einverstanden, also buchten wir das *Ruspi*.

»Die Einweisung beginnt in einer halben Stunde, aber Ihr Boot ist schon fertig. Die *Dahme*. Sie können einladen, wenn sie wollen.«

»*Dahme*«, sagte Mark, als wir nach draußen schlenderten. »*Tusse* finde ich irgendwie besser. Wir sollten das Boot *Tusse* nennen.«

Ich nickte, denn ich hielt das für eine lustige Idee. Henner sagte leise »Das ist ein Nebenfluss der Spree« – vermutlich hatte er das auswendig gelernt –, hielt die Gewässerkarte etwas verkrampft und starrte zum Steg, auf den wir zuhielten. Mark und ich plapperten über die Boote und die Leute, die uns umgaben, Henner blieb stumm. Als wir vor dem Schiff standen, brach der Pfarrer sein Schweigen.

»Das kann nicht sein.«

Die *Dahme* war riesig. Mit dem breiten Heck am Steg, direkt vor uns, sah das Boot aus, als wäre es mindestens für eine ganze Altenheimbesatzung auf Sonntagsausflug geeignet.

»Ordentlich«, sagte Mark grinsend und pfiff durch die Zähne.

»Und das Ding sollen wir fahren?«, fragte ich.

Henner zog die Papiere aus der Jackentasche und blätterte durch. »Fünfzehn Meter, vier Kabinen, drei Nasszellen, Salon.«

»Fünfzehn Meter sind eine Menge«, erklärte Mark. »Das ist zehnmal Simon übereinander.«

Ich lachte. Simon war vielleicht nicht einsfünfzig, aber auch nicht sehr viel größer.

»Mein Wohnzimmer ist sieben Meter lang, und das kommt mir schon groß vor«, sagte Mark nickend.

Das Heck, das vor uns lag, bestand aus einer Art Terrasse, auf der ein Tisch und vier Stühle standen, dahinter gab es eine verglaste Doppeltür, die in einen sehr, sehr großen Raum führte. Mark kletterte an Bord, ich folgte ihm. Henner blieb auf dem Steg stehen und glotzte, noch immer fassungslos.

Die *Dahme* hatte die Form eines kleinen Frachters. Der Salon, den man durch die Hecktür betrat, war vielleicht sechs Meter tief, und an seinem bugseitigen Ende führte mittig eine Tür unter Deck, wo sich die Kabinen befanden. Darüber gab es eine neun Meter lange, weiße Fläche und weit, weit entfernt an ihrem Ende den Bug des Schiffes. Der Steuerstand war etwas erhöht am Kopfende des Salons, also ebenfalls neun Meter vom Bug entfernt. Es war, als würde man Henners Bockel von der hinteren Stoßstange aus steuern. Ohne Sicht auf die Straße.

»Feinkörnig«, erklärte Mark. Wenn er damit etwas wie »geil« meinte, hatte er recht. Das hier würde wahrscheinlich keinen Spaß machen, aber dieses Schiff war der Hammer. Ich erinnerte mich kaum an den ouzoseligen Abend, an dem wir diesen seltsamen Beschluss gefasst hatten, und natürlich auch nicht an die kleinen Bilder, die über Henners *Tablet* gehuscht waren, weshalb ich irgendwie der Meinung gewesen war, wir würden so ein Kajütboot, eine größere Motorjacht oder einen klassischen Hausbootkasten bekommen, irgendwas Tom-Sawyer-Mäßiges, aber nicht das hier. Einen LKW. Das Schiff lag zwischen zwei anderen, die etwas kürzer waren, und es war mir nicht möglich, mir vorzustellen, dass wir es unbeschadet je wieder in diese oder eine ähnliche Position bringen könnten. Ich wusste wenig über das Bootfahren, aber ich wusste, dass Boote träge sind und keine Bremsen haben, dass das Manövrieren nicht gerade präzise geht – und uns Leichtmatrosen mit tödlicher Sicherheit überfordern würde.

»Ist schon ein großes Boot«, sagte jemand hinter uns. Ein Techniker, braungebrannt, Ende vierzig, im blauen Overall. »Aber untergegangen ist noch keiner damit.«

Mark grinste. »Es gibt *immer* ein erstes Mal.«

Mir lag die Frage auf der Zunge, ob wir ihn als Skipper anheuern könnten, da piepte mein Telefon. Eine Kurznachricht von Simon. »Habe Probleme, komme später nach.« Ich tippte die Nummer an, aber es kam keine Verbindung zustande.

Mark stiefelte in den Gang, der hinterm Steuerstand unter Deck führte, verschwand im Halbdunkel und rief Sekunden später: »Meine Kabine!« Ich schulterte meinen Krempel und folgte ihm. Auf der rechten Seite befanden sich die Nassräume, links kurz hintereinander zwei siebziger-Jahre-mäßig ausgestattete Kabinen mit Doppelbetten, die mir verdammt kurz vorkamen. Im Bug lagen zwei Kabinen mit Etagenbetten nebeneinander, in einer davon drapierte Mark soeben einen Plüschpinguin auf dem unteren Bett. Er grinste, als er mich sah. Ich nickte und belegte anschließend die noch freie Doppelbettkabine; aus der vordersten steckte Henner seinen Kopf und nickte ebenfalls bedächtig. »Wir müssen zur Einweisung«, sagte er dann.

»Einweisung!«, brüllte Mark von vorne.

Im etwas muffigen, aber hellen Schulungsraum saßen vier Paare mit Kindern, eine Art Kegelgruppe – fünf Männer Ende vierzig –, zwei Frauen in den Fünfzigern, die ziemlich aufgeregt oder einfach nur hypernervös dreinschauten, und wir. Der braungebrannte Techniker von vorhin flätzte vorne auf dem Schreibtisch, ließ ein Bein baumeln und betrachtete uns wenig interessiert. Ich nahm an, dass ihm diese Nummer, die er pro Saison wahrscheinlich mehrere Dutzend Male zu absolvieren hatte, ziemlich auf den Zünder ging.

»Wer von Ihnen sind die Schiffsführer?«, fragte er. Bei den Familien gingen synchron die Hände der Väter in die Höhe, die beiden Frauen sahen sich furchtsam an und vermieden eindeutige Signale, die Kegler prusteten los – und in unserer Reihe zeigten drei von drei Leuten an, diesen Posten für sich zu beanspruchen.

»Ich sollte das tun«, zischte der Pfarrer leise, als er unsere gehobenen Hände sah.

»Warum?«, zischte Mark fröhlich zurück.

»Weil die Buchung auf meinen Namen läuft.«

»Wir zahlen alle dasselbe.«

Henner zog die Augenbrauen hoch. »Ich bin am verantwortungsbewusstesten.«

»Verantwortungsbewusstesten«, wiederholte Mark grinsend. »Sagt man das so?«

Der Einweiser-Techniker ignorierte uns. »Die Schiffsführer führen das Kommando und sind verantwortlich, aber Rudergänger kann jeder sein, der über sechzehn ist. Also« – er runzelte kurz die Stirn, als würde er nach dem richtigen Begriff suchen – »das Boot fahren.«

Zwei männliche Jugendliche, die bis dato gelangweilt ihre Füße betrachtet hatten, drückten die Schultern durch. Das Frauenpärchen diskutierte weiterhin leise die Schiffsführerfrage; es machte den Eindruck, als wären beide lieber Passagiere.

Der Vorturner stand auf und schlurfte zur Tafel. »Eigentlich müsste das hier drei Stunden dauern. Ausweichregeln, Befeuerung, Betonnung, Knotenkunde, Maschinenkunde, Verhalten im Notfall.« Er nahm eine Mappe zur Hand, die neben der Tafel lag. »Das steht aber alles im Bordbuch. Also, machen wir's kurz. Wer von ihnen will zur Müritz?«

Zwei Väter meldeten sich, Mark riss den Arm hoch und schnippte mit den Fingern. Der Einweiser nickte. Mark schnippte weiter, also fragte der andere: »Ja?«

»Was ist das?«

Zusammengezogene Augenbrauen. »Was ist was?«

»Na, Müritz.«

Enger zusammengezogene Augenbrauen. »Das größte Binnengewässer Deutschlands. Nordwestlich von hier. Ein *See*.«

»Ein See«, wiederholte Mark.

»Die Müritz und den Plauer See dürfen Sie nur am Rand der Betonnung über... – ja?«

»Was ist Betonnung?«, fragte Mark. Henner schnaufte.

»Fahrwassermarkierungen. Am linken ...« Der Einweiser unterbrach sich und starrte Mark an, der wie ein Zweitklässler drängte, die nächste Frage zu stellen. »Hören Sie«, sagte er dann langsam. »Ich erkläre das kurz, den Rest lesen Sie im Bordbuch. Wichtig ist das alles nicht; das Revier wird fast ausschließlich von Leuten wie Ihnen befahren.« Er ließ keinen Zweifel daran, was er von Leuten *wie uns* hielt. »Rufen Sie hier an, bevor Sie auf die Müritz fahren. Und legen Sie Schwimmwesten an, das ist Pflicht. Ansonsten gibt es zwei wirklich wichtige Dinge, die Sie beachten müssen: Manövrieren Sie langsam. *Sehr* langsam. Und machen Sie nicht in Schleusen fest. Alles andere bekommen Sie dann automatisch mit.«

Mark senkte seine Schnipphand langsam und sah uns grinsend an. »Was passiert, wenn man in Schleusen festmacht?«, fragte er unseren Pfarrer.

»Man kommt nicht mehr los, vermute ich«, antwortete Henner und setzte seinen Namen bei »Schiffsführer« in das Formular, das vor ihm lag.

Die praktische Einweisung verlief ähnlich. Ein junger Mann, der ein bisschen nach Bier roch, worum ich ihn kurz beneidete, kam an Bord und zeigte uns, wo die Gasflaschen, die Badeleiter – Mark jubelte –, der Heckanker und ein paar andere Dinge verstaut waren, wie man eine »Klampe belegt« – Henner nickte dazu und murmelte »Weiß ich« –, wo sich die rätselhafte Bilgepumpe befand und wie man die Duschen und die mechanischen Klos bediente. Er zeigte auf ein Instrument neben dem Steuerrad, ein etwas klobig wirkendes flächiges Teil mit drei farbigen Glühlämpchen, von denen die grüne schwach flackerte. Wie alles hier an Bord wirkte es auf saubere Art betagt, intensiv gebraucht und zugleich gut gepflegt, aber eben anachronistisch. Das Lämpchenflackern schien allerdings auf einen alsbaldigen Abgang des Leuchtmittels hinzuweisen.

»Das ist *wirklich* wichtig. Die Anzeige für den Fäkalientank. Sie sind zu dritt?«

»Zu viert«, sagte ich. »Einer kommt nach. Vielleicht.«

»Zu viert. Der Tank fasst fünfhundert Liter. Wenn Sie oft auf die Toilette gehen, viel abwaschen oder duschen, wird er sich in zwei, drei Tagen füllen. Sie müssen ihn dann unbedingt abpumpen lassen. Verlassen Sie sich nicht zu sehr auf die Anzeige. Fahren Sie eine Marina an, wenn die gelbe Lampe eine Weile anbleibt. Warten Sie nicht die rote ab.«

Dann startete er den Motor und befahl uns, die Leinen am Heck zu lösen – bitte schön auf der Stegseite, nicht am Boot, denn Mark war bereits dabei, genau das zu tun. Anschließend glitt die *Dahme* rasant aus ihrer Parklücke, als wäre sie ein verdammtes Mofa und der Mann am Steuer ein Halbwüchsiger, der seit Jahren nichts anderes tat als Mofa fahren.

»Aufstoppen«, sagte er und hantierte am Gashebel. Der Diesel röhrte, kurz darauf stand das Boot wie festgepinnt. »Die Schraube dreht nach links, also zieht das Boot beim Rückwärtsfahren nach rechts. Dran denken beim Anlegen. Rückwärts lässt sich das Boot nicht steuern.«

»Klar«, sagte Mark und drehte mit dem rechten Zeigefinger in der Luft nach links.

»Drehen auf der Stelle. Nach steuerbord einschlagen. Abwechselnd vorwärts und rückwärts Gas geben. Ruder rechts lassen. Langsam machen.« Der Motor gab intensive Geräusche von sich, der Mann zog und schob am Gashebel, kurz darauf zeigte der Bug in Richtung Hafen. »Und nun Sie.«

Henner übernahm, ohne uns anderen eine Chance zu lassen, ließ den Gashebel nach vorne krachen, der Topf machte zwar keinen Satz, nahm aber rasch Fahrt auf, die Stege kamen schnell näher.

»Aufstoppen!«, befahl der Einweiser.

Der Pfarrer ließ es wieder krachen, kurz darauf waren wir ganz woanders, aber seitlich zum Hafen, fuhren allerdings immer noch – von Stoppen keine Rede. Keine Ahnung, wie wir dahin gekommen waren. Mark lachte. Henner schwitzte. Ich löste die Hebel über den Glasfenstern und zog das mächtige und stark quietschende, etwa vier Quadratmeter große Schiebedach nach hinten, was einiges an Mühe kostete. Der Einweiser übernahm wieder, manövrierte uns in Richtung Hafen, drehte das Boot, als wenn es ein Dreirad wäre. Kurz darauf zogen wir Leinen fest. Der junge Mann lächelte müde.

»Kriegen Sie schon hin«, sagte er. Und nach einer kurzen Pause: »Das Boot hat Bugstrahlruder. Hier.« Er drückte einen roten Knopf, irgendwas dröhnte, der vordere Bootsteil bewegte sich. »Kriegen Sie schon hin«, wiederholte er und ging von Bord. »Der grüne Knopf ist für die andere Richtung«, rief er noch.

»Kriegen wir schon hin«, meinte Mark. Henner zog die Stirn kraus und betrachtete den Gashebel. Wir waren nicht viel schlauer als vorher, aber mindestens der Pfarrer hatte jetzt noch mehr Respekt.

Neben uns machte ein deutlich kürzeres Boot fest, das aber immer noch über zehn Meter lang war, der Theorielehrer kletterte von Bord, das Frauenpärchen starrte ihm hinterher, fragende, besorgte Gesichter. Die Damen hatten ihren Proviant schon vorher an Bord gebracht, diskutierten jetzt kurz, schließlich lösten sie die Leinen wieder. Nach vier Fehlversuchen hörten wir das Blubbern ihres Diesels, dann schwankte der Steg. Der Motor ging wieder aus, wieder an, wieder aus und abermals an. Wurde lauter, ohne dass sich das Boot bewegte. Etwas knirschte, dann erklang ein Quietschen, weil ihr Schiff inzwischen dicht an unserem lag und langsam an der *Dahme* entlang aus dem Hafen herausrutschte. Dort beschleunigte es deutlich, allerdings nicht nach links oder rechts, wo die Ausfahrten aus dem kleinen See lagen, sondern auf die dichte Schilffläche zu, die der Steganlage gegenüber in einiger Entfernung den flachen Bereich des anderen Seeufers markierte. Unbeirrt und sehr zielstrebig zog das Schiff seinen Kurs in Richtung Schilf, vom Steg erklangen erst Rufe, dann Schreie, aber das beeindruckte offensichtlich niemanden.

Zwei Minuten später schob sich das Boot in die Schilfplantage, verschwand zur Hälfte darin, wurde dann ruckartig langsamer, wobei sich der Bug anhob, anschließend neigte sich das Teil etwas zur Seite. Der Motor schrie bis zu uns, gute achtzig Meter entfernt, dann tauchten die beiden Frauen an Deck auf und fuchtelten mit den Händen. Der Chefeinweiser enterte unser Schiff, schob Henner vom Steuer weg, befahl, die Leinen zu lösen, was Mark und ich fröhlich grinsend taten, und kurz darauf lag unser Kahn hinter dem havarierten Schiff der beiden alten Mädels, die an Deck standen, sich aneinander festhielten – und weinten.

»Wir träumen seit Jahren von so einem Urlaub«, schniefte eine, als hätte jemand von uns gefragt.

»Sie müssen langsam machen. Das ist kein Auto.« Der Chefeinweiser zog die Stirn kraus und kletterte von unserem Boot auf das andere, dann hantierte er mit ein paar Seilen und kehrte zurück. Der Motor der *Dahme* donnerte, aber Sekunden später war der Mädelskahn frei. Der Mann manövrierte ein bisschen – ein bisschen beeindruckend –, und plötzlich lagen die Schiffe nebeneinander. Wieder stieg er um, legte einer Frau den Arm auf die Schulter und redete leise auf sie ein. Uns gab er Zeichen, in den Hafen zurückzukehren. Mark lachte laut.

»Darf ich mal probieren?«, fragte ich so höflich wie möglich, Henner nickte schweigend und starrte zum anderen Boot hinüber.

»Du könntest sie segnen«, schlug Mark vor und sah dabei zum Himmel. Der Pfarrer reagierte nicht.

Ich gab vorsichtig rückwärts Gas, wartete, bis sich der Topf ein wenig bewegte, schlug dann das Ruder kräftig ein und gab vorwärts Schub. Der Kahn drehte, ich lenkte wieder geradeaus und zielte auf den Hafen. Bis dahin ging das ganz gut. Das Ding reagierte sehr gemächlich, man musste ordentlich vorhersehend agieren.

»Ein Fachmann«, lobte Mark.

»Na ja. Wir müssen noch in die Lücke.«

Verblüffenderweise klappte es. Ich stoppte auf, was tatsächlich gelang, weil ich nicht wie ein Irrer – also wie Henner – am Hebel zog und schob, ich schlug das Ruder ein, gab vorsichtig abwechselnd vor- und rückwärts Gas, bis das Heck zur Lücke zeigte.

»Alle Achtung«, murmelte der Pfarrer, aber er sah dabei nicht sehr fröhlich aus.

Der Rest war ein Klacks. Etwas Gas rückwärts, Henner und Mark am Heck, Mark sprang schließlich auf den Steg. Okay, es knirschte und wackelte, aber die Keglertruppe, die gegenüber ihr Boot belud, applaudierte. Mark und ich verneigten uns. Gleichzeitig legte das Damenboot wieder an, natürlich vom Fachmann gesteuert, beide Frauen kletterten von Bord und fielen sich auf dem Steg heulend in die Arme.

»Wir können immer noch Fahrrad fahren. Und nur auf dem Boot übernachten«, sagte eine. Die andere nickte stumm und sah zum Schiff, als wäre das eine Giftschlange.

»Proviant einkaufen«, erklärte Henner, ließ die alten Mädels jedoch nicht aus den Augen.

»Proviant«, wiederholte Mark.

Am Ortseingang gab es diese übliche unselige Ansammlung von Großgeschäften – einen Baumarkt, einen Supermarkt, einen Drogeriemarkt, ein Billig-Möbelding und zwei Dönerbuden. Henner zog einen Einkaufswagen hervor, Mark einen weiteren.

»Wozu das?«, fragte Henner.

»Wie viele Kisten Bier willst du mit einem Wagen transportieren?«, fragte Mark zurück.

»Eine?«

»Und was trinken wir morgen?«

»Ein *zweites* Bier?«

Mark stoppte und legte ein ernstes Gesicht auf. »Hör mal, Freund Evangelium. Das hier ist Urlaub. Du kannst machen, was du willst, du kannst rund um die Uhr beten und meinetwegen Waisenkinder in Schleusen auflesen. Aber *ich* will meinen Spaß haben. Dazu gehört, dass ich, wenn ich Bock darauf habe, ein gepflegtes Bier in den Hals kippe. Keiner verlangt, dass du das auch machst, aber ich will das, also tue ich es. Comprende?«

Henner öffnete den Mund, um zu einer Replik anzusetzen, nickte aber stattdessen langsam und drückte die Schultern durch. Dann schob er seinen Wagen zum Supermarkt-Eingang. Mein Telefon piepte, eine Kurznachricht von Simon.

Noch zwei Stunden. Wo kann ich aufs Boot kommen?

Ich versuchte gar nicht erst, ihn anzurufen, und schrieb als Antwort: »Keine Ahnung.«

Der Einkauf verlief originell. Henner, ganz der Familienmensch, griff nach Obst, Gemüse, Milch, Tee, Bio-Frühstücksflocken, Vollkornbrot, Vollkornpasta, Mineralwasser, Saft und solchen Sachen – Cora nannte das »Ohne-Produkte«, weil für die Kaufentscheidung relevanter zu sein schien, was sie *nicht* enthielten –, während Mark, den anderen Einkaufswagen führend, Dinge wie Chips, Spare-Ribs zum Aufbraten, riesige Kochwürste, Tütensuppen, Fertigsoßen, BiFi, massenweise Schokolade und drei Kisten Bier in seinen Wagen lud. Ich fand die Mischung gut und hielt mich zurück. Ich ging ohnehin davon aus, dass wir mindestens abends irgendwo essen gehen würden. Bei den Desserts geriet ich kurz in Panik, entdeckte dann aber doch noch eine schmale Reihe aus zehn Bechern meiner Lieblingsnachspise, die ich in Henners Wagen lud.

An der Kasse musterte dieser erst den eigenen und dann den anderen Wagen.

»Wie teilen wir das auf?«, fragte er.

»Durch vier?«, schlug Mark vor.

Der Pfarrer zog eine Tüte Buchstabensuppe aus Marks Wagen und hielt sie mit zwei Fingern, als wenn der Antichrist darin wohnen würde.

»Ich werde das nicht essen«, erklärte er.

Mark zog mit genau derselben Geste geschmacklose Bio-Reiswaffeln aus Jan-Hendriks Korb.

»Und ich das nicht«, gab er zurück.

»Mir ist das egal«, sagte ich. »Das ganze Zeug wird vielleicht hundert Euro kosten. Das sind fünfundzwanzig für jeden. Das Mousse zahle ich allein, und das gehört *bitte schön* auch nur mir.«

Es kostete hundertvierzig.

Eine Stunde später war alles verladen, es gab keinen Grund mehr, nicht abzulegen, der kleine Zeiger der Uhr zeigte kurz hinter die Fünf. Wir versuchten abermals, Simon auf allen möglichen Kanälen zu erreichen, doch das gelang nicht. Also setzten wir uns an den großen Tisch im Salon. Henner schlug die Gewässerkarte auf, blätterte wie wild darin herum, um schließlich triumphierend auf eine ziemlich kleine blaue Fläche zu zeigen.

»Hier sind wir.«

Ich sah nach draußen. »Kann gut sein.«

»Okay. Da ist eine Ausfahrt.« Er wies nach rechts. »Und da ist noch eine.« Nach links. »Wollen wir irgendwo ankern oder anlegen?«

»Ankern!«, verkündete Mark fröhlich.

»Gut. Wir müssten ein Stück Havel fahren, die da Steinhavel heißt, dann durch eine Schleuse. Kurz dahinter kämen zwei Seen, die als gute Ankergebiete markiert sind.«

»Bleibt die Frage, was wir mit Simon machen«, gab ich zu bedenken.

Henner nickte und schob den Zeigefinger über die Karte. »Hier ist eine Brücke, dahinter scheint es einen Anleger zu geben. Steinförde heißt der Ort. Wir müssten in spätestens einer Stunde dort sein.«

»Steinförde«, wiederholte ich und tippte eine Nachricht an Simon.

»Dann los«, erklärte Mark.

Henner stand am Steuer, Mark und ich lösten die Leinen. Der Pfarrer gab erstaunlich vorsichtig Gas, und erst schien es auch, als würden wir uns sauber aus dem Hafen bewegen. Dann gab es seltsame Geräusche, das Boot stoppte, jemand schrie – und es platschte.

»Landstrom«, erklärte Mark grinsend, als er sich nach hinten umgesehen hatte. Ich tat es ihm gleich. Zwischen der *Dahme*, zehn Meter vom Steg entfernt, und dem Hafen hing ein dickes, blaues Stromkabel, stark schwingend. Ausgerechnet eine der beiden ängstlichen Frauen hatte es erwischt – offenbar hatte sich das Kabel gespannt, just in dem Augenblick, als sie darüber hinwegsteigen wollte. Jetzt paddelte sie ungefähr an der Stelle, wo unser Boot bis eben noch gelegen hatte, im Wasser herum – und heulte schon wieder.

Der Chefeinweiser stand stumm am Rand des Stegs und stemmte die Hände in die Hüfte. Dann schüttelte er langsam den Kopf. Dies nahm Mark zum Anlass, sich aus dem riesigen Kühlschrank ein Bier zu holen, es am Tischrand zu öffnen und dem Mann damit zuzuprosten. Der quittierte das zuerst kurz mit einer drohenden Faust, anschließend verdeutlichte er gestisch, dass wir stante pede zum Anleger zurückkehren sollten. Henner legte den Rückwärtsgang ein, aufwendiges Steuern war nicht nötig, denn das Kabel wies den Weg.

»Es tut uns leid«, nuschelte der Pfarrer in einer Endlosschleife, als wir festgemacht hatten und neben dem Chartertyp standen. Mark nuckelte an der Bierflasche, um sein fröhliches Grinsen zu überdecken. Ich neigte dazu, Marks Fröhlichkeit zu teilen, schaffte es aber – hoffentlich –, relativ ernst dreinzuschauen, was nicht ganz leicht war, denn die pudelnasse Touristin saß direkt vor mir auf dem Steg und plärrte weiter.

»Wenn Sie ungeeignet sind, ein Boot zu führen, kann ich die Charterbescheinigung widerrufen – auf Ihre Kosten«, sagte der Mann leise und sah uns dabei nacheinander an, als wären wir Grundschüler, die mit Pornovideos auf den Handys erwischt worden waren. Henner nickte heftig und wiederholte sein Tut-uns-leid-Mantra.

»Hey, das war ein Versehen«, erklärte Mark. »Ist doch nichts kaputtgegangen.« Er sah kurz zur feuchten Frau und hob die Hände. »Wird nicht wieder vorkommen.«

Der Mann schnaufte. »Immer als Erstes Landstrom trennen. Schreibt euch das hinter die Ohren.«

»Landstrom trennen«, wiederholte Mark und stellte eine Landstromabtrennung pantomimisch dar. »Aye, Sir.«

Der Einweiser setzte zu einer Erwiderung an, ließ es aber.

»Sie können sich auf uns verlassen«, sagte Henner – viel unterwürfiger, als nötig gewesen wäre. Ich verspürte den abgedrehten Wunsch, ihm über den Kopf zu streichen.

»Ja, das fürchte ich auch«, antwortete der Mann und ging kopfschüttelnd davon.

Also trennten wir den Landstrom ab, vergaßen dieses Mal nur die rechte Heckleine, was aber niemand bemerkte, denn das Schiff an steuerbord, das wir leicht rammten, war nicht bemannt, und alle anderen Bootstouristen waren entweder damit beschäftigt, Vorräte zu verstauen oder der nassen Dame zu helfen. Keine fünf Minuten später hielten wir auf eine Ausfahrt aus dem See zu, die da irgendwo sein musste, die man aber nicht sehen konnte, obwohl das Seeende – oder wie man das in der Schiffersprache nannte – nahte.

»Die grünen Bojen. Links oder rechts?«, fragte Mark, der von Henner das Steuer übernommen hatte, denn der Pfarrer war pinkeln – vermutlich war er einer, dem Stress auf die Blase ging. Dann wies Mark auf die Karte, die über dem Steuer klemmte. »Und was bedeuten diese Zahlen?«

Die Antworten lauteten: rechts. Und: Wassertiefe. Vom Unterdeck kamen Fluchgeräusche, als wir Letzteres feststellten – zum Glück donnerte Mark wieselflink den Rückwärtsgang rein, nachdem ein seltsames Schleifen von vorne zu hören war und das Schiff abrupt stoppte – und Ersteres beantwortete sich dadurch indirekt. Von hinten erklang aufgeregtes Hupen, kurz darauf zog ein kleines Motorboot an uns vorbei, dessen Fahrer sich intensiv gegen die Stirn tippte. Mark grüßte ihn fröhlich und folgte dann seiner Spur. So fanden auch wir die Ausfahrt – beziehungsweise die Einfahrt in ein pittoreskes Stückchen Fluss, ziemlich eng nach meinem Gefühl, bis dicht ans befestigte Ufer von Bäumen umgeben.

»Schön hier«, sagte Mark lachend, während Henner wieder auftauchte und im Oberschenkelbereich an seiner nassen Hose herumwischte, wobei er originellerweise »gottverdammte Scheiße« sagte. Ich dachte mir das »Amen«.

Wir befuhren schweigend das Stück Havel, das hier Steinhavel hieß, und lauschten beeindruckt dem leisen Tuckern des Diesels und dem Gluckern des dunkelgrünen Wassers, auf dem das reflektierte Sonnenlicht glitzerte, wenn es durch den dichten, intensiv duftenden Laubwald beiderseits des Ufers brach.

Das Flüsschen wand sich zweimal und führte uns nach einer knappen, sehr stillen Viertelstunde zur ersten Schleuse unseres Lebens. Sie kündigte sich durch ein Schild an, das der Pfarrer nach einem Blick auf die laminierte Karte, die neben dem Steuerstand hing, als »Anhalten!«-Gebot identifizierte. Kurz darauf tauchte rechts eine Phalanx von dicken Holzpfählen auf, die als »Sportboot-Wartestelle« markiert waren – und wir manövrierten wohl ein Sportboot, wenn es auch eher wie ein Ausflugsdampfer oder leicht verkleinerter Lastkahn aussah. Unglücklicherweise befand sich die Wartestelle ausgerechnet in einer Rechtskurve, und im vorderen Bereich lagen bereits zwei kürzere Jachten, dazwischen außerdem das kleine Motorboot des Vogelzeigers.

»Wir müssen wohl anlegen«, zwitscherte Mark, noch immer am Steuer. »Das Signal ist rot.«

»Ist rot«, wiederholte Henner, der sich das fitzelige Bordfernglas – eher ein Opernglas – vor die Augen hielt und hektisch zu justieren versuchte.

»Ist rot«, erklärte ich dann auch, damit es einstimmig wäre. Die Ampel war schließlich gut und auch ohne jedes Fernglas zu sehen, obwohl ein paar Bäume drum herumstanden.

»Dann halt doch auch an!«, schrie Henner, denn Mark machte keine Anstalten, Fahrt rauszunehmen.

»Aye«, sagte dieser und prügelte den Rückwärtsgang rein. Kurz darauf lag die *Dahme* quer im Fluss, das Heck wies zur Wartestelle, die wir inzwischen fast vollständig passiert hatten, immerhin war bis zur Schleuse selbst noch reichlich Platz, etwa fünfzig Meter. Da Mark nicht korrekt aufgestoppt hatte, trieben wir heckwärts auf die Pfähle zu. Außerdem heckwärts befanden sich zwei weitere Schiffe, die gerade eintrafen.

»Wenn wir hinten festmachen und ich schlage dann nach rechts ein und gebe Gas – müssten wir dann nicht vorne automatisch anlegen?«, theoretisierte der Rudergänger, wobei er mit einer Hand in der Luft herumfuchtelte.

»Eine andere Möglichkeit haben wir kaum«, antwortete ich und ging nach hinten, nahm mir eine Leine und fixierte den Holzpfahl, der am nächsten war – noch etwa drei Meter entfernt.

»So macht man das nicht!«, brüllte jemand von einem der Nachfolgeboote.

»Schema F kann jeder!«, brüllte Mark zurück. Wir bollerten gegen den Pfahl, der intensiv knirschte, und ich sprang, die Leine in der Hand, ans Ufer, bevor das Schiff vom ächzenden Pfahl zurückgefedert wurde. Dort wickelte ich das Tau mehrfach um das Holzding, hielt das Ende fest und wartete ab, was Mark tun würde.

Aber nicht Mark tat etwas, sondern das Boot. Es schien hier Strömung zu geben, und zwar Gegenströmung. Während der Pott hinten festhing, drehte sich sein Vorderteil frischwärts mit der Strömung, also in die Richtung, aus der wir gekommen waren.

»Bugstrahlruder!«, schrie der Mann, der festgestellt hatte, dass wir eher unüblich manövrierten. Er war von seinem Boot gesprungen, das längst sauber angelegt hatte, und kam am Ufer entlang zu uns gerannt, ordentlich gestikulierend.

»Gute Idee«, kommentierte ich.

»Roter oder grüner Knopf?«, wollte Mark wissen.

Henner griff an ihm vorbei und drückte einen von beiden. Ein Geräusch wie von einer alten elektrischen Kaffeemühle ertönte, und sekundenlang schien nichts zu passieren, bis – *Hol's der Klabautermann!* – der Bug der *Dahme* erst seine Bewegung stoppte und sich dann äußerst langsam, aber ziemlich sicher zum Ufer hin bewegte, und zwar zum Ufer vor uns, in Fahrtrichtung. Leider aber deutlich zu langsam. Inzwischen hatte die Schleuse nämlich ihre wundersame Tätigkeit beendet und diejenigen entlassen, die in die Richtung wollten, aus der wir kamen. Fünf ziemlich große Boote und eine Armada von Kajaks hielten auf unser Schiff zu, das noch immer in voller Schönheit den Flusslauf blockierte.

»Nach steuerbord einschlagen und Vollgas!«, krähte der Ratgebertyp, ein gesetzt wirkender, dicker Glatzkopf Anfang sechzig, der besser keine kurzen Hosen getragen hätte. Er stand inzwischen neben mir, ich konnte die Schweißperlen auf seiner blanken Schädelfläche zählen.

»Steuerbord ist noch mal wo?«, krähte Mark zurück.

»Rechts«, sagte der Mann. »Und bleib auf dem Bugstrahlruder.«

Mark folgte der Anweisung, das Boot beschleunigte seine Bewegung auf das Ufer zu. Es reichte gerade, um die entgegenkommenden Boote gefahrlos passieren zu lassen. Als das letzte an uns vorbei war, wurde die Schleusenampel grün. Der Glatzkopf sprintete zu seinem Dampfer, die beiden vor uns legten elegant ab und hielten auf die Einfahrt zu.

»Jetzt müssen wir nicht mehr anlegen, oder?«, fragte Mark. Ich löste die Leine wieder und sprang an Bord.

»Nein, rein in das Ding.«

»Aber nicht festmachen«, erinnerte Henner, der fast ebenso viel Schweiß auf der Stirn hatte wie der Glatzenkumpel auf seiner haarlosen Kalotte. »Und bitte *langsam*«, ergänzte der Kirchenmann.

Eine Schleuse ist ein erstaunlicher, allerdings auch etwas bedrohlicher Mechanismus, wenn man ihn von innen erlebt. Tore vorne, Tore hinten, dazwischen eine längliche, stahleingefasste Kammer, die ungefähr vierzig Meter lang und nur etwas breiter als unser Kahn war. Man fährt hinein, legt an, dann wird Wasser hinein- oder abgelassen, und schließlich fährt man auf einem anderen Niveau hinaus. Das wusste sogar ich, der nicht sicher war, ob uns tatsächlich *Süßwasser* umgab. So weit die Theorie. In der Praxis hörten wir die Bugstrahlruder-Kaffeemühlen der beiden Pötte vor uns, die längst noch nicht das entfernte Ende der Kammer erreicht hatten, während die *Dahme*, die Boller beiderseits der Einfahrt geräuschvoll touchierend, in die Kammer schlingerte, wahrscheinlich viel zu schnell und ziemlich sicher ohne Plan. Ich sprang an den Steuerstand, schob Mark sanft-bestimmend zur Seite – und stoppte auf. Immerhin ließ die Breite der Schleuse nicht zu, dass wir uns wieder gegen die Fahrtrichtung drehten, doch wir klemmten diagonal fest, waren aber keine Bedrohung mehr für die Schiffe vor uns. Ich drückte den Bugstrahlruderknopf, den ich emotional für den besseren hielt (den roten – ich nahm mir vor, später darüber nachzudenken), unser Vorschiff drehte sich tatsächlich in die richtige Richtung. Dann gab ich ein wenig Gas, und der Pott tuckerte gemächlich auf das Heck des Schiffes vor uns zu. Aufstoppen, Bugstrahl. Wieder leichtes Gas vorwärts.

»Irgendwer sollte mal nach vorne gehen und irgendwas machen«, sinnierte ich laut.

Henner, dessen Shirt stressschweißbedingt die Nässe seiner Hose angenommen hatte, nickte leicht irr, turnte nach hinten raus und tauchte kurz darauf auf dem Vorschiff auf. Dort nahm er ein Stück Leine und betrachtete nachdenklich die Schleusenwand, die selbst ihn überragte – der Hub betrug, wie ich später herausfand, gute anderthalb Meter. Das Heck des Schiffes vor uns kam näher, ich sah kurz nach hinten: Man war uns auf den Fersen. Aufstoppen. Der Pfarrer musterte nach wie vor die Stahlplatten. Bugstrahl, das Vorschiff dümpelte gegen die Schleusenwand.

»Leine um die Stange!«, brüllte jemand von links. An Land, direkt neben unserem Boot, stand ein jüngerer Mann, vermutlich der Schleusenwärter. Henner nickte bedächtig und sichtlich erfreut darüber, keine eigenen Entscheidungen treffen zu müssen, zog das Tau zweimal um eine der gelben Stangen herum und wickelte es dann mehrfach um die Reling. Mark ging nach hinten und zog seine Leine nur um die Stange, behielt das andere Ende aber in den Händen, wie das die

Leute hinter uns auch taten, wie ich durch die große, verglaste Doppeltür, die vom Salon auf die kleine Terrasse führte, schön beobachten konnte. Die *Dahme* lag ruhig. Wir waren in der Schleuse, nicht zu fassen. Und praktisch ohne Schaden.

Die anderen legten an, die Schleusentore schlossen. Und dann erfuhren wir, warum man Schiffe nicht in Schleusen festmacht – und dass festmachen nicht notwendigerweise bedeutet, etwas festzu*knoten*. Zwei falsche Schlingen in der falschen Richtung gelegt, Zug in die andere – und man kann keine Leine mehr nachgeben. Während der Pegel in der Schleusenkammer recht rasant anstieg, kämpfte Henner mit seiner Leine, die keine Anstalten machte, der veränderten Situation Rechnung zu tragen. Vom Bug kommend, überschlugen sich die – überwiegend ziemlich blasphemischen – Flüche, mit denen der Pfarrer kommentierte, dass die *Dahme* zu sinken drohte. Schon nach zwanzig Sekunden hatte das Schiff so starke Schlagseite, dass aus den Schränken Geschirrgeklapper zu hören war. Marks halbleere Bierflasche rutschte vom Tisch und bollerte zu Boden, noch nicht einsortierter Proviant folgte, und schließlich musste ich mich sogar abstützen.

»Ich brauche ein Beil! Ein großes Messer! Irgendwas!«, schrie Henner mit sich überschlagender Stimme. Ausgerechnet aus seiner Kabine konnte ich jetzt ein böses Krachen hören.

Und dann stoppte es, während ich schon dabei war, nach einem Werkzeug zu suchen, mit dem man Leinen kappen könnte. Wir hingen immer noch schief, aber die Abwärtsbewegung hatte deutlich spürbar aufgehört.

»Jungs, habt ihr bei der Einweisung gepennt?«, fragte eine Stimme, die mir bekannt vorkam. Ich sah, gerade auf dem Salonboden herumkriechend – hey, unter dem Herd lag tatsächlich ein Beil! –, zum Fenster. Der Schleusenwärter stand neben Henner, die Hände in die Hüfte gestützt, grinsend, aber nicht hämisch.

»Einweisung?«, trällerte Mark, immer noch sehr fröhlich, seine – freie – Leine lässig haltend.

Ich ging nach hinten, turnte an Mark vorbei und hangelte mich an den Kabinen vorbei zum Bug. Der Schleusenwärter, ein rundlicher Endzwanziger, der ein bisschen wie ein ewiger Informatikstudent aussah, sprang behände an Bord. Lässiger Job, Schleusenwärter.

»Ich hätt's gleich gehabt«, nuschelte Henner.

»Und was wäre dann passiert? Hast du eine Ahnung, was da für Kräfte wirken? Euer Porzellan hättet ihr wegschmeißen können.«

Unser Bugmann schwieg betreten. Sein Shirt war inzwischen patschnass, aber ohne den Einfluss des Havelwassers.

Der Schleusentyp löste vorsichtig beide bootsseitigen Befestigungen der Leine, ließ aber jeweils noch eine Umdrehung übrig, stemmte sich mit den Füßen gegen die Bootswand und gab das Tau dann beidhändig langsam nach. Gemütlich und als wäre nie etwas geschehen, kam der Bug der *Dahme* auf Niveau, begleitet von merkwürdigen Geräuschen aus dem Innenraum. Auf den Schiffen vor und hinter uns standen die Leute, alle Blicke auf uns gerichtet, und feixten überwiegend, während einige wenige – zumeist Frauen – eine Hoffentlich-passiert-uns-das-niemals-Mimik an den Tag legten. Der Vogelzeiger, der schräg links vor uns lag, zeigte uns selbstverständlich weiterhin ganze Vogelschwärme. Auf einer kleinen Jacht standen ein paar Jugendliche und prosteten uns lachend zu. Ich winkte.

»Einfach an der Stange vorbeiführen und halten. Nirgendwo rumwickeln. *Nicht festmachen*«, sagte der Schleusenwärter. Henner nickte.

Fünf Minuten später und ohne weitere Havarien steuerte ich den Kahn äußerst langsam aus der Schleuse. Die Boote, die vorher hinter uns gewesen waren, überholten uns, von einem aus wurden wir frenetisch bejubelt. Rechts neben der

Schleusenanlage konnte ich das Stauwehr ausmachen, das vermutlich für die Strömung verantwortlich war, die unser Boot vorhin quer gelegt hatte.

»Das war lustig«, befand Mark, der sich eine weitere Flasche Bier nahm und mir eine anbot.

»Irgendwie schon«, sagte ich und nahm das Bier. Henner saß auf dem Vorschiff, mit leicht gebeugtem Rücken, der zu uns wies. Gut möglich, dass er weinte.

»Nur unser Kapitän wird da wohl anders denken«, sagte Mark, auch zu unserem dritten Mann blickend.

»Na ja. Noch einmal wird uns das jedenfalls nicht passieren.«

»Wir werden sehen.« Mark grinste.

In diesem Moment hatte ich zum ersten Mal das Gefühl, dass diese Sache durchaus Spaß machen könnte. Ich fühlte mich nicht wirklich wohl, verspürte eher eine diffuse, unangenehme Einsamkeit, die einen überkommt, wenn man unter Leuten ist, von denen man wenig weiß, mit denen man aber dennoch etwas sehr Intimes zu teilen genötigt ist.

Wir passierten die voll besetzte Wartestelle für die andere Richtung, durchfuhren eine gezogene Linkskurve und befanden uns kurz darauf wieder im naturüberfüllten Nichts – die anderen Schiffe waren längst auf und davon. Am rechten Ufer tauchte ein ziemlich großer, weißgrauer Vogel auf, der völlig bewegungslos auf einem Bein stand. So bewegungslos, dass ich ihn zunächst für eine Attrappe hielt. Just, als wir ihn passierten, senkte er das andere Bein in Zeitlupe ab.

»Ein Reiher, vermute ich«, sagte Henner leise, der, von uns unbemerkt, in die Kabine zurückgekehrt war.

»Warum stehen die auf einem Bein?«, fragte Mark.

»Vielleicht entlastet das die Muskeln«, schlug ich vor.

»Reine Angeberei?«, meinte Mark.

»Oder die jeweilige Gehirnhälfte schläft«, kam von Henner.

»Bei Fledermäusen sind die Füße ... äh ... *Greifdinger* in der Ruheposition, wenn sie geschlossen sind«, referierte ich, denn ich hatte mal einen Text über Fledermäuse redigiert, aber inzwischen vergessen, wie die Füße von denen genannt wurden – vermutlich Klauen oder so. »Dadurch ist für sie das Festhalten entspannter als das Loslassen, quasi.«

Mark schloss und öffnete die Faust mehrfach, wobei er »Greifdinger« murmelte.

»Mmh«, machte Henner.

Wir drehten synchron die Köpfe, während wir den Vogel passierten. Es war der größte Vogel, den ich jemals in freier Natur zu sehen bekommen hatte.

»Feinkörnig«, sagte Mark, ohne zu erklären, was zur Hölle er damit meinte.

Henner ging unter Deck in seine Kabine, vermutlich um zu prüfen, was da zu Bruch gegangen war. Und sich umzuziehen. Genug Gepäck hatte er ja dabei – vier Koffer und zwei Reisetaschen, weit mehr als Mark und ich zusammen.

Ich steuerte die *Dahme* durch das legitime Wunder, das uns umgab. Das Wasser war nicht glasklar, aber auch nicht trüb, und ich konnte Fischschwärme sehen. Am Ufer versuchten Blumen und Büsche, sich mit ihren Reizen zu übertreffen. Es zirpte, fiepte, zwitscherte von überall, außerdem war es angenehm warm – und es *duftete* unfassbar. Ein ähnliches Aroma hatte ich noch nie gerochen. Ich übergab das Ruder an Mark und ging in meine Kabine, um mir kurze Hosen und ein Shirt anzuziehen. Dabei entdeckte ich mein Mobiltelefon, das zwölf Anrufe in Abwesenheit anzeigte – alle von Cora. Erstaunlich, ich hatte heute überhaupt noch nicht an sie gedacht. Und ich beschloss, das auch jetzt nicht zu tun, schnappte mir meine Bierflasche und die obskure Gewässerkarte und ging zu Henner, der am Bug auf der Bank saß und aufs Wasser vor dem Schiff starrte.

»Kann jedem passieren«, sagte ich freundlich.

Er nickte, ohne mich anzusehen, und ich stellte die Frage nicht, die ich hatte stellen wollen – ob er auch Lust auf ein Bier hätte. Vor uns am rechten Ufer kamen verstreut stehende niedrige Gebäude in Sicht, eine Art Kleingartenkolonie. Jedes der akribisch gepflegten Grundstücke hatte einen kleinen Steg, an denen Paddel- und Motorboote befestigt waren. Nach einer Kurve tauchte eine schmucklose Straßenbrücke auf.

»Das muss Steinförde sein«, rief Mark, der inzwischen die mächtigen Scheiben vor dem Steuerstand hochgeklappt hatte und eine Basecap trug, was ihn noch jünger aussehen ließ. Ich blickte auf die Uhr – kurz nach sechs. Nach der Karte zu urteilen, war es nicht mehr weit bis zu den Seen, auf denen wir nach einem Ankerplatz suchen würden.

»Versuchst du noch mal, Simon anzurufen?«, rief ich zurück.

»Aye!«

Hinter der Brücke entdeckte ich den Platz, an dem man möglicherweise – eher mit einem kleineren Schiff – anlegen könnte, um Simon aufzunehmen. Ich sprintete in die Kabine, holte mein Telefon – ein weiterer Anruf in Abwesenheit – und startete Google Maps. Dann kopierte ich die Geodaten unseres Standorts und schickte eine SMS an Simon. Kurz darauf versuchte ich, ihn anzurufen. Ergebnislos.

»Der Teilnehmer ist vorübergehend nicht zu erreichen«, bestätigte Mark vom Steuerstand aus, ein frisches Bier in der linken Hand.

Die Havel wurde etwas breiter, kurviger, noch schöner. Wir passierten seltsame, verlassen wirkende Bootsschuppen, deren Tore mit gewaltigen Spinnennetzen überzogen waren. Schilf. Noch ein Reiher, auch wieder auf einem Bein. Etwas blau Schillerndes, Amselgroßes querte den Fluss in meiner Gesichtshöhe, direkt vor uns, wie ein kurzer Zauber. Dann verbreitete sich die Havel, und wir fuhren in einen kleinen See ein, der sich links von uns nierenförmig vergrößerte.

Rechts war die Ausfahrt markiert, über die es weiterginge. Auf dem See ankerten bereits drei Boote, alle weitaus kleiner als unseres.

Einem Impuls folgend, legte ich Henner die Hand auf die Schulter. »Wir müssen jetzt ankern.«

Er nahm Haltung an, sah zu mir herüber – und versuchte sich tatsächlich an einem Lächeln. Trotzdem wirkte der etwas bullige, aber keineswegs kräftige Zwei-Meter-Mann in diesem Augenblick sehr klein; die Autorität, die er anfangs – keine zwei Stunden war das her – auszustrahlen versucht hatte, war ersatzlos verschwunden. Er stand auf und widmete sich der Ankerwinde am Bug. Es gab einen verchromten, halbmeterlangen Hebel, den man in eine Befestigung stecken musste. Henner tat das auch und zog probeweise am Hebel, woraufhin ein mächtiges Rasseln ertönte.

»Äh«, sagte ich. »Wir fahren noch.«

Er zog abermals am Hebel, kurz darauf stoppte das Rasseln, doch Henners Stirn war schon wieder schweißnass.

»Scheiße.«

»Halb so wild.«

Immerhin hatte das Boot nicht angehalten – der Anker war also noch nicht unten angekommen. Was dann wohl passiert wäre? Ich beugte mich über die Reling, die Ankerkette zerrte nach links unten und verursachte dabei äußerst merkwürdige, aber vorerst kaum beunruhigende Geräusche. Der Anker selbst war nicht zu sehen.

»Halt mal an!«, rief ich nach hinten. Mark ayte – und stoppte.

»Immerhin wissen wir jetzt, wie das geht«, sagte ich lachend und schlug Henner auf die Schulter. Der hebelte inzwischen hin und her, und die Ankerkette schien sich tatsächlich aufzuwickeln. Sein Nacken glänzte, unter den Achseln zeichneten sich auf seinem Shirt Flecken ab. Dabei hatte er es gerade erst angezogen. Ein *gebügeltes* Shirt.

Wir suchten und fanden einen guten Platz – nicht zu dicht am Schilf, nicht zu weit draußen – und hielten an.

»Und jetzt?«, fragte der Pfarrer.

»Mmh. Anker raus und warten, bis die Kette nicht mehr nachgibt, würde ich sagen.«

Er löste die Kette, es rasselte wieder, dann wurde aus der Kette Leine, die sich weiter rasch abwickelte. Und irgendwann damit aufhörte, einfach weil sie völlig abgewickelt – aber am anderen Ende wenigstens befestigt – war. Ich sah in die Gewässerkarte und ersparte mir einen Kommentar über die Möglichkeit, dass die Ankerleine auch gut und gerne hätte lose gewesen sein können. Er dachte das vermutlich selbst, jedenfalls enthielt sein Gesichtsausdruck entsprechende Hinweise.

»Hier ist es höchstens vier Meter tief. Wie viel Ankerleine war das?«

Henner zuckte die Schultern und sah unglücklich aus. »Vielleicht zwanzig Meter. Können auch dreißig gewesen sein. Keine Ahnung.«

Immerhin lag das Schiff still – Mark hatte den Motor abgeschaltet –, aber es ging auch kein Wind, und Strömung schien es hier ebenfalls nicht zu geben. Bevor wir entscheiden konnten, wie es weitergehen sollte, kam Mark in der Badehose aufs Deck gerannt, schrie »Heureka!« und sprang an uns vorbei mit einer satten Arschbombe ins Wasser. Kurz darauf tauchte er wieder auf, grunzte »Buaah!« und anschließend: »Ist! Das! Geil!«

»Man sollte nicht in unbekannte Gewässer springen«, sagte Henner leise, aber mit einem Unterton, der alles andere als oberlehrerhaft war, eher etwas neidgeschwängert. Ich zog mein Shirt aus und sprang Mark hinterher. Er hatte absolut recht. Es *war* geil. Der Pfarrer blieb an Bord und sah uns beim Schwimmen zu.

Als wir, längst wieder trocken und gut aufgewärmt, mit weiteren Bieren und einer Schachtel BiFi auf dem ausladenden Vorschiff saßen und der gemächlich untergehenden Sonne zusahen – die Uhr zeigte kurz vor neun –, klingelte Marks Telefon. Er ging ran, sagte erst »Hallo«, dann einige Sekunden lang nichts, schließlich »Okay«. Anschließend beendete er die Verbindung.

»Simon macht sich jetzt auf den Weg. Er ist in einer Dreiviertelstunde in Steinförde.«

»Gut«, sagte ich.

»Bis dahin ist die Sonne untergegangen«, sagte Henner, der bis zu diesem Zeitpunkt geschwiegen hatte.

»Das ist ein Argument«, meinte Mark. Und: »Feinkörnig.«

»Wir dürfen nicht im Dunkeln fahren«, ergänzte der Pfarrer. »Wir haben kein Radar, Echolot und auch sonst nichts. Nur diesen Suchscheinwerfer.« Er zeigte nach hinten.

»Suchscheinwerfer? Wir haben einen Suchscheinwerfer?«, krähte Mark. »Wie geil ist das denn?« Er sprang auf und turnte ins Boot. Kurz darauf gingen erst die Scheibenwischer und dann mehrere Lampen an und aus: bunte Lichter seitlich am Boot, eine Leuchte auf dem Dach, schließlich der Scheinwerfer, der vor dem Steuerstand an der Dachkante hing.

»Sieht man was?«

Ich nickte. »Aber besonders hell ist das nicht.«

Mark operierte mit dem Scheinwerfer herum, den man bei geöffnetem Fenster von innen an einem Griff schwenken konnte. Schließlich zeigte er zur Seite.

»Vielleicht wirkt das nur im Dunkeln«, orakelte er.

»Das werden wir wohl herausfinden müssen«, sagte Henner, dem anzusehen war, dass er den Gedanken nicht so toll fand, im Stockdusteren das Boot zu steuern.

»Wir sollten jetzt gleich zum Anleger fahren«, schlug ich vor. »Dann haben wir nur eine Strecke ohne Sonne.«

»Kluge Idee«, rief Mark und warf den Motor an. Henner

schaffte es tatsächlich, mit viel Hebelei den ziemlich verschlammten Anker zu bergen. Anschließend wurde das dritte Shirt des Tages fällig. Die anderen beiden hingen an der seitlichen Reling – er hatte sogar an Wäscheklammern gedacht.

Es dämmerte, während wir die Havel flussabwärts in Richtung Steinförde befuhren. Verkehr gab es nicht mehr, dafür traten die Moskitos ihr spätes Tagwerk an. Nach ein paar Minuten schlossen wir das Dach und kurz darauf auch die Frontfenster, bis wir – wieder ein paar Minuten später – bemerkten, dass die großen Hecktüren und einige Fenster unter Deck noch offen waren. Fliegengitter existierten nicht, und an Insektenspray oder Autan hatte keiner von uns gedacht. Während ich die *Dahme* ins zunehmende Dunkel steuerte, kämpften Mark und Henner weitgehend erfolglos gegen die einfallenden Mückenhorden an. Als die Straßenbrücke in Sicht kam, hatte ich mindestens ein Dutzend Stiche eingesammelt, aber bei mir juckten die kaum, wofür ich in diesem Augenblick wieder einmal sehr dankbar war. Henner fluchte laut und murmelte etwas von einer Allergie.

»Wir sollten umdrehen und gegen die Strömung anlegen«, meinte Mark, wofür ich ihm ehrfürchtig zunickte. Das Ufer war kaum noch zu sehen, die Wasseroberfläche war dunkel. Auf der Wiese, die sich neben dem Anleger befand, flackerte ein Lagerfeuer, um das einige Leute standen und saßen. Ich fixierte dieses Licht, stoppte auf und versuchte, mich an das Auf-der-Stelle-drehen-Manöver zu erinnern. Einschlagen und abwechselnd vor- und rückwärts Gas geben. Nur – in welche Richtung einschlagen? Ich wählte links, absolvierte das wechselnde Gasgeben zweimal, dann rumste es.

»Brückenpfeiler rückwärts voraus«, verkündete Mark etwas zu spät. Immerhin hatte es nicht sehr stark gerumst, und die *Dahme* besaß rundum einen Gummidämpfer, wie beim Autoscooter. Ich visierte wieder das Lagerfeuer halbrechts vor uns an und gab vorsichtig Gas. Kurz darauf lagen wir offenbar parallel zur Anlegestelle, aber ich hatte nicht den Schimmer einer Ahnung, wie weit weg.

»Seid ihr vollkommen bescheuert?«, rief jemand vom Ufer, eine junge Männerstimme.

»Wir arbeiten daran!«, brüllte Mark zurück.

»Und nun?«, fragte ich. Inzwischen war nichts mehr zu sehen, nur das Flackern des Feuers, irgendwo zwischen fünf und zwanzig Metern weit weg. Mark kletterte auf eine Sitzbank links vom Durchgang zu den Kabinen, öffnete die Frontscheibe – Henner fluchte laut, weil die Moskitohorden die Gelegenheit nutzen würden – und richtete den Scheinwerfer aufs Ufer. Fünf Meter, Umfang des Sichtkreises vielleicht zwei. Ich schlug probeweise nach rechts ein, gab etwas Gas und gleichzeitig Bugstrahl, rechter Knopf. Der Pott schob sich sanft in Richtung Ufer. Aufstoppen. Bugstrahl. *Bong.* Wir hatten etwas berührt, Mark operierte mit dem Scheinwerfer, Henner stand da und starrte betrübt vor sich hin.

»Von hier drinnen können wir nicht festmachen«, sagte ich sanft zu ihm.

»Und draußen sieht man nichts. Ich habe keine Lust, zwischen Schiff und Ufer ins Wasser zu fallen.«

»Werft doch mal Leinen rüber, ihr Schlauköpfe!«, rief die Männerstimme.

Mark nickte und sprintete nach hinten. Dann machte es Platsch.

»Ist nicht sehr tief hier«, verkündete er kurz darauf, es klang immer noch recht fröhlich. »Aber ein bisschen schlammig.«

Immerhin lagen wir wenig später so fest, wie uns das möglich war. Ein paar Jugendliche standen am Ufer, Taschenlampenlichter tasteten durch die Dunkelheit. Mark war an Land geklettert und rief nach Simon. Keine Antwort.

Es handelte sich um einen Wasserwanderplatz, wie man uns erklärte, gut erkennbar auch durch die sieben bis zwölf

Kanus, die wir zwischen unserem Boot und dem Ufer eingeklemmt hatten. Nichts für Schiffe unserer Kategorie.

Unser vierter Mann traf eine gute Stunde später ein. Wir hatten ein paar eiskalte Biere gegen drei Hände voll Mückenabwehrcreme und wirklich leckere Grillwürste getauscht und summten Lagerfeuerlieder mit. Die Gruppe stammte aus dem Allgäu und war im Schnitt unter zwanzig. Henner trug dicke lange Jeans und eine teure Fleecejacke, obwohl es noch pudelwarm war, und fuchtelte pausenlos mit den Händen in der Luft herum – die Mücken vollführten trotz Abwehrzeugs eine Großattacke nach der anderen. Schließlich bemerkte ich ein Feuerzeugflämmchen, das im Gebüsch der nahe gelegenen Böschung tanzte, gleich darauf hörten wir lautstarke Flüche, begleitet von Krach- und Knistergeräuschen und dem vielstimmigen Klingeln mehrerer Mobiltelefone. Ein halbes Minütchen später stand Simon vor uns, rauchend und bepackt mit zwei riesigen Seesäcken und zwei Stahlköfferchen. Ohne die klingelnden Telefone allerdings hätte ich ihn nicht einmal aus nächster Nähe erkannt – es war trotz des Feuers wirklich ziemlich dunkel. Etwas weiter entfernt, gefühlt in der Nähe der Straßenbrücke, schimmerte eine sehr schwachbrüstige Straßenlaterne, und damit hatte es sich an Lichtquellen.

»Wo ist hier Strom?«, war Simons erste Frage, als wir an Bord geklettert waren. Er warf ein knappes Dutzend meistens eher unmoderner Telefone auf den Tisch, fast durch die Bank ziemlich ramponierte Geräte, die mit Farbklecksen und Kratzern übersät und teilweise mit Klebeband geflickt waren. So ähnlich sah Simon selbst auch aus, also im Prinzip, als wenn er direkt von einer seiner Baustellen käme – er wirkte, als *wäre* er eine Baustelle. Sein Haar und sein Gesicht waren baustaubig und farbgesprenkelt – überwiegend in Weiß und in einem seltsamen Rotton –, er trug einen ehemals weißen, jetzt diffus farbigen, löchrigen Arbeitsoverall und abgenutzte Sicherheitsschuhe.

Mark entdeckte eine Steckdose im Boden, aber Henner, der parallel im Bordbuch blätterte, erklärte, dass die nur bei Landstrom funktionieren würde. Simon probierte die Steckdose trotzdem aus, aber sie funktionierte tatsächlich nicht.

»Wir können hier nicht bleiben«, sagte ich. »Das ist kein Liegeplatz für Boote unserer Größe, außerdem haben wir ein paar Kanus eingeklemmt.«

»Es ist stockfinster«, stellte Henner fest, der inzwischen am Heck stand und Simons Seesäcke hineinzuhieven versuchte. Das stimmte. Ein paar Sterne waren zu sehen, aber kein Mond. Einige der Allgäuer Jugendlichen, die taschenlampenbewehrt neben uns am Ufer standen und das große Boot bewunderten, stimmten zu, als sie mitbekamen, was wir vorhatten. Einer, der den originellen Namen Korbinian trug, sagte, dass es nicht weniger als eine absolut hirnrissige, äußerst gefährliche und um jeden Preis zu vermeidende Idiotie wäre, jetzt in Richtung See aufzubrechen, obwohl die Entfernung weniger als einen Kilometer betrug. Marks Gesicht leuchtete bei diesen Worten.

Nach einem kurzen Palaver beschlossen wir dennoch, den Weg zum See zu suchen, denn hier lagen wir nicht nur den Kanus im Weg, sondern auch dem Verkehr, der ab morgens passieren würde, wenn die Schleuse wieder öffnete. Wir wussten alle – Henner etwas mehr als wir anderen –, dass das wirklich keine gute Idee war, denn der großartige Suchscheinwerfer war bestenfalls dafür geeignet, eine einzelne Person zu beleuchten, die in Bootsnähe im Wasser schwamm (vorausgesetzt, sie trug reflektierende Kleidung und das Schiff bewegte sich nicht), aber nicht den Weg zu irgendeinem See, an hoffnungslos unterbeleuchteten Flussabschnitten entlang. Trotzdem waren drei von vier Besatzungsmitgliedern überzeugt, dass wir es schaffen würden; Simon stimmte aus seiner Kabine zu, in der er laut herumfuhrwerkte, die auf dem Tisch liegenden Mobiltelefone vibrierten und polyphonierten. Mark übernahm das Steuer, wir fuhren äußerst langsam, während ich draußen auf dem Vordeck saß und den Scheinwerfer hin und her schwenkte. Das Allgäuer Autan wirkte bei mir besser als bei Henner, der neben Mark stand, mit zusammengekniffenen Augen ins Dunkel starrte und sich dabei beidhändig an Hals, Unterarmen und im Gesicht kratzte. Als wir die Anlegestelle geschätzt hundert Meter hinter uns gelassen hatten, erklangen von dort aufgeregte Schreie, und jemand brüllte etwas in einer Sprache, die nach Osteuropa klang. Aber niemand außer mir schien den Tumult wahrzunehmen, der alsbald außer Hörweite geriet.

Es war echt gespenstisch. Der Motor lief leise, ich hörte das Gluckern des Wassers, das vor mir das Scheinwerferlicht reflektierte, und aus dem nahen Wald schienen alle möglichen Viecher nach uns zu rufen. »Ein bisschen links«, schlug ich vor, ohne sicher zu sein, aber ein Schatten rechts vor uns hatte nach einem mächtigen Baumstamm ausgesehen, der ins Wasser ragte. Immerhin zeichneten sich Konturen ab, wenn sich die Augen an das spärliche Sternenlicht gewöhnt hatten. In Berlin wurde es niemals auch nur annähernd so dunkel.

»Aye!«, quittierte der Steuermann.

Und dann zerriss plötzlich etwas die Stille, das mich ziemlich fassungslos machte: »*Zehn nackte Friseusen – mit ganz, ganz feuchten Haaren*«, krähte eine laute Stimme, begleitet von ebenso lauter, polternder Dumpfbackenmusik. Simon tauchte grinsend hinter einer Frontscheibe auf und nickte rhythmisch. »Anlage funktioniert!«, brüllte er.

»Toll. Aber Mark am Steuer versteht mich nicht!«, brüllte ich zurück.

»*Was?*«

Ich fuchtelte mit dem Zeigefinger in Ohrhöhe herum und

wies mit der anderen Hand auf Mark. Simon sah uns beide nacheinander an, nickte dann und schaltete das Gejodel aus. Bevor ich die wohltuende Stille genießen und dem Mann am Lenkrad neue Anweisungen erteilen konnte, schlug mir etwas von hinten gegen den Schädel, außerdem spürte ich eine weiche, wabernde Masse, die meinen Kopf zu überziehen schien, kurz darauf knirschte es – wieder einmal.

»Kontakt«, stellte Mark fest und stoppte auf. Ich griff nach meiner Schläfe, spürte Blut und ein leichtes Brennen, und außerdem klebte offenbar ein ziemlich reichhaltiges Spinnennetz in meinen Haaren. Der Ast, der mich erwischt hatte, kratzte kreischend über das Schiffsdach. Ich ging in die Hocke und blieb dort, denn Mark fuhr inzwischen rückwärts, was bedeutete, dass der Ast zurückkehren würde. Das tat er auch, Sekunden später.

»Ist das alles an Licht?«, fragte Simon, den ich mit einer ganzen Phalanx Netzgeräte und Kabel neben Mark hantieren sah. »Ah!«, rief er gleich darauf. Auf dem Dach ging eine weitere Lampe an, und seitlich am Schiff erzeugten eine grüne und eine rote Leuchte fast so etwas wie Atmo. Und außerdem tauchte Henner todesmutig auf dem Vorschiff auf, mit einem mächtigen Mag-Lite in der Hand, beinahe so lang wie ein Baseballschläger. Er trug eine Art Regenkombi über seinen Klamotten nebst tief ins Gesicht gezogener Kapuze. Gegen den Schiffsscheinwerfer war das Mag-Lite wie die Sonne im Vergleich zum Mond. Der Pfarrer zuckte entschuldigend mit den Schultern. »Hätte ich früher draufkommen können.«

In diesem Moment flackerte es am Horizont, vermutlich in Richtung des Wasserwanderplatzes: Für ein paar Sekunden tauchten die Konturen des Waldrands vor einem zitternden, sich rasch wieder verringernden Feuerschein auf, als hätten die Kanuten ein Fass Benzin ins Lagerfeuer gekippt. Ich blickte zu Henner, der das aber nicht wahrgenommen hatte, zuckte die Schultern und nahm meine Position wieder ein.

Wir schafften es tatsächlich ohne weitere Schwierigkeiten zurück zum See, fanden nach insgesamt einer guten halben Stunde seit dem Ablegen vom Wanderplatz gar unseren ehemaligen Liegeplatz wieder, wie wir jedenfalls glaubten, denn auch das Mag-Lite war kein flammendes Elfenlicht, wie es Frodo von Galadriel bekommen hatte. Gemeinsam mit Henner legte ich den vorderen Anker aus, dieses Mal allerdings ließen wir nicht die gesamte Leine ab, sondern nur ungefähr die Hälfte. Von hinten platschte es wieder einmal, aber Mark war nicht ins Wasser gefallen oder gesprungen, sondern hatte einen kleineren Anker gefunden, den er nach hinten ausgeworfen hatte. Jetzt konnte fast nichts mehr schiefgehen. Mark hatte sogar daran gedacht, die Leine des Ankers am Boot festzumachen, bevor er das Ding rauswarf.

»Was hast du denn da?«, fragte er, als wir im gut beleuchteten Salon standen.

Henner schaltete die Außenlampen ab bis auf eine, die er als Ankerlicht identifiziert hatte. Simon montierte derweil eine Art Verteilerstation an der Zigarettenanzündersteckdose, die sich zwischen den Armaturen am Steuerstand befand, um seine Handysammlung mit Strom zu versorgen.

Ich griff zur Schläfe, es blutete nicht mehr. »Nur eine kleine Schürfwunde.«

»Das meine ich nicht.« Er zeigte auf mein Haar.

»Oh.« Ich betastete meine Perücke. »Wird wohl ein Spinnennetz sein, in das du gefahren bist.« In diesem Augenblick spürte ich, wie etwas in meinem Nacken krabbelte. Ich griff hin und warf das, was dort gekrabbelt hatte, vor uns auf den Tisch. Es handelte sich um eine fette, fast handtellergroße Spinne, die eine mehrfarbige Rückenzeichnung hatte und jetzt auf der Stelle kreiste, vermutlich hatte ich ein bis vier Beinchen verletzt.

Mark machte »Uoha!« und sprang rückwärts. »Mach das Scheißteil tot! Mach es tot!«, schrie er mit weit aufgerissenen

Augen. Mit der rechten Hand wies er auf das Insekt – und seine Hand zitterte.

»Ist doch nur eine Spinne«, stellte ich fest und zog mir die Reste der Fäden aus den Haaren. »Nützliche Viecher. Tun keinem was.«

Mark wiederholte allerdings die Tötungsaufforderung, in seinen Augen stand echte Angst. Ein Arachnophobiker! Ich nahm die Spinne an einem unverletzten Bein, ging an Mark vorbei, der sich an die Kücheneinrichtung drückte, und warf sie heckwärts ins Wasser.

»Ist sie auch sicher tot?«

»Wenn sie nicht zweibeinig schwimmen kann – früher oder später schon.«

»Scheiße, war die groß.«

Ich kniff die Augen zusammen und fixierte das Fenster in Marks Rücken. »Schon. Riesig.«

»Jetzt brauche ich noch ein Bier.« Er ging zum Kühlschrank. Was Mark nicht sah, war eine weitere ziemlich dicke Spinne, die außen am Fenster direkt hinter dem Kühlschrank in ihrem Netz herumkletterte. Und ich vermutete, dass es längst nicht die einzige war, die sich als blinder Passagier an Bord der *Dahme* befand. Schließlich waren wir hier mitten in der Natur, und da gab es wahrscheinlich nicht wenige dieser Viecher. Und zwar gut genährte, denn um das Netz des Insekts schwirrten im Licht, das vom Salon nach draußen schien, Myriaden Mücken und andere Flattergesellen, die nur vom Verbundglas daran gehindert wurden, über uns herzufallen und beispielsweise Henner zu Tode zu stechen. Ich schlug mir die Idee aus dem Kopf, bei offenem Fenster zu schlafen.

Mark riss eine Tüte Chips auf und öffnete sich ein weiteres Bier, das achte, wenn ich richtig mitzählte, ich war beim dritten und spürte erstaunlicherweise kein einziges, aber auch Mark war nichts anzumerken. Henner trank Mineralwasser. Simon, der vom Bratwurstgelage am Wasserwanderplatz nichts mehr abbekommen hatte, kontrollierte lobend unsere Proviantauswahl, schälte dann zwei Zwiebeln; kurz darauf schmorten wohlriechende Rühreier mit Zwiebeln, Speck und Tomaten auf dem Butangasherd. Er schnitt sich dazu eine astdicke Stulle ab, auf der er mit offenem Mund herumkaute, während er sich, den dampfenden Teller balancierend, zu uns setzte – kein schöner Anblick. Seinen Oberkiefer hatte er vor vier oder fünf Jahren teuer instand setzen lassen, aber der Zahnarzt wartete immer noch auf sein Geld. Deshalb stand die Renovierung des Unterkiefers vorerst auch nicht auf der Agenda, und Simons Unterkiefer sah aus, als hätte jemand mit schlammigem Schrot darauf geschossen. Die Zähne wirkten stummelig, porös, waren schwärzlichdunkelgelb und ziemlich schief. Um das kräftige Brot überhaupt – ausschließlich mit dem Oberkiefer – zerbeißen zu können, musste er redliche Mundgymnastik betreiben. Er bemerkte meinen Blick, zuckte entschuldigend die Schultern und bemühte sich, den Mund beim Kauen zu schließen. Das gelang nur für ein paar Sekunden. Zwischen einigen weiteren Bissen Brot und dem Hauptgang inhalierte Simon eine Zigarette. Hinter ihm, im Küchenregal, lagerten zehn Stangen *Gauloises* – sein Vorrat, vielleicht sogar nur für die ersten paar Tage.

Henner klappte die rätselhafte A3-Gewässerkarte zu und streckte sich theatralisch.

»Ich werd dann mal«, erklärte er und sah auf die Uhr. Meine zeigte kurz vor Mitternacht. Simon nickte mampfend, im Aschenbecher neben seinen Rühreiern qualmte eine weitere *Gauloises*. Mark schnappte sich die Karte und winkte. Der Pfarrer stand auf und hangelte sich vorsichtig die vier Stufen zum Gang hinunter, aber er schlug trotzdem mit der Stirn an.

»Vorsicht«, sagte Mark.

»Gute Nacht«, sagte ich.

Wir saßen noch ein Stündchen und quatschten über die Ereignisse des Tages, wobei wir noch ein, zwei Bierchen tranken und Simon nicht weniger als eine ganze Schachtel Zigaretten verkohlte. Er ließ sich allerdings dazu überreden, seine diversen Telefone, die über ein fragiles Adaptergerüst mit der 12-Volt-Steckdose am Steuerstand verbunden waren, wenigstens auf Vibrationsalarm umzuschalten. Immerhin hatten sie während der vergangenen zwei Stunden keinen Pieps von sich gegeben. Ich war ein wenig in Sorge, ob es die Schiffsbatterie überleben würde, eine ganze Phalanx Telefone aufzuladen. Mein Telefon zeigte einige weitere Anrufe in Abwesenheit, fast alle von Cora, und außerdem ein halbes Dutzend Kurznachrichten. Ich ignorierte die Nachrichten, aber ich hätte ohnehin nicht antworten oder zurückrufen können – mein Handy hatte keinen Empfang.

Tag 2:
Treideln

Treideln – das Ziehen von Schiffen auf Wasserwegen durch Menschen oder Zugtiere.

Ich erwachte ziemlich erfrischt, hatte aber keine Ahnung, wo ich mich befand. Es dauerte beinahe eine Minute, bis ich realisierte, in einer engen Kabine an Bord der *Dahme* zu sein, zusammen mit Henner, Mark und Simon. Kurz darauf verspürte ich einen intensiven Anflug von Heimweh. Dabei ging es weniger um Cora, an die ich jeden Gedanken verdrängte, sondern um die stabile Sicherheit meiner heimischen Behausung, darum, einfach *ganz allein* tun und lassen zu können, worauf ich Lust hätte, mich in meinen eigenen vier Wänden zu bewegen, still vor mich hin zu trauern und jede Menge Mousse au Chocolat zu futtern. Für einen plausiblen Grund, das Schiff auf der Stelle zu verlassen, hätte ich in diesem Augenblick einiges gegeben. Ich zog den Siebziger-Vorhang beiseite, diese braun-orangefarbene Schandtat. Die Sonne schien, der Himmel war blau, das konnte ich sogar durch das intensiv kondenswassergetränkte Fenster erkennen. Ich schob es ein Stück auf. Die Luft war lau und äußerst frisch. Die Heimwehgedanken relativierten sich etwas. Ich putzte mir an dem kleinen Waschbecken, über das meine Kabine verfügte, die Zähne, und pinkelte anschließend hinein, wie ich das in der Nacht, wie mir jetzt einfiel, auch zwei- oder dreimal getan hatte. Die Handpumpen, mit denen die Klos entleert wurden, machten nämlich ordentlich Radau, und ich nahm an, der Erste von uns zu sein, der das morgendliche Sonnenlicht über dem See erblickt hatte.

Im Salon roch es intensiv nach altem Rauch, obwohl die Hecktüren bereits geöffnet waren. Auf dem Tisch lagen noch die Chipstüte und die Gewässerkarte, umstanden von unseren letzten Bierflaschen, daneben der überquellende Aschenbecher. Ich entdeckte Simon, der auf dem Vordeck stand, kletterte heckwärts zum schmalen Gang, der an den Kabinen vorbei nach vorne führte. Der Boden war feucht und deshalb glitschig, so dass ich mich an der Reling festhalten musste, und außerdem seltsam schwarz gepunktet. Auf dem mächtigen Vordeck sah es ähnlich aus. Simon stand dort und hielt beide Arme in die Luft gereckt, jede Hand mit drei Mobiltelefonen ausgestattet. Als er mich sah, nickte er erst in meine Richtung und dann in die der Schiffsaufbauten.

»Fettes Täubchen«, meinte er anerkennend, und dann, mit einem Blick auf die Telefone: »Leider kein Empfang hier.«

Seine Haare, die Unterarme und sein Gesicht waren noch immer farbgesprenkelt, aber er trug hellgrüne Shorts und ein schreiend buntes Hawaiihemd, dazu beigefarbene Stoffturnschuhe. Er ließ mich an einen Häftling denken, den man nach Jahrzehnten entlassen und, weil die Klamotten, mit denen er eingeliefert worden war, längst verrottet waren, mit irgendwas aus der Kleiderkammer ausgestattet hatte. Simon sah zwar in gewisser Weise lässig aus, doch zusammen mit seiner kalkigen Hautfarbe, der strubbeligen Unfrisur und den Farbklecksen ergab sich dennoch ein ziemlich schiefes Bild. Jemand, der Urlaub macht, allerdings überhaupt nicht weiß, wie das eigentlich geht. *Hey, entspannen Sie sich! – Spannen verstehe ich, nur was bedeutet die verdammte Vorsilbe?*

»Aber das Fahrrad ist ein Scherz, oder?«, fragte er.

Von hier aus gesehen rechts vor dem Steuerstand – backbord? – waren drei Fahrradhalterungen auf das neun Meter lange Kabinendach montiert, auf dem wir uns befanden, und im äußerst rechten davon stand ein etwas rostiges rotes Klappfahrrad, auch ziemlich siebzigermäßig. Am Lenker war ein Bastkorb angebracht, dessen Plastikfutter rosa in der Morgensonne glänzte. Das hatten wir mitgemietet, es gehörte quasi zur Ausstattung. Freiwillig würde ich mich mit diesem Vehikel jedoch nicht in der Öffentlichkeit zeigen. Ich nickte lächelnd.

»Ist ja auch zu wenig Platz zum Fahrradfahren«, sagte ich, nahm aber an, dass Mark den Stunt ausprobieren würde, wenn man ihn ein bisschen reizte.

Bei den vielen schwarzen Punkten handelte es sich um kleine tote Fliegen.

»Schätze, das sind Eintagsfliegen«, sagte Simon. »Sind wohl von unserem Ankerlicht angezogen worden.«

»Hier müsste man Spinne sein«, erwiderte ich grinsend und dachte dabei wieder an Mark. Als ich von meiner Insektenuntersuchung zu Simon aufsah, hing wie von Zauberhand eine qualmende Fluppe in seinem Mund – aber die Telefone hielt er nach wie vor hoch.

»Erwartest du einen wichtigen Anruf?«, fragte ich.

Simon grinste und senkte die Hände. »Eigentlich nicht«, sagte er und schüttelte dabei langsam den Kopf. »Die ganzen Katastrophen passieren auch, ohne dass ich zwischendrin mit jemandem telefoniere.« Er pausierte kurz. »Käffchen?«, fragte er dann.

Ich nickte. »Ich mache derweil hier sauber.«

In der Ankerkiste fand ich einen zerdellten Plastikeimer, der mit einem Stück Leine verbunden war, und unter dem Fahrrad klemmte ein Schrubber – neben einer seltsamen Stange mit einer Art Haken aus Kunststoff an einem Ende. Wozu dieses Ding wohl gut war?

Simon turnte unter Deck, ich holte eimerweise Wasser aus dem Menowsee, spülte damit das Dach, das Vorschiff und die Gänge an den Seiten ab. Irgendwann rief jemand ziemlich verschlafen »Scheiße!« Das geöffnete Seitenfenster, durch das ich etwas Wasser ins Bootsinnere hatte schwappen lassen, gehörte zu Henners Kabine. Ich schlich zu meinem Fenster und schloss es von außen, bevor ich an dieser Stelle mit der Bootsreinigung fortfuhr.

Saubermachen gehörte nun wirklich nicht zu meinen Lieblingsbeschäftigungen, aber hier machte es erstaunlicherweise

Spaß. Der kleine See lag ruhig, in etwa hundert Metern Entfernung wurde er von den ersten Booten passiert, die früh in Richtung Müritz oder andere Gewässer nördlich von uns unterwegs waren. Ein paar Nebelfetzen hingen noch über dem Wasser, einige Entenfamilien schwammen umher, und einmal meinte ich, einen durchaus mächtigen Raubvogel aus dem Wald aufsteigen zu sehen. Wir waren von ziemlich viel Wald umgeben. Von uns und den beiden anderen Booten abgesehen, die ein paar Dutzend Meter weiter ankerten und auf denen sich noch nichts tat, gab es kein Anzeichen für Zivilisation.

Als ich fast fertig war, kam Simon mit zwei großen Kaffeebechern an Deck, die mit dem Logo einer bekannten Hotelkette bedruckt waren. »Zum Glück habe ich meine Lieblingspötte eingepackt, die Tassen hier sind ein Scherz. Außerdem ist die Hälfte kaputt.«

Ich nahm einen Schluck, sagte »lecker« und musterte die Becher.

Wir saßen schweigend nebeneinander auf der Bank am Bug. Alle hundert Sekunden wurde die Stille durch das Klicken von Simons Feuerzeug unterbrochen.

»Das ist mein erster Urlaub seit …« Er pausierte und sah in den fast schon klischeehaft blauen Himmel. »Keine Ahnung. Ich habe mal eine Woche auf Mallorca verbracht« – er sprach den Inselnamen mit zwei l aus –, »vor acht oder neun Jahren. Da war ich mit diesem Täubchen aus Marzahn zusammen. Jacqueline.« Auch hier ließ er nicht einfließen, dass der Name eigentlich kein deutscher war: Dschack-Kell-Liene. »Kann auch zehn Jahre her sein. War aber eine Scheißwoche. Jacqueline hat am Strand einen Spanier kennengelernt und mich dann sitzenlassen.«

»Oh. Tut mir leid.«

Simon lachte. »War meine eigene Dummheit, mit dieser Torte in den Süden zu fliegen. Ehrlich, die war blöder als ihre eigenen Schuhe, aber sie sah hammer aus. Einfach hammer.« Er schwieg wieder kurz. »Lange her«, sagte er dann und lehnte sich zurück. Ein Brocken Asche von der Zigarette fiel in seinen Kaffeetopf, aber ich sagte nichts.

Plötzlich polterte es, Mark rannte an uns vorbei, sprang wiederum per Arschbombe ins Wasser und schrie noch »Guten Morgen!«, kurz bevor er die Wasseroberfläche berührte. Als er eine halbe Minute später wieder auftauchte, war er locker fünfzig Meter vom Boot entfernt und prustete lautstark. Kurz darauf setzte sich Henner neben uns, im gebügelten und vielleicht sogar gestärkten Shirt, das teuer aussah und – heilige Scheiße! – einen gestickten, dunkelblauen Anker als Logo auf der Brust trug. Auch seine oberschenkellangen Shorts sahen nach Seemannskleidung aus, dazu weiße Socken in weißen Segelschuhen. Die Kleidung stand in einem sehr seltsamen Kontrast zu den vielen entzündeten roten Flecken, mit denen die eher blasse Haut an Hals, Gesicht, Unterarmen und Unterschenkeln übersät war. Henner hielt eine der kleinen Tassen, die noch heil geblieben waren, und trank offenbar Tee. Sein Gesicht sah etwas zerknittert aus, übermüdet, als hätte er die ganze Nacht mit der Vorbereitung einer Predigt verbracht.

»Hatten wir vorhin Seegang?«, fragte er.

Simon lachte und stand auf. »Ich muss mal duschen«, erklärte er.

Simon duschte und duschte, während wir schon die aufgebackenen Brötchen aßen und auf die Frühstückseier warteten. Wir saßen auf der Heckterrasse im Sonnenschein, Henner trug tatsächlich eine Art Kapitänsmütze und dazu eine Ray-Ban.

»Wo kommt unser Leitungswasser eigentlich her?«, fragte Mark. »Ich meine, die Seen sind ja ziemlich klar, aber das ist doch wohl kein Trinkwasser.«

»Einige Seen in Mecklenburg-Vorpommern haben tatsächlich Trinkwasserqualität«, dozierte Henner. »Aber, nein, wir haben Frischwassertanks. So um die tausend Liter fassen die wohl, meine ich gelesen zu haben. Oder dreizehnhundert.«

»Frischwassertanks«, wiederholte Mark.

»Wenn Simon so weiterduscht, sind die gleich leer«, mutmaßte ich. Tausend Liter? Wie viel wohl in eine Badewanne passte?

»Er muss ja auch eine Menge ... *Krempel* abschrubben«, sagte Mark. Und dann, ganz förmlich an unseren Kirchenmann gewandt: »Jan-Hendrik, mir ist aufgefallen, dass du vor dem Essen überhaupt nicht betest. Du bist doch Pfarrer, oder?«

Henner nickte kurz und wechselte einfach das Thema. »Ich habe die Gewässerkarte studiert. Wir sollten zurückfahren und Kurs in Richtung Templin nehmen. Das ist angeblich eine sehr schöne Strecke« – er wies auf sein *Tablet*, das auf dem Tisch lag –, »und wir könnten dann dort irgendwo ankern.«

»Templin«, sagte Mark. »Klingt originell.«

Wir futterten weiter, Simon gesellte sich zu uns, von der Hälfte seiner Farbflecken befreit, und mampfte wie ein Scheunendrescher – wenn er nicht gerade rauchte.

Als wir aufbrechen wollten, zeigte sich, dass die Schiffsbatterien durchaus in Mitleidenschaft gezogen wurden, wenn man eine Schiffsladung Mobiltelefone über sie auflud. Erst jetzt entdeckten wir, dass sogar die Funzeln für den Fäkalientank verweigerten, uns über die gespeicherte Abwassermenge zu informieren, und als ich den Hebel zog, um den Motor zu starten, während Henner vorne und Mark hinten darauf warteten, die Anker zu lichten, tat sich – überhaupt nichts. Kein Mucks. Es gab nicht einmal ein Klicken.

»Mmh. Ich kenne mich mit Schiffstechnik nicht aus, aber auf mich macht es den Eindruck, als wären die Batterien leer.«

Simon nickte, zog aber trotzdem ein paarmal am Hebel.

»Was ist los?«, rief Hendrik.

»Die Batterien sind platt«, antwortete Simon.

»Im Bordbuch steht, dass das getrennte Systeme sind«, meinte Henner. »Auch wenn die Batterien für die Bordelektrik leer sind, müsste der Anlasser Strom haben.«

»Du kannst ja versuchen, den Pott mit dem Scheiß-Bordbuch zu starten«, rief Simon zurück, aber mit freundlichem Unterton.

Mark kam wieder herein und ließ sich informieren. »Gibt es so was wie einen Wasser-ADAC? Ich meine, für Starthilfe und so. Irgendwas müssen die ja auch machen, wenn im Winter nichts geht.«

»Da liegen die Schiffe in *Häfen*«, sagte Simon und hob eine Augenbraue.

»Wir könnten in der Basis anrufen, die schicken dann jemanden«, erklärte Henner, auch wieder bei uns. Er hielt das dicke Bordbuch – eine Sammlung von Informationsblättern in Klarsichthüllen – und eine Visitenkarte mit dem Logo des Charterers in den Händen.

»Wir könnten uns auch allesamt das Wort ›Idiot‹ auf die Stirn tätowieren lassen«, sagte Simon.

»Anschieben kann man den Pott jedenfalls nicht«, sagte ich, fand den Gedanken daran, wie wir es schwimmend versuchten, aber lustig. »Und ich glaube kaum, dass wir oder die anderen« – ich zeigte nach draußen – »Starthilfekabel dabeihaben.«

»Ich war mal Elektriker«, sagte Simon. Er runzelte die Stirn. »Okay, ich habe einiges an Stromleitungen verlegt. Aber da ging es auch um Elektrik.«

Er sah sich um, vor allem am Boden. Gut erkennbar gab es da einige große Klappen mit eingelassenen metallenen Griffringen, aber unter der ersten, die er öffnete, war nur eine ziemlich mächtige ölverschmierte, glänzende Metallstange zu sehen.

»Die Antriebswelle«, verkündete Henner. Er schien sich daran zu erfreuen, dass mal ein anderer an einer Katastrophe schuld war.

»Und der Motor liegt dann …?«, fragte Simon.

Henner stutzte kurz, ließ sich aber nicht verunsichern. »Weiter vorne? In Richtung Bug?«

»Genau.« Simon öffnete die nächste Klappe.

Ich hatte eine große Maschine erwartet, irgendwas von der Mächtigkeit der riesigen Antriebe, die man auf *National Geographic* zu sehen bekam, wenn eine Schiffsreportage gezeigt wurde, aber der Metallklotz, der sich unter der Öffnung befand, war vermutlich nicht größer als der in Henners Discovery.

Unter der übernächsten Klappe fand der selbsternannte Elektriker mehrere Autobatterien, die auf mich ziemlich neu und irgendwie *energetisch* wirkten. Simon verschwand in seiner Kabine und kehrte mit einem hoffnungslos verdreckten Messgerät zurück. Damit fuchtelte er eine Weile an den Batterien herum, bis zur Hüfte im schmalen Kabuff unter der Klappe stehend.

»Sind alle in Ordnung«, sagte er schließlich und kratzte sich mit einem verschmierten Finger an der Schläfe. Er kletterte wieder aus dem Kabuff, hangelte sich – ohne Kopfstoß, denn jemand, der auf Baustellen arbeitet, gibt automatisch auf Hindernisse acht – zu den Kabinen hinunter und klapperte dann mit sämtlichen Schrank- und sonstigen Türen herum, die dort zu finden waren. In der zweiten Nasszelle wurde er fündig. Kurz darauf kehrte er grinsend zurück, zog am Hebel – und mit einem kurzen Stottern sprang der Motor an, als wäre er überrascht, doch noch arbeiten zu müssen. Die Kontrollen für den Fäkalientank zeigten ein fröhliches Gelb. Ich schlug Simon anerkennend mit der Hand auf die Schulter.

»Was hast du gemacht, großer Meister?«

»Die Sicherung wieder eingeschaltet.« Er schaltete außerdem eine weitere Zigarette ein.

Henner nickte langsam. »Ohne dich hätten wir hier stundenlang auf einen Techniker gewartet«, sagte er schließlich ein wenig zerknirscht.

Simon legte ihm eine Hand auf die Schulter. »Ohne mich wäre das wahrscheinlich nicht passiert, Freund Pastor.« Er drehte sich zu mir. »Wie steuert man diesen Kahn?«

Während wir auf die nicht weit entfernte Ausfahrt aus dem See zuhielten und ich Simon darüber informierte, dass wir ab dort die Höchstgeschwindigkeit von 8 km/h einzuhalten hätten, drückte er verzweifelt den Gashebel weiter nach vorne. Die *Dahme* verfügte über kein Tacho, sondern nur über einen Drehzahlmesser, an dem drei farbige Klebestreifen für sechs, acht und zehn km/h Geschwindigkeit befestigt waren, und die Anzeige hing trotz Vollgas nur kurz über dem letzten, roten Streifen.

»Dreitausend Umdrehungen?«, fragte Simon skeptisch. »Der Drehzahlmesser geht bis sechstausend. Ist das Ding gedrosselt?«

Ich zuckte die Schultern. *Gedrosselt?*

Ohne dass ihm irgendwer erklärt hätte, wie man das macht, stoppte Simon vollendet auf. Rückwärts, kurz Vollgas, Blick nach draußen, Leerlauf. Das Schiff stand einfach, als hätte er eingeparkt und die Handbremse angezogen. Henner saß auf der Bank vorne, drehte sich aber kurz um und sah anerkennend-staunend zu uns. Mark lag hinter ihm in der Badehose auf einer Isomatte und ließ die Sonne auf sich scheinen.

Simon öffnete abermals die Klappe zur Maschine, kletterte halb hinunter und sah sich um.

»Ah. Eine Plombe am Gaszug.«

»Plombe«, wiederholte ich, als wäre ich Mark.

Simon lachte und zeigte dabei seinen Unterkiefer, den ich in diesem Augenblick für mich »Dresden 1945« taufte.

»Plomben können *brechen*«, erklärte er lächelnd. Dann holte er einen der beiden Metallkoffer, in dem unter anderem auch das ranzige Messgerät lag. Er war mit Werkzeug aller Art gefüllt, ich sah einen Lötkolben, Maulschlüssel, Hammer in verschiedenen Größen, Farbrollen, Rohrzangen, Spachtel, Unmengen Schrauben, Muttern, Nägel, Lüsterklemmen und solches Zeug, außerdem etwa zweihundert klebrige Einwegfeuerzeuge. Alles starrte vor Dreck.

»Warum schleppst du so was in den Urlaub mit?«, fragte ich.

Simon hantierte bereits mit einer ziemlich großen Zange herum. »Weil ich erstens direkt von der Arbeit gekommen bin. Und man zweitens nie weiß.«

»Wir verlieren wahrscheinlich den Versicherungsschutz, wenn wir den Motor manipulieren«, erklärte Henner, der sich zu uns gesellt hatte. Seine bescheuerte Kapitänsmütze hielt er in der Hand.

Simon sah nur kurz auf. »Dann bete zu deinem Gott, dass sie nicht entdecken, dass wir den Motor manipuliert haben«, sagte er freundlich und ließ die Plombe krachen. Henner verzog schweigend das Gesicht.

Danach machte der Motor der *Dahme* bei Vollgas satte fünftausend Umdrehungen, umgerechnet also beinahe 20 km/h – der Fahrtwind durch die geöffneten Frontscheiben war deutlich zu spüren. Parallel zu uns brach ein anderes Schiff, das im See geankert hatte, in Richtung Ausfahrt auf, aber wir hatten nicht die geringste Mühe, es abzuhängen. Ich pfiff anerkennend.

»Können wir jetzt auch Wasserski?«, rief Mark von der Isomatte aus, ohne sich zu uns umzudrehen.

»Wir sollten es in jedem Fall ausprobieren«, erklärte Simon, zündete sich eine Zigarette an und steuerte den Pott mit der gleichen Bewegung elegant in die Flussmündung. Neben der Ausfahrtsmarkierung, einem gestreiften, weißen, auf der Spitze stehenden Quadrat am Ende einer langen Stange, nahm er Gas weg, und ohne dass er dem Drehzahlmesser auch nur einen kurzen Blick gewidmet hätte, landete die Anzeige sauber direkt unter dem Klebestreifen für acht Stundenkilometer.

»Ich mag Fahrzeuge einfach«, sagte er, während ich das Schiffsdach öffnete.

Der Warteplatz der Schleuse Steinhavel lag am linken Ufer. Er war ziemlich lang – zweihundert Meter, schätzte ich – und fast bis zum Ende voll besetzt, was nach meiner Rechnung bedeutete, dass wir mindestens vier Schleusungen abzuwarten hätten, um selbst an die Reihe zu kommen. Ich übernahm das Steuer, wusste aber eigentlich nicht viel besser als Simon, wie man anlegt. Ich fuhr einfach sehr langsam, zielte mit der Bootsspitze hinter das letzte wartende Boot, stoppte dann auf und betätigte den grünen linken Knopf des Bugstrahlruders. Der Bug schlenderte auf das Ufer zu. Henner stand vorne, eine Leine in der Hand, und wartete. Erst als alle anderen mehrfach »Jetzt!« riefen, sprang er ans Ufer, penibel darauf achtend, mit seinen hellen Segelschuhen nicht etwa eine Pfütze zu treffen, zog die Leine bedächtig zweimal um den dicken Pfahl, straffte das Ende und schaute dann, als müsste er gelobt werden.

Leider hatten wir kein verdammtes *Heckstrahlruder*. Während Henner vorne festhielt, bemerkte ich, wie das Hinterteil des Bootes gemächlich versuchte, den Bug zu überholen – schließlich gab es hier ja, wie mir bewusst wurde, Strömung. Ich kurbelte am Steuer, bis es auf das Äußerste nach rechts eingeschlagen war, und gab vorsichtig Gas. Erst tat sich nichts, dann gab ich etwas mehr Gas. Und, siehe da, das Heck trieb gemütlich auf das Ufer zu, während das Vorderteil des Bootes gegen den Pfahl drückte. Schließlich gab ich einfach Vollgas. Simon sprang zu mir und nahm den Hebel zurück.

»Denk an die Plombe«, sagte er lächelnd.

Und dann lagen wir. Ich klopfte mir gedanklich auf gedankliche Schultern – ich hatte etwas begriffen, wie ich meinte. Leider öffnete die Schleuse in diesem Moment, Boote glitten heraus, die Anzeige wechselte kurz danach auf Grün, vorne legten fünf oder sechs Schiffe ab, Henner und Mark waren im Begriff, uns ebenfalls loszumachen und an Bord zu kommen, aber ich hatte keine Lust darauf, dieses anstrengende Manöver jetzt viermal zu wiederholen.

»Ihr könnt den Kahn ziehen«, rief ich und zeigte auf die beiden Boote direkt vor uns, deren Mannschaften genau das taten. »Vom Ufer aus.«

»Ja, *treideln*«, erklärte Henner kryptisch.

Es dauerte fast eine Stunde, bis ich die *Dahme* schließlich in die Schleusenkammer steuerte. Wir fuhren als Letzte ein und passten noch gerade so hinein – keine Ahnung, was wir getan hätten, wenn das nicht der Fall gewesen wäre, denn rückwärts fuhr der Kahn in alle möglichen Richtungen, nur nicht in die, in die man steuerte. Der Schleusenwärter von gestern kam aus seinem Häuschen, stellte sich neben uns und sagte lächelnd: »Ihr wieder.«

»Ja, wir wieder«, sagte Mark, ohne die Augen zu öffnen.

Hinter uns fuhren aber noch ungefähr zwanzig dunkelrote Kanus ein, die sich über die größeren Schiffe verteilten. Die Leute, die in den Kanus saßen, nahmen die Paddel hinein und hielten sich an den Stangen auf der anderen Seite oder den größeren Pötten fest. Direkt neben unserem Steuerstand hielt so ein Paddelboot, in dem zwei Frauen saßen, Anfang dreißig, schätzte ich, aber ich konnte nur die Köpfe und Teile der Oberkörper sehen. Der vordere gehörte einer Frau mit kurzen, schwarzen Haaren und schmalem Gesicht, die ein wenig mürrisch dreinschaute und die Gummileiste, die die

Dahme vor Stößen schützte, mit der rechten Hand hielt, als wäre das etwas ziemlich Ekliges. Die Frau dahinter war dunkelblond – und, wie ich verblüfft feststellte, das – wenigstens dem Gesicht und dem unfassbar wohlgeformten Hals nach zu urteilen – schönste Wesen, das ich seit Jahren gesehen hatte. Sie lächelte abwesend, schien ihre Umgebung nicht direkt wahrzunehmen, sondern einfach darin zu versinken. Sie hatte etwas Feenhaftes, Verzaubertes, aber nicht auf esoterische Weise, sondern irgendwie – anerkennend. Ihr Lächeln schien der Natur zu gelten, der Situation, der Tatsache, dass sie das Glück hatte, all dies jetzt in diesem Augenblick zu erleben, und dem Leben an und für sich. Davon abgesehen war diese Frau einfach unglaublich schön – und genau in diesem Moment, als ich sie verzückt anstarrte, sah sie zu mir herüber. Sie lächelte weiter, fixierte mich und nickte dabei langsam. Ich wollte etwas sagen (das sie nicht hören würde, denn die Seitenfenster waren verschlossen) und konnte doch nur an Curt und den weißen Thunderbird denken. Die Schleuse nahm ihren Betrieb auf, die Boote begannen sich zu heben, das Kanu der beiden Frauen trieb etwas nach vorne. Ich ging zum linken Fenster, das Bötchen kehrte zurück, die Dunkelblonde verdrehte ihren Kopf in meine Richtung. Von ihrem Körper war nicht viel zu sehen, aber das wenige sah mehr als okay aus, und sie lächelte mich immer noch an. Hatte sie nicht sogar den Kopf verdreht, um zu mir blicken zu können? Gut möglich. Ich dachte darüber nach, wie ich aussah. Geduscht hatte ich noch nicht, aber olfaktorische Wahrnehmung war ohnehin ausgeschlossen. Meine kurzen, fast schwarzen Haare sahen auch ohne Wäsche nach drei, vier Tagen noch annehmbar aus. Aber ob sie meine dunklen, irritierenden Augen (sagte Cora) aus dieser Entfernung wahrnehmen konnte? Meine markanten Gesichtszüge?

»Motor an!«, rief Mark von hinten, das Ausfahrtsignal war auf Grün gewechselt. Ich ging zum Steuer, ließ die dunkelblonde Fee aber nicht aus den Augen, wie auch sie mich nicht, meinte ich jedenfalls. Ich startete den Motor und wünschte mich in ein rotes Kanu. Die Schleusentore öffneten sich, die Kanus, die neben den Booten vor uns lagen, wurden herausgepaddelt. Und auch die mürrische Schwarze und ihre Freundin stießen sich ab, die Dunkelblonde sah mich nach wie vor an, nahm ihr Paddel mit selbstverständlicher Geste, lächelte – und dann formte sie einen Kussmund. Eindeutig einen Kussmund! Ich war wie von einer Sekunde auf die andere völlig in Trance, glaubte kurz, Gegenstand eines perfiden Versteckte-Kamera-Scherzes zu sein, musste mich dann aber auf die Ausfahrt konzentrieren. Das Schiff glitt hinter den anderen aus der Kammer, touchierte nur kurz links einen Metallpfeiler, und dann passierten wir die Kanu-Armada, die sich am rechten Ufer zusammengerottet hatte und darauf wartete, dass die Motorschiffe vorbeizogen. Ich verdrehte meinen Kopf, konnte die Dunkelblonde aber nicht entdecken.

»Was ist los?«, brüllte Mark von hinten. »Motor kaputt? Gib endlich Gas!«

Ich schob den Hebel widerwillig nach vorne, bis der Drehzahlmesser 8 km/h anzeigte, sah dann aber weiter nach hinten. Ein schlanker Arm schien sich aus dem Kanupulk zu erheben. Winkte sie mir zu? Ich winkte zurück, was sie sicher nicht sehen konnte.

»Vorsicht!«, brüllte Henner. Ich sah nach vorne. Das rechte Ufer kam auf uns zu, ich schlug kräftig nach links ein, wodurch dann nur noch das Heck unseres Schiffes knirschend gegen die Befestigung schlug. Das Geschirr in den Schränken und auf dem Terrassentisch klapperte, aber ansonsten überstanden wir das schadlos. Ich kurbelte weiter, um nicht anschließend das andere Ufer zu treffen, dann lag die *Dahme* mittig im Fluss. Von der Wartestelle erklangen ein paar Pfiffe und hämische Rufe.

Ich übergab das Steuer an Simon, der alle Knöpfe seines

Hawaiihemdes geöffnet hatte und dadurch wie ein lächerlicher Nebendarsteller in einem Gangsterfilm aussah. Dann schlüpfte ich in meine Badehose, setzte mich auf einen Plastikstuhl auf der Heckterrasse und starrte in unser schäumendes Kielwasser. Die Schleuse und die Kanus waren längst außer Sicht, wir passierten drei mächtige Lastkähne, die am rechten Ufer befestigt und mit Holzpflöcken beladen waren. Ein paar Arbeiter mit Helmen und Kopfhörern waren zugange, ein Schiff war mit einer Art Presslufthammer ausgestattet, der auf eine Holzbohle eindonnerte, die dadurch langsam am Ufer im Boden versank. Davon abgesehen war es still, auch die Baustelle ließen wir bald hinter uns – und damit die Kanufahrer. Ich dachte an die dunkelblonde Frau, holte, einem Impuls folgend, mein Telefon und setzte mich wieder ans Heck. Inzwischen waren zweiunddreißig Kurznachrichten von Cora eingetroffen. *Wo steckst du?*, *Ruf mich bitte dringend an!*, *Ich versuche schon seit Stunden, dich zu erreichen, ruf doch BITTE endlich zurück*, gar *Was ist nur los?*, *RUF ZURÜCK!* und so weiter. Ein kleiner Balken zeigte an, dass ich das jetzt auch hätte tun können, aber der Gedanke daran, mit Cora zu sprechen, kam mir unwirklich und absurd vor. Ich beließ das Telefon auf Vibrationsalarm und legte es in die Kabine zurück.

Als wir auf dem Röblinsee ankamen, wo sich auch der Heimathafen der *Dahme* befand, gab Simon ordentlich Gas. In kurzer Zeit überholten wir die anderen Schiffe, die mit uns geschleust hatten – hauptsächlich Hausboote in verschiedenen Ausführungen – und die an den grünen Bojen entlang auf die andere Ausfahrt zuhielten, nach und nach erkennbar durch zwei farbige Tonnen und die dahinterliegende Eisenbahnbrücke. Erstmals war die Bewegung des Bootes auch an Bord zu spüren. Da ein wenig Wind ging, gab es leichten Wellengang, und vom Bug hörte ich ein sanftes Knallen, wenn sich der große Kahn, vom getunten Motor angeschoben, marginal hob und wieder absenkte, aber in einer Größenordnung, die bestenfalls derjenigen ähnelte, mit Henners Bockel über eine Kopfsteinpflasterstraße zu fahren. Von echtem Seegang konnte man kaum reden, und selbst jetzt spritzte kein Wasser so hoch, dass es Henners Kabinenfenster erreichte.

Wir passierten den Charterhafen – den unser Rudergänger ja nicht kannte – in etwa fünfzig Metern Entfernung, und bevor ich Simon »Mach langsamer!« zurufen konnte, kamen zwei Techniker gut sichtbar aus der Hocke hoch und sahen zu uns herüber. Der Topf fuhr fast doppelt so schnell wie vorgesehen. Simon drosselte den Motor, zuckte entschuldigend die Schultern, als Henner mitteilte, was geschah. Die Techniker schienen sich zu beraten, einer nahm ein Fernglas zur Hand, der andere winkte uns auffordernd zu, aber Simon hielt unbeirrt Kurs auf die Ausfahrt, während wir anderen so taten, als hätten wir nie in Richtung Steganlage geschaut. Bis wir die Ausfahrt erreicht hatten, unser Steuermann auf Kanalgeschwindigkeit absenkte und wir schließlich unter der Brücke durchfuhren, geschah nichts. Man verfolgte uns nicht. Dafür klingelte Henners Mobiltelefon erstmals, seit wir an Bord waren, mit einer Tonfolge, die mich verblüffte und die ich nicht erwartet hätte: Es war das Intro von »Slow Love«, dem einzigen Achtungserfolg, den Cora und ihre Band *Ugly Carpet* je gehabt hatten, Platz sieben der deutschen Singlecharts im Oktober 2007. Leicht irritiert nahm ich das Gerät von der Sitzbank und reichte es dem Pfarrer.

Er studierte das Display, während weiterhin die Keyboards zu hören waren, die Cora selbst spielte – diesen Song hatte ich allein *live* schon fast hundertmal gehört. Dann machte Henner eine Wischbewegung und hielt sich das Ding ans Ohr.

»Ja?«, fragte er vorsichtig.

Kurze Pause.

»Der bin ich.«

Längere Pause. Dabei Stirnrunzeln und leicht verzweifelte Blicke in meine und in Simons Richtung.

»Wie meinen Sie das?«

Kürzere Pause. Nicken.

»Sind Sie sicher?«

Sehr kurze Pause.

»Nein, kurz über der Dreitausend. Hundertprozentig.«

Lange Pause. Nicken, der Anflug eines Lächelns.

»Doch. Ich habe danebengestanden.«

Kurze Pause.

»Werden wir tun. Sicher. Ja. Okay, danke.«

Er beendete das Gespräch. »Der Charterstützpunkt. Sie meinten, die *Dahme* wäre ziemlich schnell gefahren. Zu schnell.«

Simon grinste.

»Wir sollen uns melden, wenn etwas mit dem Motor nicht stimmt«, sagte Henner.

»Warum hast du diesen Klingelton?«, fragte ich und versuchte, die Frage freundlich klingen zu lassen. Seltsamerweise verspürte ich einen Anflug von Eifersucht.

Der Pfarrer sah mich konsterniert an, schien keine Ahnung zu haben, was das für eine Rolle spielte. »Warum fragst du? Ist ein gutes Lied. Ich mag es. Kennst du es?«

Jetzt war *ich* verunsichert. Gut möglich, dass ich während der kurzen Gespräche vor oder nach dem Federball nie erwähnt hatte, eine Beziehung mit einer Popmusikerin zu haben. Trotzdem war es ein ordentlicher Zufall, dass Henner dieses Stück sogar als Klingelton verwendete, denn die Fanbasis von *Ugly Carpet* war überschaubar; die Massen hatten den Jahre zurückliegenden kleinen Hit längst vergessen, obwohl er immer noch hin und wieder auf Engtanz-Samplern veröffentlicht wurde, Coras Band spielte entweder Support oder wie derzeit in kleinen Provinzclubs. Ich zuckte die Schultern und kehrte zur Heckterrasse zurück, wo es Schatten gab, weil das Bootsdach darüber hinwegragte. Es war inzwischen sehr warm, fast heiß. Selbst in der Badehose schwitzte ich leicht, aber unser Pfarrer trug immer noch die Seglermontur.

Wir durchfuhren auf dem hier ziemlich breiten Fluss das Städtchen Fürstenberg, kamen an mehreren Liegeplätzen, einer Werft, sogar Abzweigungen vorbei, bis Henner den Warteplatz für die Schleuse sichtete, der durch gelb-schwarze Metallpfähle markiert wurde. Nur ein Boot lag dort, ein Schwesterschiff der *Dahme*, allerdings etwas kürzer. Im Gegensatz zu unserem verfügte dieses Boot aber im hinteren Bereich über einen offenen Steuerstand in Dachhöhe, eine *Flying Bridge*, wie ich beim Proviantverstauen aufgeschnappt hatte. Dort stand ein Endvierziger mit Schnauzbart, der eine zu knappe, den Bauch unglücklich betonende Badehose und eine ähnliche Mütze wie Henner trug, und stolz wie Bolle seine Mannschaft befehligte – zwei geschätzt vierzehnjährige, dürre, rothaarige, offenkundig schwerst genervte und gelangweilte Mädchen, die vorne und hinten die Leinen hielten, und eine dickliche Frau in einer Art Hauskleid, die vorne auf dem Schiff stand und diesen merkwürdigen Besenstiel hielt, der auch auf dem Deck der *Dahme* lag. Als Simon den Kahn äußerst sanft direkt hinter dessen Schiff zum Stehen brachte, tippte sich der Mann grinsend an die Mütze. Simon winkte und rief »Ahoi!«

»Wir sind gerade losgefahren«, teilte der Mann mit.

»Wir nicht«, antwortete Mark, der die vordere Leine hielt.

»Ganz schön aufregend«, sagte der Badehosenträger.

»Aber hallo«, gab Mark zurück.

Und dann geschah eine ganze Weile lang nichts. Hinter uns trafen die Boote ein, die wir überholt hatten, aber das Signal der Schleuse zeigte stoisch rot.

Irgendwann – nach fast einer halben Stunde – brüllte jemand von hinten: »Hat einer Signal gegeben? Das ist eine Automatikschleuse!«

Captain Flying Bridge sah sich verunsichert um.

»Signal?«, rief er zurück. Dann sah er suchend zum Ufer – eine Digitalanzeige, die eigentlich kaum zu übersehen war, sprach tatsächlich von einer Signalanforderung. Und dann *hupte* der Mann. Etwa eine Minute lang, ein etwas quälendes, nicht sehr überzeugendes Geräusch. Mark befestigte seine Leine und sprang auf die Gitterkonstruktion jenseits der Pfähle, schlenderte am Boot des Signalgebers vorbei und ging zu einem ebenfalls kaum übersehbaren, länglichen Metallkasten. Dort zog er an einem grünen Hebel. Beinahe augenblicklich blinkten gelbe Rundumlichter auf dem Schleusentor, das sich kurz darauf langsam zu öffnen begann.

»Automatikschleuse«, sagte er grinsend, als er wieder an Bord sprang. »Spannend.«

Die Schleuse war offenbar recht neu. Als wir, dem Huper dicht auf den Fersen, in die Kammer einfuhren, bemerkten wir, dass sie außerdem ziemlich breit war – und dass sich Ein- und Ausfahrt nicht einander gegenüber befanden, sondern um eine komplette Torbreite versetzt waren: Die Ausfahrt lag links, wir waren rechts eingefahren, die Kammer war gut doppelt so breit wie diejenige der Schleuse Steinhavel. Das hatte auch der Familienvater vor uns bemerkt, weshalb er jetzt einfach mitten in der Schleusenkammer anhielt. Das Röhren des Bugstrahlruders verkündete, dass er versuchte, die nicht sehr schlaue Position zu halten.

»Links anlegen!«, rief Mark, für seine Verhältnisse recht autoritär. Simon stoppte auf. Hinter uns brüllten die Leute auf den anderen Booten unverständliche Dinge, wahrscheinlich Flüche und Beschimpfungen. Vor der Schleuseneinfahrt staute sich der Verkehr. Ohne Bugstrahlruder war es sicher nicht leicht, einfach irgendwo stehenzubleiben – und nicht abzutreiben.

»Wie soll ich das machen?«, fragte der Mann zurück, gerade noch verständlich. Er sah sich um, als gäbe es da irgendwo schematische Zeichnungen, die ihm weiterhelfen könnten. Jetzt wirkte er ziemlich unglücklich; die Euphorie von vor vierzig Minuten war komplett verflogen.

Da sich Heck seines Schiffes und Bug der *Dahme* fast berührten, sprang Mark einfach auf das andere Schiff und stieg die Treppe zur Brücke hoch. Kurz darauf nahm das Boot sehr leichte Fahrt auf, Mark betätigte das Bugstrahlruder, und der Bug des Schiffes erreichte tatsächlich irgendwann die Schleusenwand auf der linken Seite, nicht sehr weit vom Tor entfernt. Da es abwärtsgehen würde, die Kammer also gefüllt war, konnte das vordere Mädchen an Land springen, was sie mit einer Körperhaltung tat, als wäre es dort noch nerviger und langweiliger. Immerhin zog sie das Schiff weiter in Richtung Tor. Mark kurbelte wie ein wilder, gab etwas Gas, bis schließlich auch die andere Rothaarige ihre Leine um einen der eingelassenen Ringe ziehen konnte. Vom Boot hinter unserem kam ironischer Applaus, Mark verneigte sich in alle Richtungen und kletterte dann ebenfalls an Land – nachdem der Schiffsführer ihn heftig umarmt hatte: Der Oberkörper des Familienvaters glänzte vor Schweiß.

Simon brachte uns zielsicher dahinter in Position, Henner hielt das Boot vorne. »Nicht festmachen!«, rief ich, Mark hatte das bei der vorigen Schleusung getan. Vermutlich würden wir das bis zum Ende der Reise wiederholen. Ich sprang heckwärts an Land und hielt meine Leine lässig, während ich den anderen Booten dabei zusah, wie sie auf dieser und der anderen Seite die Plätze einnahmen. Die Schleuse fasste auf diese Art ordentlich was, aber als schließlich noch ein weiteres Schwesterschiff – etwa zehn Meter lang – einzufahren versuchte, war die Kapazität bereits erreicht. Langsam und ziemlich unkoordiniert rückte das Boot wieder ab, wobei ich erstmals sah, wozu die merkwürdige Stange gut war: Ein junger Mann auf dem Vorschiff benutzte sie, um die Wände der

Schleusenausfahrt entweder auf Abstand zu halten oder sich und das Boot an sie heranzuziehen.

Nur die Kanuflotte kam nicht mehr. Ich starrte auf die sich schließenden Tore und hoffte darauf, dass in letzter Sekunde ein kleines, rotes Boot mit zwei paddelnden Frauen an Bord hereinschlüpfte, doch das geschah nicht. Stattdessen senkte sich der Wasserspiegel gemächlich um fast zwei Meter, wodurch nicht nur Entfernung, sondern auch ein Höhenunterschied zwischen mir und der dunkelblonden Kussmundfee trat. Ich ging zum Kühlschrank, nahm zwei Biere heraus, öffnete sie und reichte Mark, der das Steuer übernommen hatte, eines davon, der das mit einem selbstverständlichen Nicken bestätigte.

»Ich auch«, rief Simon von vorne.

Und schon während ich auf dem Weg zum Kühlschrank war, rief eine andere Stimme: »Ich glaube, ich nehme auch eins.« Die von unserem Pfarrer. Wir prosteten uns zu, während Mark Kurs auf die Brücke am Ende des kleinen Sees hinter der Schleuse hielt und die *Dahme* recht flink am Schwesterschiff mit der Flying Bridge vorbeirauschte, an dessen Steuer jetzt die dicke Frau im Hauskleid stand und wissend zu uns herüberlächelte.

Das Städtchen Fürstenberg ließen wir bald hinter uns – dem kleinen See diesseits der Schleuse folgte der etwas größere Schwedtsee, an dessen östlichem Ufer die Gedenkstätte Ravensbrück lag, was wir aber nur der immer noch überwiegend rätselhaften Karte entnehmen konnten, denn gleich nach der Einfahrt lag hinter einem schilfbewachsenen Uferstück rechter Hand wieder die Ausfahrt, so dass wir den See im Prinzip nur tangierten. Die Havel war hier breiter, wirkte aber urwüchsiger und wilder als bei dem Stückchen, das wir als Steinhavel kannten. Am rechten Ufer entdeckte ich allerdings bald eine Art Trimm-dich-Pfad, links gab es zwei, drei äußerst schmale, strandartige Abschnitte, an denen nackte Kinder im Wasser spielten, außerdem saßen hier und da Angler am Ufer, die uns keines Blickes würdigten, obwohl Mark Dinge wie »Petri heil!« und »Einmal Forelle Müllerin Art, bitte!« rief. Er fuhr vorsichtig, auch als wir die ehemalige Eisenbahnfähre erreichten, die der Karte zufolge inzwischen ein Denkmal war. Im Wildwuchs der Ufer konnte man links noch die Gleise erkennen. Danach verschwanden alle Anzeichen von Zivilisation bis auf zwei Hochspannungsleitungen, die in großer Höhe über den Fluss hinwegreichten. Ich zählte nicht weniger als sechs Reiher, die statuenhaft am Ufer posierten, aber einer schwang sich sogar auf und flog direkt vor uns mit sanften, würdevollen Flügelschlägen davon. Henner zückte aufgeregt seine Digitalkamera, doch das Display zeigte später nur einen von hinten beleuchteten, verwaschenen Schatten mit etwas, das höchstens bei gutem Willen als Flügel zu erkennen war. Wir kamen an blühenden Seerosenfeldern vorbei, die weit in den Fluss hineinreichten, das Wasser glitzerte, hin und wieder sah ich ein paar kleine Fische. Heere von Schmetterlingen flatterten um die Büsche und Blumen des Ufers. Mächtige, schillernde Libellen bewegten sich in ihrem eigenartigen Rhythmus über das Wasser, zuweilen paarweise, die eine hinten an der anderen angedockt. *Sex*. Ich dachte an das dunkelblonde Wesen aus der Schleuse Steinhavel und imaginierte, etwas Ähnliches mit ihr zu tun, aber eigentlich wollte ich vor allem mit ihr sprechen. Sie einfach fragen, warum sie mich angelächelt und mir einen Kussmund zugeworfen hatte. So wie Curt am Ende von *American Graffiti* kurz mit der geheimnisvollen Blondine telefoniert, die er allerdings trotzdem nicht mehr trifft. Den Traum wenigstens *berühren*.

Wir saßen zu dritt auf dem Vordeck, Simon sonnte sich rauchend, Henner lehnte am Vorderrad des Klapprades und las in einem Buch, das in blau glänzende Schutzfolie eingeschlagen war, was in mir nostalgische Gedanken an meine Grundschulzeit weckte, Mark rief hin und wieder etwas vom Steuerstand aus, wenn er einen Reiher entdeckte. Ich bemerkte, wie ich in ziemlich entspannte Stimmung geriet, die ruhige Fahrt und das äußerst ungewohnte Überangebot an Natur zu genießen begann. Es war so völlig anders als alles, was ich je erlebt hatte, und ich wusste, dass es meinen Begleitern ähnlich erging. Dabei befanden wir uns weniger als hundert Kilometer nördlich von Berlin.

Nach insgesamt knapp drei Kilometern, für die wir eine halbe Stunde brauchten, führte die Havel in den Stolpsee, einen recht großen Teich, auf dem die Hölle los war. Die flirrende kilometerlange Wasseroberfläche war gespickt mit weißen Segeln und den Konturen ankernder Boote, von denen aus Leute ins Wasser sprangen. Am linken Ufer war eine lange Wasserskistrecke markiert, auf der zwei Motorboote aufeinander zurasten, hohe Kielwellen und Menschen in Neoprenanzügen hinter sich herziehend.

»Darauf hätte ich auch Bock«, sagte Mark, in Richtung der Wasserskiläufer weisend. Bei diesen Worten gab er Vollgas, die *Dahme* schien einen Satz zu machen und pflügte, ordentlich Gischt aufwirbelnd, durch das leicht wellengekräuselte Wasser.

Wir beschlossen, einen Ankerplatz zu suchen, um Mittagspause zu machen – es ging auf halb zwei zu –, und fanden am rechten Ufer bald einen in einer leichten Ausbuchtung. Mark montierte die Badeleiter, Simon erschien in einer knallroten Badehose an Deck, was das Hawaiihemdoutfit sogar noch in den Schatten stellte. Er sah aus, als wäre er im Hüftbereich schlimm verbrüht. Drei Mann sprangen ins herrlich kühle Wasser – Mark vom oberen Dach –, aber Henner blieb auf dem vorderen Kabinendach sitzen und sah uns nur zu, milde lächelnd, mit einem Gesichtsausdruck also, den er vermutlich auch auflegte, wenn seine Schäfchen Lappalien beichteten.

»Komm doch rein!«, riefen wir prustend, doch er schüttelte nur den Kopf, den Gesichtsausdruck beibehaltend.

»Warum bist du nicht reingekommen?«, fragte ich, als ich neben ihm saß, nass, erfrischt und inzwischen ziemlich hungrig.

Er sah mich nachdenklich an. »Ich kann nicht schwimmen«, sagte er schließlich, recht leise. Aber Mark, der sich vor uns abtrocknete, hatte es gehört.

»Du kannst *was* nicht?«

»Schwimmen. Hab's nie gelernt.« Er runzelte die Stirn. »An den kirchlichen Schulen, die ich bis zum Abitur besucht habe, war alles, was mit Wasser und halbnackten Körpern zu tun hatte, verpönt, und mein Vater hielt es für überflüssig. Eigentlich sogar für unnatürlich. Fische gehören ins Wasser, Menschen gehören an Land, so hat es Gott gewollt, hat er gemeint. Und: Lerne das Wort des Herrn, das ist wichtiger.« Henner verzog den Mund zu einem schmalen, etwas bitteren Lächeln.

»Als erwachsener Mann muss man ganz schön mutig sein, um noch schwimmen zu lernen. Ich meine, ich würde ja gerne – ich bin ein bisschen neidisch, dass ich nicht auch einfach reinspringen kann. Aber stellt euch mal vor, was los ist, wenn jemand aus der Gemeinde herausfindet, dass Pfarrer Balsam das Seepferdchen macht.«

»Wer ist Pfarrer Balsam?«, fragte Mark.

»Rate mal«, erwiderte ich.

Mark sah von mir zu Henner und dann wieder zurück. »Oh, entschuldige.« Er schlug sich mit der flachen Hand gegen die Stirn.

»Schwimmen ist nicht schwer«, sagte Simon, wieder im Hawaiihemd und mit einer Fluppe zwischen den Lippen. »Wir könnten es dir beibringen. Allerdings müssten wir irgendwo Schwimmflügel auftreiben.« Nach einer kurzen Pause ergänzte er: »Und eine Stelle, an der uns niemand beobachtet. Du willst dich ja schließlich nicht auf YouTube beim Schwimmenlernen bewundern, oder?«

»Hast du keine Angst?«, fragte Mark. »Ich meine, du könntest jederzeit reinfallen.«

»Ich bin vorsichtig, wirklich. Und ihr seid ja auch noch da. Nein, ich habe keine Angst.«

»Sondern Gottvertrauen?«, sagte Mark eher, als dass er es fragte.

Henner sah ihn unglücklich an. »Könntest du *bitte* damit aufhören? Ich piesacke dich ja auch nicht ständig mit ... was auch immer du tust.«

Mark sah zu Boden, aber er grinste dabei. Ich wusste genauso wenig wie der Pfarrer, womit er seinen Lebensunterhalt bestritt.

»Immerhin«, sagte ich. »Du rückst ein bisschen spät damit raus, mein Guter. Stell dir vor, du wärst irgendwo über Bord gegangen und wir hätten das nicht gewusst.«

Henner starrte mich an, sichtlich betroffen. »Stimmt. Entschuldigung.«

Bevor wir in den Salon gingen, um über das Mittagessen zu diskutieren, sagte Mark noch: »Jan-Hendrik, ich hätte gerne so einen Job wie du. Eigentlich bin ich sogar ein bisschen neidisch, ehrlich.« Und dann, nach einer kurzen Pause: »Hier gibt es doch auch Strände. Wir könnten vor einem ankern, da könntest du dann auch baden.«

Simon kochte ein Kilo Vollkornpasta, wozu er zwei Gläser Fertigsauce aufwärmte, die er mit passierten Tomaten, allerlei Gewürzen und angeschwitzten Zwiebeln verfeinerte. Wir verschlangen das Essen in der prallen Sonne auf dem Vordeck, es war nicht weniger als ein absolut köstliches Festmahl, auch wenn es sich nur um Spaghetti mit roter Soße handelte. Auch von zwei Kilo Nudeln wäre nichts übriggeblieben. Danach tranken wir eiskalte Biere, auch Henner, also sein zweites heute. Er wirkte entspannter als noch am Morgen oder gar am vorigen Abend, aber auch auf seltsame Weise verletzlich, was vielleicht an seinem Geständnis lag. Das ja nicht nur die Offenbarung einer essentiellen Unfähigkeit enthalten hatte, sondern, wie ich durchaus bemerkt hatte, auch merkwürdig kritische Töne dem gegenüber, was er beruflich tat. Als er »Lerne das Wort des Herrn« gesagt hatte, enthielt das nicht nur einen Vorwurf an den offenbar strengen, überfrommen Vater, sondern auch etwas Spöttisches, das aus dem Mund eines Gottesmannes zu hören ziemlich befremdlich war, sogar für jemanden wie mich, dem Glauben und alles, was damit zu tun hatte, so weit am Arsch vorbeiging wie ein Meteoritenschauer, der die Venus traf. Ich musterte ihn von der Seite, wie er an seinem Bier nuckelte und nachdenklich aufs Wasser sah, dann drehte er sich plötzlich zu mir und sah mich direkt an. In seinen Augen lag ein Ausdruck, den ich erst nicht fassen konnte. Er bat mich stumm, das, was ich herausgehört hatte, für mich zu behalten. Ich zwinkerte ihm freundlich zu, Henner nickte langsam. Dieser Koloss von einem Mann, der sicherlich vielen Gemeindegliedern Hoffnung vermittelte, der eine Schar von Pflegekindern großzog und mit einer Frau zusammenlebte, für die er vermutlich einziger Fixpunkt in einem kulturell und sozial völlig fremden Leben war – in diesem Koloss rumorte es gewaltig: Er war einsam. Nie hatte ich das bei einem Menschen so deutlich gespürt, und es erschütterte mich.

Wir überquerten den mächtigen See. Von den Schiffen aus, an denen wir vorbeifuhren, grüßte man uns, während die *Dahme* das Wasser durchschnitt, dass es eine Freude war. Bald erreichten wir das östliche Ende. Mark hantierte mit dem lächerlichen Fernglas herum, Henner steuerte das Boot. Simon saß auf der Heckterrasse und klickerte massenweise Kurznachrichten in seine diversen Handys. Nach dem Mittagessen hatte er verkündet, die Geräte – bis auf die zwei, drei, allerhöchstens vier wichtigsten – nunmehr abzuschalten, nachdem er alle Leute darüber informiert hätte, für die kommenden acht Tage im Urlaub und also nicht mehr erreichbar zu sein, was eigentlich ohnehin galt, denn er ging nie ran, sondern kontrollierte nur, wer ihn zu erreichen versuchte. Ich glaubte ihm das nicht ganz, fand den Versuch aber ehrenvoll.

Mark entdeckte rechts von uns die Ausfahrtmarkierung, aber auf der anderen Seeseite, fast gegenüber, außerdem einen vielleicht zehn Meter breiten Strand. Weil es wirklich sehr heiß war und wir alle Mitleid mit dem Mann im Segleroutfit hatten, steuerten wir das nördliche Seeufer an, obwohl es entgegen unserer Fahrtrichtung lag. Der Strand war menschenleer und nicht sehr breit, gelbe Bojen markierten in einiger Entfernung vom Ufer den Punkt, den Boote wie das unsrige auf keinen Fall passieren durften. Leider war es dort zu tief für Henner; Mark sprang ins Wasser, tauchte unter und kurz darauf wieder auf, kopfschüttelnd. Er wiederholte das ein paarmal, bis er – ziemlich dicht am Strand, keine fünf Meter vom Ufer entfernt – schließlich stehen konnte, wobei gerade sein Kopf aus dem Wasser ragte. Bei Henner wäre noch die Brust zu sehen.

»Das dürfen wir nicht«, sagte der Pfarrer, als Simon den Motor anwarf und äußerst langsam auf die Stelle zusteuerte, an der sich Mark eben noch befunden hatte. Er mahnte widerwillig, wie ich bemerkte, wollte nicht mehr andauernd den Besserwisser spielen, aber wir waren tatsächlich im Begriff, etwas zu tun, das uns schlimmstenfalls den restlichen Urlaub kosten könnte. Ich bemerkte verblüfft, dass ich diesen Gedanken, der mich am Morgen noch so gereizt hatte, mit einem Mal unschön fand.

Wir warfen trotz der Ermahnung beide Anker, Henner verschwand unter Deck und kehrte in einer blau-weiß gestreiften, eckig geschnittenen Badehose zurück, die sogar sehr cool ausgesehen hätte, wäre seine Haut nicht so milchweiß gewesen, von ziemlich vielen Leberflecken, den teilweise inzwischen eiternden Mückenstichwunden und einigen seltsam geformten flächigen Muttermalen auf Brust und Rücken abgesehen. Jetzt verstand ich, warum er ein solches Bohei darum machte, nach dem Badminton nicht gemeinsam mit uns zu duschen. Sein Oberkörper sah aus wie eine ausgeblichene, halbverblasste Landkarte, zudem hatten einige Male auch noch etwas Erhabenes. Ich fand den Gedanken daran, eine Frau zu sein, die ihn streichelte, recht abstoßend, weshalb ich ihn auch gleich wieder verdrängte.

Ziemlich würdevoll kletterte er an der Badeleiter hinab und ließ sich langsam ins Wasser gleiten. Als er mit den Füßen den Boden berührte, wie vorhergesehen mit dem Brustkorb über der Wasserlinie, erschien ein fröhliches, fast kindliches Lächeln in seinem Gesicht. Er tauchte kurz unter und wieder auf, prustete geräuschvoll, spritzte mit dem Wasser in Marks Richtung – und freute sich. Ich freute mich mit, auch Simon lächelte an seiner Zigarette vorbei. Dann hörten wir ein Megaphon.

»Verlassen Sie SOFORT den Badebereich!«, wiederholte eine schnarrende, verzerrte, aber trotzdem gut verständliche Stimme mehrfach. Ein größeres Motorboot, blau-weiß angestrichen, mit unverkennbarem Schriftzug und Blaulicht auf dem Dach, kam seitlich auf uns zu, aus einer Richtung, in der gefühlt eigentlich nichts lag – ich warf einen Blick auf die Karte und entdeckte, dass sich dort tatsächlich eine weitere Ausfahrt befand. Henner kletterte an Bord, dicht gefolgt von Mark, der nur ein paar kräftige Schwimmzüge brauchte, um uns zu erreichen. Simon startete den Motor und gab betont vorsichtig Gas. Erstaunlicherweise fuhr die *Dahme* sogar präzise rückwärts – Simon war ein Zauberer am Lenkrad. Als wir die gelben Bojen passiert hatten, befahl man uns anzuhalten, dann ging das Boot der Wasserschutzpolizei längsseits. Ein braungebrannter Enddreißiger mit Bürstenschnitt – aber ohne Schnauzbart – kletterte zu uns herüber, der zwar nur Uniformhose und Hemd trug, aber trotzdem sichtlich stark schwitzte.

»Wer ist der Schiffsführer?«, fragte er, nicht unfreundlich, aber ziemlich autoritär. Wir sahen uns an. Henner, der immer noch nur die Badehose trug, ging einen Schritt auf den Mann zu.

»Ich«, sagte er. »Und ich bin auch schuld daran, dass wir zur Badestelle gefahren sind. Ich kann nicht schwimmen und wollte auch mal ins Wasser, wissen Sie.« Als er das gesagt hatte, verriet seine Mimik, dass er den Fehler darin selbst bemerkt hatte. Er biss sich auf die fleischige Unterlippe.

Der braunhäutige Mann musterte ihn. »Sie können also nicht schwimmen?«, fragte er langsam und sah Jan-Hendrik von oben bis unten an. »Welches Kleidungsstück fehlt deshalb bei dem Ensemble, das Sie tragen?«

»Eine Fliege?«, schlug Mark vor. Der Polizist ignorierte ihn, und ich warf Mark einen bittenden Blick zu.

»Eine Schwimmweste«, murmelte Jan-Hendrik.

»Ganz richtig, eine Schwimmweste. Wenn sich das Boot bewegt, müssen alle Menschen an Bord, die nicht schwimmen können, eine Rettungsweste tragen. Was hat das Boot eben getan?«

»Sich bewegt«, nuschelte Henner.

»Wissen Sie überhaupt, wo die Schwimmwesten verstaut sind?«

»Selbstverständlich«, sagte Simon, verschwand im Gang und kehrte kurz darauf mit einem der leuchtend roten Dinger zurück. Stimmt, er hatte ja am Morgen die Schränke nach Sicherungskästen durchsucht. Henner nahm das Schaumstoffding und machte Anstalten, es überzustreifen.

»Jetzt bewegt sich das Boot *nicht*«, erklärte der Polizist, der das irgendwie zu genießen schien, aber offenbar auch ein Lächeln unterdrückte. »Und es steht noch offen, ob es das mit dieser Besatzung je wieder tun wird. Sie haben vermutlich keinen Sportbootführerschein? Sondern mit Einweisung gechartert?«

Wir nickten im Ballett.

»Dann hätte ich gerne die Charterbescheinigung, das Einweisungsprotokoll und die technische Abnahmebescheinigung für das Sportboot.«

Ich öffnete verblüfft den Mund. Gab es solche Unterlagen überhaupt? Und wenn ja – wo? Aber Henner nickte nur kurz, verschwand in seiner Kabine und kehrte mit dem Bordbuch zurück, aus dem, wie ich erkennen konnte, kleine Markierungszettelchen herausragten, die sich gestern noch nicht darin befunden hatten. Er klappte das Ding auf und reichte dem Polizisten nacheinander mehrere Bogen.

»Feuerlöscher«, sagte der Mann danach im Befehlston. Henner wies auf den Boden seitlich vom Herd, wo tatsächlich ein kleiner Feuerlöscher montiert war, den ich bisher übersehen hatte. So ging es weiter: rotes Signalmittel, Ersatzleinen, Rettungsring, Verbandskasten. Jeder Aufforderung folgte ein zielsicherer Griff des Pfarrers, der das geforderte zutage brachte, nur bei der Aufforderung nach dem Rettungsring zeigte er zur Decke, denn das Ding war oben aufs Dach geschnallt.

»Okay«, sagte der Polizist schließlich und zog eine Augenbraue hoch. »Sie tragen eine Rettungsweste, wenn sich das Schiff bewegt.« Henner nickte. »Und wenn ich Sie noch einmal dabei erwische, Markierungen zu ignorieren, widerrufe ich Ihre Charterbescheinigung. Dann können Sie an Land Urlaub machen.« Kleine Schweißbäche liefen am Hals des Mannes entlang, und ich war versucht, ihm ein kaltes Bier anzubieten. »Immerhin haben Sie keine Badenden gefährdet. Wenn das der Fall gewesen wäre, säßen Sie jetzt schon auf einem anderen Boot.« Er nickte in Richtung des Einsatzfahrzeuges. »Oder wenn wir uns aus ähnlichem Anlass noch einmal begegnen sollten. Ich merke mir den Bootsnamen. *Dahme*, richtig?« Auf unser synchrones Nicken wiederholte er das Wort mehrfach, dann tippte er sich grüßend an die Schläfe und kletterte zurück auf sein eigenes Schiff, das kurz darauf abdrehte und Kurs auf die Seemitte nahm.

Wir schwiegen kurz, und dann geschah etwas Seltsames. Henner nahm die Schwimmweste vom Tisch, schleuderte sie zu Boden und sagte ziemlich laut, dicht am Geschrei: »Ich werde in meinem verdammten Urlaub *keine* verdammte Schwimmweste tragen. Wir haben *niemanden* gefährdet.« Er sah zum Fenster und hob eine Faust. »Und von dir, lieber Wasserschutzpolizist, lasse ich mich nicht noch einmal wie einen kleinen Jungen behandeln!«

»Äh. Er kann dich nicht mehr hören«, sagte Mark.

»Darauf kommt es nicht an«, wandte ich ein. »Henner hat recht.«

»Und wie recht«, sagte Henner laut, ging unter Deck, wobei er sich den Kopf nur leicht anschlug, legte anschließend sein *Tablet* auf den Tisch, wischte und tippte darauf herum, das Gesicht immer noch zornesrot. »Wir müssen Rettungswesten tragen, wenn wir die Müritz und den Plauer See überqueren«, sagte er schließlich. »Und zwar *alle*. Aber es gibt keine Westenpflicht für Nichtschwimmer. Es gibt auch keine Pflicht, den Nachweis für das Seepferdchen mit sich zu führen. Der Mann hat uns verarscht.«

»Weil er konnte«, sagte Mark.

»Der Schiffsführer trägt die Verantwortung für die Besatzung und muss ihre Sicherheit gewährleisten«, fuhr Henner unbeirrt fort. Ich war kurz davor, vor ihm zu salutieren. »Der Schiffsführer bin *ich*. Und ich schaffe es auch ohne verdammte Rettungsweste, für meine Sicherheit zu sorgen. *So*.«

Er ging zum Kühlschrank, zog ein Bier heraus, öffnete es mit einem von Simons Feuerzeugen, die inzwischen überall herumlagen, und leerte die Flasche in einem Zug. »Jetzt«, sagte er dann, rülpste leise, aber vernehmlich und sah sich nach Simon um, der am Tisch saß und fröhlich lächelte, »hätte ich verdammt gerne eine verdammte Zigarette.« Simon reichte die soeben angezündete Fluppe, die Henner ergriff, mit großer Selbstverständlichkeit in den Mund steckte und von der er anschließend einen langen Zug nahm, um schließlich abermals zu erklären: »Verdammt.« Das wiederholte er noch zweimal, dann ging er nach hinten und setzte sich auf die Terrasse, die nackten Füße auf der Reling ablegend. Wir anderen sahen uns nacheinander an, verblüfft und amüsiert. Simon sagte schließlich das richtige Wort: »Wow.«

Während der folgenden knappen Stunde befuhren wir ein sechs Kilometer langes Stück Havel, das eine ziemlich abwechslungsreiche Kulisse bot. Mal wurde es recht dunkel, weil die hohen Bäume bis dicht ans Ufer des Flusses standen und die Sonne nur als Widerschein in den grünen Wipfeln zu erkennen war, dann öffnete sich der Fluss wieder, gab den Blick auf Wiesen und Felder frei. Wir passierten eine Art Kleingartenkolonie, an deren Strand Kinder tobten und über der sich die Qualmfahnen der Grills abzeichneten, außerdem einen Campingplatz und einen Wasserwanderplatz, an dem aber nicht, wie ich kurz hoffte, Dutzende rote Kanus befestigt waren. Ich stand am Steuer und fühlte mich dabei zusehends sicher, Henner lag neben dem Fahrrad und las, weiterhin lediglich mit Badehose bekleidet, nur ein Tuch um den Kopf verknotet, um die Halbglatze vor Sonnenbrand zu schützen, Mark hatte sich in seiner Koje aufs Ohr gelegt, und Simon saß, die Gewässerkarte studierend, hinter mir, wobei er natürlich pausenlos rauchte und hin und wieder einen Blick auf die drei *wichtigen* Telefone warf, die auf dem Tisch lagen. Er hatte das Radio eingeschaltet, immerhin hatte ich verhindern können, dass er abermals seinen MP3-Player anschloss und uns mit Idiotenmucke beschallte, aber es fühlte sich für mich unrichtig an, durch diese Landschaft zu gleiten und dabei Lady Gaga, DJ Bobo oder selten dämliche Anmoderationen zu hören. Simon aber summte leise, offensichtlich sogar unbewusst mit, während – glücklicherweise nicht sehr laut – Songs liefen, die mich daheim zum Verlassen einer Kneipe bewegt hätten. Sicher, Simon schleppte wahrscheinlich unentwegt ein Radio mit sich herum, als Kontakt zur Außenwelt, wenn er allein Räume tapezierte, Rigipswände aufstellte oder Anstriche erneuerte. Ich musterte ihn verstohlen, wie er das komplizierte Strickmuster der großformatigen Gewässerkarte zu enträtseln versuchte.

Schließlich nahm die Bebauung beiderseits des Ufers zu, wir erreichten ein dichter bewohntes Gebiet, und nach einer Folge von Kurven tauchte ein großes, seltsames Metallbauwerk mitten im Fluss auf, am Ende eines mehrere hundert Meter langen, geraden Stücks: die Schleuse Bredereiche. An den Ufern gab es vermehrt Anlegemöglichkeiten, diverse Restaurants warben mit skurrilen Schildern um Kundschaft. Ich sah auf die Uhr – kurz vor vier, aber die Sonne stand noch hoch.

»Schleuse voraus«, sagte ich laut. Simon stand auf und kam zu mir, Henner legte sein Buch zur Seite. Die Wartestelle bot Platz für viele Schiffe, aber dort lag nur eine hohe, ziemlich beeindruckende Motorjacht, von der aus drei oder vier Angeln nach links ausgelegt waren und deren Heck ich anpeilte, um dahinter festzumachen. Henner setzte sich auf die Reling am Bug, mit seinen Muttermalen und dem Kopftuch eine lächerliche und zugleich würdevolle, massige Figur, Simon ging nach achtern – *Ha!* – auf die Terrasse und griff nach der Leine. Aufstoppen, der Bug der *Dahme* zog dadurch etwas nach rechts, was ich einkalkuliert hatte, denn mit dem Anhalten berührte er sanft einen der mächtigen Holzpfosten, neben denen ein gemähtes Stück Wiese dazu einlud, barfuß herumzulaufen. Henner warf seine Leine über den Pfosten, ohne sich aus der Sitzposition zu erheben, Simon zog uns hinten ran, ich schaltete die Maschine ab, ohne auch nur für eine Sekunde das Bugstrahlruder benutzt zu haben. Chris Rea sang dazu »Auberge«, einen Song, den ich sogar recht passend fand. Trotzdem machte ich mitten im Refrain das Radio aus.

Es dauerte noch eine Weile, bis der Sinn der Anlage erkennbar wurde: Diese Schleuse öffnete ihr diesseitiges Tor nicht, indem es gegen die Fließrichtung des Wassers aufgeschwenkt wurde, sondern hob es in die kantige, hohe, u-förmige Stahlkonstruktion darüber. Als wir darunter hindurchfuhren, tröpfelte Wasser vom angehobenen Schleusentor auf unser Boot. Ich legte meinen Kopf in den Nacken, um durch das geöffnete Dach zum Tor zu schauen; ein beeindruckender Anblick, Tonnen von Stahl in der Luft über mir. Auch die paar Tropfen, die mir ins Gesicht fielen, minderten das Erlebnis nicht. Die Besatzung vor uns löste die Schleusenanforderung aus, als wir unsere Position eingenommen hatten, und kurz darauf senkte sich das Tor wieder. Ich fixierte trotzdem die Einfahrt, aber Kanus waren nicht zu sehen. Stattdessen passierte quasi in letzter Sekunde eine Vogelfamilie die Öffnung: zwei erwachsene und drei junge Schwäne, die mit großer Selbstverständlichkeit und ohne jede Hektik unter dem sich schließenden Tor hindurchschwammen, unser Boot und das vor uns hinter sich ließen und kurz vor dem anderen Tor Warteposition einnahmen. Im Gefieder eines größeren Schwans steckte ein Angelhaken mit glitzerndem Plastikzeugs drumherum, und um den Hals des Tiers wand sich eine verhedderte, knotige Angelschnur. Henner und Simon absolvierten schweigend, die Stahlwände fixierend, ihren Schleusendienst. Ich wusste nicht, ob sie die Tiere bemerkt hatten, die, als sich die Klapptore auf der anderen Seite öffneten, flink, jedoch ohne jede Eile hinausschwammen, aber ich empfand auch nicht das Bedürfnis, sie darauf hinzuweisen. Es war ein privater Moment: ich und die Schwanfamilie.

Die Landschaft vorher hatte sich beeindruckend gezeigt, aber was sich uns jetzt präsentierte, war pittoresk, beinahe schon etwas affig. Die Havel wand sich durch Grasflächen, auf denen Kühe weideten, vorbei an prächtig blühenden Wiesen, über denen Tausende Libellen, Schmetterlinge, Bienen und sonstiges Getier umherflog, im Wechsel mit bewaldeten, aber lichten Abschnitten, während die Sonne die Szenerie mit unwirklichem, gleißendem Licht flutete. Wir näherten uns der Schorfheide, einem großen Naturschutzgebiet, in dem außer uns und den anderen Bootsbesatzungen keine Menschenseele unterwegs war. Ich sah abermals einen dieser flirrenden, blauen, geisterhaften Vögel, die ich schon am ersten Abend gesehen hatte, und Henner blickte kurz von der Lektüre auf, was er seit der Schleuse Bredereiche regelmäßig tat. Er drehte sich zu mir und sagte leise: »Ein Eisvogel. Gibt es nicht mehr viele von.« In großer Höhe zog ein Vogel seine Kreise, dessen Flügel am Ende rötlich schimmerten. Henner bemerkte meinen Blick. »Ein Roter Milan, schätze ich.«

Und es wurde schöner und noch schöner; ich wünschte mir ein fotografisches Gedächtnis, um das später irgendwann noch einmal in aller Ruhe erleben zu können, in zwei Wochen oder zwanzig Jahren, aber keine Digitalkamera, die nur unzureichend aufnahm, was sich tatsächlich rund um uns abspielte. Henner machte ab und zu ein Foto, legte den Apparat aber gleich wieder beiseite, statt, wie das so viele taten, umgehend zu kontrollieren, was vom Augenblick auf den Chip gerettet worden war. Ich sah eine merkwürdige, sich windende Linie, die vom rechten Ufer aus zügig, aber auch irgendwie lässig in Richtung auf das andere Ufer hin anwuchs, erkannte an ihrem Ende schließlich einen graugelben, sehr kleinen Kopf, der aus dem Wasser lugte: eine Schlange, die durch die Havel schwamm. Ich spürte, wie ich eine Gänsehaut bekam, denn ich hatte, das Reptilienhaus des Berliner Zoos ausgenommen, noch niemals eine lebende Schlange gesehen, und das Zoo-

Erlebnis lag Jahrzehnte zurück, hatte noch in Begleitung meiner Eltern stattgefunden. Henner drehte sich wieder zu mir, sagte aber nichts, als ich lächelnd nickte; auch er hatte das Tier beobachtet. Unglaublich. Eine lebende, echte *Schlange*. Ein Viech, das so sehr in meinen Alltag gehörte wie eine Wüstenspringmaus, ein indischer Elefant oder ein verdammtes Dromedar. Wäre in diesem Augenblick ein mächtiger brummender Braunbär oder ein jaulender Wolf am Waldrand aus dem Unterholz getreten – das Erlebnis mit der Schlange war trotzdem nicht mehr zu toppen.

Der Wasserlauf wurde von drei weiteren Schleusen unterbrochen, kleineren Automatikschleusen, die wir immer gemeinsam mit der beeindruckenden Jacht passierten, die schon in Bredereiche vor uns gelegen hatte und die von drei braungebrannten, entspannt gekleideten Männern jenseits der sechzig gesteuert wurde. Wir fuhren ein, schleusten, fuhren wieder aus, nachdem wir die Umgebung der im Nichts liegenden Konstruktionen in uns aufgesogen hatten. Simon saß meistens hinten auf der Terrasse, rauchte und betrachtete die Landschaft, während Henner immer seltener in seinem Buch las. Aus Marks Koje war sein lautes, gleichmäßiges Schnarchen zu hören.

Nicht weit hinter der Schleuse Schorfheide teilte sich der Flusslauf. Ein Wegweiser zeigte an, dass es links in Richtung der Templiner Gewässer ginge, und genau dorthin wollten wir. Simon löste mich am Steuerstand ab, ich nahm drei Biere aus dem Kühlschrank und reichte jedem wachen Besatzungsmitglied eines, Henner ließ sich von Simme eine weitere Zigarette geben und rauchte sie genussvoll, im Schneidersitz neben dem Klappfahrrad. Aus Marks Kabine erklang ein merkwürdiges Geräusch, eine Art Wimmern, und ich nahm an, dass er schlecht träumte. Ich setzte mich auf die Bank am Bug, nippte an meinem Bier, lehnte mich zurück und schloss die Augen. Es war kurz nach halb fünf am zweiten Tag, aber es kam mir vor, als wären wir schon mindestens eine Woche lang unterwegs. Die durchaus erhebliche Hitze relativierte sich durch den sanften Fahrtwind und die subtile Kühle, die vom Wasser aufstieg.

Der Flusslauf veränderte seine Konturen, die Bereiche zwischen den Ufern wurden schmaler, zuweilen sogar so schmal, dass ich stutzte, denn der Weg bereitete Simon am Steuer zwar nicht die geringsten Schwierigkeiten, aber durch die zunehmende Nähe der Natur am Rand des Flusses überkam mich mehr und mehr das Gefühl, ein Eindringling zu sein. Baumwipfel reichten teilweise weit über die Gewässermitte, wir drückten Schilf in die Schräge, wonach sich der Fluss wieder verbreiterte und uns in großzügigen, wild umwucherten Biegungen in neuen Natur-Overkill führte. Gleichzeitig wurde es etwas kühler. Wir waren mittendrin, die Flora hatte uns aufgenommen, und mit leise blubberndem Motor glitt das mächtige Schiff durch die Landschaft, als wären wir Erst-Erkunder – die große Jacht war in die andere Richtung abgebogen, so dass wir die Einsamkeit für uns hatten. Ich versuchte mich am Experiment, mir mein Büro im Verlag, meine Wohnung oder meine Stammkneipe vors geistige Auge zu rufen, sah aber immer nur verschwimmende Konturen, die vom alles andere beherrschenden Grün, das uns umgab, zurückgedrängt wurden.

Endlich weitete sich der Fluss, öffnete sich zu einem kleinen See, an dessen Rand mehrere Boote mit dem Bug scheinbar direkt auf dem Ufer ankerten, daraus wurde ein größerer See. Eine Rauchfahne am Horizont verkündete eine die Grilltechnik beherrschende Zivilisation. Simon drückte den Gashebel nach vorne, was ich für den Bruchteil einer Sekunde bedauerte, dann hielten wir auf die vorerst letzte Schleuse des Tages zu: Kannenburg. Meine Uhr zeigte, dass es bereits nach sieben am Abend war.

Plötzlich stand Mark neben mir, rieb sich den Schlaf aus

den blinzelnden, schmalen Augen, kratzte sich durch die kurze Hose an den Eiern und fragte den Familienausflugsklassiker: »Ist es noch weit?«

Direkt neben der Schleuse, der einzigen im Revier, die noch durch Menschenkraft angetrieben wurde, wie die Karte verriet, befand sich ein großer Biergarten. Wir fuhren nach kurzer Wartezeit in die Schleuse ein, deren Wände nicht stahleingefasst und senkrecht waren, sondern gemauert und schräg, jedoch von senkrechten Metallstangen gesäumt. Nachdem wir festgemacht hatten, wanderte ein rustikal wirkender, offenbar äußerst gemütlicher Mensch erst zum hinteren Tor, kurbelte eine Weile, bis die Tore geschlossen waren, verschwand danach für einige Minuten im Wärterhäuschen, erschien schließlich wieder – kauend – und wiederholte die Kurbelei auf routiniert-abwesende Weise vorne. Er sah zwar zu unserem Boot, das neben einem kurzen, mit einem Angler besetzten Außenborder das einzige in der Schleusenkammer war, aber es machte nicht den Eindruck, als würde er uns tatsächlich anschauen. Er hatte auch keinen Blick für die Hundertschaften von Fischen, die mit uns die Schleuse passierten und deren stoßweise vor- und zurückschnellende Rücken in der frühen Abendsonne schillerten. Der See, den Henner für die Nacht ausgesucht hatte, war nicht weit entfernt, so dass es kaum Diskussionen gab, als ich vorschlug, im benachbarten Biergarten ein paar Pilsetten einzuatmen, vielleicht ein verbranntes Nackensteak zu schlucken und erst anschließend den Ankerplatz aufzusuchen. Der Liegeplatz rechts, also in Fahrtrichtung, war allerdings besetzt, so dass wir wenden mussten, um am gegenüberliegenden Sportbootwarteplatz festzumachen. Danach verließen wir erstmals gemeinsam die *Dahme*, Henner mühte sich mit dem lächerlichen Türschloss ab, für das es einen noch lächerlicheren Schlüssel gab, den man in Sekundenschnelle aus Balsa hätte nachschnitzen können und an dem eine dicke Holzkugel hing, als würde das irgendwen an irgendwas hindern. Klar, verstand ich eine halbe Sekunde später – den Schlüssel am Untergehen, wenn er ins Wasser fiele.

Im Biergarten war noch ordentlich Betrieb. Auf den Bierzeltbänken hockten Familien, Männergruppen, jüngere Paare – und erstmals auch Leute, die ich wiedererkannte, obwohl es mir beim Gedanken an die Chartereinweisung vorkam, als läge sie weit mehr als nur anderthalb Tage zurück: Die Keglergruppe saß uns schräg gegenüber, offensichtlich schwer vom Gerstensaft beeindruckt, dahinter fand sich eine der Familien, deren halbwüchsige Söhne beim Wort »Rudergänger« Haltung angenommen hatten, und kurz darauf sah ich etwas, das mich auf merkwürdige Weise solidarisch, fast glücklich stimmte: die beiden Frauen, die ihren Kahn stante pede im Schilf des Röblinsees versenkt hatten. Also hatten sie sich doch getraut, das Steuer zu übernehmen. Ich fixierte die beiden eine Weile, aber selbst als eine davon mehrfach in meine Richtung gesehen hatte, stellte sich in ihrem Gesicht keine Mimik ein, die auf Wiedererkennen schließen ließ. Immerhin, es war nicht diejenige, die wir mit dem Landstromkabel ins Wasser katapultiert hatten: Die saß mit dem Rücken zu uns.

Wir bestellten Halbliterbiere und Nackensteaks, Simon und Henner rauchten so genussvoll, dass ich auch ein Bedürfnis verspürte. Das Ende meiner Raucherkarriere lag mehr als ein Jahrzehnt zurück, aber Raucher ist man nur einmal im Leben, nämlich *immer*. Trotzdem widerstand ich der Versuchung, prostete den anderen zu, als die Glaskrüge kamen, und fühlte mich auf behäbige Weise sauwohl, während ich das kühle, frisch gezapfte Bier trank, unser in dreißig Metern Entfernung liegendes mordscooles Boot betrachtete und auf gegrilltes Schwein wartete.

Mark stand auf, um auf ein richtiges Klo zu gehen, was ich für eine gute Idee hielt, aber wir waren keine Frauen, weshalb ich seine Rückkehr abzuwarten hatte. Währenddessen trudelten kurz nacheinander fünf oder sechs Taxis auf dem Parkplatz des Biergartens ein; ein Schwall jüngerer, aber nicht mehr ganz junger Frauen ergoss sich auf das Gelände, allesamt in schwarzen Röcken und rosa-bedruckten, weißen T-Shirts: ein Junggesellinnenabschied. Die meisten Aufdrucke lauteten »Brautjungfer«, »Braut-Security« oder »Braut-Freundin«, aber natürlich nur eine Frau trug ein Shirt mit der fetten Aufschrift: »Braut«. Das etwa achtundzwanzig Jahre alte, unterdurchschnittlich attraktive Mädchen in diesem Hemd schleppte außerdem einen offensichtlich handgefertigten Bauchladen mit sich herum, in dem Dutzende kleiner bunter Kuverts steckten. Ein Schild verkündete: »Exklusive Braut-Überraschung: Zwei Euros.« Die Mädelsgruppe enterte lautstark die Bierbänke direkt neben uns, nahm Platz, einen merkwürdigen, kaum verständlichen Gesang anstimmend, und als die wuchtige Kellnerin kam, wurde flaschenweise Sekt bestellt. Mark kehrte vom Klo zurück, blieb stehen, rieb sich die Nase, musterte den Tisch kurz und setzte sich dann mit den Worten: »Das kann lustig werden.«

Innerhalb kurzer Zeit fluteten die Damen den Biergarten mit ihrer fröhlich-endzeitigen Stimmung, immerhin markierte es das unwiderrufliche Ende der Jugend, ein Ehegelöbnis zu sprechen. Nach der ersten Runde Sekt stand die Braut auf und klapperte die Tische ab, aber nicht einmal die volltrunkenen Kegler wollten zwei *Euros* investieren, um eine Braut-Überraschung zu erleben. Die verehelichten Männer an den anderen Tischen ließen zwar erkennen, nicht abgeneigt zu sein, beugten sich aber den stummen, vielsagenden Blicken der eigenen Weiber. Als die junge Frau, deren rundes, gleichsam aufgepustet wirkendes Gesicht aus der Nähe von einem zurückliegenden gescheiterten Kampf gegen Akne zeugte, schließlich an unseren Tisch trat, war sie bereits ein bisschen demotiviert. Aber Simon lächelte, zog seine farbklecksverzierte Geldbörse aus der Gesäßtasche, legte zwei Zwanziger auf den Tisch und sagte: »Fünfmal für jeden hier.«

In diesem Augenblick kamen die verbrannten Steaks, die dennoch schmeckten. Während wir vertrocknetes Schweinefleisch in hausgemachtes Ketchup tauchten, das vor allem nach Essig schmeckte, öffneten wir nacheinander die zwanzig Umschläge, die Simon gekauft hatte. Es gab viele Umarmungen und Küsse von der Braut, dazu eine ad-hoc-Wahrsagung, was die angetrunkene junge Dame überforderte (»Du wirst glücklich werden, ehrlich«), zwei Gutscheine für gemeinsamen Urlaub, falls die Ehe die nächsten fünf Jahre nicht überstand – und einen Engtanz mit einer Brautjungfer nach Wahl, den ausgerechnet ich zog. Marina, die Braut, ging kieksend zum Nachbartisch und kehrte kurz darauf in Begleitung von fünf Freundinnen zurück, die auf unterschiedliche Weise unattraktiv waren: langbeinig, dafür obenrum verwachsen, überschminkt, einfach nur unendlich doof – oder durchaus hübsch, aber mit energisch-ablehnendem Blick an mir vorbeischauend. Ich wählte natürlich diese, die Braut torkelte zur Musikanlage, die unter einem Vordach des Hauses aufgebaut war, zu dem der Biergarten gehörte, palaverte dort kurz – und schließlich erklang irgendein Schmachtfetzen, Whitney Houston oder ähnlich. Ich nickte der mürrischen, aber verhältnismäßig hübschen Frau zu, nahm ihre Hand – und dann tanzten wir. Es war, wie mir nach wenigen Takten bewusst wurde, das erste Mal seit über fünf Jahren, dass ich mit einer Frau Körperkontakt hatte, die nicht mit mir verwandt war oder nicht Cora hieß, und ich hielt meine rechte Hand im kurzen Abstand über ihrer Hüfte, wie ich das vor Jahrzehnten bei Klassenfeten getan hatte: Zufällige Berührungen waren in Ordnung, Aufdringlichkeit nicht. Schließlich fixierte sie mich, beim ersten Refrain, sah mich mit ihren – dunkelblauen? – Augen an, als wäre ich der größte Vollidiot diesseits des Äquators, griff hinter sich und drückte meine Hand an ihren warmen Rücken – und dann tanzten wir. Ich atmete vorsichtig, genau wie damals, achtete auf jeden Schritt, sah sie gelegentlich von der Seite an. Sie war auf seltsame Art hübsch, aber auf eine, die mich nicht anzog, es ging um etwas anderes: Ich spürte die Nähe ihres Körpers, eines weiblichen Körpers, der neu für mich war, und fühlte zugleich eine Sehnsucht, die sogar jene überstieg, die ich beim Anblick der dunkelblonden Kussmundfee in der Schleuse empfunden hatte. Nicht im Traum hätte ich erwogen, mit dieser Frau was anzufangen. Es ging um nichts Faktisches, sondern die *Option*. Das stillschweigende Versprechen zwischen Cora und mir, das mich während der vergangenen Jahre an sie gebunden hatte, hatte mich vergessen lassen, wie sich solche Momente anfühlten, wie es war, dies erneut zu erleben. Doch der Song endete, die Frau löste sich wortlos von mir und hielt auf ihren Tisch zu, ohne sich noch einmal umzudrehen.

Danach wurde die Gesellschaft im Biergarten zu einer ungezwungenen Feier. Ein Tisch nach dem anderen winkte die Braut herbei, Kuverts wurden verkauft, es gab Bussis, Umarmungen, Gelächter, Schnapsrunden und weitere Tänze. Meine Begleiter überboten sich damit, Tabletts voller Korn, *Pfläumchen* und goldgelbem Branntwein – den es nirgendwo in der realen Welt mehr zu kaufen gab – für den Tisch nebenan zu bestellen, mit dem Weibsvolk anzustoßen und sich dabei wie balzende Enten aufzuführen. Sogar Henner hatte sich dem Tun angeschlossen, und sein zunehmend alkoholisierter Schädel glänzte rosérot im Licht der einsetzenden Dämmerung. Hin und wieder sah ich zu meiner Bluespartnerin, die aber nur ihr unmittelbares Umfeld wahrzunehmen schien, gelegentlich am Sekt nippte und mir keinen Blick spendierte.

Simon trank, Mark trank, Henner trank, nur ich lag mit meinen zwei oder drei Bieren noch weit hinten, ohne geringste Lust darauf zu verspüren, mir ebenfalls einen anzuballern, denn das hätte vermutlich die Schönheit des vergehenden

Tages vernichtet. Keiner bemerkte, dass es zu dunkeln begann. Ich winkte der Kellnerin, zahlte – von den anderen unbemerkt – unsere verblüffend schmale Zeche (die Schnäpse wurden umgehend abkassiert) und wartete noch ein paar Minuten. Henner sprang auf, als ein völlig unmöglicher Song begann, zerrte die Braut auf die Wiese und tanzte mit ihr eine Mischung aus Blues und Pogo, was mich kurz überlegen ließ, seine Digitalkamera zu ergreifen und sie im Videomodus auf das Geschehen zu halten. Simon rauchte fünf oder sechs Zigaretten gleichzeitig, Mark hatte sich so weit zurückgelehnt, dass er jeden Augenblick von der Bank fallen konnte, und starrte mit weit aufgerissenen, leicht blutunterlaufenen Augen in den kobaltblauen Himmel. Erste Sterne zeichneten sich ab.

»Wir müssen zum Ankerplatz aufbrechen«, sagte ich, als endlich wieder alle am Tisch saßen und Henner wild fuchtelnd in alle Richtungen nach der Kellnerin winkte, um die zwanzigste oder dreißigste Schnapsrunde zu ordern. Die drei anderen nickten, als hätte ich etwas völlig Unwichtiges verkündet, doch dann standen sie zaghaft protestierend auf und trotteten mir hinterher, mit sehnsüchtigen Blicken zum Brauttisch, an dem sich soeben eine Angehörige der »Braut-Security« in Richtung Wiese drehte, um sie mit einem Schwall Erbrochenem zu dekorieren. Und dann sah ich noch, wie die beiden Frauen, von denen ich geglaubt hatte, sie hätten ihre Bootsangst überwunden, rote Klappräder wie das unsrige in einem Taxi verstauten, einstiegen und davonfuhren.

Immerhin war es noch nicht völlig dunkel, als ich, in Begleitung einer fast komplett weggetretenen Besatzung, wenig später rechts von uns den kleinen Lankensee ausmachte. Ich steuerte das Schiff dorthin, Mark musste den Heckanker dreimal wieder einholen, bis die Leine spannte (wobei er zweimal beinahe ins Wasser fiel), während Henner und Simon unter viel Gelächter am Buganker hantierten. Mark hatte zwei weitere schnelle Runden Bier spendiert, während wir uns auf dem Weg zum Ankerplatz befanden, aber ich hatte mich zurückgehalten, und als wir jetzt am großen Tisch im Salon hockten, zeichnete sich deutlich ab, dass mit meinen Besatzungskollegen heute nicht mehr viel anzufangen wäre. Simon und Henner rauchten noch ein paar Zigaretten, dann zogen alle drei unter viel Gepolter – der Pfarrer stieß sich ziemlich heftig den Kopf – unter Deck, rumorten lautstark in den engen Bädern und ihren Kabinen herum, bis eine Viertelstunde später schlagartig eine Stille eintrat, die beinahe beängstigend war. Ich schloss sorgfältig das Dach, alle Türen und Fenster, schaltete das Ankerlicht ein, streifte Jeans und ein langärmliges Hemd über, schnappte mir einen Becher Mousse au Chocolat (wobei ich feststellte, dass zwei fehlten, was mich aber überraschenderweise kaum ärgerte – ich nahm an, dass Simon der Täter war), ein Bier und ging auf die Heckterrasse. Der Mond – halbvoll oder -leer, je nachdem – hing dicht über den Baumwipfeln, hin und wieder ertönten die nächtlichen Rufe verschiedener Waldbewohner, und aus südwestlicher Richtung war gelegentlich ein sehr leises, tiefes Pochen zu hören, von der Musikanlage des Biergartens, wie ich vermutete. Als sich meine Augen an das Dunkel gewöhnt hatten, traten mehr und mehr Sterne hervor, bis das Firmament von kleinen Leuchtpunkten übersät war. Das Mondlicht tanzte auf den schwachen, langsamen Wellen des Sees, und erst jetzt entdeckte ich, dass auf der anderen Seite, aber kaum mehr als acht oder zehn Bootslängen von uns entfernt, zwei weitere Schiffe ankerten, große, offenbar hölzerne Kästen, die miteinander vertäut waren. Das leichte gelbliche Flackern, das ich dort wahrnahm, wies vermutlich auf Kerzenlicht hin – Geräusche waren nicht zu hören.

Ich war allein auf der Welt, aber es war nicht Einsamkeit, was ich in diesem Moment fühlte, sondern eine keineswegs negative *Kleinheit*, die das Durcheinander namens Leben, das ich derzeit führte, stark relativierte und fast bedeutungslos erschienen ließ. Ich dachte an den Tanz mit der Brautjungfer, an die Begegnung in der Schleuse Steinhavel und dann – an Cora. An jenen seltsamen Nachmittag vor drei Wochen, der, wie ich augenblicklich – aber viel zu spät – feststellte, nicht nur eine Wende in unserer Beziehung markiert hatte, sondern mit ziemlicher Sicherheit ihr unwiderrufliches Ende.

23 Tage vorher: Lavieren

Lavieren – kreuzen,
sich hindurchwinden.

Im Herbst 2006 wurde aus meinem Arbeitgeber, einem der wenigen größeren, unabhängigen Belletristikverlage, die es zu diesem Zeitpunkt noch gab, das *Imprint* einer europaweit agierenden Gruppe mit Sitz in Frankfurt am Main. Nach der hausgemachten Insolvenz, die sich schon länger abgezeichnet hatte, ging alles relativ schnell. Den knapp 80 Stammmitarbeitern wurde gekündigt, aber ein Drittel von uns – darunter auch ich – erhielt das Angebot, in die so genannte »Main-Metropole« umzuziehen, aus den drei Etagen im glänzenden Bürohochhaus in Berlin-Schöneberg, in dem der Verlag bis dahin residiert hatte, in ein unansehnliches, fünfstöckiges Vierziger-Jahre-Gebäude in Sachsenhausen, das zum reichlichen Immobilienbesitz der Gruppe gehörte und in dem außerdem die Reste von drei weiteren aufgekauften Verlagen versuchten, so zu tun, als gäbe es sie noch.

Ich hatte weder Lust auf die Stadt in Hessen, wo es nichts als Äppelwoi, Karneval und Banken gab, noch darauf, aus der Ferne eintreffenden Befehlen zu folgen, aber eigentlich nur noch ein Korrektor mit geringfügig erweitertem Kompetenzbereich zu sein.

Also ließ ich meine Kontakte spielen, wie man so sagt, doch was ich eigentlich hierfür hielt, erwies sich in diesem Moment als klägliche Ansammlung von Leuten, die vor allem um den eigenen Job bangten und deshalb jede ihnen bekannte Option wie ein Staatsgeheimnis behandelten, die Einladung zum Essen aber dennoch annahmen. Schließlich brachte mich ein ehemaliger Hausautor, mit dem ich eine lockere Hin-und-wieder-ein-Bierchen-Freundschaft pflegte und der neben Regionalthrillern auch gelegentlich Fachbücher publizierte, eher zufällig darauf, dass bei *Meggs & Pollend* demnächst Vakanzen anstünden, weil mindestens zwei Lektoren aus Altersgründen ausscheiden würden.

Ich trat in den Verlag »mit dem wirklich relevanten Programm« Ende 2006 ein, vier Monate bevor Bernd Meggs und Robert Pollend in dessen viersitziger *Beechcraft Bonanza* – dem Nachfolger der Maschine, mit der Apple-Mitgründer Steve Wozniak 1981 abgeschmiert war – beim Versuch, auf einem Getreidefeld östlich von Friedrichshafen notzulanden, ums Leben kamen, im Gegensatz zu Wozniak, der den Absturz fünfundzwanzig Jahre vorher halbwegs überstanden hatte. Dadurch fiel das Unternehmen in den Besitz der Witwen, was – dem Klischee zufolge – regelmäßig zum Untergang solcher Firmen führte, im Fall von *Meggs & Pollend* aber genau den gegenteiligen Effekt hatte, ganz unabhängig von den merkwürdigerweise, aber nur vorübergehend ansteigenden Verkaufszahlen kurz nach dem Tod der Gründer, der ein gehöriges Medienecho generierte, denn die vom Himmel plumpsende Maschine zerriss außerdem einen traktorfahrenden Jungbauern, der kurz zuvor Vater von fotogenen Zwillingen geworden war. Greta Meggs und Sigrid Pollend restrukturierten den Verlag, ohne seine Substanz zu beschädigen, abgesehen vielleicht von Greta Meggs' Eigenart, ein halbes Jahr nach dem Tod ihres Mannes damit anzufangen, vom Volontär bis zum Programmchef alles zu vögeln, was die elegante, knapp vierzigjährige Witwe attraktiv genug fand und/oder bei einem Nein den Verlust des Jobs befürchtete. Diese Sorge allerdings war unbegründet; als ich Meggs' Avancen höflich, aber bestimmt zurückwies, geschah nichts – Greta Meggs war nicht einmal beleidigt, sondern lenkte ihr Augenmerk umgehend auf einen jungen, ambitionierten Buchhandelsvertreter, der soeben von ihrer Partnerin rekrutiert worden war.

Im September 2007 stand das Jubiläum der Firma an, die 1987 von den damals frischen Uni-Absolventen gegründet worden war. Die Chefinnen ließen im über zweitausend Quadratmeter großen, parkähnlichen Garten der dreistöckigen, vielräumigen Villa, die am Rand des Grunewalds lag, eine Ansammlung von Zelten aufbauen, genau dort, wo wir im Sommer, Manuskripte, Übersetzungen oder Fahnen lesend, in Liegestühlen lümmelten und uns bei gutem Wetter mittags trafen, wenn Luigi oder der lustige, etwa achtzig Jahre alte Japaner, der kein Wort Deutsch konnte, die Essensbestellungen geliefert hatten.

Zwischen den paar riesigen Kiefern wurde außerdem eine Bühne aufgebaut, flankiert von großen Buffettischen, mehreren Bars und unserem mobilen Messestand, der die Spitzentitel des aktuellen Herbstprogramms und einige Longseller präsentierte. Fast ein bisschen versteckt, am Rand des Messestandes, hingen zwei gerahmte A3-Schwarzweißfotos der Verlagsgründer, und die daran befestigten schwarzen Bändchen flatterten traurig im lauen Wind des ansonsten ziemlich warmen Spätsommerabends.

Gegen neun am Abend betrat eine zierliche, um die Hüfte herum vielleicht einen klitzekleinen Hauch zu breite Frau, die kaum einen Meter sechzig groß war, diese Bühne, setzte sich hinter den Flügel, während am Schlagzeug ein Bandkollege Platz nahm, eine schlanke Frau mit Gitarre und ein außerordentlich schöner junger Mann, der einen E-Bass hielt, an ihre Positionen traten – und dann spielte Coras Band *Ugly Carpet*. Das zweite Album war soeben veröffentlich worden, es hatte die ersten Airplays von »Slow Love« gegeben, aber der kurze Höhenflug stand noch bevor – nur zwei Monate später hätte dieser Auftritt vielleicht den Etat gesprengt. Coras Stimme war nicht sehr voluminös, aber eindringlich, und sie trug den jazzigen Pop, den die Band spielte, auf exzellente Weise. In den Songs ging es um Liebe, außerdem Liebe und natürlich Liebe, wobei ich mir, in der zweiten Reihe stehend, gut vorstellen konnte, dass es für das kleine Persönchen mit den langen, bis zur Taille reichenden pfirsichblonden Haaren und den beeindruckend großen Augen wirklich kein wichtigeres, kein anderes Thema gab. Ich war nicht verzaubert, aber angetan wie viele um mich herum, die sich leicht im Rhythmus der simplen, durchaus nicht unkreativen Melodien wiegten und fasziniert die Energie der kleinen Frau in sich aufnahmen.

Und dann bemerkte ich, dass sie, wenn sie vom Flügel aufblickte, häufig zu mir sah. Ich wechselte einige Male die Position im überschaubaren Publikum – vielleicht gute hundert Leute –, um den Eindruck zu überprüfen, aber nach einem kurzen Anflug von Irritation, meistens in den Pausen zwischen den Stücken, fand mich Coras Blick wieder, woraufhin der Hauch eines Lächelns in ihrem Gesicht erschien.

Der Umgang mit Prominenten aller Kategorien war nichts Neues für mich – einige unserer Autoren turnten durch die Medien, ließen sich bei Talkshows befragen, waren Politiker, ehemalige Sportler, Schauspieler oder Moderatoren. Das Programm von *Meggs & Pollend* bestand aus einem echten Fachanteil, der vom Steuerrecht bis zur Wissenschaft fast alles abdeckte, und einem massentauglicheren, der sich vor allem aus Biographien, Reiseliteratur und pointierten Stellungnahmen zum Weltgeschehen zusammensetzte – unter anderem mein Spielfeld. Ich war also daran gewöhnt, mit Leuten Mittag zu essen, die von den Nachbartischen aus angestarrt und nicht selten um Autogramme oder gemeinsame Fotos gebeten wurden, doch den Reiz, mit einem Fuß in deren Rampenlicht zu stehen, verspürte ich nie – Prominenz ist ein radikaler Freiheitsmörder. Die meisten von ihnen waren ohnehin im Kern ziemlich schlichte Normalos, die nur in der Öffentlichkeit auf eine eher virtuelle Zweitexistenz umschalteten.

Deshalb geriet ich auch nicht ins große Zittern, als ich lange nach der letzten Zugabe Cora neben mir wahrnahm, die an einem Champagnerkelch nippte und mich dabei zu beobachten schien, wie ich noch einen Klecks Krabbencocktail neben dem kalten Schweinebraten auf meinem Pappteller unterzubringen versuchte. Als sie bemerkte, dass ich sie ansah, erschien ein strahlendes Lächeln in ihrem Gesicht. Ein etwas jüngerer Kollege, der neben mir tollpatschig im Kaviar herumstocherte, bemerkte das Geschehen und warf mir neidvolle Blicke zu. »Großartige Show, hat mir großartig gefallen«, sagte er kläglich, aber die kleine Sängerin bedachte ihn nur mit einem kurzen Nicken.

Wir plauderten, und ich wurde *angemacht*, auf sehr charmante, aber auch ziemlich direkte Weise. Während sie davon erzählte, erst vor vier Jahren aus einem Zwanzig-Häuser-Nest im Allgäu nach Berlin gezogen zu sein – sie sprach allerdings dialektfrei –, das Glück gehabt zu haben, gleichgesinnte Musiker zu treffen und so weiter und so fort, suchte sie aktiv meine Nähe, berührte mich wie zufällig, ließ zu, dass ihre fantastischen Haare über meinen Unterarm strichen, und folgte mit dem ihren jedem meiner Blicke, als gelte es, mir solche auf mögliche Konkurrenz zu verstellen – was kaum möglich war, denn ich überragte sie um fast zwei Köpfe. Währenddessen dachte ich darüber nach, ob etwas gegen einen One-Night-Stand mit der auf eigenwillige Weise hübschen, kleinen, langhaarigen und fraglos ziemlich begabten Sängerin sprach, fand nichts (ich war Single, mein letzter Sex lag ein halbes Jahr zurück, und Sandra, die bildschöne Empfangsmaus, ignorierte mich beharrlich) – und stieg ein. In der Nacht, die diesem Abend folgte, erlebte ich eine überwältigende, großzügige, fast umgehend enorme Vertrautheit vermittelnde Zärtlichkeit, eine einfach hinreißende Form von Geben, die alles, was mir bis dahin passiert war, zu simplem *Pimpern* degradierte. Ich verliebte mich in Cora; umgekehrt war das, wie sie mir später erzählte, in dem Augenblick geschehen, als sie mich eine halbe Stunde vor dem Auftritt – und von mir unbemerkt, aber auch unabsichtlich – dabei belauscht hatte, wie ich mit der promisken Greta Meggs schwätzte. Mit Meggs, in deren

Hochachtung ich enorm gestiegen war, seit ich ihr Angebot abgelehnt hatte, pflegte ich eine seltsame unprivate Freundschaft, nahm quasi die Position des schwulen Friseurs ein, als ich an diesem Abend ihrem Nicken in Richtung diverser Männer hinterherschaute und jede Auswahl kommentierte, meistens auf ironische Weise freundlich und darauf bedacht, dass sie keinen Schaden für die Firma oder für ihr Selbstbewusstsein riskierte.

So trat Cora in mein Leben, okkupierte es allmählich und begann damit, es auf amüsante, aber auch anstrengende Weise zu verändern. Ein halbes Jahr nach dem Firmenjubiläum zogen wir zusammen, vereinten Musiksammlungen, Fernsehpräferenzen, Essensgewohnheiten, sportive Optionen (meinerseits bis dahin: null – die Sache mit dem Badminton war letztlich ihre Idee) und Ausgehvorlieben, wobei Cora zwei Drittel bis vier Fünftel der Aspekte füllte und ich ein Rückzugsgefecht führte, um gelegentlich noch Metal hören, Actionfilme sehen und tischtenniskellengroße Steaks futtern zu können. Aber das fiel mir – vor allem anfangs – nicht sehr schwer, denn mit ihrer liebenswürdigen, immer in Zärtlichkeiten eingebetteten Vorgehensweise ließ sie jedes Stückchen, auf das ich verzichtete, als Teil eines mühseligen Langstreckenlaufs erscheinen, der zu einem gewaltigen, alles in den Schatten stellenden Triumph führen würde, unterwegs schmackhaft gemacht durch koitale Appetithäppchen. Was sie mir ließ und nie mit einem Wort kommentierte, das war meine zu dieser Zeit aufkeimende Sucht nach Mousse au Chocolat, das ihr glücklicherweise selbst überhaupt nicht schmeckte.

Ihre kurze Berühmtheit mündete ein halbes Jahr später in etwas, das ich laienhaft für eine Depression hielt. Cora stellte die Band um, schrieb nächtelang an Songs, die sie am Morgen darauf wegwarf, stritt sich mit den *Bookern*, Veranstaltern und Agenturen. Die Größe der Locations, für die *Ugly Car-*

pet gebucht wurde, sank innerhalb weniger Monate von dreitausend auf zwei-, dann eintausend Zuschauer, unterschritt kurz darauf auch diese Zahl bis nur noch Angebote von Clubs, Privatveranstaltern und Erlebnisgastronomen eintrafen. Das neue Album wurde mehrfach verschoben, bis mir Cora eines Abends verkündete, eine Kreativpause einzulegen. Wir sprachen oft über ihre und meine Arbeit, und ich hatte sie zu einigen Auftritten begleitet, aber ansonsten blieb das so sehr ihres, wie es meines war, Übersetzungen finnischer Fachbücher zu redigieren oder australischen Journalisten Lizenzangebote zu unterbreiten.

In der Folge intensivierte sie ihr Interesse für unser gemeinsames Leben auf rührende Weise, denn sie mühte sich damit ab, mich von ihren Entscheidungen zu *überzeugen*. Lange, nicht selten äußerst originelle Argumentationsketten führten schließlich zu etwas, das nach Vorschlag klingen sollte, eigentlich aber längst in Stein gemeißelt war. Ich nahm das in Kauf, genoss die Behaglichkeit und Coras körperbetonte Sanftheit, ertrug ihre äußerst bescheuerten Eltern, wenn sie uns – zum Glück selten – besuchten, und hatte mich letztlich damit abgefunden, abends nach dem gemeinsamen Essen einer Idee zu lauschen, deren Umsetzung bereits beschlossene Sache war.

Sie rappelte sich künstlerisch wieder etwas auf, unterschrieb einen Vertrag bei einem kleineren Label, veröffentlichte ein solides Album, ging auf eine Tour, die hauptsächlich sehr anstrengend war, ließ sich aber auch wieder für Galas buchen, hatte Gastauftritte in Fernsehfilmen, sang sogar ein paar Werbespots ein. Aber ich spürte, dass die Musik zu einer Nebensache zu werden begann, was mich stark irritierte, denn ich hatte das für nicht weniger als ihr primäres Lebensziel gehalten. Coras Konzentration auf unser Privatleben nahm weiter zu, sie wechselte das Outfit, ließ sich die pfirsichfarbenen Haare in Schulterblatthöhe abschneiden – ich weinte still in der Toilette, nachdem ich ihr mit eingefrorenem Lächeln zu der Entscheidung gratuliert hatte – und traf mehr und mehr Verabredungen mit Bekannten, die Kinder hatten. Nicht wenige Sonntagnachmittage verbrachten wir damit, den Horden von Kevins und Sarahs, um die die Leute, die ich bis dahin für halbwegs vernünftig gehalten hatte, ihr beschauliches, vor allem *funktionierendes* Zweierdasein erweitert hatten, beim Windelvollscheißen zuzusehen, und jedes Blubbergeräusch, das entfernt nach Silbe klang, frenetisch mitzufeiern. *Diese* Idee konnte mir Cora nicht einfach anhand eines Zeitungsartikels oder einer Fernsehdoku schmackhaft machen. Sie wusste, dass ich keine Kinder wollte. Nicht, dass ich es nicht attraktiv fand, eines zu bekommen, denn wie jeder Mann hielt ich das für einen unbestreitbaren, wenn auch völlig sinnlosen Beweis meiner Potenz – nein, es ging darum, die Scheißbären auch zu *behalten*, und an dieser Stelle versagte ich ihr jedes Entgegenkommen. Immerhin konnte ich darauf verweisen, dies von Anfang an klargestellt zu haben, aber Cora zeigte eine Beharrlichkeit, die an Stoizismus grenzte. Mit ihren Versuchen allerdings, mich vom Glück der anderen mitreißen zu lassen, legte sie eine furiose Bauchlandung hin, denn selbst eine siebenstellige Summe in bar hätte ich nach einem dieser Nachmittage zwischen Gesabber, Geschrei und geflüsterten Gesprächen (weil der Nachwuchs für ein paar Minuten schlief) abgelehnt, wenn ich als Gegenleistung selbst so ein krakeelendes Prachtbaby hätte zeugen sollen.

Wir verhüteten mit Präservativen, eine Angewohnheit, die ich schon als Sechzehnjähriger angenommen und die sich für mich zu einem erotischen Ritual entwickelt hatte. Der Grund für diese Entscheidung – der AIDS-Tod eines heterosexuellen Klassenkameraden kurz vor dem Abitur – war beinahe vergessen, aber Sex ohne Kondom konnte ich mir nicht mehr vorstellen. Ich empfand den Moment des Überstreifens – bevorzugt durch die Partnerin – als lustvoll, probierte Variationen aus, von Gummis mit Mangogeschmack bis hin zu solchen, die beinahe die Konsistenz von Schutzhandschuhen hatten (nicht sehr empfehlenswert), und betrachtete das, vom gesundheitlichen Aspekt abgesehen, der in unserer Beziehung rasch in den Hintergrund trat, denn wir waren einander treu, als willkommenen Zusatzschutz vor unfreiwilliger Empfängnis. Cora nahm außerdem die Pille. Beides waren Selbstverständlichkeiten, also keineswegs Themen, und wir diskutierten es nie, jedenfalls nicht direkt: Natürlich benutzte Cora nicht nur die Kevin-Nachmittage, um mich an den Gedanken der Vaterschaft heranzuführen, sondern sagte auch hin und wieder ganz klar, dass ihre Biouhr tickte und sie es sich durchaus vorstellen könnte, ein Kind zu bekommen. Mindestens eins. Von mir. Ich argumentierte dagegen an, aber das, was ich tatsächlich dachte, verschwieg ich ihr: dass ich mich nämlich eigentlich noch längst nicht mit dem Gedanken abgefunden hatte, den Rest meines Lebens mit ihr zu verbringen, dass ich noch einen ziemlich großen Curt Henderson in mir spürte, der jederzeit an einer Straßenecke auf die Frau seines Lebens treffen könnte, dass ich, mit Anfang vierzig, noch nicht die Türen für alle möglichen Optionen zuschlagen wollte, von denen ich die meisten nicht einmal kannte.

Sie begann damit, meine Kondome zu verstecken oder wegzuschmeißen (»Bist du *sicher*, dass da noch welche waren?« – »Mmh, wenn wir seit Montag nicht vierzigmal gevögelt haben, *müssten* da eigentlich noch welche sein.«), um am Abend, nach meinen Lieblingsserien wie »Navy CIS« oder »Twentyfour«, eine Verführung zu starten, ohne Gummischutz. »Wird schon nichts passieren«, flüsterte sie wiederholt in mein Ohr, das anschließend zum temporären Zuhause ihrer gesangstrainierten Zunge wurde, praktisch der Auslöseschalter für meine Schwellkörper, wie sie ganz genau wusste. Ich begann im Gegenzug damit, mir regelmäßig neue Packungen zu kaufen, die ich ebenfalls versteckte, um in solch einem

Augenblick aus dem Küchenschrank, meiner Laptoptasche, der Vorratskammer, der Sockenschublade oder einfach unter dem Bett einen neuen Vorrat hervorzuzaubern und zu ihrem »Wird schon nichts passieren« leicht ironisch zu lächeln. Cora setzte die Pille ab, weil angeblich eine hormonelle Unverträglichkeit eingetreten war, und führte heimlich, von mir nur zufällig entdeckt, einen Fruchtbarkeitskalender, in dem sie mit kleinen Kugelschreiberherzchen die aussichtsreichsten Tage markierte. Sie kaufte Magazine und einschlägige Bücher, die sie betont unabsichtlich in meinem Sichtkreis platzierte, schleppte mich stundenlang durch Fachgeschäfte für Babykleidung, weil für die gute Freundin, die eigentlich nur eine Bekannte war, Geschenke gekauft werden mussten, denn die Kalbung stand kurz bevor. Ich nahm das hin, fand es in erster Linie amüsant, genoss ihre Versuche, den Sex nach einer minutenlangen Kondomsuche doch noch harmonisch zu gestalten, saß unbewegt mit Kevins auf dem Schoß in Altbauwohnzimmern und ließ mir die teuren Hemden vollsabbern.

Bis zu diesem Nachmittag vor drei Wochen.

Ich kam zu früh nach Hause, weil die Essensverabredung mit einem spanischen Autor in letzter Sekunde geplatzt war und sich der Weg aus Berlin-Mitte zurück in den Verlag nicht mehr lohnte. Cora hatte bis zum frühen Morgen in ihrem schallgedämmten Arbeitszimmer gesessen, um an einem Stück für ein Benefizalbum zu arbeiten, für das sie angefragt worden war, weshalb ich annahm, dass sie schlief, denn das tat sie meistens am Nachmittag, wenn eine kurze Nacht hinter ihr lag. Ich schloss die Tür leise auf und drückte sie vorsichtig wieder ins Schloss, streifte Anzugjacke und Halbschuhe ab, mein Autorenessen-Outfit, das ich nicht sehr mochte, und schlich zur Schlafzimmertür, die angelehnt war. Nachdem ich sie sehr sanft ein Stück geöffnet hatte, sah ich Cora auf der Bettkante sitzen, in etwas vertieft, das ich nicht gleich erkennen, mir erklären konnte, aber bevor ich dem

Impuls nachgab, »Hallo, Liebling« zu sagen, verstand ich es. In der einen Hand hielt sie eine Nähnadel, und das knisternde, schwarze Kunststoffzeug, das sie in der anderen hatte und auf das sie zielsicher drei-, viermal einstach, waren Kondompackungen – *Billy Boy*, perlgenoppt, meine zweitliebste Sorte.

Sie hatte mich noch immer nicht bemerkt, wiederholte das Ritual konzentriert mit dem gesamten Inhalt der Packung, wobei sie leise eine Melodie zu summen begann, vielleicht desjenigen Songs, an dem sie nachts gearbeitet hatte. Cora trug ein hellgelbes, transparentes Negligé, ein Geschenk von mir, das ihren reizvollen, keinerlei Spuren von siebenunddreißig Jahren auf diesem Planeten zeigenden grazilen Körper betonte. Ihre Hüfte war immer noch einen Hauch zu breit, aber wenn sie mich in diesem Outfit begrüßte, das vielversprechende, überwiegend rasierte Dreieck gut sichtbar, lag zwischen Wohnungstür und Doppelbett ein Weg, der sich in weniger als einer Sekunde bewältigen ließ. Genau das hatte sie für heute vermutlich auch vor. In diesem Augenblick sah sie zum Wecker, der neben ihrer Bettseite stand, und dann zur Tür.

Das Summen endete, ihre Mundwinkel fielen drei Stockwerke hinab, und kurz darauf glitzerte es in ihren großen, tiefbraunen Augen. Dann ging erkennbar ein Zittern durch den kleinen, liebenswerten Körper, und meine Gedanken begannen loszurasen; Gefühle spürte ich noch nicht. Bis zu diesem Moment hatte es gedauert, zu verstehen, was sie da tat, was es bedeutete, was sie damit zu erreichen versuchte. Coras Bemühungen, mich von der Kinderkriegerei zu überzeugen, waren nur Scheingefechte, denn wie immer stand ihre Entscheidung längst felsenfest, und wenn ich mich nicht überreden ließ, mussten eben vollendete Tatsachen her. So war Cora – zielstrebig, von sich überzeugt und bestimmend. Der kreative Anteil, den ich an unserem Leben hatte, war absurd klein.

Sie sah mich eine Weile an und richtete dann den tränenverhangenen, erschütterten Blick auf die Kondompackung in ihrer linken Hand. Vielleicht dachte sie über eine plausible Ausrede nach, erprobte gedanklich einen ihrer originellen Argumentationsstränge, aber sie war wie der Mörder mit der rauchenden Waffe in der Hand, der breitbeinig über dem frisch blutenden Opfer steht – keine Fragen, Euer Ehren.

»Wie lange machst du das schon?«, fragte ich endlich, ging auf sie zu und nahm ihr das glänzende Plastikzeug aus der Hand. Die Einstiche waren zu sehen, wenn man wusste, wonach man suchte, aber das tat man natürlich nicht, wenn eine Erektion ihr Recht forderte, im schummrigen Licht der gedimmten Deckenlampe. Ich riss die Packung auf und hielt mir das leicht glitschige, ringförmige Latexding vors Auge, spürte die Gleitcreme und die winzigen Kunststoffperlen, die ins Material eingearbeitet waren. Selbst im Gegenlicht des Schlafzimmerfensters waren die Beschädigungen kaum zu erkennen, aber ich hatte keine Zweifel daran, dass sie für mein Sperma groß genug waren.

Cora seufzte, wischte sich mit dem Handrücken übers Gesicht.

»Das ist das erste Mal?«, schlug sie mit leiser Stimme vor, aber ihre Mimik verriet, dass sie nicht viel Hoffnung hatte, glaubhaft zu sein. Sie streckte eine Hand nach mir aus, stoppte aber auf halber Strecke.

»Ich bin einfach verzweifelt, Finke«, sagte sie flehend – selbst in dieser Situation gab sie ihre Eigenart, jeden mit dem Nachnamen anzureden, nicht auf. »Warum bist du so hartherzig in dieser ... *Sache*?«

»Hartherzig?«, fragte ich verblüfft zurück. »*Hartherzig?*«, wiederholte ich, um das Wort auf mich einwirken zu lassen. »Hartherzig ist jemand, der ohne Verzicht retten könnte, es aber dennoch nicht tut«, sagte ich langsam und ziemlich mühevoll, denn erst jetzt öffneten sich meine emotionalen Schleusen. Von einer Sekunde auf die andere wurde ich zornig und traurig, fühlte mich auf abscheuliche Weise betrogen, war äußerst verunsichert, aber zugleich verspürte ich seltsamerweise Mitgefühl, empfand diese hinterhältige Attacke auf meine Entscheidungsfreiheit als irgendwie rührend, wurde das Bild von der kleinen Person, die summend Kondome zersticht, um mir einen Entschluss abzunehmen, den sie längst für mich getroffen hat, einfach nicht los. Ich schüttelte den Kopf, um meine Gedanken in Ordnung zu bringen, aber das misslang natürlich.

Und dann stritten wir uns. Es war der erste – und bisher letzte – richtige Streit, den wir führten, ein lautes, unschönes, mit verschütteten und verdrängten Vorwürfen angereichertes Wortgefecht, begleitet von Tränen, Schluchzen, knallenden Türen, gebrüllten Anklagen, idiotischen Beleidigungen und einer Viertelstunde andauernden, ziellosen Verfolgungsjagd durch die Wohnung, Cora im Negligé voraus, ich hinterher, beide brüllend, weinend, weit jenseits der Fassungslosigkeit.

Schließlich zog sie sich an und verschwand unter weiteren Tränen in ihrem Arbeitszimmer, ich setzte mich vor den Fernseher und zappte eine Stunde lang durch den Asozialenhorror, zu dem Fernsehen geworden ist, ohne auch nur eine Szene wahrzunehmen. Meine Augen brannten, ich vertilgte fünf Becher Mousse von *Merl*, bekam Sodbrennen, duschte heiß und dann kalt, verließ die Wohnung und kehrte umgehend zurück. Ich hatte keinen besten Freund, mit dem ich sprechen konnte, nur *Bekannte*, die höchstens ein paar Gemeinplätze absondern würden, und Alkohol würde mich nur tiefer ins Verderben stoßen. Also ging ich früh ins Bett, in dem ich auch noch allein lag, als ich am nächsten Morgen völlig erschlagen und ziemlich traurig aufwachte.

Am Abend erwartete sie mich mit einem vorzüglichen Dinner, entschuldigte sich pausenlos, bat mich auf eine Weise um Verzeihung, der selbst ein *hartherziger* Mensch nicht hätte widerstehen können. Wir gingen ins Kino, sahen einen rührenden französischen Film, und nach einer Viertelstunde tastete sie vorsichtig nach meiner rechten Hand. Danach, im Foyer des Lichtspieltheaters, küssten wir uns auf die Art, wie wir das vier Jahre zuvor stundenlang getan hatten, strichen die Haut unserer Wangen aneinander, eine Geste der Vertrautheit, die mich vorübergehend vergessen ließ, was gestern geschehen war. Doch der Stachel steckte im Fleisch, nicht nur in meinem: Während der kommenden Tage, der letzten vor dem Antritt ihrer kleinen Tour, änderte sich etwas zwischen uns. Cora nahm Termine wahr, über die sie mich nicht informierte, blieb Abende lang weg, ohne das Mobiltelefon einzuschalten, roch nach Rauch, säuerlichem Alkohol und fremden Düften, wenn sie spät heimkehrte. Ich ließ nicht zu, dass diese Wahrnehmungen mein Bewusstsein erreichten, gab stattdessen der verlockenden Aussicht auf eine neue, ungewisse Freiheit nach, spielte Gedankenspiele, in denen Cora nicht mehr vorkam. Ich tat das nicht, weil ich es wollte, sondern weil ich *konnte*.

Und Sex hatten wir auch keinen mehr. Dafür rief Rosa an, Coras Mutter. Am Abend vor der Hausboottour.

Tag 3:
Kabbeln

**Kabbeln – das Gegeneinanderlaufen
von kurzen Wellen.**

Ich saß schon seit über einer Stunde auf der Bank am Bug, schlürfte aus einem von Simons Pötten Kaffee und fütterte eine für menschliche Verhältnisse asoziale Entenfamilie – neun Kinder – mit den Resten der Aufbackbrötchen, als das nächste Mannschaftsmitglied erschien, die Augen gegen das helle und vom Wasser reflektierte Sonnenlicht abschirmend: Simon. Der Kaffeetopf in seiner Hand zitterte wie auch die unvermeidliche Fluppe zwischen seinen Lippen, und er war, wenn das möglich war, sogar noch blasser als vorher.

»Scheiße«, sagte er mit leicht krächzender Stimme. »Scheiße, Scheiße, Scheiße. Hast du Kopfschmerztabletten?« Er hatte Mühe, das Wort auszusprechen.

Ich schüttelte lächelnd den Kopf. »Aber Henner hat ganz sicher welche.« Er hatte wahrscheinlich sogar *Skorbuttabletten* dabei, weil er in irgendeinem Fachartikel davon gelesen hatte, dass diese Krankheit vor Jahrhunderten Haupttodesursache von Seefahrern gewesen war.

»Henner schläft noch«, murmelte Simme. Es war kurz nach neun, ich hatte bereits gebadet und zwei Brote mit mordsgroßen Jagdwurstscheiben gegessen – einer Wurstsorte, die in unserem Haushalt seit über zwei Jahren nicht mehr vorkam. Ich nickte, denn Henner war zwar einen halben Meter größer als Simon und wog mindestens das Anderthalbfache, aber die nicht sehr lange, jedoch intensive Schnaps-Bier-Orgie vom gestrigen Abend würde er wahrscheinlich auch nicht viel leichter wegstecken. Als hätte jemand meine Gedanken erraten, polterte es direkt unter uns. Eine gedämpfte Stimme, die ich aber weder Henner noch Mark zuordnen konnte, wiederholte Simons Fluch, dann geschah eine Weile nichts. Die Enten schnatterten und umpaddelten weiter den Bug der *Dahme*, aber die Brötchen waren längst aufgebraucht.

Dann kam Henner an Deck, sich mühselig an der Reling entlanghangelnd, mit starrem Blick auf die eigenen Füße, die in blaugestreiften Adiletten steckten. Er trug seine Ray-Ban, außerdem eine hellgraue Neunziger-Jahre-Jogginghose und ein zerknittertes, weißes XXL-Shirt, das in Herzhöhe mit dem christlichen Fischsymbol und der Aufschrift »Treffen Evangelischer Freikirchen, Erfurt 2008« bedruckt war, aber der Aufdruck war stark ausgewaschen, weshalb ich annahm, dass er das Kleidungsstück schon eine ganze Weile ausschließlich als Nachthemd benutzte. So wie ich mit dem steinalten *Def-Leppard*-Shirt verfuhr, das mir ein spaßiger Kollege aus dem vorigen Verlag geschenkt hatte, weil ich mich an einem weinseligen Abend nach einem anstrengenden Buchmessetag positiv über das Album »Hysteria« geäußert hatte. Ich zog es an, wenn die Kälte sogar durch die Doppelverglasungen unseres Schlafzimmerfensters kroch, Cora einen neckischen Flanellponcho zum Schlafen trug und die Wärme unserer nackten, aneinandergepressten Körper nicht mehr ausreichte, um das Kribbeln der eisigen Luft aus dem Bett zu verbannen. Also etwa dreimal im Jahr.

»Morgen«, grunzte er.

»Kannst du mir kurz die Sonnenbrille borgen?«, fragte Simon, dessen Augen tränten. Der Pfarrer reichte ihm die Brille, und schmale, stark gerötete Äuglein kamen dahinter zum Vorschein. Henners Gesicht war fleckig – die alkoholbedingte Blässe und Sonnenverbrennungen vom Vortag kämpften um Flächen –, und auch seine Hände zitterten. Als sich Simon die nächste Zigarette anzündete, bekam der Pfarrer einen Hustenanfall, der über den kleinen See schallte, so dass sogar die Besatzungen der beiden kastenförmigen Boote, auf den hohen Dächern beim Frühstück sitzend, besorgt zu uns herüberschauten. Ich winkte fröhlich, sie winkten zurück. Mitgefühl für meine Genossen empfand ich keines – wer feiern kann, muss auch leiden können.

Dann traf die dritte Alkoholleiche ein, zwar in der Badehose, aber Mark hob die große, etwas kindische, dunkelgrüne Sonnenbrille mit orangefarbenen Gläsern nur kurz an, warf einen Blick auf die Enten und setzte sich dann stöhnend zu uns.

»Ich bin krank«, sagte er theatralisch.

»Wie sind wir hierhergekommen?«, fragte Simon. Er verdrehte sich, in einiger Entfernung passierte ein kleines Holzhausboot mit schnarrendem Außenbordmotor und wehender Piratenflagge – wie originell! – den See seitlich. Der Lankensee war nicht viel mehr als eine große Ausbuchtung, keine zweihundert Meter Durchmesser, in der Mitte sechseinhalb Meter tief, umgeben von Birken und Buchen, gesäumt von Schilf und kleinen Seerosenfeldern, durch die piepsende Haubentaucher schwammen. »Und vor allem, *wo* sind wir?«, ergänzte er.

»Nicht weit vom Biergarten«, sagte ich. Henner stöhnte, als er das Wort hörte. »Vielleicht achthundert Meter. Ich habe uns hergefahren, aber ihr habt brav die Anker ausgelegt und sogar noch zwei Feierabendbiere getrunken.«

»In meinem Mund schmeckt es grausig«, sagte Henner. »Ich habe mir schon zweimal die Zähne gebürstet, aber es ist, als würde ich auf biergetränkten Aschenbechern aus Pappmaché herumkauen. Scheußlich.«

»Das kommt davon«, presste Mark hervor und hielt sich dann den Schädel. »Hat wer Aspirin?«

Henner nickte, aber nur kurz, sagte dann zwinkernd, um gegen die Folgen des Nickens anzukämpfen: »Natürlich. Im Beautycase in meiner Kabine.«

»Im *was*?«

»Der kleine Kunststofflederkoffer, der neben dem Waschbecken steht.«

»Beautycase«, wiederholte Mark und glotzte Henner an.

»Bring mir eine mit. Oder lieber drei«, bat Simon.

»Aye«, antwortete Mark leise, aber es klang eher nach: »Ich wäre lieber tot. Auf der Stelle.«

Sie frühstückten hochdosiertes Aspirin-plus-C, kehrten dann in den Salon zurück, wo sie mit hängenden Köpfen am Tisch saßen und leise den Junggesellinnenabschied verfluchten. Allerdings erschien die Andeutung eines Lächelns in Henners Gesicht, als der Begriff fiel, und auch Simon drückte kurz den Rücken durch: »Spaß gemacht hat es aber.« Und, nach einer kurzen Pause: »Glaube ich.«

Danach stand die Entscheidung an, ob wir den Tag mit Krankenpflege, dem Rückweg in Richtung Norden oder irgendwas anderem verbringen sollten. Templin lag etwa zehn Kilometer – also anderthalb Stunden – nordöstlich, allerdings in der falschen Richtung, und es wäre eine Sackgasse, der Ort verfügte aber laut Karte über einen Stadthafen mit Gastliegeplätzen und vermutlich auch über Gastronomie, so dass ich nicht viel Mühe hatte, meine angeschlagenen Begleiter von diesem Kompromiss zu überzeugen. Man konnte das Boot zwar allein steuern, aber für Schleusenpassagen oder Anlegemanöver mussten mehr Hände eingesetzt werden. Neunzig Minuten bis zur nächsten Pause würden sie vielleicht durchhalten.

Sie blieben unter Deck, sonnenbebrillt, saßen schweigend am Tisch, Henner nippte ab und zu an einem Tee, der das Aroma von Krankenhaus verströmte, während Simon und Mark ganze Literflaschen Mineralwasser in ihre Hälse kippten, um anschließend vorsichtig mit schwarzem Kaffee nachzuspülen. Ich stand am Steuer und war vergnügt – die Scheiben waren hochgeklappt, das Dach geöffnet, die Sonne strahlte, ich trug die lässige teure Porsche-Design-Brille (ein Weihnachtsgeschenk von Cora) und spendierte mir nur deshalb ein frühes Bier, um die gequälten Blicke der anderen zu sehen, mit denen sie jeder meiner Bewegungen folgten, als ich die Flasche öffnete und ihnen schließlich grinsend zuprostete. Während wir den langgezogenen, aber nicht sehr breiten Röddelinsee durchfuhren, versuchte Simon, eine Schmalzstulle zu essen, aber schon nach wenigen Bissen sprang er vom Tisch auf, rannte zur Terrasse und übergab alles mögliche aus seinem Magen an das Kielwasser des Schiffes.

Es ging etwas mehr Wind als am Vortag, die Wellen auf dem See kräuselten sich, wiesen sogar hin und wieder kleine Schaumkrönchen auf. Ich gab Vollgas, das Schiff bollerte durchs Wasser, sich jetzt deutlich spürbar auf und ab bewegend, hin und wieder spritzte Gischt von der Bugwelle empor. Nach wenigen Minuten baten mich die drei im Chor, langsamer zu fahren. Ich reduzierte auf viertausend Umdrehungen.

Nach einer guten halben Stunde fuhren wir in den Templiner Kanal ein (kein Kanal, wie man sich ihn vorstellt, denn seit dem Ausheben war vermutlich über ein Jahrhundert vergangen – die Natur hatte ihn längst vollständig zurückerobert), und kurz darauf bezweifelte ich, auf einem Gewässer zu sein, das tatsächlich für Schiffe wie das unsrige freigegeben war: Die Ufer rückten kontinuierlich näher, Sträucher, Schilf und Äste größerer Bäume streiften beiderseits den Schiffsrumpf, und ich beendete meine Reiher-Volkszählung, denn hier gab es Dutzende davon. Ein grausilbernes Tier von Form und Größe einer gut genährten Hauskatze glitt direkt vor dem Boot ins Wasser, verschwand sofort unter der Oberfläche – vermutlich ein Fischotter. Ein Wort, das ich zuletzt an der Grundschule gehört hatte.

Zwei Kilometer weiter passierten wir Bootshäuser, die jenen vom ersten Abend ähnelten, aber einige sahen aus, als wären die Besitzer noch vor dem Ersten Weltkrieg gestorben. Dann folgte eine künstliche Ausbuchtung, ein kleiner Hafen, in dem ein Ausflugsdampfer lag, der beinahe doppelt so lang wie die *Dahme* war. Das Schiff sah keineswegs aus, als wäre es ein Wrack, also wurde es noch verwendet – ein Gedanke, der mir einen kurzen Schauer über den Rücken jagte, denn ein Zusammentreffen dieses und unseres Bootes irgendwo auf den Kanalabschnitten, die wir gerade hinter uns gelassen hatten, hätte nach meinem Dafürhalten zu einer ziemlich problematischen Situation geführt – vorsichtig ausgedrückt. Es war überhaupt das erste Anzeichen für Berufsschifffahrt, das ich entdeckte, von den Bauschiffen in der Steinhavel abgesehen. Von den Spreebrücken in Berlin aus konnte man massenweise Lastkähne beobachten – wo waren die? Umfuhren sie dieses Revier?

Kurz darauf kam die Wartestelle der Schleuse Templin in Sicht, rechter Hand und in einer Kurve gelegen – die Schleuseneinfahrt selbst war nicht zu sehen. Ein kleineres Hausboot in Jachtbauweise und mit großflächiger Werbung für den Charterer, etwa fünf Meter lang und offenbar aus Kunststoff, bollerte mit jaulendem Motor und kreischendem Bugstrahlruder mehrfach gegen die Pfähle, drehte sich, fuhr rückwärts, schoss viel zu schnell abermals auf das Ufer zu und kollidierte wieder mit den Holzbohlen, an denen man eigentlich festmachen sollte. Von den großen Plastikballons, die als Prallschutz rund um das Boot hingen, den *Fendern*, erklang Quietschen und Stöhnen. Eine junge, dicke Frau im schwarzen Bikini und mit Kurzhaarfrisur stand am Bug, eine Hand an der Reling und mit der anderen eine blaue Leine umklammernd, widerstand schwankend, aber stoisch den Versuchen ihres Skippers, sie über Bord zu schleudern, während am Heck ein blasses, auch nicht gerade schmales Kind saß und sorgenvolle Blicke zu uns herüberwarf. Der Mann am Steuer, noch dicker als sein Weibchen und mit einem verdammten *String* bekleidet, kämpfte schwitzend mit Ruder und Gashebel, ließ mal das Heck und dann wieder den Bug gegen die Wartestelle krachen, bis der Motor abstarb, das Boot ganz von allein gegen den vordersten Pfahl ditschte und die Bikinifrau die Gelegenheit nutzte, die Leine drüberzuwerfen, noch eine Schlinge zu legen und das Ende in einer flinken Bewegung beidhändig zu ergreifen. Sie entspannte sich nicht, denn sie schien zu ahnen, was noch kam: Der Mann hatte die Maschine wieder angeworfen, den Hebel mit einem Ruck nach hinten geschleudert, so dass der Kahn einen kurzen Satz machte, direkt auf uns zu, aber wie ein Wachhund an der Leine wurde er kurz darauf zurückgerissen – Pfahl, Leine und Bikinifrau widerstanden. Das Kind hielt sich panisch fest, der Motor tobte, reichlich Wasser hinter dem Schiff zu Schaum schlagend, dann erkannte der Mann am Ruder, dass keinen Sinn hatte, was auch immer er da versuchte, schaltete in den Leerlauf, kletterte zum Kind hinunter, dem er im Vorbeigehen kurz über die Haare strich, griff nach der Leine und sprang in Richtung Land – und zwar ins Wasser, vermutlich begünstigt durch den Rückstoß, den sein massiger Körper dem leichten Boot verpasste, dessen Heck dadurch etwa in der Kanalmitte ankam. Just in diesem Augenblick schob sich der mächtige Bug eines Ausflugsdampfers in mein Blickfeld, aus der Schleuse kommend, begleitet von einem satten, tiefen Hupton. Wenn er nicht anhalten würde, wäre eine Kollision mit dem kleinen Hausboot unausweichlich, denn der Kapitän des Dampfers konnte es unmöglich sehen, deshalb schaltete ich erst die Scheibenwischer und dann irgendeine Lampe an, bis ich den Knopf für unser Signalhorn fand und es mehrfach kurz nacheinander ertönen ließ – ein krächzendes »Mähhg! Mähhg!«, kein Vergleich mit dem satten Horn des Dampfers. Ohne es zu ahnen, hatte ich intuitiv das Schallsignal für »Gefahr eines Zusammenstoßes« gegeben; der Dampfer stoppte sofort auf. Der Schiffsführer vor uns, noch immer die Leine in der Hand, kletterte mühselig an Land, zog das Heck seines Schiffs aus dem Weg und warf mir anschließend einen dankbaren, maßlos gehetzten Blick zu. Ich legte kurz den rechten Zeigefinger an die Stirn und ließ ihn in seine Richtung schnippen. Dann brüllte ich »Alles wieder frei!« und hoffte, der Steuermann des Fahrgastschiffs könnte es hören. Kurz darauf setzte sich der Pott langsam in Bewegung, und bei all der Retterei hatte ich völlig vergessen, dass wir selbst noch nicht festgemacht hatten. Simon vorne und Mark hinten waren ebenfalls damit beschäftigt gewesen, die Szenerie mit offenen Mündern zu verfolgen, vermutlich noch geistig gelähmt vom Alk. Ich schlug nach links ein, gab Bugstrahl nach rechts und leichtes Gas voraus, wodurch wir sanft an die Pfähle trieben – gerade noch rechtzeitig, damit das von hier aus beeindruckende, aus anderer Perspektive möglicherweise längst nicht so tolle Schiff Platz genug hatte, um an uns vorbeizukommen. Die Schleusenampel wechselte auf Grün, der Motor vor uns jaulte, und dann ging der ganze Spaß von vorne los: ein Satz rückwärts, auf uns zu, in letzter Sekunde abgefangen, eine Vierteldrehung im Kanal, zielstrebiger Kollisionskurs mit dem anderen Ufer, wieder eine Drehung zurück – aber nach einigen weiteren Pirouetten verschwand das Charterboot endlich schlingernd hinter der Kurve. Wir lösten die Leinen, ich folgte vorsichtig. Als die große Schleusenkammer, die teilweise unter einer Brücke lag, in Sicht kam, galt das außerdem für das Dickenboot, das derzeit wie ein schlecht programmierter Roboter mehrfach gegen das andere Schleusentor schlug. Hinter uns kam niemand, also fuhr ich ein, und wir legten in sicherer Entfernung an. Zum Glück gab es auch im hinteren Bereich Signalhebel, so dass wir die Schleusung anfordern konnten, obwohl vorne noch tumultiges Durcheinander herrschte. Ich stellte mir vor, wie der weitere Urlaub der Familie dieses Grobmotorikers verlaufen würde, gab den Gedanken aber gleich wieder auf.

Satte vier Meter Hub hatte diese – aber nur fünfundzwanzig Meter lange – Schleuse, wodurch wir während der folgenden Minuten langsam an Stahlwänden hinunterglitten, die schließlich doppelmannshoch neben uns aufragten, es wurde dunkler und sogar ein bisschen kühler. Es war noch zu einem kleinen Zwischenfall gekommen, weil der Skipper vor uns seine Leine auf Henner-Art befestigt hatte, aber nachdem das Heck seines Schiffs schon einen halben Meter Schlagseite hatte, löste sich die Leine plötzlich, und der Rumpf kam schaukelnd wieder ins Gleichgewicht. Die Frau rief irgendwas, das ich nicht verstehen konnte, aber sicherlich handelte es sich kaum um Lob oder Dankesreden für die seemännischen Künste des Stringträgers am Steuer.

Wir ließen das Chaosboot vorerst hinter uns und durchfuhren den unspektakulären Teil des Ortes, den man vom Wasser aus sehen konnte, und eine weitere Brücke, kurz darauf entdeckte ich rechts eine Anlage, die ich für den Stadthafen hielt – inzwischen verstand ich die informationsüberlastete, aber äußerst hilfreiche Gewässerkarte etwas besser. Von einem längeren Steg legte ein weiterer Ausflugsdampfer zügig ab, das Röhren seines Diesels war bis zu unserem Boot zu hören, und ich begann für die Skipper dieser Töpfe eine ähnliche Ehrfurcht wie für LKW-Fahrer zu entwickeln. Selbst mit dem kleinen, vier Jahre alten kirschroten (Coras Idee) Audi, den ich besaß, fiel es mir nicht selten schwer, präzise Manöver – vor allem rückwärts – zu fahren, aber die Brummifahrer mit ihren anhängerbewehrten Vierzigtonnern beherrschten Stunts, die mich nicht selten fassungslos machten.

Einige Boote hatten festgemacht und schaukelten träge im lauen Wind, aber es gab noch reichlich Platz – also hielt ich auf die Stege zu. Eine Frau in einem weißen Kittel erschien in der Tür einer holzgezimmerten Hütte, polterte über die Steganlage in unsere Richtung (Clogs? Eine *Krankenschwester*?) und begann damit, uns zuzuwinken – ich winkte höflich zurück. Das System, nach dem man sich hier fortwährend grüßte, erschien mir rätselhafter als die Karte – manch ein Bootsführer winkte, als gäbe es dafür Zusatzpunkte, andere aber ignorierten jeden Versuch stoisch. Doch sie grüßte überhaupt nicht, sondern wollte mir verdeutlichen, wo ich den Pott hinzusteuern hätte, nämlich an einen seitlichen Steg, der nicht sehr lang war und gefährlich nahe am seerosenüberwucherten Ufer lag. Mark schlich, mit hängenden Schultern und offenbar jede Bewegung verteufelnd, zum Bug, Henner setzte sich auf die Heckterrasse und spielte gedankenverloren mit dem Ende der Leine. Simon war unter Deck und machte irgendwas, vielleicht heimlich telefonieren.

Wir waren kurz davor, mit nahezu vollendeter Eleganz seitlich an den Halteplatz zu treiben, als hinter uns ein bekanntes Motorengeräusch erklang, aufjubelnd, weil der Rudergänger mal wieder – unnötigerweise – den Gashebel auf Anschlag geschoben hatte. Mit reichlich überhöhter Geschwindigkeit schoss das Schiff kurz darauf an unserem Heck vorbei, und zwar auf der Seite, die dem Steg zugewandt war, also genau in die Lücke zielend – ich nahm allerdings kaum an, dass es gezielt war –, die sich gerade gemächlich schloss. Es war ein wenig wie in diesem älteren Bond-Film (»Octopussy«? »Moonraker«?), bei dem es eine Boots-Verfolgungsjagd durch Venedig gegeben hatte. Irgendwann war eines der Motorboote zwischen zwei mächtigen Frachtern hindurchgerast, die sich währenddessen näher kamen – kurz vor Ende der Durchfahrt wurde es eingeklemmt und explodierte selbstverständlich. Das tat schließlich jedes verunfallte Fahrzeug in einem Bond-Film.

Das kleine Hausboot explodierte *nicht*, aber etwas in mir hätte sich diesen Ausgang gewünscht. Ich stoppte auf, ohne jede Hektik, denn eine andere Option hatte ich kaum, außerdem presste ich den rechten Knopf fürs Bugstrahlruder kräftig hinunter, als würde mehr Kraft auch mehr Wirkung erzielen. Doch die *Dahme* reagierte zu langsam (Gedankennotiz an Simon: das Bugstrahlruder tunen), der Winkel war viel zu spitz. Es gab ein lautes, quietschendes Knirschen, der Steg schwankte stark, ein Fender am Bug unseres Schiffes wurde in die

Höhe geschleudert, die Krankenschwester ging in die Hocke, um ihren Schwerpunkt zu verlagern und nicht ins Wasser geschubst zu werden, und die dicke Bikinifrau sprang kurzerhand – und applausverdächtig behände – auf die Stegplanken, weil es sie sonst sicher von Bord gehauen hätte. Dann stand das Plastikschiff ruckartig. Der Motor jaulte nach wie vor wie ein frisierter Rasenmäher, denn den Mann am Steuer hatte es aus dem Sitz geworfen, aber bevor er zum Gashebel hechten konnte, um in den Leerlauf zu schalten, kam sein Boot wieder frei, weil unser Bugstrahlruder endlich Wirkung zeigte. Der Kahn machte einen Satz, durchpflügte die Seerosen und verschwand – begleitet von Knacks- und Knirschgeräuschen, die vom Johlen des überforderten Antriebs aber akustisch beiseitegeschoben wurden – beinahe vollständig im dahinterliegenden Gebüsch. Das blasse Kind war nicht zu sehen, aber ich hoffte, es hielt sich gut fest.

Schließlich, nach einer kurzen Atempause, bewegte sich das Heck wieder auf uns zu.

»MACH LANGSAM!«, brüllte Mark. »Nur wenig Gas geben, du Vollhorst! GANZ WENIG!« Er dreht sich zu mir um und tippte sich dabei an die Stirn, aber schon das Gebrüll hatte ihn abermals geschwächt. Er schwitzte, was ich bisher noch nicht an ihm beobachtet hatte.

Tatsächlich bemühte sich der Mann, ausnahmsweise nicht Vollgas zu fahren. Aber er konnte immer noch nicht zielen, vor allem natürlich nicht rückwärts. Das Heck drehte leicht zur Seite – nach steuerbord –, also würde er in geschätzt zehn Metern Entfernung einfach wieder im Uferbewuchs landen, nur eben mit dem Hinterteil voran.

»Leine! Wirf eine Leine!«, krächzte Mark.

Da wir noch nicht festgemacht hatten, konnte ich manövrieren, drückte den anderen Knopf fürs Bugstrahlruder. Begleitet vom Kaffeemühlengeräusch, kam unser Bug dem Heck des anderen Kahns näher. Der Stringträger sah sich suchend um, das Gesicht von Panik verzerrt, mit den Nerven völlig am Ende, legte den Gashebel in die Leerlaufposition – immerhin! – und kletterte hektisch zwei Stufen der Heckleiter hinunter. Dann nahm er eine Leine und warf sie in Marks Richtung. Schon beim fünften Versuch traf er auch – kurz bevor sein noch treibendes Schiff außer Reichweite geriet.

Also legte ich *zwei* Schiffe an, unseres und das wilde Ganzrumpftorpedo, das Mark und Henner längsseits befestigt hatten. Hätte mir jemand vor drei Tagen erklärt, dass ich irgendwann in meinem Leben mehrere Tonnen Boot, auf Wasser gelagert und nur schwer zu steuern, im Doppelpack an einen Steg bringen würde, hätte ich denjenigen gefragt, ob er bitte auch sein Testament zu meinen Gunsten ändern würde, denn es hätte sich nur um einen komplett durchgeknallten Spinner handeln können.

Der Mann kletterte mühselig zu uns herüber, ich ging aufs Vordeck und war mit dem nahen – viel zu nahen – Anblick seines Badehosenimitats konfrontiert. Aber wir alle vier – Simon war an Deck gekommen – blinzelten, in Richtung seines von einem schwarzen, streichholzschachtelgroßen Fetzen bedeckten Gekröses starrend, um das herum sich graubraune Schamhaare hervorkräuselten, was er selbst wahrscheinlich nicht sehen konnte, denn sein Blick war unüberwindbar vom Hügel verstellt, den sein klischeehafter Bierbauch bildete.

Der Mann schwitzte, ganze Schweißfluten flossen aus den spärlichen Kopfhaaren, rannen übers Gesicht, den Hals entlang, über Brust, Bauch, Arme und Beine. Ein unterbrechungsfreier zweistündiger Saunagang hätte kein ähnliches Ergebnis gezeigt. Außerdem steckten kleine Äste und Blätter in seinen verschwitzten Haaren, an den Schultern bluteten harmlose Wunden vor sich hin.

»Ich danke euch. Vielen Dank. Danke.« Dabei griff er beidhändig nach jedem von uns, und als ich meine Hand von seiner getränkten Pranke schütteln ließ, weinte er sogar vor

Rührung. »Danke, danke, danke«, wiederholte er. Und: »Tut mir leid. Tut mir schrecklich leid. Ich hoffe, es ist nichts kaputtgegangen.«

Auch die Krankenschwester kletterte an Bord und musterte sein Fahrzeug.

»Heckel-Boote, aha. Mal wieder ohne Chartereinweisung, oder?«

Jetzt blinzelte der Mann. Er kletterte mühselig zu seinem Boot, fuhrwerkte am Steuerstand herum, kehrte zurück und hielt ein graugrünes Etwas hoch, das im leichten Wind flatterte. »Bundesrepublik Deutschland« stand gut lesbar darauf, begleitet von einem Siegel mit Adler und der etwas größeren Aufschrift »Sportbootführerschein Binnen«.

»Den habe ich im vergangenen Jahr gemacht«, erklärte er kleinlaut. »Und beim ersten Mal bestanden.«

»Den besteht *jeder*«, ätzte die Frau, eine braungebrannte Endfünfzigerin mit getönten roten Haaren, schmalem Mund, blutleeren Lippen und eingefallenen Wangen. Sie trug tatsächlich Clogs beziehungsweise ein Äquivalent aus solidem Plastik. »Lottoscheine auszufüllen ist komplizierter. Wie viel Praxis hatten Sie? Zehn Minuten? Und auf was für einem Schiff? Einem *Schlauchboot*?«

Er antwortete nichts, wahrscheinlich hatte sie ins Schwarze getroffen.

»Es macht mich immer wieder fassungslos. Ehrlich«, fuhr sie fort. »Leute fahren mit großen Wasserfahrzeugen los und haben nicht die geringste Ahnung, bereiten sich nicht vor, und dann havarieren sie.« Sie legte mir eine knochige Hand auf die Schulter. »Nehmen Sie sich ein Beispiel an diesem jungen Mann hier.« Ich strahlte. Junger Mann. »Wie der reagiert hat. Wie er schon hergesteuert hat. *So* muss das gehen.« Sie knetete mit ihrer Hand meine Schulter, was das Maß an zulässiger – wenn auch bemutternder – Intimität deutlich überschritt. Ich wand mich unter ihrer Berührung weg und sagte:

»Immerhin, ist ja auch schon mein dritter Tag auf dem Wasser. Und praktisch *ohne* Chartereinweisung.« Dabei grinste ich, stolz auf uns und den riesigen Pott, auf dem wir standen.

Sie blickte mich kurz irritiert an, dann trat plötzlich etwas Geschäftsmäßiges in ihre Mimik.

»Wie lange bleibt ihr?« Sie ratterte die Preisliste für einstündige Aufenthalte, Übernachtungen, Fäkaltankentleerungen, Frischwasser, Strom, Klogänge und Duscheinheiten herunter wie eine amerikanische Kellnerin, die das Mittagsmenü erklärt. Wenn wir alles nähmen, wären wir morgen pleite, schätzte ich.

»Keine Ahnung«, sagte Jan-Hendrik. »Das müssen wir noch klären.«

»Aber bald«, sagte die Frau. Sie warf mir noch einen seltsamen Blick zu und verschwand.

In diesem Augenblick platschte etwas am Stegende hinter uns. Blasse Hände erschienen an der Leiter, die dort befestigt war, kurz darauf zog sich, schwer keuchend, das Kind der beiden hoch. Die Mutter schlug die Hände vors Gesicht.

»Großer Gott!« Sie rannte los, hatte aber noch Zeit, ihrem Mann einen mehr als vernichtenden Blick zuzuwerfen. »Finn-Lukas! Finn-Lukas!«, rief sie rennend. »Großer Gott. Junge. Ist dir was passiert?«

Das Kind schüttelte kurz den Kopf, aber es zitterte stark – vermutlich aus abklingender Todesangst, denn die Luft hatte fast dreißig Grad. Dann drückte es die schlotternden Schultern durch, kletterte schweigend, aber sichtlich geschafft auf unser Boot, auf das vordere Kabinendach, wo mit hängenden Schultern der erschütterte Vater stand. Der Junge ging auf die Zehenspitzen – und scheuerte dem dicken Mann, der sich eigentlich für eine Umarmung bereitgemacht hatte, eine. Es war kein kräftiger Schlag, und er traf auch nicht richtig, aber verursachte erkennbar größere Schmerzen als unter Einsatz eines machtvoll geschwungenen mittelalterlichen Morgensterns erreichbar gewesen wären. Der ohnehin geknickte Mann sank in sich zusammen, brach abermals in Tränen aus. Henner lupfte ein Badehandtuch von der Reling und legte es dem bibbernden Jungen über die Schultern, dann rubbelte er ihn mit seinen mächtigen Pranken; das Kind sah ihn dankbar an. Fast achthundert Meter weit war es geschwommen – beinahe die ganze Strecke von der Schleuse hierher. Kurz dahinter hatte die Familie angehalten, illegal an einem abgesperrten Privatanleger, wie sie bald bemerkten. Und den Papa Stringtanga natürlich mit Maximalbeschleunigung verlassen hatte, nicht an das Kind denkend, das am Heck auf der Badeplattform saß und keine Gelegenheit mehr fand, sich irgendwo festzuhalten, denn es war gerade brav dabei, die eingeholte Leine aufzuwickeln, als Väterchen Vollgas auf Warp 9 umschaltete.

Wir beschlossen, es ruhig angehen zu lassen, die Tanks aufzufüllen bzw. zu entleeren, Landstrom zu nehmen (»Landstrom!«, freute sich Mark, schlurfte zum Heck, zog das Kabel auf den Steg und stöpselte uns ein – dabei hatte er überhaupt kein Elektrogerät dabei, von seinem Telefon abgesehen, das er am zweiten Tag demonstrativ abgeschaltet hatte), uns ein wenig zu sonnen, ein Süppchen zu essen – Henner holte tatsächlich einige der vor drei Tagen noch schwer verachteten Suppentüten hervor –, vielleicht Landgang zu nehmen, abends irgendwo einzukehren (Simon: »Aber ohne Alkohol!«), also hier zu übernachten. Henner wanderte zum Hafenmeisterkabäuschen, erledigte die Formalitäten. Danach halfen wir der dicken Familie, ihr Boot um unseres herumzuziehen und auf der anderen Seite des Stegs festzumachen. Die Persenning über dem Steuerstand war mehrfach eingerissen, links am Bug gab es dicht über der Wasserlinie eine mächtige, eingedellte Schramme, aber es schwamm noch, und das war schließlich das Wichtigste. Immerhin – an der *Dahme* war kein Schaden zu erkennen, trotz allem. Nur der Fender, den es vorne hochgeschleudert hatte, wies einen langen Riss auf, wodurch er schlaff, wie ein gebrauchtes, übergroßes Kondom, an der Seite hing.

Wir faulenzten – Mark unter Deck, Henner und ich nebeneinander auf dem Vorschiff liegend, nur Simon kletterte aufs Boot der Havaristen, redete eine Weile auf den immer noch erschütterten Vater ein, um dann kurze Zeit später dessen Boot aus dem Hafen zu steuern, in Richtung des Templiner Sees, an dessen Südostufer wir zwar lagen, der sich aber erst in etwa zweihundert Metern Entfernung zu einem See verbreiterte, der diese Bezeichnung auch verdiente. Das Boot verschwand bald aus meinem Blickfeld, ich schloss die Augen und döste, dachte wieder an die Dunkelblonde aus der Schleuse, die Brautjungfer von gestern Abend, an Cora und schlief schließlich ein.

Ich erwachte, als ein Boot neben uns anlegte, gesteuert vom Stringtanga-Kinderversenker, der inzwischen ein rosafarbenes T-Shirt angezogen hatte. Es war kein präzises, schulmäßiges Manöver, das er hinlegte, aber er fuhr angemessen langsam, zielte vergleichsweise sorgfältig, setzte Bugstrahl und Ruder sinnvoll ein. Es gab, vom Motor abgesehen, kein Geräusch, als der Kahn den Steg berührte und in akzeptabler Position seine Bewegung beendete. Der Mann am Steuer grinste wie ein Kind an Weihnachten, Simon legte ihm eine Hand auf die trotz Shirt nasse Schulter, ich applaudierte. Der Fahrschüler deutete eine Bewegung an, offenkundig unschlüssig, dann machte er einen Schritt auf unseren Kettenraucher zu und umarmte ihn herzlich. Simon ließ es lachend über sich ergehen, »Dresden 1945« schimmerte grau im Sonnenlicht. Anderthalb Stunden hatte die Fahrschule gedauert, verriet meine Uhr.

»Wir sind zum Abendessen eingeladen«, erklärte der Fahrlehrer, als er wieder an Bord kam. »Ich habe zugesagt.«

Ich nickte, fühlte plötzlich eine lässige, vertraute Ungezwungenheit, die ich zuletzt bei einem verregneten Campingtrip als Oberschüler verspürt hatte. Klar, gingen wir halt essen mit denen. Machten wir irgendwas. Spielte keine Rolle. Urlaub.

Henner war wohl unter Deck, neben mir lag das in blaue Folie eingeschlagene Buch, und ich konnte einfach nicht widerstehen, außerdem war ja wohl kaum etwas dagegen zu sagen, mal einen Blick hineinzuwerfen, solange es nicht um die privaten Aufzeichnungen seiner Ehefrau ging. Es handelte sich um Christopher Hitchens' »Der Herr ist kein Hirte«, die äußerst harte, vernichtende Abrechnung des Journalisten mit den Religionen, brillant geschrieben und auf überwältigende Weise entlarvend. Ich kannte den Text, ein britischer Kollege hatte mir kurz nach dem Erscheinen dort die englische Fassung (»God is not great«) gemailt, aber bevor ich Meggs den Vorschlag unterbreiten konnte, ein Angebot abzugeben, war die deutsche Lizenz bereits verkauft worden.

Gut, es sprach für einen Kirchenmann, sich auch die Gegenseite anzuhören und damit für Diskurse zu wappnen, denn wer die Konkurrenz nicht im Auge behält, wird einfach von ihr überrannt, aber diese Spekulation über seine Intentionen wurde sofort falsifiziert, als jetzt Henners Gesicht neben mir auftauchte und ohne jeden Zweifel peinliches Ertapptsein visualisierte.

»Gutes Buch?«, fragte ich mit einem scheinheiligen Lächeln.

»Geht so«, antwortete er, sofort erkennbar erleichtert darüber, dass ich augenscheinlich nicht kapiert hatte, um was für ein Buch es sich handelte. Er nahm mir das Folienpaket sanft, aber bestimmt aus der Hand und drapierte es zwischen seinen Oberschenkeln, nachdem er im Schneidersitz Platz genommen hatte.

»Um was geht es?«, fragte ich.

Er runzelte die Stirn. »Religion.« Und dann, nach einer kurzen Pause: »Natürlich Religion.« In sein Gesicht trat für einen Moment ein leicht verzweifelter Ausdruck, dann entspannte er sich wieder.

»Nicht mein Thema«, sagte ich noch. Henner nickte nur langsam, den Blick aufs Ufer gerichtet, wo ein paar Kinder fröhlich schreiend darum stritten, einen Bollerwagen mit Proviant zu ziehen.

»Fäkalien und Frischwasser, richtig?«, fragte eine Frauenstimme von der Seite – die Hafenschwester. Sie hielt ein flexibles, gerifeltes, blaues Plastikrohr in der einen und einen gelbgrünen Gartenschlauch in der anderen Hand, beide in Gummihandschuhen. Am Ende des Rohrs befand sich eine Art Tülle, ein durchsichtiger, kegelförmiger Adapter mit einem seitlichen Hebel. Ich nahm ganz leichten Verwesungsgeruch wahr, wie auf dem Klo einer 24-Stunden-Kneipe. »Da ist der Hahn, hier steht die Pumpe«, erklärte sie, auf die entsprechenden Gerätschaften auf dem zentralen Steg zeigend. »Sagt mir Bescheid, wenn ihr fertig seid.« Dann grinste sie in meine Richtung. »Ihr könnt das ja sicher, oder?« Mir blieb nichts übrig, ich *musste* nicken.

Frischwasser war einfach. An Backbord, im Boden des schmalen Gangs, der an den Kabinen vorbeiführte, befanden sich zwei blaue Verschlüsse mit der geprägten Beschriftung »Water«, die sich leicht öffnen ließen. Henner hängte den Schlauch in einen davon, Mark drehte den Hahn auf, es gluckerte leise. Simon betrachtete erst das flexible Rohr und suchte dann die andere Bootsseite ab.

»Was bedeutet Waste?«, fragte er, das Wort auf Deutsch aussprechend, wie Paste, nur mit W.

Ich wiederholte es auf Englisch. »Müll, Abfallstoffe«, ergänzte ich.

»Dann ist hier was.« Die Stelle lag der fürs Frischwasser genau gegenüber.

Wir zerrten das knatternde Rohr über das Vordeck, Simon öffnete den hier etwas komplizierteren Verschluss, und sofort verdrängte der Dampf von uringetränkter Kacke, gemischt mit Abwasser aller Art, den sommerlich-herben Duft des Sees. Mark blinzelte, die Nase gerümpft, aber Simon stopfte einfach den Adapter in die Öffnung, bog den Hebel nach hinten und winkte dann. Henner, der in zehn Metern Entfernung an der Pumpe stand, tastete dort eine Weile herum, immer abwechselnd zu uns und zu den Kontrollen blickend, schließlich kam Bewegung in das Rohr, ich hob einen Daumen. Es begann sich wie eine Schlange zu winden, deren Kopf man festhält. Und dann tauchten die ersten Fäkalien im transparenten Adapter auf, dem Rhythmus der Pumpe Folge leistend.

»Schon ein bisschen eklig«, sagte Mark.

Simon zuckte die Schultern. »Nicht viel ekliger als das, was du auf einem Kneipentresen nachts um drei vorfinden würdest, hättest du ein Mikroskop dabei. Nur in etwas höherer Konzentration. Wenn du dich drauflehnst, hast du genau das hier an den Unterarmen.« Er wies auf den gurgelnden Abwasserstrom.

Ich blickte ihn überrascht an, dachte an die Waste-Paste-Sache von eben. Konnte es sein, dass sich der Mann manchmal absichtlich dumm stellte? Und wenn ja – warum? Er warf mir ebenfalls einen kurzen Blick zu, in seinen hellen Augen blitzte etwas auf, das ich nicht einordnen konnte. Es war, als hätte mich für einen Moment ein zweiter Simon angeschaut, der im anderen verborgen war.

Dann wartete ich mit den anderen auf die unausweichliche Katastrophe, die demnächst eintreten würde. Vor meinem geistigen Auge sah ich das wild herumtanzende Rohr, Scheiße und Pisse versprühend, sich wie ein Hochdruck-Feuerwehrschlauch jedem Bändigungsversuch widersetzend. Aber nichts dergleichen geschah. Der Fäkalienfluss versiegte irgendwann, wir ließen die Pumpe noch eine halbe Minute laufen, dann schaltete Henner ab.

»Das Boot ist undicht«, rief Mark kurz darauf. Er stand an Backbord und sah nach unten zum Wasser. Das Plätschern, das von dort kam, hörte ich auch.

»Das ist der Überlauf«, sagte Simon, zündete sich eine Zigarette an, sprang vom Boot und drehte den Wasserhahn zu.

»Ach so«, murmelte Mark währenddessen und zog eine Augenbraue hoch. »Stimmt. Würde ja auch kein Wasser raus, sondern reinlaufen.« Er zwinkerte mir zu, ich war gespannt, ob eine noch idiotischere Mitteilung folgen würde, aber er sah nur nach unten, wo das Geplätscher aufgehört hatte.

»Müssen wir nicht noch den anderen Tank befüllen?«, fragte er Simon, als dieser zurückgekehrt war. »Ich meine, hier ist noch eine zweite Öffnung.«

»Ist für denselben«, erklärte Simme selbstbewusst, als hätte er den Kahn eigenhändig gebaut.

Walter trug zu unserer kollektiven Erleichterung Jeans und ein Polohemd, aber während ich neben ihm ging, konnte ich nicht damit aufhören, mir die Wäsche darunter vorzustellen. Oder die Sexpraktiken, die Sofie – seine Frau – und er bevorzugten. Finn-Lukas ging an meiner anderen Seite, neben Henner, mit dem er über irgendeinen Fantasyroman sprach und dessen Hand er hielt, nicht nur eine Geste der Dankbarkeit, sondern zugleich auch eine des Protests gegen den fahrlässigen Vater. Hinter uns Sofie, eingerahmt von Mark und Simon; während sie unablässig schwätzte oder übertrieben über eine Antwort von Mark oder Simon lachte, wanderte ihr Blick unablässig von einem zum anderen, hauptsächlich aber zu Simme – sie flirtete. Kein guter Tag für den dickbäuchigen Walter.

Templin, die »Stadt der sieben Seen«, bot eine unspektakuläre, gepflegte Kulisse – gedrungene, saubere Häuschen an

Kopfsteinpflastergassen, in deren Erdgeschossen wie überall in der Republik zu viele Handyshops und Drogeriekettenfilialen um Kundschaft buhlten. In der Nähe des Marktes entdeckten wir ein Restaurant mit Außenbereich, der teilweise im Schatten lag. Bürgerliche Küche. Wir bestellten Schnitzel, Fleischspieße und solches Zeug, dazu *Wernesgrüner* vom Fass, was mich etwas überraschte – meine Kameraden hatten sich zwar ab dem Nachmittag deutlich gesundet gezeigt, aber dass Simon sein Kein-Alkohol-Versprechen so umgehend brach, fand ich doch verblüffend. Finn-Lukas trank Cola, zwei Halblitergläser kurz nacheinander, danach rülpste er vernehmlich, den Blick auf den Vater gerichtet, der das mit einem schmalen, fast unterwürfigen Lächeln quittierte.

Wir erfuhren, dass Walter Abteilungsleiter in einem Baumarkt war. Er versprach uns allen satte Prozente (»Einkaufspreise! Ihr bekommt natürlich Einkaufspreise!«), wenn wir mal in Cottbus wären, aber ich nahm nicht an, je dorthin zu fahren, um ausgerechnet einen Baumarkt aufzusuchen, was selbst in Berlin nicht zu meinen Lieblingsbeschäftigungen gehörte.

Wir aßen unsere verölten Salate aus Möhren, Gurken und Kraut, tranken eine zweite Runde Bier, Henner sprach respektvoll mit Finn-Lukas, der vom Tennis erzählte, Mark malte seltsame Skizzen auf die Papiertischdecke, aber der Knaller waren Sofie – ich schätzte sie auf Anfang vierzig – und Simon, der Jeans und ein helles Shirt trug und fast ein bisschen fesch aussah, die erkennbar aneinanderrückten, sich sogar heimlichtuerisch gegenseitig in die Ohren flüsterten. Walter schien das nicht zu bemerken, denn er fragte mich darüber aus, was Lektoren so tun.

Nach dem Hauptgang folgte mir Simon aufs Klo. Ich nutzte die Gelegenheit, eine Keramikschüssel zu benutzen, und lauschte auf Simons Gestruller.

»Sag mal«, sagte Simon durch die Klotür.

»Ja?«

»Klingt vielleicht ein bisschen komisch.« Er schnaufte. »Also. Meinst du, äh, ihr könntet, also du, Henner und Mark, den Kleinen ein bisschen beschäftigen? Also für eine Stunde vielleicht.«

»Ja. Klar. Wozu?«

»Sofie und ich und, äh, Walter. Wir haben was vor.« Eine Pause, dann etwas energischer: »Nichts Besonderes. Geht dich überhaupt nichts an. Ich bitte dich nur um was. Also, geht das?«

Ich murmelte »Klar«, wiederholte es lauter und fragte mich, was Walter, Sofie und Simon wohl gemeinsam auszuhecken hätten.

»Super, danke. Wir hauen dann auch gleich ab.«

Gleich nach dem etwas hastigen Bezahlen gingen sie davon, zügig in Richtung Hafen. Für Finn-Lukas schien das nichts Ungewöhnliches zu sein. Mark und Henner sahen mich fragend an, aber ich zuckte nur die Schultern. »Vielleicht will ihm Walter einen Job anbieten. Sie sind ja schließlich in der gleichen Branche, irgendwie.«

Wir aßen Eis mit Finn-Lukas, der aß dann noch eines und noch eines, was sich vermutlich endlos fortgesetzt hätte – und den Körperumfang des zunehmend sympathischen Jungen erklärte –, hätte Henner nicht gesagt: »Ab dem nächsten besteht akute Lebensgefahr.« Immerhin brachten wir so die erste halbe Stunde hinter uns – es war erst kurz vor halb acht. Wir schlenderten durch den Ort, entdeckten eine Buchhandlung, in der ich erst die paar Titel aus dem Sortiment von *Meggs & Pollend*, die ich vorfand, an prominentere Stellen verschob, um anschließend zwei Wolf-Haas-Krimis, die ich noch nicht kannte, und ein Lehrbuch »Sportbootführerschein Binnen« zu kaufen. Henner schenkte dem Jungen Tolkiens »Der kleine Hobbit«, worüber sich Finn-Lukas außerordentlich zu freuen schien. Mark ging an die Kasse und fragte vernehmlich: »Haben Sie Erotik? Mit Bildern und allem drum und dran?«

Die junge Frau errötete und schüttelte dann den Kopf.

»War auch nur ein Scherz«, sagte Mark.

Wir wanderten umher, sahen einen Spielplatz, für den sich der kleine Rekordschwimmer aber nicht interessierte, und ich entdeckte kurz darauf eine Straße namens »Weg der Solidarität« – es war eine Sackgasse. Wir gingen bis zur Schleuse, standen eine Weile auf der Brücke und sahen einem Ausflugsdampfer und einem halben Dutzend Hausbooten bei ihren Schleusungen zu – ein ganz anderes Erlebnis aus dieser Perspektive –, während Hendrik zu erklären versuchte, wie der Mechanismus funktioniert, was bis auf die Sache mit der Pumpe auch halbwegs hinkam. Ich sah wieder auf die Uhr – erst kurz vor acht.

»Die Schleuse wird bald schließen«, erklärte Henner in diesem Moment.

»Und was machen dann Boote, die zu spät kommen?«, wollte Finn-Lukas wissen.

Henner hob eine Augenbraue. »Ich vermute, sie müssen umkehren – oder bis zum Morgen warten. Dort.« Er wies zur Wartestelle. Der Junge nickte, die kannte er schließlich schon.

Und dann kamen sie in Sicht, energisch paddelnd, aus einem der vorderen Boote brüllte jemand Kommandos – rote Kanus, *dunkelrote* Kanus, etwa zwanzig davon, in loser Anordnung an der Wartestelle eintreffend. Ich wünschte mir den winzigen Bord-Feldstecher herbei, lehnte mich gegen die Brüstung, suchte nach kurzen, schwarzen und längeren, dunkelblonden Haaren, sah aber nur jede Menge Basecaps, Strohhüte, diese Kameltreiber-Kappen, verknotete Taschentücher, einen Sombrero, zwei Cowboyhüte und sogar Leute mit Südwestern. Die Flotte hielt, das von den kraftvoll geschwungenen Paddeln aufgewühlte Wasser beruhigte sich.

Ein paar Nachzügler trafen ein, aber auch mit Sonnenschutz ausgestattet. Klar, es kam Selbstmord gleich, den ganzen Tag übers Wasser zu rudern und die Bonje dem gleißenden Stern auszusetzen. Aber – wenigstens jetzt. *Bitte!* Doch nichts dergleichen geschah, niemand nahm die Kopfbedeckung ab. Die Kanuten fixierten die Anzeigen der Schleuse, die ich von unserer Position aus nicht sehen konnte, und ignorierten uns auf der Brücke. Ich überlegte, ob ich etwas rufen sollte (»Ist eine Dunkelblonde bei euch? Eine, die mal in der Schleuse einen drahtigen Mann mit fast schwarzen Haaren angelächelt hat?«), hielt das aber letztlich für keine sinnstiftende Idee.

Die Schleuse öffnete sich, die Kanuten fuhren ein, direkt unter uns hindurch, wodurch man natürlich noch weniger sehen konnte. Verdammt. Es gab keinen Weg nach unten und sowieso nicht in den unmittelbaren Schleusenbereich. Ich sah, leicht verzweifelt, zu Mark und Henner, die mir und meiner nervösen Zappelei aber keinerlei Aufmerksamkeit schenkten.

»Ich würde auch lieber so ein Kanu fahren, allein«, sagte Finn-Lukas. »Mit meinem Papa auf dem Boot habe ich Angst.«

»Musst du nicht mehr«, erwiderte ich, mich zur Lässigkeit zwingend. »Unser Simon hat ihm das Fahren beigebracht.«

Er sah mich kurz an, mit einem Blick, der »euer Simon ist aber morgen nicht mehr dabei« besagte, zwinkerte dann und beobachtete wieder die Schleusung.

»Wir könnten ihn adoptieren«, schlug Mark vor. »Oder einfach entführen. Als Schiffsjungen.«

In Finn-Lukas' Gesicht entflammte ein Lächeln. »Ginge das?«

Henner streichelte ihm sanft den Kopf: »Nicht wirklich.«

Nach ein paar Minuten fuhren die Paddler aus, in die Richtung, in der auch unser Boot lag, was vielleicht zur Folge hätte, dass sie im Stadthafen auftauchten.

Taten sie aber *nicht*, jedenfalls bis wir das Hafengelände – letztlich eine Wiese – erreichten. Dafür trafen wir auf Simon, der soeben von den Duschen kam (ein Euro, warmes Wasser fünfzig Cent extra – oder so), um die Hüfte des ansonsten nackten Körpers eines der recht unzeitgemäß gemusterten Handtücher aus dem Schiffsbestand gebunden, im Mundwinkel hing eine glimmende Zigarette. Er grinste, wirkte frisch, aber auch zufrieden, nachgerade entspannt.

»Du hast gefickt«, platzte Mark heraus, womit er sagte, was ich schon seit diesem eigenartigen Klogespräch zu denken vermied. Henner riss reflexartig die Hände hoch und drückte sie dem hierdurch erschrockenen Jungen auf die Ohren, aber natürlich zu spät. Simon nickte nur kurz, auch in Richtung von Finn-Lukas, mit Nicht-vor-dem-Jungen-Mimik.

Nein! Oder? Unfassbar!

Walter und Sofie saßen busselnd an Deck ihrer Schaluppe, grüßten völlig unbefangen, nahmen den Sohn herzlich in Empfang, der das geschenkte Buch präsentierte, uns aber sehnsüchtige Blicke nachwarf. Wir setzten uns auf die Terrasse, keine drei Meter Luftlinie entfernt, aber nicht im Blickwinkel, Simon ging sich anziehen, Mark öffnete Biere – »Die letzten für heute. Höchstens die vorletzten.«

Simme kam zurück, nahm einen Schluck, zündete sich übertrieben umständlich, ständig gegen ein breites Grinsen ankämpfend, eine Zigarette an. Mark zappelte. Henner starrte entgeistert in Richtung Boot der Dickenfamilie, das er nicht sehen konnte, dann zu Simon.

»Wie kannst du nur?«, fragte ich, aber amüsiert.

Er lächelte entspannt. »Ist, ehrlich gesagt, mein Beuteschema. Ich mag fülligere Frauen«, sagte er angemessen leise. »Sie hat einen netten Körper, viel straffer, als er aussieht. Und ich hatte in diesem Jahr überhaupt noch keinen Sex.«

»Und Walter?«, flüsterte Henner, die Grenze zur Fassungslosigkeit direkt vor dem geistigen Auge.

»Hat zugeschaut. So sind die. Sofie bumst, Walter sieht zu. Bei jeder Gelegenheit, im Swinger-Club und so. Ist an und für sich nichts Ungewöhnliches.«

»Nichts *Ungewöhnliches*?«, wiederholte der Pfarrer in Mark-Manier.

Simon sah ihn an, fest, fast ein bisschen brutal, auf jeden Fall mit einem Ausdruck von Überlegenheit. »Leute, die ihre Träume ausleben, ihren Wünschen nachgeben, sie sich überhaupt erst einmal *eingestehen* – ohne jemandem damit zu schaden. Sollte es mehr von geben, dann wäre die Welt friedlicher. Ziemlich viel von diesem ganzen Unsinn hat seine Ursache darin, dass sich Leute aus Angst ihren eigenen Interessen verweigern, was sie dann dadurch kompensieren, dass sie andere drangsalieren.«

»Hat er dabei gewichst?«, wollte Mark wissen, hingerissen und fasziniert.

Simon schüttelte den Kopf. »Er ist danach zu ihr gestiegen, als ich fertig war. Aber es wäre mir auch anders egal gewesen. Sex ist eine schöne Sache, wenn man begreift, wie hinderlich Ängste und Vorurteile sind. Letztlich geht es nur um Entspannung.«

Wieder war ich verblüfft, wie am Nachmittag, als er vom Kneipentresen-Mikrokosmos erzählt hatte. Simon war eindeutig nicht der, der er zu sein vorgab. Henner starrte ihn an.

Während wir sprachen, hielt ich fortwährend Ausschau, aber die Kanus erschienen nicht. Die Sonne näherte sich den Baumwipfeln, es war kurz vor neun, früh am Abend. Ein paar blaugraue Wolken erschienen am nördlichen Himmel, der in Sonnennähe zu glühen begann. Vielleicht, dachte ich, waren die Kanuten irgendwo eingekehrt, um später den Hafen anzusteuern. Vielleicht waren sie gleich wieder umgekehrt. Vielleicht lag die Verleihstation kurz hinter der Schleuse, und ich hatte sie nur nicht gesehen.

Es wurde halb zehn, zehn, also dunkel, wenn auch längst

nicht so stockfinster wie in der ersten Nacht auf dem Menowsee. Das war erst achtundvierzig Stunden her – immer wieder erstaunlich, wie sich die Wahrnehmung verlangsamte, wenn man die Routine verließ. Ich blickte aufs gluckernde Wasser, das ich *vor drei Tagen* noch als überwiegend bedrohlich empfunden hatte. Ich sah zu den drei Typen am Tisch. Mark, der mit den Zähnen seine Fingernägel reinigte. Simon, der den Kopf in den Nacken gelegt hatte und, natürlich, an einer Fluppe zog, und Henner, der in sich versunken war, mit dem rechten Daumen an der Kante des Plastiktischs reibend. Eine grauschwarze Spinne baute direkt über Mark an einem Netz, wobei sie sich gelegentlich fast bis auf sein Kopfhaar herabließ, um kurz davor, als wisse sie von seiner Arachnophobie, den Rückzug anzutreten.

Dann kam Finn-Lukas, mit vier Plastik-Schnapsbechern in den Händen, die kurzen Haare verwuschelt, in knielangen Camouflage-Hosen, was ziemlich cool aussah, und *Anvil*-Shirt, was ich *äußerst* lässig fand, schließlich gab es keine rührendere Metalband auf dem Planeten. »Von Papa«, sagte er, kletterte an Bord, stellte die Drinks ab und setzte sich zu uns. »Ich soll fragen, wo ihr morgen hinfahrt. Darf ich ›ihr‹ sagen?«

»Klar«, antworteten wir im Chor, allesamt, wie ich meinte, ein bisschen stolz ob der Frage. Ich war versucht, dem Jungen die geballte Faust, horizontal gehalten, entgegenzustrecken und ghettomäßig »*Re-Spect*« zu nuscheln. Seltsam, dass sich Anerkennung durch Kinder so ganz anders anfühlte als jene, die man sich von Erwachsenen erkämpfte.

Mark holte die Karte und Cola für Finn-Lukas, wir kippten die Schnäpse, sanfte und aromatische Kirschbrände, löschten mit den definitiv vorletzten Bieren und diskutierten, wohin wir das Boot morgen steuern sollten. Wir könnten weiter in Richtung Süden fahren, aber nicht mehr sehr weit, wenn auch möglicherweise in interessante Gefilde, doch das eigentliche Revier lag in der anderen Richtung – Neustrelitz, Schwerin, Müritz, sogar die Elbe könnten wir theoretisch anpeilen, wenn auch nicht befahren. Die Schleuse Dömitz markierte das Ende der Strecke, auf der man sich führerscheinfrei bewegen durfte, direkt an der Mündung der Müritz-Elde-Wasserstraße, weit mehr als hundert Kilometer Luftlinie von unserem jetzigen Standpunkt entfernt, wahrscheinlich fast zweihundert auf dem Wasser. Aber die Kanuten waren hier irgendwo, doch mir fiel kein Argument dafür ein, in dieser Ecke zu bleiben. Es war hübsch, fraglos, aber wir hatten ein Motorboot – und kein Familienzelt, das man irgendwo aufstellte, um dann vierzehn Tage lang Gänseblümchen beim Aufblühen und Grillkohle beim Ausglühen zuzuschauen.

»Auf jeden Fall Bredereiche«, verkündete Simon schließlich. »Mindestens. Vielleicht Fürstenberg, wenn wir es schaffen.«

Der Junge nickte fleißig, wiederholte »Bredereiche« und »Fürstenberg«, sprang von Bord. Keine halbe Minute später kehrte er zurück.

»Ich soll sagen«, begann er, die Hände vor der Tarnhose verknotend. »Wenn das für euch in Ordnung wäre. Dass ich vielleicht mitfahre.«

Wir nickten, ohne uns dafür abstimmen zu müssen. Klar doch, kleiner Schleusenheld. Finn-Lukas nickte mit, strahlend.

»Und ob Herr Simon« – er sah zu Simme – »zu Mama und Papa kommen könnte. In der Zeit.« Er hustete, schwer erkennbar, ob das schon Rhetorik war oder Folge eines Reizes. »Wegen der Sicherheit. Beim Fahren und so.«

Tag 4:
Spleißen

Spleißen – nautisch,
Tauwerk ineinanderflechten.

Ich rang der Besatzung mit fadenscheinigen Argumenten das Zugeständnis ab, noch den Templiner See aufzusuchen, bevor wir Kurs auf Bredereiche nähmen. Simon ging von Bord, Finn-Lukas kletterte zu uns, legte einen kleinen Rucksack mit *Shaun-das-Schaf*-Aufdruck auf den Tisch und begann anschließend eine Expedition über die *Dahme*. Sie endete, als Mark mit dem Klappfahrrad zurückkehrte, in dessen Korb eine Tüte frischer Brötchen und eine mit dem Logo einer Baumarktkette zu sehen war, die er stumm grinsend in seine Kabine schleppte. Der dickliche Junge löste die Heckleinen, Henner die vorderen, Mark steuerte uns vom Steg weg, drehte das Boot und visierte den größeren Teil des Sees an. Dann machte er einen Schritt zurück, schob den seltsamen Siebziger-Barhocker, der da stand, zum Lenkrad und bedeutete dem Kleinen, darauf Platz zu nehmen und den Pott nun zu lenken. Der glaubte erst, dass das ein Scherz wäre, kletterte dann aber auf den Hocker, nahm das Steuer, kniff die Augen zusammen und hielt ziemlich geschickt Kurs, sogar vorbei an einem Dampfer, der zum Hafen wollte, und einer Dreierfolge der großen Kastenhausboote, die mit uns im Lankensee gelegen hatten und die ein bisschen nach gestapelten *IKEA*-Billy-Regalen mit Walnussfurnier aussahen. Das Boot mit Walter, Sofie und Simon nahm hinter uns Kurs auf die Schleuse, begleitet von energischem Winken – Treffpunkt Bredereiche. Ich hielt das kleine Fernglas fest, als wäre es eine Wasserflasche und ich ein Typ in der Wüste, mit einem Fesselballon, einem Solarflieger oder ähnlich originellem Unsinn gestrandet, aber nirgendwo am Ufer oder auf dem See selbst oder dem dahinter – Fährsee – waren dunkelrote Kanus zu sehen. Allerdings umgaben uns weitere Wasserstraßen, die zu kleineren Seen führten, nördlich sogar einer, an dem ein Campingplatz lag, doch für uns war die Zufahrt versperrt.

Finn-Lukas, der seine Sache ziemlich geschickt machte, wendete schließlich den großen Topf, Mark kochte Kaffee, und Henner setzte Frühstückseier auf. Wir ankerten kurz, prepelten, fuhren wieder los, erreichten die Schleuse – keine Kanus weit und breit. Die Reiher, Libellen, Milane und Rehe, die danach zu sehen waren, empfand ich als deprimierend, und auch der Dampfer, der uns an der engsten Stelle begegnete, löste kaum mehr als ein teilnahmsloses Nicken bei mir aus. Wir passierten einander, und ich lernte etwas darüber, wie flexibel Pflanzen sind und dass Wasser auch dann noch vorhanden sein kann, wenn man es nicht sieht, aber ich fühlte mich betrogen. Irgendwo mussten die Scheißkanus doch sein! Nur – wo?

Wenig später gab sich das. Ich betrachtete den sich zuziehenden Himmel, nahm die Schwüle wahr, eine feuchte Hitze, die Unheil verkündete, aber auch Abenteuer, erklärte dem wissbegierigen Jungen die Gewässerkarte und sah Mark dabei zu, wie er eine Teleskopangel untersuchte, die offenbar ein voriger Kunde an Bord vergessen hatte. Dann klickte ich mich durch Dutzende gleichlautende Kurznachrichten von Cora, trank Wasser, Kaffee und sogar Cola – erstmals seit mindestens zehn Jahren –, inventarisierte Simons Zigarettenbestand (Nachkauf spätestens übermorgen), wusch das Geschirr ab, versuchte gemeinsam mit Finn-Lukas herauszufinden, warum es hier keine Gezeiten gab, las einen Absatz über Antriebsmaschinen im Führerschein-Lehrbuch, entwarf eine Einkaufsliste für den nächsten Proviantkauf, reinigte den verschlammten Heckanker im sprudelnden Kielwasser, versenkte die Spinne vom gestrigen Abend im Kanal, dachte an Simon, der wahrscheinlich, während Walters Kahn irgendwo ankerte, gerade zum fünften Mal Sofie zum Schreien brachte, summte »Slow Love« und ärgerte mich darüber, als ich es merkte, überprüfte die Klettverschlüsse der Rettungswesten, zählte Pflöcke, sortierte neue Bierflaschen aus dem Stauraum am Heck in den Kühlschrank so, dass die kühlsten zuoberst lagen, prüfte die Batterien der albernen Taschenlampe, die zur Ausstattung gehörte, stellte Müllsäcke für den nächsten Landgang bereit, wischte den Tisch im Salon, reinigte dann die vier Aschenbecher und fand mich schließlich auf dem Vordeck wieder, Schleuse Kannenburg und damit der Biergarten des Grauens direkt voraus. Was ich getan hatte, hatte keine zwei Stunden in Anspruch genommen, aber ich fühlte mich trotzdem leer. Der Blues hatte mich voll erwischt – und ich wusste nicht einmal, warum genau.

Es wurde früher Mittag, bis wir die Schleuse Schorfheide erreichten, deren Wartestelle voll besetzt war, so dass wir am Ende der Schlange gemeinsam mit zwei unförmigen Kajütbooten eine Position im freien Wasser halten mussten. Strömung gab es kaum, aber Henner ließ dennoch im Zehn-Sekunden-Takt Motor und Bugstrahlruder aufröhren, mit angestrengt zusammengekniffenen Augen und sein gepflegtes Shirt (Nummer siebzehn oder achtzehn) durchschwitzend, bis ich ein Erbarmen hatte und ihn ablöste, seine Taktung auf zwei Minuten erhöhend. Mark und Finn-Lukas spielten draußen Karten – eine der zehntausend *UNO*-Varianten –, aber als ein Stoß des stärker werdenden Windes die Karten beinahe über Bord fegte, hörten sie auf. Es war fast vollständig zugezogen, doch nach wie vor bullig warm. Die sich schnell bewegenden Wolken hingen tief, hin und wieder tastete noch eine fächerförmige Anordnung von Sonnenstrahlen über die Landschaft, aber auch das endete, und es wurde dunkler, beinahe dämmrig. Als wir so weit vorgerückt waren, dass wir beim nächsten Mal würden einfahren können, fielen die ersten Regentropfen. Henner schloss, begleitet von Ächzgeräuschen, das schwergängige Dach, Finn-Lukas sammelte die zum Trocknen aufgehängte Wäsche ein. Ein sanftes, unregelmäßiges Platschen setzte ein, ein leises Klopfen, als würde jemand nervös mit den Fingern aufs Dach trommeln. Die bisher leicht wellige Wasseroberfläche nahm eine andere Textur an, ein fast beschauliches, gleichmäßiges Muster. Dann flackerte das Licht, kurz darauf ertönte ein gewaltiger, sekundenlanger Donnerschlag, der so hohe Intensität hatte, dass ich glaubte, das Boot würde erzittern. Finn-Lukas klammerte sich an Henner und sah ihn angstvoll-fragend an. Der Pfarrer aber schien nicht weniger besorgt. Er presste seine Nase an die Frontscheibe, starrte dann mich und Mark an, aber wir lächelten nur. Regen halt. Gewitter. Wir waren sicher.

Oder? Sollten wir vielleicht Buchen suchen? Wie machte man das mit einem tonnenschweren Fünfzehn-Meter-Kahn?

Der Regen setzte aus, als würde er Atem holen, und dann, eine Viertelminute später, verschwand von einem Augenblick zum nächsten die Welt. Das Wasser, das ich nur noch in unmittelbarer Bootsnähe sehen konnte, wurde zu einem brodelnden, schäumenden Gesiede, doch die Oberfläche blieb relativ flach, das Prasseln auf Kabinendach und Vorschiff wurde zu einem flächigen, lautstarken Knattern, aber schon den Bug oder gar das Boot vor uns konnte ich kaum noch erkennen. Durch die Hecktüren wehte es kühl herein, durchaus angenehm, denn es war immer noch ziemlich heiß. Sturzbäche flossen die Seitenfenster hinunter, nur die Frontscheibe blieb weitgehend klar, denn sie war erstens nach innen geneigt, und zweitens kam der Regen offenbar schräg von hinten. Mehr sehen konnte ich dadurch aber auch nicht. Eben noch von mehr als zwanzig Booten umgeben, waren wir plötzlich wieder allein.

»Ist das Schiff eigentlich wasserdicht?«, fragte Finn-Lukas.

»Natürlich«, erklärte Henner sofort, bis er verstand, wonach der Junge tatsächlich gefragt hatte. Er zwinkerte. »Äh, du meinst, ob das Wasser auch wieder abläuft, das jetzt reinkommt?«

Der Junge nickte.

Die Frage war *so* schlecht nicht. Die Ränder der schmalen seitlichen Außengänge wurden zwar von kleinen Aussparungen unterbrochen, die auch bei meiner Eintagsfliegen-Aktion das Wasser hatten ablaufen lassen, aber schon bei der Heckterrasse, deren Möblierung soeben grundgereinigt wurde, verhielt es sich anders – dort befanden sich definitiv keine Abläufe, jedenfalls keine sichtbaren. Allerdings – irgendwas *musste* es geben. Schließlich hatte niemand bei der Einweisung gesagt: »Fahrt bei Regen bitte umgehend in die nächste Garage.«

»Im Rumpf ist eine Pumpe«, sagte Henner dann, erkennbar seinen eigenen Worten wenig Glauben schenkend. »Die pumpt das Wasser ab, das hereinfließt.«

»A-ha«, sagte Finn-Lukas und sah sich auf dem Kabinenboden um, als müsse es dort Zeichen dieser ominösen Pumpe geben.

Hinter uns ertönte ein Signal – stimmt, das bisschen Boot, das ich bis dato vor unserem Schiff gesehen hatte, war verschwunden, und war das nicht ein grünes Flackern, das da irgendwo seitlich schimmerte? Aber wie zur Hölle sollten wir bei diesem Wetter die verdammte Schleuseneinfahrt treffen?

Mark streifte Shirt und Shorts ab, stand mit einem Mal einfach nackt vor uns, hob kurz grinsend die Hände und kletterte nach vorne. Er war gerade noch zu erkennen, ein verwaschener, weißgrauer Schatten, halb gebückt rechts am Bug. Henner entledigte sich seufzend seines Hemdes, behielt aber die Seglershorts an und ging zum Heck. Ich startete den Motor, klappte die rechte Frontscheibe hoch, um Mark wenigstens hören zu können. Sofort entstand starker Durchzug im Boot, es wurde vernehmlich kühler.

»Vorne ist frei«, rief der nackte Mark. Ich sah kurz zu Henner, der nickte. »Langsam nach links.«

Das war fast noch gruseliger als unser Nachtmanöver am ersten Abend, zumal sich andere Boote und beängstigende Anlagen – etwa ein sprudelndes Wehr – in unmittelbarer Nähe befanden, aber außer jeder Sicht. Zudem war es bis auf das Knattern des noch stärker werdenden Regens still, aber wie zum Hohn donnerte es jetzt wieder für fünf Sekunden, ohne dass vorher ein Blitz zu sehen gewesen war. Ich versuchte, mich zu erinnern, ob ich Niederschlag von ähnlicher Intensität je erlebt hatte, kam jedoch zu keinem Ergebnis.

»Wir dürfen auch am Tag eigentlich nur bei ausreichender Sicht fahren!«, rief Henner jetzt.

Ich warf ihm einen Blick zu. *Das hättest du vor einer halben Minute sagen können.*

»Weiter links, glaube ich«, kam von Mark. »Und ein bisschen Gas geben.«

Etwas Dunkles tauchte hinter ihm auf, aber es handelte sich nicht um das Schleusentor, sondern um eine Wand – nur: die links oder die rechts von der Schleuse? Ich stoppte hektisch auf, fast hennermäßig.

»Etwas zurück! Und weiter nach links!«

»Ist hinter uns jemand?«, rief ich in Henners Richtung.

»Ich sehe nichts.«

Eine Ewigkeit später schien sich tatsächlich das offene Tor vor uns zu befinden. Es gab einen leichten Schlag von rechts, das Geschirr in den Schränken klapperte, dann zog direkt hinter Mark ein einsamer Metallpfeiler langsam vorbei. Finn-Lukas, der neben mir, jenseits der Treppe nach unten, auf der Lehne einer Bank kniete, warf mir einen sorgenvollen Blick zu. Das, besagte dieser Blick, hätte er mit seinem Vater auch haben können.

Wir fuhren tatsächlich mit Mindestgeschwindigkeit in die Schleusenkammer – die offenbar leer war, denn wir erreichten das gegenüberliegende Ende, ohne dass dort der Schatten eines anderen Bootes auftauchte. Aber wohin waren dann die

Boote verschwunden, die vor uns gelegen hatten? Hatten dort überhaupt welche gelegen? Und warum hatte die Besatzung hinter uns gehupt?

Meine Kameraden belegten die Stangen, ich schaltete den Motor ab, entledigte mich – bis auf die Badehose – ebenfalls meiner Kleidung und ging nach draußen, kletterte mühevoll eine kurze, aber äußerst glitschige Leiter hoch an Land. Der unfassbare Wassermengen herabschleudernde Regen war kühl, aber alles andere als erfrischend. Es war, als wäre man gefesselt, während fiese Jungs unaufhörlich mit einem Gartenschlauch, aus dem das kalte Wasser mit hohem Druck kommt, auf einen einspritzen – selbst, wenn man überhitzt ist, hört das schon bald auf, Spaß zu machen. Ich sah kaum etwas, war in Sekundenbruchteilen nass und ausgekühlt, fand aber doch die elektronische Schleusenanzeige. »Schleuse vorübergehend außer Betrieb«, stand da. Und dann stand da noch plötzlich ein Mann in Ölkleidung, obwohl es sich um eine Automatikschleuse ohne Personal – dafür mit Videoüberwachung – handelte und das Gebiet umzäunt war. Ich zwinkerte und versuchte, mich an die Herfahrt zu erinnern. Hatte es hier eine Art Häuschen auf dem Gelände gegeben?

»Seid ihr von allen guten Geistern verlassen?«, fragte er laut, mit bösem Unterton, griff nach meiner Schulter und versuchte, mich zu schütteln. Reflexartig fegte ich seine Hand weg. Die Tatsache, dass er eingekleidet und ich so gut wie nackt war, verstärkte das unangenehme Gefühl der Belästigung.

»Das Signal ...«

»Das Signal war rot. Die Sicht beträgt weniger als zehn Meter. *Niemand* darf da fahren. Erst recht nicht in eine Schleuse. Die sich hätte schließen können, während ihr Schlauberger gerade durchs Tor fahrt.«

»Wer sind Sie überhaupt?« Ich konnte sein Gesicht kaum erkennen, außerdem lief mir bächeweise Wasser über den

Schädel, und langsam wurde es wirklich kalt. Ich kämpfte dagegen an, loszuzittern.

Der Mann zog etwas aus der Gesäßtasche, ein laminiertes Kärtchen, auf dem irgendwas mit »Wasser- und Schifffahrtsamt« stand, aber ich konnte es nicht wirklich entziffern.

»Es ist nichts passiert«, sagte ich schwach und starrte auf die Karte. *Amt.* Schlimmer als Polizei. In Gedanken zählte ich auf: Kraftverkehrsamt, Kreiswehrersatzamt, *Finanzamt.*

»Es hätte etwas passieren können. Eine Menge.«

»Als wir abgelegt haben, war noch gute Sicht«, behauptete ich und kämpfte mir ein bestätigendes Lächeln ins Gesicht, das mein Gegenüber vermutlich nicht einmal richtig sehen konnte.

Der Mann lachte rau. Jemand legte mir die Hand auf die Schulter. Henner. Ich war froh, hoffte aber sofort, dass er wenigstens daran gedacht hatte, die Heckleine an Finn-Lukas weiterzugeben. Dem Kind, das durch Heckleinen traumatisiert war.

»Gibt es ein Problem?«

»Sie hätten nicht einfahren dürfen. Sie hätten überhaupt nicht fahren dürfen.«

»Als wir abgelegt haben, war noch gute Sicht«, wiederholte Henner wortwörtlich meine Lüge, die er nicht gehört haben konnte. »Das Signal stand auf Grün. Als der Regen dann plötzlich anfing, mussten wir entscheiden, in den nachrückenden Verkehr zu wenden oder einzufahren. Einfahren erschien uns sicherer. Er hielt kurz inne. »Was hätten *Sie* getan?«

Darauf wusste der Mann keine Antwort, die uns diskreditiert hätte, aber das Wetter antwortete für ihn. So schlagartig, wie er begonnen hatte, hörte der Regen auf. Wie eine Wand von merkwürdig transparenter Konsistenz zog er weg von uns – ich konnte ihm tatsächlich hinterherschauen, wie er nach und nach den Blick auf die Wälder freigab. Es nieselte noch, blitzte zweimal kurz nacheinander, aber der dazugehörige Donner brauchte fast fünf Sekunden, bis uns seine Schallwelle erreichte.

»Macht, dass ihr hier wegkommt«, sagte der Mann und wollte sich umdrehen.

»Sie haben kein Recht, so mit uns zu reden«, antwortete Henner.

»Ich habe hier *jedes* Recht, ihr Charterheinis.«

»Haben Sie nicht.«

In diesem Moment fiel der Blick des Mannes auf etwas hinter uns. Wir drehten uns um. Der splitterfasernackte Mark war ebenfalls an Land geklettert, winkte und rief fröhlich: »Geht es hier irgendwann auch mal weiter?«

Der Beamte schaute kurz ziemlich irritiert, dann etwas angewidert, zuckte die Schultern – und verschwand in dem kleinen Gebäude, nicht weit von uns entfernt.

»Du hast uns gerettet. Dieses Mal wären wir das Schiff los gewesen«, sagte ich zu Henner.

Er grinste. »Ich habe gehört, was du gesagt hast, konnte euch aber noch nicht sehen. Und dann habe ich's einfach wiederholt. Wir hatten Glück, der Mann hatte offenbar etwas anderes zu tun, bis der Regen einsetzte. Sonst hätte er gesehen, dass wir nicht vorher abgelegt haben.« Er drehte sich zu Mark, den Blick auf dessen Schritt gerichtet, als hinge da ein besonders bemerkenswertes Kruzifix. »Juckt das nicht? Durch die nachwachsenden Haare?«

Mark betrachtete sein eigenes Gehänge und kratzte sich an einer Stelle dicht darüber. Vor einer Woche, bei unserem letzten Sportabend vor Reiseantritt, hatte er noch wolliges Schamhaar gehabt. Er nickte. »Manchmal. Aber ich find's lässig. Sieht ein bisschen komisch aus, aber man gewöhnt sich dran.«

Hinter unserem fuhren weitere Schiffe ein, die Schleuse war wieder offiziell in Betrieb, und die Blicke der anderen Bootsbesatzungen hingen synchron am nackten Mark, der bis auf Flipflops nichts trug, jetzt anzüglich lächelte, sich in Richtung der Zuschauer verneigte und aufs Boot zurückkletterte. Weiterhin nackt, wie ihn die Evolution geschaffen hatte, nahm er am Bug Platz, löste die Leine und hielt sie. In seinem Gesicht war ein kindliches Lächeln, um das ich ihn beneidete – ich bin mein eigener Herr, besagte es. Wer sich schämt, schämt *sich*. So, wie man *sich* ärgert, wenn man sich ärgert.

»Haben Sie Signal gegeben?«, fragte Henner den Mann, der die kleine Jacht steuerte, die jetzt hinter der *Dahme* lag, auch ein Charterboot mit entsprechender Werbung. »Als es geregnet hat?«, ergänzte er.

Der Mann nickte, ein hagerer Endvierziger im Trainingsanzug. »Ihr solltet aufrücken. Hinten hingen fünf Boote im freien Wasser, die anlegen wollten. Und ihr Chaoten fahrt einfach los, bei dieser Sicht. Ihr seid eine Gefahr. Man sollte euch anzeigen.« Er schüttelte den Kopf, und seine Frau, eine dünne, kurzhaarige Blondine, die – wie bisher jede Frau, die ich auf einem Schiff gesehen hatte – am Bug saß, nickte.

»Kümmern Sie sich bitte um Ihren eigenen Scheiß«, sagte Henner barsch. »Und geben Sie demnächst eindeutigere Signale, wenn Sie was wollen. Oder bemühen Sie Ihren faulen Arsch und *sagen* Sie es einfach. Ein Signal, wie Sie es gegeben haben, steht für ›Achtung!‹ und nicht für ›Bitte aufrücken‹ oder Ähnliches. Signale sollte man nur geben, wenn die Situation das erfordert – und nicht nach Lust und Laune oder weil es, verdammt noch mal, *regnet*.«

Ich sah Henner an, etwas konsterniert, denn es schien mir nicht gerade klug, einen Augenzeugen zu provozieren, solange der Mann im Regenanzug keine zwanzig Meter weit weg ein Pausenbrot mümmelte – und jederzeit auftauchen konnte.

Aber der Pfarrer lächelte nur sardonisch, stieg an Bord, und dann schleusten wir wieder einmal. Während der Wasserspiegel allmählich stieg – ganze sechzig Zentimeter Hub hatte die

Schleuse –, schnappte ich mir Marks Badehose und brachte sie ihm. »Ich find's im Prinzip okay, aber vor dem Jungen ist's schon etwas merkwürdig.« Mark nickte und streifte sich das Ding über.

Die Sonne erschien wieder, die inzwischen spiegelglatte Wasseroberfläche dampfte, und der Duft, der uns umfing, war einfach unglaublich – frisch, frühlingshaft, facettenreich, süß und herb zugleich. Die Libellen erhoben sich aus den Pflanzen, auf denen sie das Gewitter abgewartet hatten, und dann rief Finn-Lukas plötzlich, nach oben weisend: »Seht doch! Ein Adler! Ein Seeadler!«

Und da war er tatsächlich, ein braunschwarzer Vogel mit am Ende weit gespreizten Flügeln, geschätzt zwei Meter Spannweite, an Kopf und Schwanz etwas heller, fast weiß. Mit gelassener Eleganz schwebte er über die Havel hinweg, in kaum fünfzehn Metern Höhe, drehte zwei Kreise über den Wäldern rechts vor uns, verschwand schließlich in der Ferne.

»Mann, ein echter Adler«, sagte Mark. »Fast wie auf Walters Bootsführerschein.«

Ein Adler. Ich hatte einen lebenden Adler gesehen. Jetzt würde mich nicht einmal mehr eine Herde Orang-Utans überraschen.

Gute zwei Stunden später trafen wir an der Schleuse Bredereiche ein, seit Schorfheide gefolgt vom Boot des dürren Hupers und vier anderen Schiffen. Dadurch, dass es keine Zufahrten oder Ankerplätze gab und sich alle stoisch an die Geschwindigkeitsbegrenzung hielten, hatten wir auch gemeinsam die Schleusen Zaren und Regow passiert. Ich war ein bisschen froh, die Verfolger hinter dieser vorerst letzten Schleuse loszuwerden. Es war kurz vor halb drei.

Henner ließ sich von Finn-Lukas Walters Handynummer geben. Die anderen drei warteten bereits in einer Gaststätte jenseits der Schleuse mit dem Hubtor.

Als erkennbar wurde, dass wir die Halteplätze am rechten Ufer ansteuerten, rief der Dürre, der während der vergangenen zwei Stunden jeden Blick in unsere Richtung vermieden hatte: »Ihr blöden Arschlöcher! Ich habe Eure Bootsnummer aufgeschrieben! Das hat noch Folgen!«

Henner stand am Steuer, eigentlich schon darauf konzentriert, den Pott zwischen den anderen, hinter Walters Kahn, unterzubringen. Ich saß mit dem Jungen auf dem Vorschiff und sah genau, was mit Henners Gesicht passierte. Er war erst überrascht, dann wurde er wütend. Sehr wütend. Er riss das Steuer herum, gab Gas und hielt auf das deutlich kleinere Boot zu. Dazu signalisierte er, was ich in Templin auch schon signalisiert hatte, bei der Erstbegegnung mit Walters Familie: *Unmittelbare Gefahr einer Kollision.*

»Henner!«, rief ich. »Lass!«

Aber er zielte mit dem Bug der *Dahme* weiterhin genau auf das kleinere Boot. Dreißig Meter betrug die Entfernung vielleicht, aber sie nahm rasant ab – dank Simon. Die Bugwelle unseres Schiffes schäumte kaum weniger als Jan-Hendrik. Zwanzig Meter, zehn. Der andere Skipper hielt an, drehte ab, nahm Kurs zurück in Richtung Schleuse, gab Gas. Henner war unbeirrt, hupte wieder.

Mark setzte dem Spuk ein Ende. Er stieß den Pfarrer einfach vom Steuer weg, zog den Gashebel nach hinten durch und kurbelte dann wie ein wilder. Henner schlug die Hände vors Gesicht, schüttelte den Kopf – und verschwand unter Deck.

»Was war das denn? Wolltet ihr die versenken?«, fragte Simon, vor sich ein Glas Sekt – *Sekt!* – und einen vollen Aschenbecher. Der *Gauloises*-Vorrat, den er am Morgen mitgenommen hatte – vier Schachteln –, hatte nicht ausgereicht: Neben dem Aschenbecher lag eine Schachtel *Lucky Strike*. Die drei saßen auf der Terrasse des Restaurants, direkt am Ufer, Blick auf die hier ziemlich breite Havel und viele Fischschwärme dicht unter der Wasseroberfläche.

»Ja!«, jubelte Finn-Lukas. »Henner hat direkt draufgehalten. Volle Kanone.«

»Es gab einen kleinen ... Konflikt«, sagte ich.

Mark nahm Platz, Henner saß ein Dutzend Meter hinter uns am Boot im Schneidersitz auf dem Steg und starrte vor sich hin. Ein verschlankter Buddha, mächtig, in sich gekehrt, auf der Suche – und aus Gründen, die ich nicht verstand, die mir aber emotional klar waren, bemitleidenswert.

Während Mark von den vergangenen drei Stunden erzählte, studierte ich die Speisekarte, hatte plötzlich enorme Lust auf Fisch, den ich auch bestellte. Die anderen hatten bereits gegessen, Walter und Sofie verabschiedeten sich von uns, fast schon zu scheu, der kleine Mann war ein bisschen traurig.

»Die haben mich fahren lassen, Papa.«

»Na, dann kannst du ja gleich das Steuer übernehmen«, sagte der dicke Vater. Beide strahlten.

In diesem Moment tuckerte das von Henner verfolgte Boot vorbei, äußerst langsam und so weit wie möglich am anderen Ufer. Eine gereckte Faust wurde angehoben, doch wir drei lachten nur. Aber ich verspürte ein nervöses Kribbeln. Einfahren in einen abgesperrten Strandbereich, immerhin ohne Gefährdung. Zweimaliges Manövrieren ohne Sicht, wenigstens mit gutem Ausgang. Dinge, die man zahlenden Bootstouristen vielleicht noch durchgehen ließ, weil sie die Kassen der hier lebensnotwendigen Tourismusbranche fluteten. Aber der offensichtliche Versuch, ein Boot zu versenken, mit dem lebende Menschen unterwegs waren, mitten in einer verkehrsreichen Fahrrinne – heilige Scheiße! Wenn die Wut der beiden nicht abklang, wenn die dürre Frau vielleicht sogar noch im falschen Moment zur Kamera gegriffen hatte – dann wäre nicht nur der Urlaub zu Ende, sondern auch ein waschechter Straftatbestand in Reichweite.

Henner setzte sich zu uns, griff nach der Speisekarte, klappte sie gleich wieder zu. Dann sah er uns nacheinander an. Sein Gesichtsausdruck war neutral.

»Das ist natürlich unentschuldbar. Ich habe euch gefährdet und noch dazu den Jungen. Wenn ihr möchtet, verlasse ich das Boot hier, noch in Bredereiche.« Er sagte das mit Nachdruck, aber ohne Pathos. »Sollte diese Sache Folgen haben, übernehme ich selbstverständlich die Verantwortung. Es war meine Schuld, ich bade das auch wieder aus.«

Dann nahm er wieder die Speisekarte.

»Hör mal, Diener Gottes«, sagte Simon, das anschließende Schweigen brechend. »Wir haben für knapp vier Tage schon reichlich Unsinn angestellt, und ich kann nur für mich sagen: lustigen Unsinn. Eine so schöne Zeit hatte ich schon lange nicht mehr.« Ein süffisantes Lächeln erschien in seinem Gesicht, begleitet vom Erscheinen der Unterkieferruinen. »Wenn es nach mir geht, stehen wir entweder jede Sache, die passiert ist oder« – er hüstelte kurz – »noch passieren sollte, gemeinsam durch. Oder wir hören alle auf, hier und jetzt.«

Henner setzte zu einem Widerspruch an, wurde aber von Mark unterbrochen.

»Ich bin da seiner Meinung. Voll und ganz. Wenn du vom Boot gehst, gehen wir alle. Und wenn diese Pisshose da« – er zeigte zu der Stelle, an der die Havel aus dem Blickfeld verschwand – »Ärger machen sollte, muss er sich dick anziehen. Du hast die Kontrolle über das Boot verloren, aber wir konnten die Situation retten. So what? Soll er nur kommen.«

Er atmete tief durch. Alle Blicke wanderten zu mir. Ich zuckte die Schultern – Marks Ausrede würde nicht mehr funktionieren, wenn es ein Video gab, und heutzutage nahmen viele Menschen ihre Umwelt *ausschließlich* auf diesem Weg wahr, aber das war in diesem Fall spekulativ. Außerdem: bellende Hunde. Aber unwohl fühlte ich mich trotzdem.

»Was soll ich sagen? Was auf dem Boot geschieht, *bleibt* auf dem Boot. Und wenn uns einer anpissen will« – ich sah zu Mark –, »pissen wir vierstrahlig zurück. Ende der Durchsage.«

»Das ist aus *Hangover*, oder?«, fragte Mark. »Was in Vegas passiert, bleibt auch in Vegas. Dieser Irre sagt das, glaube ich.«

Ich nickte lächelnd, aber ob ich der Irre unter uns war, stand meiner Meinung nach längst noch nicht fest.

Wir bestellten, wir aßen. Die Sonne schien, der Verkehr – hauptsächlich Touristen – bewegte sich hin und her, die Schleuse öffnete und schloss. Der Küchenduft mischte sich mit demjenigen des Wassers, der Wälder, der Sonnencreme vom Tisch nebenan, natürlich Simons ununterbrochenem Gequalme.

Plötzlich hob Mark die rechte Hand und streckte sie Henner entgegen. »Ich wollte mich entschuldigen, Jan-Hendrik.«

Henner fixierte die dargebotene Hand und blinzelte, auch wohl irritiert, weil er so förmlich angesprochen wurde. »Entschuldigen? Wofür?«

»Weil ich dich ... wie hast du gesagt? Gepiesackt habe. Mit deinem Job. Diesem Gotteszeug. Deinem Glauben.« Seine Hand hing weiterhin vor Henners Nase. Der schüttelte jetzt langsam den Kopf, ergriff aber die Hand.

»Eigentlich war ich nicht deswegen sauer.« Der Pfarrer sah kurz zu mir. »Das bin ich seit Jahren gewohnt.«

»Weswegen dann?«, fragte Mark, etwas verblüfft.

»Mmh.« Henner sah zu den Fischen, und ich dachte an das Symbol auf seinem Nachthemd. »Vermutlich vor allem deshalb, weil es diesen Glauben nicht gibt. Ich glaube nicht an Gott, Jahwe, Allah, wie auch immer diese absurde Idee genannt wird. Und an keinen der vielen Vorgänger. Auch nicht an das mystische Zeug, an das die Naturvölker vorher geglaubt haben.« Er seufzte. »Ich bin ein Geistlicher, der nicht an Gott glaubt. Nicht mehr. Vielleicht habe ich das nie wirklich getan.« Wieder sah er zu mir. »Ihr könnt euch möglicherweise vorstellen, dass das keine ganz einfache Situation ist. Man kann die Glocken läuten, die Kirche fegen, die Armen speisen, sogar am Krippenspiel teilnehmen, obwohl man nicht an Gott glaubt. Man kann sogar in der Kirche sitzen und mitbeten. Aber der, der vorne steht ...«

»Und da bist du dir sicher?«, fragte Mark.

Henner hob die Hände. »So sicher wie nur irgendwas. Aber ich gestehe es mir erst seit ein paar Wochen wirklich ein. Vielleicht bin ich deshalb so dünnhäutig.«

Christian-Erik Balsam war achtunddreißig, als er bei einem Fest die deutsche Pfarrerstocher Cornelia kennenlernte, die mit ihrer christlichen Gesangsgruppe im dänischen Dorf auftrat, in dem Balsam lebte. Es war Liebe auf den ersten Blick, jedenfalls seinerseits – Cornelia war zwar nicht abgeneigt, mit dem stämmigen, aber keineswegs hässlichen Mann, den Rücken im Schutz der Dämmerung an eine Birke gepresst, herumzuknutschen. Als sie jedoch begriff, dass es Balsam nicht nur darum ging, seine Zunge oder möglicherweise noch andere, ähnlich geformte Körperteile in sie hineinzustecken, sondern von der ersten Sekunde im Blick hatte, mit ihr eine Familie zu gründen und massenweise Kinder in die Welt zu setzen, trat sie den sofortigen Rückzug an. Der liebestaumelige Däne missverstand die Ablehnung als Aufforderung, um sie zu werben, weshalb er nach Deutschland übersiedelte. Eine Migration, die ganze dreißig Kilometer Luftlinie umfasste und lediglich zur Folge hatte, dass Balsams zweite Muttersprache zur ersten wurde. Er nahm Handlangerjobs in der Tausend-Einwohner-Gemeinde an, deren Pfarrer Cornelias Vater war, bekam kurz darauf die Arbeit als stellvertretender Verwalter eines Gutshofs angeboten, wodurch er meinte, die wirtschaftliche Basis für eine Familiengründung gelegt zu haben. Er wurde Mitglied der evangelischen Gemeinde, besuchte jede Andacht und jeden Gottesdienst, aber Cornelia zeigte ihm weiterhin die kalte Schulter, verweigerte ihm gar burschikos auch nur den geringsten Kontakt, während sie, ohne dass ihr Galan je davon Kenntnis erhielt, den spärlichen Jungmännerbestand des Dorfes abweidete. Christian-Erik Balsam war kein sehr kluger Mann, weshalb er Kausalitäten konstruierte, die diametral zu gesund-menschenverstandlichen Gedankenwegen verliefen, und für sich herausfand, dass es sein fehlender Glaube war, der die etwas gedrungene, aber hübsche junge Frau so beharrlichen Widerstand zeigen ließ. Er beschloss, ein auf überzeugende Weise gläubiger Mann zu werden, um ihr zu gefallen, und schulte sich für seine Verhältnisse äußerst intensiv in den Lehren Christi. Bald geriet das eigentliche Ziel dieser Bemühungen ins Hintertreffen, denn aus dem Christen aus Liebesnot wurde innerhalb weniger Monate ein flammender Kreuzzügler für die monotheistische Sache – Christian-Erik hatte eine Aufgabe gefunden, die auch unterdurchschnittliche Intelligenzen voll auszufüllen in der Lage waren, ohne sich je einer Eignungsprüfung unterziehen zu müssen. Jederzeit das offenbarte, aber balsam-konform zurechtgestutzte Wort Gottes im Munde führend, hingebungsvoll unterstützt durch Cornelias Vater, wurde sein Dasein zur frömmelnden, besserwisserischen, nicht selten denunziantischen Mission. Aber es formte sich der Widerstand, denn eine Prise Gott war hier wie überall sonst in der Republik weitgehend in Ordnung, Überdosierungen jedoch wurden abgelehnt. Wo auch immer er auftauchte, flohen die Menschen auf Felder, in ihre Häuser, sprangen in Autos, auf Pferde oder Fahrräder, nur um sich nicht die Litanei des Dänen anhören zu müssen. Er hielt Reden über Keuschheit, Gottesfürchtigkeit, Nächstenliebe und Frömmigkeit, vor den wenigen Schülern, die die winzige örtliche Schule verließen, im Gasthof, auf dem eigenen Hof, aber notfalls auch nur für sich selbst, auf einer leeren, matschigen Weide stehend, den Blick auf die omnipräsenten Wolken gerichtet, die von der Ostsee heranzogen. Er schwadronierte über das Opfer Jesu, über Sünden und Gebote, über Hölle und Paradies und steigerte sich mit jedem Wort weiter in den Wahn – Cornelia war längst so gut wie vergessen. Aus seiner Zwei-Zimmer-Wohnung auf dem Gutshof wurde eine Mönchszelle – ein Ausdruck seines gründlichen Missverstehens der protestantischen Idee –, die er aber alsbald verlassen musste, denn man hatte einen Verwalter eingestellt, keinen Prediger, der nur noch hin und wieder Verwalteraufgaben wahrnahm. Also zog Balsam ins Pfarrhaus ein, wurde für schmales Salär zu einer Art Gemeindehelfer, wodurch er Cornelia wieder näherkam, die, obwohl selbst nicht die klügste, durchaus begriffen hatte, was hier geschehen war und wer es indirekt ausgelöst hatte. Deshalb, so glaubte sie, würde sie dem Irrsinn vielleicht dadurch ein Ende setzen, dass sie die Restglut der Liebe in Balsam erneut anfachte, ihn eines Abends nach Strich und Faden abfüllte und anschließend nach allen Regeln der Kunst verführte.

Die späten Sechziger waren überall auf der Welt eine merkwürdige, nach Revolution duftende Zeit, aber auf dem Dorf im nördlichen Schleswig hatten die Uhren noch nicht damit angefangen, im Rhythmus von Dylans Songs, im Wind wackelnder Gänseblümchen oder von LSD-Halluzinationsschüben zu ticken. Als Cornelia schwanger wurde, existierte die Option, das mehr als unerwünschte Kind abzutreiben, höchstens virtuell. Sie trug aus, starb bei der Geburt, und so kam Jan-Hendrik auf die Welt, unehelicher – und damit eigentlich verdammter – Sohn von Christian-Erik Balsam, der das flugs umgewidmete – der Pfarrer half argumentativ – Geschenk Gottes freudestrahlend annahm und bei der Taufe das Versprechen gen Himmel sandte, die Liebesfrucht zu einem strahlenden Diener des Herrn zu formen. Das erste Wort, das der kleine Henner aussprechen konnte, war ein gutes Jahr später nicht »Papa« oder »Mama«, sondern »Gott«. Eigentlich sagte er etwas wie »Gock«, aber für Christian-Erik war es natürlich trotzdem ein Zeichen. Dabei hatte er Wochen damit verbracht, dieses und nur dieses Wort zu wiederholen, jede andere Silbe in Gegenwart des Kindes meidend.

Henner durchlebte eine karge, tragische, aber durchaus liebevolle Kindheit – die Zuneigung für den eigenen Sohn kam gleich nach Balsams Gottesliebe. Aber im Dorf wurde das Leben immer schwieriger, weil keiner mit dem Vater zu tun haben wollte und die Andachten immer leerer wurden, da Balsam nach wie vor Reden schwang, auch direkt vor der Kirchentür, die davontrottenden Gemeindeglieder belästigend, die die Quizshow im Fernsehen nicht verpassen wollten. Er wurde entlassen und zog in den Sündenpfuhl West-Berlin, wo er die Siebenten-Tags-Adventisten für sich entdeckte. Jan-Hendriks Bestimmung aber stand fest und war unausweichlich, sogar aus eigener Sicht, denn die Frage, ob es Gott gab oder nicht, stellte sich ein heranwachsendes Kind nicht, das vor dem Essen betete, pausenlos Gottesdienste besuchte und mit den Worten in die Nacht geschickt wurde, dass der Herr alles sähe, über seinen Schlaf wachte, die Sünden bestrafen und die guten Taten lohnen würde. Für den kleinen Henner stand die Existenz des »lieben Gottes« so sehr fest wie die Rundheit der aufgehenden Sonne, was ihn an der Grundschule zu einem Faktotum, an der Oberschule aber zu einem krassen Außenseiter werden ließ. Weitaus klüger als der Vater, aber weit weniger vom Leben wissend, folgte Henner dem Weg, der ihm vorbestimmt war, was häufig mit einem großen Glücksgefühl verbunden war, einem, das die aufkeimenden Zweifel und die anderen Schwierigkeiten anfangs noch leicht vergessen ließ.

Doch die Kontrollmöglichkeiten des alternden Vaters ließen nach, die säkulare Gesellschaft drang auf Jan-Hendrik ein, der ein Einser-Abitur hinlegte und sofort Philosophie und Theologie an der Uni belegte. Hier spürte er erstmals, dass die

Absolutheit seiner Lebenssicht auch von Menschen, die er als Brüder im Geiste begriff, nicht geteilt wurde, dass es mehr als Zweifel, sondern nachvollziehbare, unwiderlegbare Gegenargumente gab, die aufs Äußerste schmerzten. Er durchschritt das Studium und fand heraus, dass sich beide »Wissenschaften« entwickelt hatten, die Philosophie war erblüht und gewachsen, während die Theologie immer nur Schritte zur Seite machte. Mit jedem Schlag, den die Wissenschaft den Religionen zufügte, erzitterte das Gebäude, also baute man Stützpfeiler, Tragseile, Querverstrebungen, nannte alles, was widersprach oder sich nicht vom Katechismus vereinnahmen ließ, eine Prüfung Gottes, übte sich in der Erfindung von metaphorischen Auslegungen und Adaptionen von Gewissheiten, deren Inhalte fortan pausenlos wechselten. Henner machte all das mit, glaubte, Gott im Herzen zu tragen, beendete die Studiengänge, absolvierte Referendariate, wurde schließlich Gemeindepfarrer. Bei einem Seminar in Brasilien lernte er die etwas grobschlächtige, aber hinreißend freundliche Consuela kennen, die ihm nach einem gemeinsamen, sehr keuschen Abend folgte wie ein Kuckucksküken den unfreiwilligen Eltern, beugte sich dem Druck der mitgereisten Gottesmänner, die eine Fügung erkannten, heiratete sie und schleppte sie ins Berlin der beginnenden Neunziger. Wo er sofort wieder in Zweifel gestürzt wurde, etwa bei der Theodizee-Frage, jener, ob es einen allmächtigen, allwissenden, gütigen Gott geben könne, der trotzdem Naturkatastrophen und Nazis zuließ. Bisher hatte er sich den wachsweichen, pseudoklugen Antworten der Theologen gefügt, sie halbherzig für sich angenommen, aber diese Frage, die ihn zerrissen hatte, hinterließ eben einen Riss. Er stürzte sich in die Gemeindearbeit, nahm fast am Rande wahr, vom Onkel geerbt zu haben, dem Bruder des Vaters, den er nie kennengelernt hatte, und begann damit, es sich bequem zu machen, Glauben durch unopulenten Hedonismus zu ersetzen. Aber in ihm brodelte es, die Basis seiner Existenz erodierte, die er zunehmend für einen Anachronismus hielt, für einen Außenposten, der ein Land verteidigte, dessen Regierung längst abgedankt hatte. Consulea, selbst unfruchtbar, aber gläubig wie ein geistig komplett abgehakter Märtyrer, begann damit, das Haus mit Pflegekindern zu füllen, kleinen Seelen, die vor dem Teufel gerettet werden mussten. Und Teufel, so viel stand für Consulea fast, waren nahezu alle außer ihr, dem über alles respektierten Jan-Hendrik – und der wachsenden Kinderschar.

Der Schritt vom Zweifel zur Ablehnung war nicht groß, zumal die fadenscheinigen Begründungen für die offenbarten Religionen mit jedem Tag lächerlicher erschienen. Außerdem hatte Jan-Hendrik nie jene Angst verspürt, die viele in die Arme der Missionare trieb – die vor dem Tod. Bei aller christlichen Ausbildung hatte ihn genau dieser Aspekt immer am wenigsten interessiert; er hatte die Religion als Handhabe für das Jetztleben verstanden, weniger als Vorbereitung für das diffuse Danach, dessen heiligschriftliche Beschreibungen nicht einmal bei völliger Preisgabe der faktischen Kernaussage als Metaphern geeignet waren. Die abscheuliche Vermutung wurde schließlich zur Gewissheit: Jan-Hendrik glaubte nicht daran, dass es einen Gott gab. Es konnte keinen geben, ebenso wenig wie Bertrand Russells Teetasse. Eine Idee, eine Erfindung, ein Macht- und Beruhigungsmittel, immerhin auch ein ethisches Modell, aber dafür brauchte man keine Rituale, Gebete, keine Furcht vor einem Gott und keine Hoffnung auf ein Jenseits. Henner schwor geistig ab, verweigerte sich aber noch der Erkenntnis, ein Leben ohne jede Basis zu führen – und vor allem ohne Zukunftsaussichten, denn er liebte seine Frau nicht und auch nicht seinen Gott, vor allem aber tat er beruflich etwas, das er täglich immer weniger mit den eigenen – nach wie vor umfassenden – Moralvorstellungen verbinden konnte. Er führte, wie er sich ehrlich eingestehen musste, ein Doppelleben. Eines, von dem er übrigens durch seine vielen Kontakte wusste, dass es keineswegs einzigartig war.

»Hammer«, sagte Simon leise, als Jan-Hendrik seine Erzählung beendet hatte.

»Feinkörnig«, bestätigte Mark, der während der Viertelstunde, die Henner benötigt hatte, aus Servietten eine kleine Schwanenfamilie gefaltet hatte.

Ich fand es nicht *hammer* oder *feinkörnig*, sondern nicht weniger als fundamental erschütternd. Jan-Hendrik zog eine Zigarette aus der fast entleerten *Lucky Strike*-Schachtel, zündete sie mit zitternden Händen an und starrte dann aufs Wasser. Mir fiel kein besserer Vergleich ein – ich dachte an Keanu Reeves alias Neo, der in »Matrix« erfahren muss, dass er ein Leben zu führen glaubt, das jedoch überhaupt nicht existiert, sondern nur eine exzellente Illusion ist. Der Vergleich hinkte zwar lautstark polternd, aber die praktischen Auswirkungen ähnelten sich: Es gab die Möglichkeit, die Illusion fortzuführen, eine bequeme, aber moralisch fast unhaltbare Variante, und die Alternative, sich den Tatsachen zu stellen, um ein vollständig ungewisses, gefährlicheres Leben völlig neu zu beginnen, eines, das die Vergangenheit wie ein lächerliches Märchen erscheinen ließ. Ich betrachtete den ungläubigen Pfarrer, der nachdenklich die Wasseroberfläche musterte, sich an Rauchringen versuchte, die vom schwachen Wind rasch verweht wurden, und insgesamt ein Bild abgab, dem das Wort »bemitleidenswert« längst nicht gerecht wurde. Meine kleinen Beziehungsschwierigkeiten kamen mir mit einem Mal wie echte Luxusprobleme vor, und ich suchte händeringend nach tröstenden Worten für Henner, fand aber keine, also schwieg ich.

Mark steuerte in Richtung Stolpsee. Simon, Henner – beide rauchend – und ich saßen auf der Bank am Bug, wir alle mit Bierflaschen bewaffnet.

»Du könntest einfach weitermachen. Niemand würde es je erfahren«, schlug Simon vor. Er zog die Stirn in Falten, vermutlich war ihm der Gedanke gekommen, dass *wir* es bereits wussten. »Ich meine, man kann schließlich nicht nachprüfen, ob jemand wirklich an Gott glaubt.«

»Das Ergebnis dieser Prüfung wäre ziemlich ernüchternd, wenn sie möglich wäre«, sagte Henner und lächelte dabei traurig. »Ich glaube kaum, dass wirklich viele tatsächlich ihr *Leben* darauf verwetten würden, dass es irgendeinen dieser Götter gibt, Funktionäre der Amtskirchen inbegriffen. Vielleicht ein paar tausend, wie diese zutiefst reaktionären Schweine, die sich selbst und viele andere zerbomben und dafür höflich als ›radikale Islamisten‹ bezeichnet werden. Die anderen hoffen nur, klammern sich an eine obskure Wahrscheinlichkeit, die überhaupt nicht existiert. So, wie es auch keine Wahrscheinlichkeit gibt, als starker Raucher Lungenkrebs zu bekommen.«

Simon blickte auf, schließlich war das *sein* Thema, Henner betrachtete die Zigarette in seiner Hand. »Wie meinst du das?«, fragte der Handwerker.

»Na ja, statistisch betrachtet erkranken vielleicht zwanzig, dreißig Prozent der starken Raucher an Lungenkrebs, aber es gibt keine *persönliche* Wahrscheinlichkeit von sagen wir fünfundzwanzig Prozent, die Krankheit zu bekommen, und damit eine von fünfundsiebzig, an etwas anderem zu sterben. Jemand, der Krebs kriegt, kriegt ihn mit hundertprozentiger Sicherheit. Verstehst du? Man zieht nicht das eine Lottolos von vieren, von denen eines den Hauptgewinn enthält. Man *ist* dieses Lottolos. Dieses Spiel mit der Stochastik ist lediglich ein obskurer Selbstbetrug, der aber gut funktioniert, weil wir Menschen so gebaut sind – und uns ansonsten massenweise von Hochhäusern stürzen würden.«

»Ich begreife den Zusammenhang nicht ganz«, gab ich zu, den Blick auf eine Entenfamilie gerichtet, die unseren Weg kreuzte, dabei aber eine lässige Ignoranz der gefährlichen Situation gegenüber an den Tag legte, die ich kurz als bewundernswert empfand.

»Wenn du die erste Zigarette rauchst, stellst du als jemand, der *zu den fünfundzwanzig Prozent gehört*, unverrückbar die Weichen auf dem Weg zum Karzinom – es sei denn, es gelingt dir, rechtzeitig vom Todeszug abzuspringen. Der Krebs wird zum Faktum, verstehst du? Und ebenso ist es ein Faktum, dass sich die Menschen Götter ausgedacht haben. Daran kannst du nichts ändern, indem du dir einredest, etwa einer von Aquins quälenden Gottesbeweisen hätte auch nur die geringste Substanz oder gar Relevanz – es ändert nichts an den *Tatsachen*, und schon die Basis der Argumentation basiert auf nichts als Humbug, Märchen, jahrtausendealten Mythen und den Gedanken von Leuten, die den Himmel über uns für eine Art Dekoration hielten.« Er wandte sich Simon zu und sagte sanft: »Übrigens, du rauchst zu viel. Viel zu viel.«

Simon blickte irritiert auf, weil er – wie ich – konzentriert gelauscht hatte, sah Henner mit seinen wasserblauen, klaren Augen an, lachte dann, woraus – erstmals seit Reiseantritt – ein ziemlich krächzendes Husten wurde.

»Das ist wirklich ein Randproblem«, sagte er. »Wie etwa wenn es bei dir ums Christentum *oder* den Islam ginge. Meine Lunge ist mit Baustaub so stark angefüllt, dass der Teer die Kapillargefäße nicht einmal mehr *erreicht*. Als mein Lungenvolumen zuletzt gemessen wurde, war es um fast einen Liter geringer als drei Jahre vorher. Wirklich, mein Freund, die Fluppen sind höchstens Kosmetik.« Er pausierte und sah Henner durchdringend an. »Aber eines interessiert mich doch: Gibt es noch etwas, woran du glaubst?«

Der Pfarrer legte den Kopf schief. »Glauben im religiösen Sinn bedeutet, etwas mit Gewissheit anzunehmen, für das es in unserer Welt keinen Beweis gibt – dieses Glauben ist letztlich aus Sicht der wirklich religiösen Menschen *Wissen*. Wenn du also das meinst – nichts. Ich glaube an nichts, weil ich der Meinung bin, dass das unnötig ist: Die erfahrbare Welt bietet genug, da muss man sich nicht noch etwas dazuerfinden, das man glauben kann. Aber ich *meine*, dass die Goldene Regel essentiell ist.«

»Die Goldene Regel?«, fragte ich und befürchtete für einen Augenblick, mich als Volldepp zu entlarven. Die Formulierung kam mir bekannt vor, aber ich konnte sie nicht einordnen.

»Geh so mit anderen um, wie du möchtest, dass sie mit dir umgehen«, erklärte Simon lächelnd. Ich warf ihm einen anerkennenden Blick zu.

»Genau.« Henner nickte. »Davon abgesehen glaube ich zu wissen, dass die Menschheit keine so großartige Erfindung ist. Jeder von uns lebt auf Kosten anderer. Wir nehmen entsetzliche Qualen und viel Unheil in Kauf, um ein bequemes Leben zu führen. Sagen wir's mal so: Ein Gott, der sich das ausgedacht hat, muss ein ziemliches Arschloch sein.«

»Stolpsee voraus!«, rief Mark von hinten.

Voraus lag die Ausfahrt in Richtung Lychen, die Richtung, aus der uns vorgestern – vorgestern! – die Wasserschutzpolizei überrascht hatte. Nach links führte der Kurs zur Basis, weiter in das größere Revier. Aber es war auch schon früher Nachmittag, weshalb ich vorschlug, vielleicht lieber Kurs Nordost anzulegen, um etwa in Lychen zu übernachten. Immerhin hatten wir Zeit – und letztlich überhaupt keinen Plan.

Die Wartestelle der Schleuse Himmelpfort, von der am Warteplatz nur die Signalanlage zeugte, denn sie lag hinter einer Kurve, war ordentlich belegt. Henner hatte den Ortsnamen mit einem schmalen Grinsen zur Kenntnis genommen, und ich dachte über Wahrscheinlichkeiten nach, während ich ihn beobachtete – etwa jene, als Mann ungefähr 73 Jahre alt zu werden, was keine Garantie dafür war, erst mit über siebzig den Löffel abzugeben und nicht viel früher oder im seligen

Heesters-Alter. Ich meinte ansatzweise zu begreifen, wovon er geredet hatte. Glauben hatte ich bisher, wenn überhaupt, nicht als Spiel mit Vorhersagesicherheiten verstanden. Sondern eher als grundsätzliches Missverständnis. Als ich ihn jetzt ansah, spürte ich, dass Henner erleichtert war. Es hatte ihm gutgetan, sich zu offenbaren. Ich nickte lächelnd.

Wir reihten uns hinter einem baugleichen Schiff ein, das von einem jungen, adretten Paar gesteuert und von fünf oder sechs ebenfalls adretten Kindern zwischen drei und zwölf Jahren bevölkert wurde. Am anderen Ufer befand sich eine langgestreckte Wiese, die von einer blühenden Böschung begrenzt wurde und auf der ein großer Grill und eine hölzerne, überdachte Tischanordnung standen. Die Liegemöglichkeiten davor waren besetzt, bis auf einen knapp zwanzig Meter langen Raum ungefähr in der Mitte, der soeben von einer prächtigen Jacht geräumt wurde. Ich hielt das erst für eine Wartestelle, aber das wäre unsinnig gewesen – schließlich lag die Schleuse dahinter, und in der anderen Richtung ging es völlig frei zum See. Dann entdeckte ich das Schild, das von Gastliegeplätzen sprach. Der junge Mann vor uns hatte soeben die gleiche Entdeckung gemacht und redete auf seine Frau ein. Diese rief etwas, zwei hübsche Kinder machten sich an den Leinen zu schaffen.

»Leinen los«, zischte ich nach vorne und hinten. Mark und Simon sahen mich verwirrt an. Das Boot vor uns wurde losgemacht. »VERDAMMTE LEINEN LOS!«, zischte ich lauter, die beiden folgten. Ich startete den Motor, presste den linken Knopf fürs Bugstrahlruder, schlug nach backbord ein und gab Gas. Der Kahn vor uns folgte synchron, wie im Ballett, aber er lag zu weit vorne – die freie Stelle am Liegeplatz befand sich unserer Position genau gegenüber. Und außerdem erschien eine Phalanx Paddler – in grünen Booten, zudem Kajaks – aus Schleusenrichtung, dicht gefolgt von einem mächtigen Metallkasten, einem Hausboot in Katamaranbauweise, das mindestens so groß wie die *Dahme* war. Wir würden es vielleicht noch schaffen, ohne Kollision vor den Booten zur anderen Seite zu wechseln, aber der Kapitän vor uns hatte keine Wahl. Er gab Bugstrahl in die andere Richtung, während sich unser Heck an ihm vorbeidrehte. Er rief noch etwas, erkennbar wütend – »Wir haben zuerst abgelegt!« oder so. Die *Dahme* lag kurz quer in der Fahrrinne, ich gab, Steuer auf Anschlag, Vorwärts-Schub, bis wir uns direkt neben dem freien Liegeplatz befanden, stoppte auf und zog uns per Bugstrahl an den Anleger, begeistert von der Lässigkeit, mit der das vonstatten ging. Hinter uns passierten die Paddler, der pralle Metallkasten und drei Kajütboote. Die Signale schalteten um, die Wartestelle leerte sich teilweise, Boote rückten nach, Simon und Mark vertäuten unser Schiff.

»Das war ein bisschen arschig«, meinte Mark lächelnd.

Der andere Rudergänger fand das auch, denn er war mit seinem Pott längsseits gegangen, vier Bilderbuch-Kinder hielten das Schiff an unserem fest.

»Das ist unser Platz. Sie wissen das ganz genau. Legen Sie bitte wieder ab«, forderte er, sich erkennbar beherrschend. Von Nahem sah er etwas älter aus, ich korrigierte die Alterseinschätzung in den Mittdreißiger-Bereich.

Ich hob die Hände. »Wir waren zuerst hier.«

»Nachdem *wir* den Platz entdeckt und losgemacht haben.«

»Sie wollten doch eigentlich durch die Schleuse«, gab Mark zu bedenken, wobei er grinste – schließlich war das kein Argument, und für uns galt dasselbe.

»Wir haben *Kinder*«, sagte die Frau, die aussah, als käme sie stracks vom Visagisten. Letztlich war es dieses Prenzlauer-Berg-Verhalten, das mich den Gedanken verwerfen ließ, den Platz zu räumen. Als wäre man ein besserer Mensch mit mehr Rechten, nur weil man Scheißbären produziert hatte. Ich hob wieder die Hände: »Tut mir leid.« Dann sprang ich auf der anderen Seite von Bord und folgte Simon, der, eine dünne Qualmfahne hinterlassend, auf die Toilettenanlagen zuhielt.

»Nicht die feine Art«, sagte er, als wir nebeneinander an den Schüsseln standen.

Das Heck des Ken-und-Barbie-Bootes verschwand soeben in Richtung Schleuse, als wir auf die Wiese zurückkehrten, wo Mark an einem Automaten stand und herauszufinden versuchte, welche Art von Boot das unsrige war, denn für die Übernachtung mussten Tickets gelöst werden. »Nimm den Höchstbetrag«, sagte Simon und schlenderte weiter.

Am seewärtigen Ende des Stegs zogen ein paar Kanuten ihre – blauen – Boote auf die Wiese. Ein breit gebauter junger Mann mit schweißnassem *FC-Bayern*-Trikot ging an den festgemachten Schiffen entlang und musterte sie interessiert. Neben unserem blieb er stehen, just als ich dort ankam. Simon zog gerade zwei Mobiltelefone aus der Hosentasche und hielt sie prüfend, aber kopfschüttelnd in die Höhe. Der Mann im Bayerntrikot lachte leise, sah mich an.

»Ihr wart das. Vor drei Tagen. Am Wasserwanderplatz, mitten in der Nacht.«

Ich nickte.

Simon sagte, weiter auf seine Handys starrend: »Ach du Scheiße.«

»Jemand von euch heißt Simon, richtig? Und fährt möglicherweise einen alten Bulli?«

Simme sah ihn irritiert an, dann wieder auf seine Telefone. »Nun auch noch die Polizei«, murmelte er erst. Und dann, zu dem Wasserwanderer gewandt: »Ich bin Simon.« Das kam etwas zögerlich, als wäre das ein Geheimnis, ein Pseudonym. »Und mein *Täubchen* ist ein Bulli, ja. Warum?«

Korbinian und seine Freunde belegten den Grillplatz, als der Abend hereinbrach, und wir schlossen uns ihnen an, nachdem der junge Bayer erzählt hatte, was nach unserer Abreise vorgefallen war: Drei bullige Typen mit osteuropäischem Akzent waren lautstark durchs Gebüsch gebrochen, hatten die Gruppe aufgemischt und wiederholt nach einem »Simon« gerufen, schließlich sogar gebrüllt, als man ihnen mitgeteilt hatte, dass soeben ein Neuankömmling per Schiff abgedampft wäre, nach dem andere unter Nennung dieses Namens gerufen hatten. Die Osteuropäer – Russen oder Bulgaren oder so – tobten noch eine Weile, verschwanden dann – und wenig später ging weiter oben an der Straße ein Auto in Flammen auf: Ein Bulli – der Feuerschein, den ich noch gesehen hatte. Die Feuerwehr konnte fast nichts mehr retten. Und die Polizei – vermutlich auch die Kripo – wäre auch vor Ort gewesen, am nächsten Morgen in aller Herrgottsfrühe, aber das hatten die Wasserwanderer nur beobachtet – sie verspürten nicht die geringste Lust, einen Teil ihres Urlaubs in muffigen Provinzrevieren zu verbringen, um Aussagen zu diktieren, die keinem weiterhalfen. Das immerhin erklärte die SMS, die Simon von seiner Mutter erhalten hatte, die – zu ihrem Glück – in Hamburg lebte, aber erleichtert war er nicht. Ganz im Gegenteil. Leichenblass und wiederholt »Mein *Täubchen*! Mein *Täubchen*!« murmelnd, saß er am Feuer und brachte kaum die leckere Grillwurst herunter. Zwei der etwa zweiundzwanzigjährigen Mädchen aus Korbinians Runde betrachteten ihn mit bemutternden Blicken, und ich war kurz versucht, ihn darauf aufmerksam zu machen, ließ es aber, weil Simon der Sinn vermutlich nicht nach Mitleidssex stand. Henner und Mark legten ihm tröstend die Hände auf die Schulter, aber Simon schüttelte nur den Kopf, tankte *Paulaner* und rauchte zwei Schachteln in einer knappen Stunde.

Wir beobachteten noch, wie das Boot der Prenzlauer-Berg-Familie kurz vor Eintreten der Dämmerung aus der Schleuse zurückkehrte, den Anlegeplatz beinahe passierte und schließlich eine freie Position weit vorne fand. Die Kinder ergossen sich auf die Wiese, die Eltern folgten, kamen an uns vorbei, und der Mann war sichtlich versucht, den kleinen Streit fortzusetzen, wurde aber von der Frau sanft an der Schulter weggezogen. Wir tranken bayerisches Bier und aßen Grillwürste, bis die Sonne längst versunken war, krochen in die Kojen, ohne noch ein Feierabendbier zu inhalieren. Jeder war mit seinen eigenen Gedanken beschäftigt, und ich mutmaßte, dass nicht wenige dem atheistischen Pfarrer galten. Okay, Simon dachte vermutlich vor allem an sein abgefackeltes Auto. *Russen*? Wie konnte es sich ein Tapezierer und Rigipswände-Aufsteller mit *Russen* verscherzen? Und würden die jetzt *uns* verfolgen?

Tag 5:
Schamfilen

Schamfilen – unerwünschtes
Scheuern von Tauwerk, Segeln
oder anderen Ausrüstungsgegenständen,
das zu vorzeitiger Abnutzung führt.

Der nächste Tag begann äußerst früh, im Dämmerlicht des neuen Morgens, also gegen fünf. Es rumpelte, Schritte auf dem Deck polterten herum, jemand rief mehrfach etwas. Ich kroch aus dem Bett, streifte ein Shirt über und ging nach oben, gefolgt vom tranigen Henner im Christen-Schlafanzug. Es dauerte einen Augenblick, bis ich begriff, was ich sah: Unser Boot lag quer im Fluss, nicht weit von der Schleuseneinfahrt entfernt, dafür umso weiter von unserem Liegeplatz. Da stand ein gefühlt achtzig Jahre alter, intensiv gebräunter Mann, der von einem kleinen Beiboot aus an Bord geklettert war – wie? – und sichtlich amüsiert erklärte, man solle Schiffe nicht mit Schleifchen festmachen. Ich stutzte. Klampen belegen war zwar ein echtes Gehirnverknotungsexperiment, denn man musste nach den ein oder zwei Achten, die man gewunden hatte, in die andere Richtung wechseln, um die Leine festzuzwingen, aber ich war eigentlich sicher, dass wir das inzwischen beherrschten. Immerhin hatte die *Dahme* mehrere Stunden lang fest am Platz gelegen, auch schon gestern, in Templin. Dann sah ich zum Ende des Anlegers hinter uns. Das Boot unserer Liegeplatzrivalen war verschwunden. Mitten in der Nacht. Das konnte nur eines bedeuten: Sie hatten unser Boot vorher losgemacht!

Immerhin gab es unseren Liegeplatz noch, Henner und ich schafften es ohne weitere Hilfe, den Kahn wieder festzumachen – die beiden anderen schienen über einen gesunden Schlaf zu verfügen. Der alte Mann war zu seinem Boot zurückgekehrt, einem langen Segelschiff, dessen Mast eingeklappt war. Er winkte uns und hielt eine Kaffeekanne hoch. Wir sahen uns an, zuckten die Schultern – und nahmen die Einladung an.

Herbert war vierundsiebzig und verbrachte drei Monate pro Jahr am Stück allein auf dem Wasser. Sein beeindruckendes Holzboot hieß *Steuerfahndung?*, mit Fragezeichen – das Geld dafür, erklärte er fröhlich, hatte er tatsächlich dem Fiskus vorenthalten, aber das war so lange her, dass sämtliche Verjährungsfristen längst überschritten wären. Seine Frau, die er immer nur »die Rita« nannte, war seit fast fünfzig Jahren an seiner Seite, so lange, dass man »die Titten kaum noch wahrnimmt und das andere auch nicht«, aber ohne diese drei einsamen Monate hätte er sie längst erschossen, wie er ebenfalls ziemlich amüsiert, aber ohne jede Ironie ausführte. Nach seinen drei Monaten verbrachte sie zwei auf Mallorca, wodurch sie sich nur sieben pro Jahr sahen, ein guter Mittelwert, fand Herbert, der uns anschließend seinen Waffenschein zeigte. Er fuhr mit dem Segelboot hoch zur Ostsee, wo er fischte. Aber der Heimathafen war in Himmelpfort. Er war kurz hier, um die Bilgepumpe austauschen zu lassen. Das Wort sagte mir was, aber ich konnte es nicht genau einordnen und fragte auch nicht weiter nach.

Die gemütliche Kajüte seines Bootes war mit Fotos, Andenken-Tellern und Unmengen Kokolores gepflastert, roch ein bisschen wie Simon kurz nach dem Aufstehen – Herbert rauchte fast ebenso intensiv –, fühlte sich aber sofort wie ein Ort an, der für jemanden ein echtes Zuhause ist, das er mehr liebt als jeden anderen Platz auf der Welt. Ich sog die Atmosphäre auf und lauschte den Geschichten des Seglers, obwohl ich noch schrecklich müde war – und auch Henner gähnte regelmäßig in seine Hände. Herbert nannte uns fortwährend »Leichtmatrosen«, aber in liebenswürdiger Konnotation. Schließlich zogen wir ab, es war kurz nach halb sieben, ich ging zurück in die Koje und nahm noch eine Mütze Schlaf. Herbert hatte mir zuvor seine Karte in die Hand gedrückt: *Herbert Kopicz, Privatier*, eine Handynummer. »Falls ihr mal Probleme mit dem Schiff habt, ruft Herbert an.«

»Wenn ihr diese Leute wiedertrefft, die euer Boot losgemacht haben«, rief er uns hinterher, grinsend. »Denkt dran, dass ihr einen Fäkalientank habt. Da sind Sachen drin, die nicht so gut schmecken, wenn man sie in einen Frischwassertank umpumpt.«

Wir verabschiedeten uns von den Kanubayern und brachen in Richtung Fürstenberg auf, passierten die Schleuse und in größtmöglichem Abstand sehr langsam den Charterstützpunkt, kamen ohne Verluste durch die Schleuse Steinhavel, ankerten für ein Bad und ein spätes Frühstück auf dem Menowsee und fuhren weiter nach Nordwesten, durch den Ziernsee und in den Ellbogensee. Der Verkehr hatte deutlich zugenommen, auf dem langgestreckten Ellbogensee – das tiefste Wasser bisher unterm Kiel, nämlich achtzehn Meter – herrschte fast Trubel. In der Nähe eines Ortes mit dem lustigen Namen »Priepert« (»Simon kann hier Priepert-Karten für seine ganzen Handys kaufen«, kalauerte Mark) stellte sich die Frage, ob wir Kurs auf die Müritz oder in Richtung Norden nehmen sollten. Wir entschieden uns für den Norden, auf die Müritz fuhren schließlich alle, außerdem hatte Herbert von monströsen Wartezeiten in dieser Richtung erzählt – fast drei Stunden an der Nadelöhr-Schleuse Strasen.

Simon nahm an keiner Diskussion teil und schwieg stoisch. Er rauchte wie ein Schlot, sogar für seine Verhältnisse unfassbar viel, zündete sich eine Zigarette an der nächsten an – wir konnten seinem Vorrat beim Dahinschwinden zuschauen. Wenn man ihn ansprach, schüttelte er nur den Kopf, setzte sich an den Bug und starrte aufs Wasser.

Hinter Priepert wurde es ruhiger, wir schwenkten in ein Stück Havel ein, das hier »Finowhavel« hieß, und kamen auf einen Fetzen See, den man kaum als See erkennen konnte. Dahinter lag der Havel-Kammerkanal, umgeben von fantastisch schöner Landschaft, eine halbe Stunde später erreichten wir die Schleuse Wesenberg. Es ging auf Mittag zu, wir suchten und fanden die gut versteckte Einfahrt zum äußerst niedlichen Stadthafen Wesenberg. Dort machten wir fest, tranken ein paar Biere im Biergarten direkt hinter dem Hafen, aßen Soljanka und tranken ein paar weitere Biere. Simon schien plötzlich aus seiner Trance zu erwachen, aber er war in äußerst merkwürdiger Stimmung, nötigte Henner, mit ihm zu rauchen, orderte sogar zwei Runden Schnäpse (»Auf mein verbranntes *Täubchen*«) und zwei weitere Runden Bier, so dass jeder von uns satte drei Liter intus hatte, als wir auf die *Dahme* zurückkehrten. Dieserart leicht angegangen, überquerten wir den fünf Kilometer langen Woblitzsee (es müsste dann auch einen Dadonnersee geben, meinte Mark), fanden den Kammerkanal nach kurzer Suche wieder, schleusten noch zwei- oder dreimal, keine Ahnung: Simon brachte unaufhörlich Flaschen an, ließ keinen Widerspruch zu, beschallte uns mit Mickie Krause und Jürgen Drews und solchem Schrott, den er lauthals mitsang, nannte uns »gute Freunde« und murmelte zwischendrin wirres Zeug. Einzig Mark schien all das ziemlich locker wegzustecken, dafür ging er beinahe im Minutenrhythmus pinkeln, jedenfalls verschwand er andauernd unter Deck und kehrte immer noch aufgedrehter zurück. Ich war kurz davor, ihn zu fragen, ob ihn eine Inkontinenz plagte. Die Stimmung pendelte stark. Henner schien auf melancholische Weise fröhlich zu sein, Simon war zum Tier geworden, Mark tankte unter Deck aus einer ominösen Energiequelle – und ich wurde sekündlich müder und volltrunkener, aber auch entspannter, die übliche Suffmelancholie ließ auf sich warten. Wir wechselten das Steuer alle paar hundert Meter, weil es nicht nur Mark fortwährend zum Klo zog, aber Simon gönnte sich die Pumpenorgie unter Deck nicht mehr: Er stellte sich einfach ans Heck und pinkelte ins rauschende Kielwasser. Irgendwann tat ich es ihm gleich, sehr zum Missfallen der Leute, die hinter uns den Kanal befuhren. Ebenso missfiel ihnen vermutlich auch, dass wir einfach nicht in den

Teich plumpsten, obwohl wir bestenfalls noch die Standfestigkeit von Marionetten an sehr locker gehaltenen Führungsschnüren hatten.

An der letzten Schleuse zum Zierker See, an dem Neustrelitz lag – es ging auf fünf Uhr nachmittags zu –, fing Simon plötzlich eine lautstarke Diskussion über sexuelle Fantasien an. Ob wir schon mal mit zwei *Täubchen* gevögelt hätten, davon würden schließlich alle Männer träumen. Eine lutschen, die andere pimpern oder im Wechsel. Frauen, die keine Fragen stellen. Wie das wäre? Mark nickte irr grinsend, Henner starrte konsterniert, zeigte aber mimisch, dass ihn das Thema zumindest mal beschäftigt hatte, ich zuckte die Schultern – eine Frau, zwei Frauen, es kommt auf das Wie an, nicht so sehr auf das Was, redete ich mir jedenfalls ein. Doch Simon war nicht zu bremsen. Er behauptete, dass es das Größte von allem wäre, dass wir etwas verpasst hätten und überhaupt und außerdem. Dann ging er zur Heckterrasse, breitete seine Handyphalanx aus und telefonierte. »Wo legen wir an?«, fragte er zwischendrin, kaum zu verstehen, und ich las den erstbesten Marina-Namen vor, den ich am Zielort auf der Karte entdeckte.

Immerhin fanden wir diese Marina, einen langgezogenen Steg, der weit in den See reichte und der reichlich abgerissen wirkte, und auch die Bauwerke drumherum sahen nicht gerade nach Neubau aus, sondern wie DDR-Industriedenkmäler. Simon tränkte die Wahrnehmung mit weiteren Bieren, grinste inzwischen listig-wirr, versprach uns eine große Überraschung für demnächst. Als wäre ihm dabei etwas eingefallen, kletterte er aufs Vorschiff, zerrte das Klapprad aus dem Ständer, warf es krachend auf den Steg und sprang hinterher. Dann radelte er davon, doch schon nach wenigen Metern warf es ihn aus dem Sattel, weil er mit dem Vorderrad eine morsche Stegplanke erwischte. Aber Simon erhob sich grinsend, reckte einen Daumen in die Luft, zeigte »Dresden 1945«, stimmte die Hymne von den zehn nackten Friseusen an – und erreichte ohne weitere Blessuren festes Land. Dort versuchte er offenbar, sich zu orientieren, aber die Marina lag am Rand von Neustrelitz – und Simon fuhr in die andere Richtung los. Nach fünf Minuten kehrte er zurück, heftig winkend, wobei es ihn abermals fast aus den Pedalen hob, und radelte wieder davon. Wir saßen da, allesamt völlig gebannt, und kamen nicht einmal auf die Idee, uns über irgendwas zu unterhalten. Henner starrte in die Luft, als wäre da irgendwo der Gott, an den er nicht mehr glaubte. Ohne hinzusehen, griff er im Minutentakt nach seiner Bierflasche, die längst leer war, nuckelte daran und stellte sie wieder zurück.

Eine knappe Viertelstunde später polterte das Rad über den Steg, akustisch untermalt vom Klirren einiger Flaschen, die sich offenbar in der Plastiktüte im schlüpferfarbenen Körbchen befanden. Simon ließ das Gefährt einfach liegen, kramte wortlos grinsend eine Colaflasche aus dem Kühlschrank, klemmte sich vier große Wassergläser unter die Achseln und torkelte unter Deck. Als er zurückkehrte, trug er die mit milchig-bräunlicher Flüssigkeit gefüllten Gläser, als würden sie ein Elixier enthalten, das zu ewiger Jugend und Potenz führte. Er grinste schelmisch, stellte die Gläser ab, nahm sich eines, prostete uns zu und sagte, leicht lallend: »Auf alle *Täubchen* dieser Welt.«

Der Drink roch nach Anis.

»Ouzo-Cola?«, fragte ich vorsichtig. Das hatte ich mal während eines Griechenland-Urlaubs getrunken, und es hatte mir nicht sonderlich geschmeckt.

»Eine Eigenkreation. Ouzo ist drin, Cola auch, aber mehr wird nicht verraten. Trinkt, Jungs! Auf uns! Und die Täubchen!«

Wir tranken und verzogen synchron die Gesichter. Es schmeckte eigenartig und widerlich, noch schlimmer als in meiner Erinnerung. Krankenhaus mit Zucker und Zehennägeln.

»Ouzo pur wäre mir lieber gewesen«, protestierte Mark.
»Weichei. Runter damit!«, befahl Simon.

Also taten wir ihm den Gefallen. Ouzo pur gab es anschließend, außerdem weitere Biere und BiFi, weil keiner von uns in der Lage war, etwas zu kochen. Die Sonne erreichte den Horizont, wir feierten unsere kleine Orgie, Simon rauchte, Henner rauchte mit, ich nahm auch eine oder zwei, musste aber stark husten, Mark ging ununterbrochen pinkeln. Als ich kurz auf den verrotteten Steg ging, um frische Luft zu schnappen, schien seltsamerweise der *Steg* zu schwanken, dann sah ich zwei Taxis, die weit vorne hielten und aus denen sechs oder sieben Frauen in merkwürdigen Outfits kletterten, sich suchend umsehend. Simon stürmte an mir vorbei, rannte auf die Taxis zu, fiel dabei beinahe vom Steg, fing sich wieder und brüllte: »Hier, Mädels! Hier! Täubchen! Hier!«

Es waren Nutten. Sechs Frauen, die im verbliebenen Tageslicht wie stark geschminkte Endzwanzigerinnen aussahen, sich aber, als sie an Bord kletterten (»Ist Jacht? Das soll ist sein *Jacht*?«, fragte eine verblüfft), im Kabinenlicht um drei oder vier Jahre verjüngten. Sie trugen alle luftige Sommerkleider, Nylons und Pumps, waren durch die Bank dunkelbraunhaarig und ähnelten sich wie Mehrlinge. Nicht gerade groß, aber gut gebaut, mit mandelförmigen Augen (auch alle braun, wenn ich das richtig mitbekam) und offenbar von irgendeinem Parfumhersteller gesponsort, der sein Produkt hektoliterweise zur Verfügung stellte: Beinahe sofort wurde der Qualmgeruch im Boot von einem süßlichen Pfirsicharoma verdrängt, was ich nicht mal schlecht fand. Als hätte er das gehört, nahm in diesem Moment mein Vervielfältigungsfortsatz Angriffsposition ein, und das in einer Härte, die mich verblüffte.

Die Mädels nahmen kichernd Platz, was nicht ganz einfach war. Simon zog Henner beiseite, der wie ein Irrer abwechselnd auf die Frauen und seinen eigenen Schritt starrte, als gäbe es etwas wie rein visuelles Vögeln. Geistesabwesend nickte er in Simons Richtung, griff nach seiner Geldbörse, die im Küchenschrank lag, zog seine goldene Amex hervor und gab sie dem anderen.

»Kriegst du wieder. Ehrlich. Alles. Ganz bald. Mit Rendite«, versprach Simme und reichte die Karte weiter, als wäre es seine eigene. Eine Frau – ich nahm an, dass es Polinnen waren – förderte einen transportablen Kreditkartenleser zutage, tippte lächelnd eine vierstellige Summe ein, ließ den Bon rausrattern und Henner unterschreiben. Als sie ihm die Quittung reichte, konnte ich einen Blick darauf erhaschen. »Alles nur für Ihn – Gastronomische Betriebsges. mbH« stand darauf, und ein Ortsname: Dummow. Leider konnte ich die Summe nicht sehen, aber meine Wahrnehmung wurde ohnehin fast ganz von den schlanken Mädchen vereinnahmt, die sich auf der Bank fläzten, nach Zigaretten griffen, kicherten und sich Ouzo eingossen. Der kleine Schrittpatrick erkämpfte einen neuen Härterekord. Mark sagte: »Scheiße, so einen Hammerständer hatte ich noch nie.« Er vergaß sogar, sein blödes »Feinkörnig« anzufügen.

Viagra. Na logisch, Simon hatte uns verdammtes Sildenafil in die Drinks gemischt! Ich war für einen Augenblick wütend, dann sah ich zu einer Nutte, die es sich auf dem Barhocker am Steuerstand bequem gemacht hatte, die Beine leicht gespreizt, der Rock etwas nach oben verschoben. Alter Vater, sie trug nichts drunter. *Und* sie war rasiert. Und es sah *gut* aus.

»Das sind …«, begann Simon. »Äh, wie heißt ihr, Ladys?«

Sie hießen Jeanine, Charlene, Marlene, Geraldine, noch irgendwas mit dem Suffix »ine« (Nadine?) – und Jacqueline.

»Dschack-Kell-Liene!«, jubelte Simon. »Hatte ich mal eine. Hammer.«

Ich musste blinzeln, ganz allgemein wegen des Alkohols und weil offensichtlich noch immer Blut in meinen Schwengel gepumpt wurde. Henner saß mit weit aufgerissenem

Mund da, beide Hände im Schritt verschränkt, starrend. Mark grinste unaufhörlich.

»Die Damen kommen aus dem *Maison Plaisier* in Dummow, nicht weit von hier.« Er sagte *Mähsong*, was mich kurz an meine Mutter denken ließ, die auch immer *Mong Tschehrie* gesagt hatte, und mir fiel sogar der Fachbegriff für diese Falschaussprache ein: phonologische Interferenz. »Ich habe da mal rote Velourstapete verklebt, achtzig Rollen, billigste Importware. Tagelang habe ich rotes Zeug ausgehustet und mir die Färbung von den Armen rubbeln müssen. Das Material war so billig, dass ich zwei Wochen später mit einer Palette Haarspray anrücken musste, um das Velours halbwegs zu fixieren.« Er wandte sich den Mädchen zu, irgendeiner. »Rote Tapete? Mähsong Pläsiehr? Immer noch?« Alle sechs nickten, als wäre das eine obskure Prüfung, bei deren Nichtbestehen der Widerruf der Kreditkartentransaktion drohte, aber ich nahm nicht an, dass sie verstanden, worauf der durchdrehende Handwerker hinauswollte.

Simon schenkte Ouzo aus, in Wassergläsern, und wir tranken alle. Noch einen, noch einen, wir setzten uns zu den Mädchen, die heranrückten, zielsicher zugriffen, von außen vor Lustdruck schmerzende Spermaspender massierten. Die auf dem Barhocker – Charlene? – stand auf und zog sich in einer lässigen Bewegung das Kleidchen über den Kopf. Heiliger Pfeffer. Henner lief glutrot an, grinste aber wie jemand, dem eben gleichzeitig der kleine Pfarrer gestreichelt wird.

»So geht das nicht!«, befand Simon plötzlich. »Viel zu eng hier. Mark, fass mal an.«

Sie wuchteten den großen Kabinentisch kurzerhand auf den Steg (Lagen da eigentlich irgendwo weiter Schiffe neben uns? Scheißegal), zogen die Vorhänge und das Dach zu.

»Macht mal ein bisschen Show«, schlug der selbsternannte Vergnügungsbeauftragte vor. »Strippen, ein bisschen küssen. Macht mal.«

»Ich dreh durch«, ächzte Mark und zog das Hemd aus. Henner sah ihn an, mit einem Blick, der ihm in einigen bayerischen Dörfern umgehend den Besuch eines Exorzisten beschert hätte, und pellte sich ebenfalls aus dem Shirt. Es war warm und wurde noch wärmer. Ich zündete mir mit zitternden Fingern eine Zigarette an. *Tust du das hier?*, fragte ich mich. *Tust du das hier wirklich? Du weißt, dass du es bereuen wirst. Du weißt, dass du dich schämen wirst. Aber du hast auch eine John-Holmes-Erektion, und hier sind Frauen, die nicht einmal schlecht aussehen. Auf dem Boot bleibt auf dem Boot. Auf dem Boot bleibt auf dem Boot.*

Das Problem war: Wenn Männer erst einmal die Möglichkeit direkt vor Augen haben, einen wegzustecken, kann die Argumentationsbasis noch so breit sein. Das Blut verrichtet anderswo seinen Dienst. Ich sah zu Mark und Henner, die solche Gedanken offenbar längst hinter sich gelassen hatten. Wie ein Zeremonienmeister zog Simon den Damen die Kleidchen aus, dann aktivierte er die Musikanlage – und die Nutten tanzten. Streichelten sich. Küssten sich und pressten die Brüste aneinander, rieben sich die Mösen, selbst und gegenseitig – die Show war gut. Aber wir waren auch ein simpel gestricktes, willfähriges Publikum. Auf die Frage, was unser größter Lebenswunsch sei, hätten wir im Chor »Ficken!« gebrüllt – achtstimmig, denn zumindest mein Stöpsel schien längst über einen eigenen Willen zu verfügen.

Aber so leicht wollte uns Simon die Sache nicht machen. Die Damen waren für den ganzen Abend bezahlt. Nach der Show setzten sie sich wieder, ich bekam zwei Ines ab, eine zog mir das Shirt über den Kopf, die andere malträtierte die Hosenbeule, die sich so ganz anders anfühlte als sonst, bei ähnlichen, aber kaum vergleichbaren Gelegenheiten.

Simon öffnete zwei Sektflaschen und schenkte ein, außerdem gab es noch mehr Ouzo und Bier.

Mark wollte zu den Kabinen gehen, krachte aber einfach,

Nase voran, die Treppe runter, was mal eine originelle Variante war. »Nichts passiert!«, rief er fröhlich, wir lachten nervös. Als er zurückkam, hatte er ein silbernes Taschenetui dabei, was die Damen umgehend zu einem strahlenden Synchronlächeln veranlasste: Koks. Ich hatte es längst vermutet, doch in diesem Augenblick war mir selbst das egal. Ich sah nur noch Möpse und Mösen, verspürte das dringende Bedürfnis, am einen zu rubbeln – das tat ich bereits – und im anderen den steinernen Johnny zu versenken, der sich anfühlte, als stünde er kurz vor einem Priapismus. Alle nahmen ihre Nasen, sogar Henner, der noch kurz nuschelnd fragte, ob das süchtig machen würde, nur ich nicht. Selbst in diesem Zustand gab es immerhin noch eine Grenze, die ich nicht überschreiten würde. Stattdessen zog ich meine Hose aus, starrte kurz das Monster an, das so intensiv gierte, und nichts lag mir ferner, als den Moment peinlich zu finden. Das Mädchen links von mir hatte plötzlich ein Kondom in der Hand, streifte es mir über und nahm einfach auf mir Platz. Um es mit Simons Worten zu sagen: Hammer. Während sie gemächlich auf mir schaukelte, trank ich weitere Ouzos, Simon schwadronierte von »Schwanzschwagerschaft«, stieg aber auch aus seinen Klamotten. Ich zwang mich, woanders hinzusehen. Nein, ich schloss die Augen. Ergoss mich überraschend schnell in die Lümmeltüte, aber Schwager Schwanz machte keine Anstalten, sich zufriedenzugeben. Simon penetrierte eine kniende Frau a tergo. Henner lies sich zweimündig blasen und wimmerte dabei. Mark lag auf der Bank, eine Frau rittlings auf ihm und die andere mit dem Schritt über seinem Gesicht. Wir fickten. Ich fickte, du ficktest, ersiees fickte, wir fickten, ihr ficktet, sie fickten. *Ficken.*

Ungefähr zu diesem Zeitpunkt setzte meine Fähigkeit aus, wahrzunehmen, was geschah. Zuerst partiell.

Ich sah Henner, der aufsprang, wie ein Irrer brüllte, auf

einem Bein herumtanzte und einen leicht gefüllten Spermasack über dem Kopf schwenkte.

Ich sah sie koksen.

Ich sah zwei andere Frauen auf mich zukommen. Drei. Eine. Zwei.

Ich sah Brüsteundmösenundbrüsteundmösen. Und Beine. Durchsichtige Strümpfe.

Ich sah Ouzogläser.

Ich sah mich dabei, achteraus ins Wasser zu kotzen, gefolgt von MarkoderHenneroderSimonoderallen, die ebenfalls reiherten.

Ich sah mich ins Waschbecken pinkeln. Mehrfach. Sah eine Hure, die beidhändig mein Glied herunterdrückte, damit das überhaupt ging, und dabei lachte.

Ich sah Ouzogläser und Bierflaschen, Zigaretten über Zigaretten.

Ich sah eine Sprühflasche Schlagsahne. Gewürzgurken. Mousse au Chocolat.

Ich sah Mark, der versuchte, Henner zu küssen.

Ich sah. Buntes Flirren. Qualm, als wäre im Schiff eine Rauchfabrik. Flackernde Handys, die hin und her gereicht wurden.

Ich hörte. Geschrei von draußen, polternde Faustschläge gegen die Schiffsfenster. Dumpfmusik, die immer lauter und noch lauter aufgedreht wurde. Lachende Frauen. Brüllende Männer. Heulende Männer. Flüsternde Frauen. Jemanden, der »Wir rufen die Polizei!« schrie. Aber es kam keine Polizei. Oder doch?

Ich meinte, mitzubekommen, dass das Boot ablegte und ankerte. Im Dunkeln. Hielt es für einen dummen Traum, eine schräge Erinnerung an vor vier Tagen oder einer Ewigkeit. Ich hörte mich selbst singen und nach mehr Ouzo verlangen. Ich trank Sekt und Cola und Bier und Wasweißichnoch. Ich rauchte. Rauchte. Rauchte. Fickte. Spürte Schmerzen, die so großartig waren, dass ich sie am liebsten gegessen hätte. Das Boot legte wieder an, krachend, irgendwie gab es Streit. Ich sang. Henner sang, irgendwas Kirchliches. Mark verschüttete Kokain. Simon verkündete etwas, aber ich verstand kein Wort. Ich verstand meine Gedanken nicht mehr. Dann waren zuerst die Frauen weg und kurz danach alles andere auch.

19 Tage vorher:
Entern

Entern – ein Schiff gewaltsam betreten.

Simon lehnte am Tresen, als ich das Foyer des Sportzentrums betrat. Er sah aus wie immer: fleckige, ehemals weiße Jogginghosen, farbgesprenkelte, ausgelatschte Turnschuhe, ein Shirt, das auch schon bessere Zeiten erlebt hatte, und darüber ein kurzer, graublauer Kittel, der aussah, als stamme er von einer Baustellenmüllhalde. Simons lockige Haare waren mit Gipsstaub bedeckt, Hände und Gesicht betupft mit den Resten von Dispersionsfarbe, Tapetenkleister und Fliesenkleber. Außerdem umgab ihn intensives Zigarettenraucharoma; er war schon von weitem olfaktorisch auszumachen, sicher würde es selbst in einer mehrere tausend Menschen großen Menge kaum schwerfallen, Simon zu finden, denn er *stank* nach Qualm wie ein brennender Berg alter Reifen.

»*Täubchen*«, sagte er soeben. »Bei Simon gibt es *Rendite*. Viel Rendite. Das ist ein richtig gutes Geschäft.«

Seine Worte waren an die junge Frau gerichtet, die hinter dem Tresen saß und ihn auf die Weise zu ignorieren versuchte, wie man das mit dem Geruch auf einer öffentlichen Toilette tut, die soeben von einem anderen zu Zwecken der Defäkation aufgesucht worden war – durchaus anerkennend, dass er existierte, dies aber mit jeder Faser des eigenen Körpers ablehnend. Sie genügte den Klischees einer Neunzigerjahre-Kampflesbe: extrem kurzes, schmuckloses Haar, kantiges, etwas breites Gesicht, ungeschminkt, aber gepierct, der drahtige, dezent gebräunte Körper in einem weiten Adidas-Trainingsanzug, um jedes Indiz für Feminität zu verbergen.

Ich trat zu den beiden und flüsterte in Simons Ohr: »Bevor dir dieses *Täubchen* Geld leiht, lässt sie sich zum Pudel umoperieren. Lass stecken. Verpulverte Energie.«

Simon grinste breit. »Einen Versuch ist es allemal wert.«

Das *Täubchen* hob den Blick, ignorierte Simon weiterhin und sah mich stattdessen an.

»Ein Platz auf Finke, zwanzig Uhr«, sagte ich. Sie deutete ein Nicken an, sah kurz auf den A3-Planer, der vor ihr lag. »Platz drei. Die anderen *Herrschaften* sind schon da.« Danach tat sie so, als wären wir nicht existent.

Mark lümmelte auf der Bank herum und nickte freundlich zur Begrüßung, der baumlange Henner stand in seinem Edel-Sportoutfit auf dem Platzlinoleum und vollführte seltsame, zweifelsohne aber völlig wirkungslose Dehnübungen. Als er uns sah, ging er zur Bank, zog seinen schweineteuren Graphit-Composite-Schläger hervor, prügelte damit ein paar Mal gegen seinen Handballen und nickte ebenfalls, siegesbewusst. Das war nicht weniger als aktive Selbsttäuschung. Henner beherrschte das Spiel zwar prinzipiell, aber auf dem Platz beherrschte es *ihn*. Immer einen Schritt zu spät, immer etwas über- oder unterdosiert schlagend, völlig überambitioniert und aufs Äußerste verkrampft – so spielte der Pfarrer. Davon abgesehen hinkte Henners Motorik seiner Kognition um einiges hinterher; sein Körper war einfach zu schwerfällig. Dafür aber kannte er das Regelwerk in- und auswendig.

Simon war der mit Abstand beste Spieler von uns, ausgestattet mit einem unglaublichen Ballgefühl und einem exzellenten Positionsspiel, aber seine angeschlagene Kondition versagte zumeist schon nach wenigen Minuten, so dass er sich zunächst immer weniger bewegte und schließlich keuchend Auszeiten forderte. Die verbrachte er, Sturzbäche nikotingetränkten Schweißes absondernd, erst kurz auf der Bank, um dann für zwei Minuten die Halle zu verlassen und draußen ein schnelles *Rettchen* – oder gar mehrere – zu rauchen. So ähnlich, wie er spielte, arbeitete Simon auch, wie ich – leider – aus erster Hand wusste, denn ich hatte den Fehler gemacht, ihn gleich zweimal zu engagieren: Anfangs legte er immer mit großer Verve los und raufasertapezierte auch mal eben so einen Dreißig-Quadratmeter-Raum innerhalb einer knappen Viertelstunde, um dann sehr schnell das Interesse zu verlieren, Pausen einzulegen, stundenlang Material einzukaufen, das eigentlich vorhanden war, zu telefonieren oder einfach zu verschwinden und vorläufig nicht mehr wieder aufzutauchen.

Mark zollte dem Badminton kaum Respekt, er tat das hier ohnehin nur aus Langeweile. Diese desinteressierte Entspanntheit führte zu vielen überraschenden Siegen, aber aus denen machte er sich ebenso wenig wie aus den Niederlagen. Ich bewegte mich irgendwo zwischen den dreien – gab mir Mühe und mochte das Spiel, schaffte hin und wieder einen wohlplatzierten Lob oder einen präzisen Schmetterball, jagte aber meistens nur den Bällen hinterher. Trotzdem machte mir diese dienstägliche Runde, die vor fast zwei Jahren über einen Aushang im Sportzentrum zusammengefunden hatte, durchaus Spaß. Und es *war* Sport. Nicht Rudern, Marathonlauf oder Boxen, aber auch nicht Billard, Schach oder Skat. Ein schöner Kompromiss. Es hätte auch Kanupolo oder Full-Contact-Karate werden können, aber als mir Cora im Rahmen ihrer Bemühungen, mich zu etwas mehr Bewegung zu bringen, diesen Zettel mitbrachte, über den Henner Mitspieler suchte, stand meine Entscheidung ziemlich schnell fest.

Nach anderthalb Stunden schlurften wir, unterschiedlich abgekämpft, in die Umkleide (Simon: völlig am Ende; Henner: ausgepowert und genervt, weil er ausschließlich verloren hatte, wofür er alles Mögliche verantwortlich machte, nur nicht sich selbst; ich: geschafft, aber seltsam glücklich; Mark: kaum anzumerken, dass er Sport betrieben hatte), wo das übliche Prozedere einsetzte: Während Mark einen fröhlichen Exhibitionismus auslebte und uns seinen nackten Körper intensiver präsentierte als nötig gewesen wäre, versteckte sich Henner faktisch, wartete auch den Duschgang der anderen ab, wobei er sich auf dem Weg in die Dusche in ein riesiges, knallgelbes Badetuch wickelte, um möglichst wenig Haut zu zeigen – ein leuchtender Baumstamm, der in die Sanitäranlagen torkelte. Simon und ich vollzogen das Ganze sehr pragmatisch und waren deshalb auch die Ersten draußen – Simon vor allem, um endlich wieder an einer Fluppe saugen zu können.

Beim fünften Zug sagte er: »Ich habe heute Geburtstag.«

»Glückwunsch«, antwortete ich automatisch und griff nach seiner linken Hand, die trotz Dusche irgendwie verklebt war. »Und welcher?«

»Fünfzig.«

»Nein!«, platzte ich heraus. Das war ganz ehrlich gemeint. Simon hatte etwas Altersloses, aber nicht wie Mark, der sich einfach gut gehalten hatte (oder tatsächlich noch ziemlich jung war), es war mehr, als hätte er irgendwann aufgehört, äußerlich zu altern, um dafür aber innen drin zu verrotten, beispielsweise im Kieferbereich. »Kaum zu glauben. Ich hätte dich viel jünger geschätzt.«

»Tapetenkleister konserviert«, sagte er lakonisch.

»Feierst du?«

Simon sah mich an, ein Blick, der mir beinahe die Füße wegriss. *Mit wem?*, fragte dieser Blick. *Ich habe niemanden*, sagte er.

»Ich wollte vorschlagen, dass ihr mitkommt, in mein Stammrestaurant, das ist nicht weit von hier. Und ich gebe euch einen aus.« Dabei zog er die Stirn kraus; vermutlich schätzte er sein Budget ab.

»Simon gibt einen aus?«, freute sich Mark, der sich soeben zu uns gesellt hatte und sich mit dem Rücken seines rechten Zeigefingers unterhalb der Nase herumrieb. »Feinkörnig! *Party!*«

»Wann ist eine Party?«, fragte Henner, das schüttere Haar noch feucht, ansonsten sah er wie aus dem Ei gepellt aus, vom Anstrengungs-Nachschweiß, der seine Stirn und Schläfen benetzte, mal abgesehen.

»Jetzt gleich«, sagte Simon relativ leise und steckte eine Neue an. »Wenn ihr wollt. Aber ihr müsst nicht.«

»Simon wird heute fünfzig«, erklärte ich. Das war schon ein bisschen erschütternd, es auf diese Art erfahren zu haben, und es stand außer Frage, dass wir mit ihm würden feiern *müssen*. Henner wehrte sich kurz, willigte dann aber ein. Drei von uns müssten zwar morgen arbeiten, aber zu diesem Zeitpunkt hofften wir auch noch, dass es mit einer Fuhre Gyros und ein, zwei Ouzo erledigt wäre.

Die *Taverna Spyros* wurde von drei Männern dieses Namens betrieben: Spyros, dem Vater, Spyros, dem Sohn dieses Vaters, und Spyros, dem Neffen von Spyros, dem Vater. Der Laden entsprach jedem Klischee, roch nach verbranntem Lammfleisch, Knoblauch und billigem Wein, an den Wänden hingen Reproduktionen von Landschaftsbildern, Fotos von bunten Dorfhäusern, ein paar Kruzifixe und Landkarten vom Peloponnes. Auf die Brauerei-Einheitsspeisekarten war eine stilisierte Akropolis gedruckt. Es gab zig Variationen von Gyros, Souflaki und all diesem Zeug und dazu Ouzo, hektoliterweise. Wir saßen kaum am Tisch, da standen die ersten Schnapsgläser vor uns, und Spyros (der Neffe) brachte gleich vier weitere mit den Speisekarten. Spyros (der Sohn) fügte eine Ladung hinzu, als er die Getränkebestellungen aufnahm.

Wir waren vor dem ersten Bissen tendenzhacke, bis auf Henner, der an einem Schnaps nippte und die inzwischen vier weiteren nur misstrauisch ansah. Simon unterbrach seine Erzählung davon, wie er am Wochenende mit seinem Bulli (natürlich ein *Täubchen*) und einem alten Wohnwagen auf das Grundstück einer neuen Kundin umgezogen war, um dort die Monate auszuharren, bis er wieder von seinen Gläubigern gefunden oder der Kundin vertrieben wurde. Dann hieb er Henner mit seiner schwieligen Rechten auf die Schulter und sagte: »Alter Pfarrer, das ist mein Geburtstag. Trink!«

»Ich muss noch Auto fahren.«

»Musst du?«, fragte Mark grinsend. »Will Gott das?«

Henner verzog das Gesicht. »Du weißt *nichts* von Gott«, sagte er mürrisch. In letzter Zeit reagierte er häufig so, wenn jemand Glauben thematisierte, was während der Sportrunden aber selten geschah.

»Doch«, behauptete Mark. »Er ist in diesem Glas. Genau in diesem.« Und damit kippte er den letzten Ouzo, der vor ihm stand. »Und jetzt ist er in mir. Feinkörnig.«

»Komm, sei ein bisschen entspannt«, bat Simon lächelnd, wobei er seinen Unterkiefer entblößte – und mir einiges vom Appetit auf das Gyros nahm, der ohnehin nur gering war.

Ich hob mein vorletztes Glas und prostete Jan-Hendrik zu. Er nickte langsam und trank dann.

Eine Stunde später waren wir nicht mehr nur tendenzhacke, sondern tendenziell komplett durch – und sehr fröhlich, erstaunlicherweise; meinerseits hatte es nur einen kurzen, sehr vorübergehenden Anflug der Saufmelancholie gegeben, ungefähr nach dem dritten Ouzo. Wir quatschten, bereits lallend, über Badminton, wobei Henners Diagnose, wir anderen hätten nur Glück, viel Gelächter provozierte, sehr kurz über Autos, dann über Frauen, wobei sich Henner zurückhielt, über unsere Jobs – hier schwieg Mark –, Musik, Fernsehen, Tagespolitik und tausend andere Dinge. Dann kamen wir auf Urlaub zu sprechen, weil der Sommer vor der Tür stand. Nach kurzer Zeit stellte sich heraus, dass wir allesamt noch nichts vorhatten. Henners Frau war in Afrika unterwegs, die Kinder wären in Feriencamps. Cora wäre auf Tour, was längst nicht der einzige Grund dafür war, dass wir keinen Sommerurlaub geplant hatten – der kurze Gedanke an das Erlebnis vor vier Tagen schmerzte. Simons Beziehungslosigkeit war immanent, und eigentlich machte er nie Urlaub – vor allem, weil er sich das schlicht nicht leisten konnte. Mark plante derlei einfach nicht. Meistens reiste er mit irgendeinem Kumpel kurzfristig irgendwo hin, aber für diesen Sommer hatte sich noch nichts ergeben. Mit Frauen fuhr er nicht in die Ferien, weil das zu kompliziert war – dafür waren seine Verhältnisse zu kurzlebig.

»Ein Kunde« – hier hüstelte er kurz – »hat ein großes Boot, da machen sie jedes Jahr Ferien drauf«, erzählte Simon. »Das muss toll sein.«

Henner nickte, sein Kopf schlenkerte leicht. »In Meck-Pomm kann man große Hausboote mieten, führerscheinfrei. Das hat ein befreundeter Gemeindepfarrer im letzten Jahr gemacht und war total begeistert.«

»Boot fahren. Feinkörnig«, nuschelte Mark und leckte ein leeres Ouzo-Glas aus. »Muss lustig sein.«

»Das ist wie Wohnmobil, nur auf dem Wasser«, sagte der Pfarrer. »Mit allem Drum und Dran, Kühlschrank und Herd und so.« Dann zog er sein *Tablet* hervor und wischte eine Weile darauf herum.

»Hier«, sagte er schließlich und zeigte ein Foto. »Für bis zu zwölf Leute. Mit allem Komfort.«

»Feinkörnig«, wiederholte Mark und winkte nach irgendeinem Spyros. Sekunden später stand eine weitere Phalanx Ouzo auf dem Tisch. »Der gutte, nur für gutte Freunde«, blödelte Spyros (der Sohn), der in Deutschland geboren war und die Sprache akzentfrei beherrschte, sie aber trotzdem im Restaurant mit Akzent sprach. Dabei grinste er wie ein Rumäne, der mit seiner Drogenbande soeben Neukölln übernommen hatte.

»Hier ist ein Last-Minute-Angebot. Zwölfhundert Euro für zehn Tage. Ein großes Boot mit vier Kabinen. Mitten im Juli. Das wären nur dreihundert für jeden.«

»Feinkörnig«, flötete Mark in sein Ouzo-Glas und winkte wieder.

»Das sollten wir machen«, erklärte Simon und zündete zu den zweien, die vor ihm im Ascher brannten, eine weitere

Zigarette an. Sypros (welcher auch immer) nahm es mit dem Rauchverbot in Restaurants nicht so genau. Und seine Gäste nahmen es ähnlich gelassen. Außerdem waren sie allesamt mit dem »gutten« Ouzo narkotisiert. Die *Taverna Spyros* hatte wahrscheinlich noch niemand nüchtern verlassen, und den Laden gab es, der Ausstattung nach zu urteilen, seit mindestens dreißig Jahren. Jedenfalls war in dieser Zeit noch nie renoviert worden.

Henner starrte einen Moment lang melancholisch an die Decke. Ich war auch dicht am Totalstrunz, fühlte mich diesen drei Typen aber plötzlich sehr verbunden und hielt es für eine irrsinnig tolle Idee, mit ihnen Urlaub zu machen. Nüchtern hätte ich es nicht einmal für eine tolle Idee gehalten, zufällig mit ihnen gemeinsam dieselbe kleinstadtgroße IKEA-Filiale aufzusuchen. Weil Henner verhaltensgestört war, weil Simon – ohne das zu wollen – gemeingefährlich war, weil Mark *alles* zuzutrauen war. Eine Mischung, aus der geschichtsverändernde Katastrophen entstanden. Außerdem kannten wir uns kaum.

»Prima Idee«, sagte ich in das Abschiedsgemurmel meines Großhirns.

»Wir könnten sofort buchen«, sagte Henner und legte das *Tablet* auf den Tisch. »Per Kreditkarte.« Das Wort überforderte ihn, deshalb zog er einfach seine Geldbörse aus der Hose und schnippte eine goldene Amex neben den Kleincomputer. »Wollen wir?«

Wir sahen uns an. Ich sah Henner an, dann Simon und schließlich Mark, der blöd grinste. Alle nickten, also nickte ich auch.

Drei Minuten später hatten wir gebucht.

»Last minute«, sagte Henner. »Kein Rücktrittsrecht, bei Storno entspricht die Gebühr der Bootsmiete.«

»Storno?«, krähte Mark und nahm die nächste Ladung Ouzo entgegen. »Wer storniert hier?«

»Keiner!«, rief Simon und winkte gleich wieder nach einem Spyros. »Darauf müssen wir anstoßen. Vier Mann auf einem Boot.«

Ich war außerstande, Einspruch einzulegen. Niemand kann das nach einem guten Dutzend Ouzos plus X Bieren, wobei X eine natürliche Zahl größer als Fünf ist. Morgen früh wäre ich dazu in der Lage, und ich wusste bereits, mit welchen Argumenten. Aber keines davon konnte ich in diesem Moment erreichen. Bootsurlaub mit dem seltsamen Pfarrer, dem chaotischen Tapezierer und dem jungenhaften, impulsiven Selfmadewasauchimmer.

Bootsurlaub. Meine einzige Erfahrung in dieser Hinsicht bestand zu diesem Zeitpunkt aus der Anmietung eines behäbigen Ruderboots, mit dem Cora und ich einen Tag lang irgendeinen See in Brandenburg befahren hatten. Aber ich hätte ja noch zweieinhalb Wochen, um mir eine Ausrede einfallen zu lassen.

Doch ich fand keine.

Tag 6:
Schwojen

**Schwojen – das Hin-
und-her-Drehen eines Schiffes
vor Anker oder an einer Ankerboje.**

An ein Erwachen, das diesem auch nur entfernt ähnelte, gab es in meinem zerdrückten, lahmen, überflüssigen Schädel keine Erinnerung. Meine Augen klebten, mein Körper schmerzte, mein Schwengel brannte wie der Kern der Sonne, meine Blase drückte auf alle benachbarten Organe. Den Mund bekam ich kaum auf, er war taub, trocken, kam mir verkleinert vor, mein Gaumen war pelzig, meine Zähne waren pelzig, meine Lunge pfiff, sogar Nase und Ohren taten mir weh. Ich stöhnte und musste vom Stöhnen stöhnen. Ich verspürte nie gekannten Harndrang, roch plötzlich intensives Urinaroma, als würde jemand meine innere Wahrnehmung olfaktorisch kommentieren. Ich verspürte nicht den geringsten Drang, aufzustehen, um dem Harndrang nachzugeben. Eine oberflächliche Inventur ergab zudem, dass ich in Embryofötalstellung seitlich an der Wand lag und zugleich das merkwürdige Gefühl hatte, dass die Welt schief war. Möglich aber, dass es – auch – meinen Gleichgewichtssinn erwischt hatte. Ich versuchte, mich zu strecken und zu drehen, aber mein Körper signalisierte nur geringe Kooperationsbereitschaft. Mir war schlecht, aber nicht übel. Ich dachte an Euthanasie und hätte einem guten Euthanasisten sofort jede Summe gezahlt. Mir war kalt, obwohl die Luft in der überhitzten Kabine stand. Mücken und Fliegen summten umher. Jede Menge davon. Draußen quakte eine Ente.

Der Blick verlagerte sich unvermeidlich auf die geistige Ebene. Ich wusste sofort wieder, was geschehen war, jedenfalls bis zu dem Zeitpunkt, als alles und alle aussetzten. Umgehend bemächtigte sich eine Gänsehaut meines Körpers, ich verspürte universumsgroße Peinlichkeit und den Wunsch, alles ungeschehen machen zu können. Ich schämte mich und fühlte mich etwas besser durch die Scham. Ich streckte mich endlich, drehte mich langsam zur anderen Seite – hier war definitiv etwas schief – und hangelte mich mühevoll in den Stand. Ich war nackt. Mein Schwanz glühte hellrot. Außerdem glänzte er seltsam. Das Abziehen des Gummis tat weh.

Mein fahlgelber Urinstrahl traf das Waschbecken, aus dem es intensiv nach Pisse stank, erst fast nicht. Ich musste einen halben Schritt zur Seite machen. Ich stöhnte wieder und kämpfte gegen den Würgereiz an. Sah auf die Uhr: kurz vor zwölf. Mittags. Ich ließ mich wieder aufs Bett fallen, schlief kurz ein und erwachte Momente später.

Im Gang war es ruhig. Ich hielt mich beiderseits an den Wänden fest, konzentrierte mich auf meine Füße, ignorierte die merkwürdige Weltlage. Irgendwo gluckerte es. Stufen. Eine, zwei, drei, oben. Und dort: Chaos.

Es stank nach Kneipe, Puff, Müllkippe. Überall lagen Flaschen und Gläser, Scherben, Zigarettenkippen, Kondome. Gewürzgurken. Mousse-Becher. Zusammengefallene geronnene Streifen von Sprühsahne. Zigarettenschachteln. Kissen. Zwei Gardinen waren heruntergerissen, aber ich wagte noch nicht, aus dem Fenster zu sehen. Etwas schnarrte – das Radio. Ein Nylonstrumpf. Turnschuhe. Zerknüllte Shirts. Meine Badehose. Ein Gestank wie in einem Ghetto aus einem Endzeitfilm.

Weiter zur Hecktür. Meine Kräfte reichten kaum aus, sie zu öffnen. Vor mir Gebüsch, Wald, in jedem Fall Ufer – wir steckten mittendrin, und zwar rückwärts. Das Schiff lag auf der Seite, zwei Libellen tanzten direkt vor meiner Nase vorbei und schienen mich auszulachen. Ich beugte mich vor und kotzte über die Reling. Minutenlang. In Schüben, immer wieder, meine Augen tränten, meine Nase rann, ich wischte sie am Unterarm ab. Dann ging es mir etwas besser. Fünf Prozent vielleicht. Damit lag ich bei fünfundzwanzig insgesamt. Ich hob den Blick.

Es war trüb, wahrscheinlich bewölkt und ziemlich dunstig, höchstens fünfzig Meter Sicht, außerdem nieselte es – die zweitfieseste Form von Niederschlag. Cora hatte das mal »Petting-Regen« genannt: nichts Halbes und nichts Ganzes, im Abgang unbefriedigend und währenddessen letztlich auch. *Cora.* Ich sah sie vor mir, als wäre sie wirklich da, und schämte mich wieder. Unendlich.

»Großer Gott«, sagte eine leise, krächzende Stimme hinter mir. Ich drehte mich vorsichtig um.

Seine Augen waren winzig und glutrot, seine Körperhaut – er trug nur einen Feinripp-Schlüpfer – blass, rotfleckig und mit Millionen blühenden Mückenstichen übersät. Aus seinen Lippen war alles Blut gewichen, die spärlichen Haare standen strubbelig, sein Oberkörper zitterte, bebte fast. Er hielt sich am Küchenschrank fest. Und er *lächelte.*

»Noch nie«, krächzte er. »Noch nie in meinem Leben hatte ich solchen Spaß.« Henner hustete schwer, schob sich an mir vorbei, ging in die Hocke und reiherte ebenfalls über Bord. Aber zwischendrin hob er immer wieder den lädierten Schädel, sah mich mit Augen an, die man für jedes beliebige Trash-Horrorfilm-Plakat hätte verwenden können, und nuschelte: »Scheiße, war das geil.«

Wir teilten uns die letzte Anderthalbliterflasche Mineralwasser, tranken gierig, aber vorsichtig. Henner holte Kopfschmerztabletten, denen wir beim Sprudeln zusahen, dann warteten wir ab, bis die Kohlensäure gewichen war, rührten in den Gläsern wie Nutten im billigen Champagner, damit sie von der allabendlichen Überdosis kein Sodbrennen bekommen. Wir setzten uns auf die schräge Heckterrasse. Es war vermutlich warm, aber meine Sensorenphalanx lief auf Notstrom – ich hatte nach wie vor eine Gänsehaut. Henner schüttelte immer wieder äußerst langsam den Kopf, körperlich mindestens so sehr im Eimer wie ich auch, aber er grinste unaufhörlich, mit zitternden Lippen.

Irgendwann setzte er Kaffeewasser auf, musste aber wegen der Schräglage des Bootes – zehn Prozent mindestens – die Kanne dabei festhalten. Wir schlürften heißen Kaffee, der nach dem Boden eines jahrzehntelang ungereinigten Mülleimers schmeckte. Trotzdem tat es gut. Meine Müdigkeit verschwand allerdings nicht; ich verspürte das dringende Bedürfnis, mich in ein richtiges Bett mit gewaltiger Daunendecke zu mummeln und tagelang einfach nur zu schlafen.

Dann schlichen wir langsam herum und nahmen eine Bestandsaufnahme vor, sammelten wie zur Hausarbeit verdonnerte Trisomiepatienten Flaschen und Müll auf, mussten aber ständig pausieren, den Blick nach draußen richten, weil die Wahrnehmung verschwamm.

Nach einer oder zwei Stunden sah es ein bisschen besser aus, in mir hatte sich aber nicht viel verändert. Henner stolperte unter Deck, schlug sich den Schädel, klopfte an Kabinentüren, öffnete sie. Marks Schnarchen konnte ich bis in den Salon hören.

»Simon ist weg«, sagte Henner, als er wieder neben mir Platz nahm. »Seine Kabine ist leer, aber seine Sachen sind noch da.« Er zog die Stirn kraus. »Aus meiner Brieftasche ist sämtliches Bargeld verschwunden. War nicht viel, vielleicht hundertfünfzig Euro. Ist aber weg. Sonst fehlt nichts.«

Das schien ihm nicht sonderlich viel auszumachen. Ich polterte in meine Kabine. Das Telefon lag noch da, meine Geldbörse auch – allerdings war das Fach für die Scheine leer. Ich versuchte, mich daran zu erinnern, wie viel Bargeld ich gezogen hatte, gab den Versuch aber alsbald auf.

»Wir sind noch auf dem Zierker See«, erklärte Henner, blinzelnd sein GPS-fähiges *Tablet* fixierend. »Nordufer. Neustrelitz muss ungefähr da sein.« Er wies mit zitternden Fingern zum Bug. Dichter Nebel hüllte weiterhin alles ein, was sich mehr als sechzig, achtzig Meter entfernt befand.

»Immerhin«, sagte ich. Wir hätten auch in der Sahara liegen können – nach meiner Einschätzung gab es keine Möglichkeit, den Kahn ohne fremde Hilfe wieder flottzukriegen. Ruder und Propeller steckten im Uferschlamm, aber laut Karte war es hier sowieso viel zu flach für die *Dahme* – wir hatten zwar nur einen knappen Meter Tiefgang, aber das Wasser um uns herum war um fast einen halben flacher.

»Ich sehe so bläuliche Schleier. Und ist es für dich auch so hell?«

Ich schüttelte bedächtig den Kopf. »Das kommt vom Sildenafil. Nebenwirkungen.«

»Sildenwas?«

»Das Viagra.«

»Aha.«

Dann beobachteten wir Mark, der auf allen vieren die Stufen zum Salon zu überwinden versuchte. Er schnaufte lautstark und schüttelte sich. Oben angekommen, erbrach er schwallartig. Dann ging er in die Hocke. Er war um zwei Jahrzehnte gealtert, sah aus wie ein Zombie. Seine Haare klebten, der Bereich um seine Nase und die Oberlippe waren flächig entzündet. Auf dem hellen Shirt, das er trug, schimmerten um die Spuren des Erbrochenen herum hellrötliche Feuchtigkeitsspuren. Die blaugrauen Boxershorts hingen auf Halbmast.

»Ich will sterben«, jammerte er, schob die Sonnenbrille ins verschmierte Haar und glotzte die eigene Kotze an, die gemächlich nach Backbord floss – hauptsächlich grünbraune Flüssigkeit. »Und alles ist schief. Warum ist alles schief?«

Wir halfen ihm, sich auf die Bank zu setzen, deren Polster massiv fleckiger waren als noch vor einem Tag zur gleichen Zeit. Henner setzte frischen Kaffee auf und flößte Mark Kopfschmerztablettensud ein. Das führte dazu, dass er sich gleich wieder röhrend übergab, zwischen die eigenen Füße. Ich ekelte mich nicht, es kam mir ganz natürlich vor.

»Sind wir gekentert?«, fragte er langsam, als er wieder saß, der Oberkörper zuckend. »Wo sind wir?«

»Irgendwo am Seeufer«, sagte Henner.

»Wir sind *gefahren*? Gestern Nacht noch?«

»Sieht wohl so aus. Aber daran erinnern kann ich mich auch nicht.« Wieder lächelte Henner. Dafür an fast alles andere, sagte dieses Lächeln. »Und Simon ist verschwunden.«

Wir bargen aus Simons Kabine alle Telefone, die wir dort vorfanden. Dann wählte jeder die Nummer, die er auf seinem eigenen Handy gespeichert hatte; Mark, dessen Hände deutlich stärker als unsere flatterten, benötigte vier Versuche – nacheinander blinkten die Displays, vibrierten die Apparate. Ab und an meldete sich auch eines der anderen Telefone – Standard bei Simon. Leute versuchten, ihn zu erreichen, um Geld einzufordern oder die Fertigstellung irgendeines Bauprojekts, für das er ein, zwei Tage veranschlagt hatte – die nunmehr Monate, gar Jahre zurücklagen. Und vermutlich auch die Russen. Aber wir hatten keine Chance, ihn zu erreichen.

»Und nun?«, fragte Henner.

»Wir sollten versuchen, den Kahn wieder freizukriegen«, schlug Mark leise vor. »Aber rechnet nicht auf mich. Ich bin nicht einmal sicher, ob ich es schaffe, den Gashebel zu bedienen. Ich bin echt völlig fertig.«

Das hätte er nicht sagen müssen. Er sah aus wie die Leute, denen im »Tatort« das Tuch vom Gesicht gezogen wird, nur die Y-förmige Obduktions-Narbenanordnung am Oberkörper fehlte: »Ist er das?« – heulen, nicken. Ja, das ist er. Mark, quasi tot, bis unter die Hirnrinde voll mit Ouzo und Kokain-Hydrochlorid. *Wir staunen auch, dass er noch reden kann.* Okay, in einem fantastischen Zustand befanden Henner und ich uns auch gerade nicht. Aber Marks markierte eine weitere Steigerung.

Henner und ich kletterten über die Badeleiter ins flache, laue Uferwasser. Der Untergrund war sandig und mit Steinen übersät – mein lädierter Gleichgewichtssinn lief auf Maximum. Wir standen kaum bis zu den Oberschenkeln im Zierker See. Henner zog sich vorsichtig bis zum Bug, wo es auch nicht viel tiefer war – das Wasser reichte ihm gerade bis zum unteren Saum der Feinripp-Unterhose.

»Wie haben wir das nur geschafft?«, fragte er mich, rein rhetorisch, dabei grinste er müde.

»Keine Ahnung. Wir müssen hier rückwärts reingerauscht sein, aber das Geschirr in den Schränken ist seltsamerweise noch heil. Und ich verstehe trotzdem nicht, warum der Pott so schief liegt.«

Wir sammelten uns am Heck und versuchten, die *Dahme* zu schieben. Wir hätten ebenso gut *pusten* oder auf den Kahn einschwatzen können. Nichts tat sich, und auch bei besserer körperlicher Konstitution hätte sich nichts getan. Das tonnenschwere Schiff lag gemütlich, mit leichter Schlagseite, im Ufersand, als wäre es an genau dieser Stelle zur Welt gekommen. Mark fläzte auf der Terrasse am Tisch, Kopf im Nacken, und schnarchte laut, seine Brille hing schief auf der Nase, dadurch fast parallel zum Horizont. Ich ging zum Steuerstand, startete den Motor und gab vorsichtig Gas. Wir hörten ein äußerst unschönes Röhren, fast ein Kreischen, also schaltete ich gleich wieder ab. Das Wasser am Heck hatte sich tiefbraun gefärbt durch den vom Propeller aufgewirbelten Sand. Das war das einzige Ergebnis meiner Bemühungen, von etwaigen Schäden abgesehen. Das Steuer ließ sich überhaupt nicht bewegen.

Ich schwamm eine Runde im flachen Wasser, was anstrengend, aber auch ein wenig erfrischend war, dann schlürften wir Gemüsebrühe aus Simons Hotelbechern, wozu wir labbriges, ungetoastetes Toastbrot mümmelten. Mark schlief nach wie vor. Henner duschte. Der Nebel lichtete sich langsam, die Sicht wurde allmählich besser, es nieselte weiterhin, aber auf dem See war noch immer nichts zu sehen – zweihundert Meter, dreihundert Meter, keine Menschenseele. Es ging auf vier Uhr nachmittags zu. Es wurde fünf, sechs, sieben. Irgendwann tauchten Konturen am Horizont auf, erste Lichter und Umrisse von Gebäuden. Wir setzten verfrüht Ankerlicht, als bestünde die realistische Chance, dass uns jemand nachts gefährlich nahe käme, tranken Kräutertee – *Kräutertee!* – und halfen Mark beim Duschen – eine krude Szene in der Ein-Quadratmeter-Nasszelle. Der Geduschte ging anschließend gleich wieder schlafen. Henner und ich setzten uns in den tischlosen Salon, starrten nach draußen, schlürften noch mehr Tee und suchten schweigend nach Lösungen. Mir fiel die Visitenkarte ein, die ich irgendwo haben musste. Ich holte sie aus der Kabine, schnappte mir Henners Telefon und rief Herbert Kopicz, Privatier, an.

»Hallo?«, brummte er.

»Ja, hallo.« Ich räusperte mich, meine Stimme klang, als würde ich durch ein Abflussrohr sprechen. »Hier ist Patrick. Einer der Leichtmatrosen von gestern. Vor der Schleuse Himmelpfort.«

»'n Abend, Patrick«, sagte er, als würden wir stündlich telefonieren. »Was macht die Kunst?«

»Lessing, Emilia Galotti«, antwortete ich reflexartig und war erstaunt ob der Geistesleistung. Im Frühjahr hatte ich ein Buch über Redensarten redigiert.

»Was? Emilia wer?«

»Nicht wichtig.« Ich hustete, mein Brustkorb schmerzte. »Herbert, wir haben da ein Problem. Vielleicht kannst du uns irgendwie helfen?«

Ich schilderte das Problem möglichst vorsichtig und unter Vermeidung der zugrundeliegenden Kausalkette, erzählte lediglich, dass wir den Pott im Vollrausch trockengelegt hatten. Herbert war zunächst erkennbar amüsiert, wurde dann aber schnell ernst.

»Der Kahn liegt schief?«, fragte er. Ich nickte erst und bejahte die Frage dann.

»Euer Boot hat einen flachen Rumpf. Ihr habt Wasser im Kiel. Was macht die Bilgepumpe?«

»Äh. Keine Ahnung. Was *sollte* sie machen?«

Er lachte rau. »Kieljauche aus der Bilge pumpen.«

»Wir haben Fäkaltanks«, erwiderte ich leise.

»Kieljauche nennt man das Wasser, das in die Bilge eingedrungen ist.« Er seufzte kurz. »Den Bereich unter euren Kajüten. Egal. Schaut ins Bordbuch und prüft dann, ob die Pumpe geht.«

Ich hielt die Hand vors Mikrofon und befahl Henner: »Bordbuch. Bilgepumpe. Sofort«. Er stand nickend auf und holte den dicken Ordner.

»Wo liegt ihr?«, fragte Herbert.

»Zierker See, Nordufer.«

»Flachwasser«, brummte er. »Unsauberer Grund. Komme ich mit meinem Boot nicht ran, außerdem ist der Außenborder zu schwach.«

»Aha.«

Herbert sagte ein paar Sekunden nichts, dann: »In Neustrelitz gibt es einen, der mir noch was schuldig ist. Der hat ein flaches Motorboot mit starker Maschine. Ich komme morgen früh. Aber das kost' euch was. Ich verschenke einen Tag meiner kostbaren Zeit.«

Ich ersparte mir eine zynische Replik über kostbare Zeit und atmete dankbar auf. »Super. Danke. Bis morgen früh.«

»Macht rechtzeitig Kaffee, ihr Landratten.« Dann legte er auf.

»Herbert hilft uns. Morgen«, sagte ich zu Henner. »Aber wir müssen die Bilgepumpe suchen.«

»Schon gefunden. Wir sitzen drauf.«

Unter dem Tisch, den wir in den Salon räumten, wo genug Platz war, weil der dortige Tisch ja fehlte – ob der noch auf dem Steg stand? –, lag eine Klappe. Es war gut zu erkennen, dass sich mehr Wasser im Rumpf befand als hineingehörte.

Über der Pumpe selbst war eine längere, grauweiße Kunststoffflasche montiert, eine Art Schwimmer, der von zwei leeren Ouzoflaschen blockiert wurde. Wie zur Hölle waren die hier hineingeraten? Ich zog sie heraus, die Pumpe setzte mit einem sonoren Brummen ein, kurz darauf plätscherte es hinter uns.

»Wir sollten den Motor laufen lassen, sonst leert die Pumpe unsere Batterien«, sagte Henner. Ich nickte und schaltete die Maschine ein. Anschließend setzten wir uns wieder auf die Klappe über der Pumpe, betrachteten die Skyline von Neustrelitz und lauschten auf die plätschernde Kieljauche. Fast unmerklich hob sich die Backbordseite der *Dahme*, doch es dauerte über eine Stunde, bis das Boot einen Hauch gerader lag. Wir stiegen abermals ins Flachwasser, aber es war noch immer aussichtslos, den Kahn anzuschieben. Also setzten wir uns wieder und glotzten weiter schweigend auf den See.

»Ich weiß«, sagte Henner irgendwann, den Blick auf die Frontscheiben geheftet. »Wir haben gesoffen, sogar Kokain genommen – das war doch Kokain?« Ich nickte. »Und wir haben mit Prostituierten Sex gehabt. Nichts, worauf man stolz sein muss. Unter anderen Bedingungen, unter *normalen Bedingungen* hätte ich so etwas nicht im Traum getan. Aber ich bereue es trotzdem nicht. Mir tut alles weh, mein Verdauungstrakt rumort, und mein Glied brennt.« Er lächelte, ein bisschen verschämt. »Dennoch. Ich habe mich auf seltsame Weise lebendig gefühlt, obwohl das widersprüchlich klingt – schließlich haben wir uns, salopp gesagt, komplett vergiftet, auch moralisch. Das heißt nicht, dass ich jetzt täglich so eine Orgie feiern möchte. Aber ich habe etwas auch nur entfernt Ähnliches noch nie erlebt. Verstehst du? Meine wildeste Party bisher war ein Konfirmandenabend, bei dem ich Aufsicht hatte und einen Zug von einem Joint genommen habe, ohne zu wissen, dass es sich um Cannabis handelte. Ich hatte in meinem ganzen Leben mit einer einzigen Frau Sex, mit Consuela, und das letzte Mal liegt Jahre zurück, weil sie nicht mehr will, seit feststeht, dass sie nicht gebären kann. Meine Welt ist eine völlig andere.« Er seufzte und schloss die Augen. »Es geht nicht um schöner oder schlechter«, sagte er, die Augen weiter geschlossen. »Sondern um das Gefühl persönlicher Freiheit.«

»Freiheit«, wiederholte ich, als wäre ich Mark.

Er sah mich an. »Mit Verlaub, nicht die Art von Freiheit, um die es dir geht: keine Entscheidungen treffen zu wollen, die etwas ändern könnten. Du bist konservativ im Wortsinn, beinahe reaktionär.«

Ich öffnete den Mund.

»Ich kenne Cora«, sagte er dann.

In diesem Augenblick klingelte ein Telefon, das von Henner.

»Ja?«, fragte er, das Krächzen war beinahe verschwunden.

Er zog die Stirn kraus. »Nein, *hier* ist Jan-Hendrik Balsam. – Doch. – Simon, bist *du* das?« Anschließend nickte er, die Stirn immer noch in Falten gelegt. »Verstehe«, sagte er. »Nein, äh, wir liegen, äh, vor Anker.« Er sah mich an und grinste müde. »Auf dem See. Schwer zu erklären.« Schließlich nickte er. »Okay, wir kommen, sobald wir können, aber heute definitiv nicht mehr.« Er sah kurz nach draußen, es dämmerte. »Ja, bis morgen. So früh wie möglich.«

»Das war Simon«, erklärte er, als er die Verbindung beendet hatte. »Er ist noch im Polizeirevier, und sie lassen ihn nicht gehen, weil er keinen Ausweis hat, und er hat einfach behauptet, Jan-Hendrik Balsam zu heißen. Ich denke, er hat versucht, sich umzubringen. Jedenfalls haben sie ihn heute Morgen gefunden, komatös mitten auf den Gleisen liegend. Am Bahnhof Neustrelitz.«

»Ach«, sagte ich verblüfft, aber es gelang mir nicht, mich auf die Neuigkeiten zu konzentrieren. »Woher zur Hölle kennst *du* Cora?«

Er grinste. »Erzähle ich dir ein andermal. Ich gehe jetzt schlafen.« Dann drückte er sich in die Höhe, kletterte schädelknallend nach unten und verschwand in seiner Koje. Ich tat es ihm nach und wollte eigentlich noch ein bisschen nachdenken, über die vergangene Nacht, darüber, dass Henner Cora *doch* kannte, über Simon, Marks Kokserei, aber mitten im ersten Gedanken schlief ich ein.

Tag 7:
Staken

Staken – ein Boot mit einer Stange
vom Grund abstoßen und dadurch fortbewegen.

Dieser Morgen stellte im Vergleich zum vorigen zunächst einen echten Fortschritt dar. Ich erwachte ziemlich erfrischt, fühlte mich körperlich überaus wohl, war ausgeschlafen, energiegeladen und hungrig, verspürte Kaffeedurst. Die Sonne schien durch die Gardinenlücke, die ich sofort auf Breite des Fensters zog, das ich anschließend öffnete – es roch nach See, nur mein ungereinigtes Waschbecken und meine Klamotten müffelten noch ein wenig; der Geruch von kaltem Rauch war ohnehin omnipräsent, woran ein ganzer Tag ohne Simon nichts geändert hatte.

Nach einigen Sekunden des Wachseins erreichte mich der Blues allerdings mit unerwarteter Wucht. Was mein verkleistertes Hirn gestern noch leicht verfälscht und dann verdrängt hatte, präsentierte sich im klaren, sonnigen Morgenlicht gleich den Ruinen einer nuklear bombardierten Stadt nach der Auflösung des Atompilzes und Abzug der Staubschwaden. Wie ein hochaufgelöstes Schwarzweißfoto sah ich vor meinem geistigen Auge, was vorgestern Abend geschehen war. Bilder von uns, saufend und fickend, wechselten sich in rascher Folge ab, und ich konnte sogar noch den Zeitpunkt des vermeintlichen Kontrollverlusts genau ausmachen, ohne darin eine Entschuldigung für unser, nein, *mein* Tun zu finden. Cora hatte Kondome punktiert, und Cora ließ sich *vermutlich* im Allgäu von ihrem Bassisten penetrieren. Aber ich, ich hatte an einer wahnwitzigen Orgie teilgenommen, für die »zwanzig Ouzo, dreißig Biere und eine blaue, ovale Tablette« nach einer sehr, sehr schwachen Ausrede klang, sogar für mich selbst, der ich dabei gewesen war. An diesem Morgen war es nicht Scham, was ich verspürte, sondern das starke Gefühl, etwas verloren, sogar verschenkt zu haben, dessen Wert ich bisher zu gering geschätzt hatte: Selbstachtung.

Jemand klopfte an meine Kabinentür. Mark sagte: »Da ist ein alter Typ mit einem Boot.« Auch durch das dünne Holz klang er noch ziemlich geschwächt. Es war kurz nach sieben. Ich kletterte in Jogginghosen und ein relativ frisches Shirt, goss mir Wasser ins Gesicht, den Harnduft des Beckens ignorierend, kämmte meine fettigen Haare, erwog kurz, mich zu rasieren, ließ es aber – und stieß zu den anderen. Henner und der nach wie vor recht blasse Mark standen auf dem Vorschiff und redeten mit Herbert, der am Steuer eines Bootes saß, das für mich wie ein Rennboot aussah. Es war flach, gute acht Meter lang, hatte einen spitzen Bug und einen mächtigen Außenborder vom Format eines LKW-Dieselaggregats. Herbert warf soeben eine Leine in Henners Richtung, offenbar nicht zum ersten Mal, aber der Pfarrer stellte sich so ungeschickt an wie vor *fünf? sechs? verdammt!* Tagen an der Schleuse Steinhavel bei der ersten Durchfahrt. Ich postierte mich neben ihm, griff mit einer Hand die Reling und nickte Herbert zu. Zwei Minuten später war sein Boot mit dem unseren verbunden. Zwischen den Schiffen lagen sechs, sieben Meter.

»Einer geht ans Steuer. Startet die Maschine. Ausgekuppelt lassen. Erst was machen, wenn der Pott wirklich frei ist.«

Wir nickten brav, Henner ging an den Steuerstand und öffnete die Frontscheiben.

Herbert gab vorsichtig Gas; die Maschine seines Bootes ließ ein sattes, kraftvolles Blubbern hören, die Leine spannte, aber die *Dahme* machte keine Anstalten, irgendwie zu reagieren. Der alte Seebär nickte lächelnd, schob den Hebel weiter vor. Das Wasser hinter seinem Boot sprudelte, aus dem Blubbern wurde ein Dröhnen, ich konnte zuschauen, wie der Schlamm aufgewühlt wurde. Dann gab es einen Ruck, in den Schränken klirrte es, wieder einmal. Mindestens das Geschirr werden wir so gut wie komplett ersetzen müssen, dachte ich.

Ein Schleifgeräusch, das ob des Motorendröhnens kaum wahrzunehmen war, begleitete den Weg unseres Schiffes in die Freiheit. Fünf Minuten später befanden wir uns in sicherer Wassertiefe, ließen die Ankerkette rasseln, Herbert ging mit seinem Topf längsseits und machte fest. Mark schenkte mit immer noch leicht zitternden Händen frischen Kaffee ein. Der alte Mann kam in den Salon, sah sich interessiert um und schnüffelte.

»Party, hä?«

Henner nickte grinsend. Herbert nickte ebenfalls.

»Ihr könnt von Glück reden, dass gestern so beschissenes Wetter war. Wäre schwer gewesen, das hier« – er vollführte eine alles umfassende Geste – »jemandem vom Schifffahrtsamt zu erklären.«

Jetzt nickte ich auch. Mark murmelte nur: »Beschissenes Wetter.« Wahrscheinlich hatte er überhaupt nicht mitbekommen, dass es auch außerhalb seines Schädels Nebel und Nieselregen gegeben hatte.

Nach dem Kaffee kletterte Herbert über die Badeleiter am Heck in den See und verschwand für geschlagene anderthalb Minuten unter Wasser. Wir standen auf der Terrasse und starrten ihm hinterher. Wahrscheinlich dachten wir alle dasselbe: In diesem Alter will ich auch noch so drauf sein.

»Ihr habt das Ruderblatt zerlegt«, erklärte er prustend, als er wieder auftauchte. »Es ist verboten, und ihr habt es sogar geschafft, ein Stück abzubrechen. Reife Leistung.«

»Können wir noch fahren?«, fragte ich.

»Mmh-mmh«, machte Herbert. »Schon möglich. Aber der Kahn muss eigentlich in die Werft.«

»Werft«, wiederholte Mark.

Henner holte seine Brieftasche, öffnete sie und starrte hinein.

»Ich würde Ihnen gerne etwas geben. Aber wir sind bestohlen worden.«

Der Segler zog eine Augenbraue hoch. »Bestohlen, so so. Piraten auf dem Zierker See.« Er grinste. »Wenn du noch einmal Sie zu mir sagst, verlange ich wirklich was.«

»Wir müssen uns aber irgendwie erkenntlich zeigen«, sagte ich. »Schließlich hast du uns einen Tag deiner kostbaren Zeit geopfert.«

»Erzählt mir einfach, was wirklich passiert ist«, sagte Herbert und zwinkerte mir zu. »Dann überlege ich mir, ob ich was verlange.«

Also taten wir das, beim zweiten Kaffee und Toastbrot mit Nutella. Mark aß äußerst langsam, mit nachdenklichem Gesichtsausdruck, als würde er in sich nach Anzeichen für irgendeine Reaktion suchen. Seine Blässe ähnelte Henners vom ersten Tag, aber die Haut des Pfarrers hatte tatsächlich bereits eine leichte Färbung angenommen.

Herbert nickte nur, als Henner geendet hatte.

»Reife Leistung«, sagte er abermals. Dann lachte er, kletterte auf sein Rennboot, ließ den Motor aufheulen und schoss davon, eine steile Fontäne hinter sich herziehend.

Verblüffenderweise stand der Tisch wie gehabt auf dem rostigen, jetzt einsamen Steg, und sogar unser Klapprad lag noch da. Die Uhr zeigte halb neun.

»Du musst Simon holen«, erklärte Henner und reichte mir seinen Ausweis. Das Foto darauf war gut und gerne zwanzig Jahre alt, und es überraschte mich, denn der leicht unscharfe Henner von vor zwei Dekaden wies tatsächlich Ähnlichkeiten mit Simon auf: strubbelige Haare, etwas gelockt, ein wissendes, fast schelmisches Grinsen. Man durfte nur nicht auf die im Dokument angegebene Körpergröße achten: »198 cm« stand da. Immerhin auf der Rückseite.

»Simon wird schon eine Ausrede dafür finden«, sagte Henner, der mir zugeschaut hatte. »Falls sie es überhaupt bemerken.«

»Und woher weiß Simon davon?«

»Dass wir uns auf dem Foto ähnlich sehen? Das ist mir irgendwann aufgefallen, als es losging mit unserer Badmintonrunde. Da habe ich ihm meinen Ausweis gezeigt.«

Mark bot an, mich zu begleiten, aber Henner machte eine abwehrende Handbewegung: »Wenn du mitgehst, nehmen sie *dich* fest.«

Ich bestieg das rostige Mädchenrad und ließ mich von meinem Smartphone zum Polizeirevier navigieren, was nicht ganz leicht war, denn ich hatte auf den ersten paar hundert Metern echte Schwierigkeiten damit, das Gleichgewicht zu halten.

Ich hatte in meinem ganzen Leben noch nie ein Polizeirevier betreten und erwartete eine archaische, angsteinflößende Inneneinrichtung, die jedem Verbrecher klar mitteilte: Hier werden wir deine Eier hart kochen. Glänzende, massive Gitterstäbe, hinter denen die Delinquenten in gefliesten, schmucklosen, permanent überwachten Zellen auf knarrenden Pritschen hocken, neben Edelstahlkloschüsseln, mit Metallbechern in den Händen, aus denen sie das Wasser zum Brot trinken.

Tatsächlich war die Polizeistation schlicht ein *Amt*, das noch leichtes DDR-Aroma verströmte, verstärkt durch die Hitze des sehr sommerlichen Morgens. Ein paar transpirierende Beamte in Uniformen und in Zivil schlurften umher, meistens mit Kaffeetöpfen in den Händen, etwa zur Hälfte beschnurrbartet – weibliche Beamte sah ich nicht. Simon saß auf einer Bank im Gang, die Hände zwischen den Oberschenkeln gefaltet, und sah mich mit einem traurigen Grinsen an, als ich auftauchte. Er rauchte nicht, aber der Wunsch, eine Zigarette zu inhalieren, war ihm quasi auf die Stirn tätowiert. Neben ihm auf der Bank stand ein leerer Plastikbecher mit Kaffeerand.

»Jan-Hendrik«, sagte ich betont laut zur Begrüßung.
»Patrick«, murmelte Simon.
»Eins achtundneunzig?«, fragte der Beamte, der die Personalien überprüfte, und zog dabei die Stirn kraus.
»Achtundfünfzig«, korrigierte Simon mit einem Lächeln, das er sonst nur für *Täubchen* verwendete. »War ein Fehler, ich hätte das ändern lassen müssen, ich weiß.«
Der Polizist musterte den Ausweis weiterhin. Wahrscheinlich waren sie hier, im beschaulichen Neustrelitz, hauptsächlich mit leichten Verkehrsdelikten und Ladendiebstählen befasst. Ein Besoffener, der auf den Gleisen schlief, gehörte da schon zu den Fällen, die man sich auch Jahre später noch bei Weihnachtsfeiern erzählte: »Erinnerst du dich, dieser Penner aus Berlin, den wir damals von den Schienen geholt haben?«
»Mmh-mmh«, machte der Beamte, wie Herbert anderthalb Stunden zuvor. Er tippte an seinem Computer herum, einer Möhre aus den Neunzigern, nickte, legte den Kopf schief, nickte wieder.
»Ja«, sagte er dann. Simon versteifte sich.
»Wir haben eine Anzeige aufgenommen. Gefährdung des Schienenverkehrs.«
Simon nickte schuldbewusst. Ich war ein bisschen neidisch – es war sicherlich nicht leicht, wegen einer Gefährdung des Schienenverkehrs angezeigt zu werden.
»Ihre Blutwerte lagen jenseits von Gut und Böse.« Der Polizist griff nach einem Ausdruck. »Vier Komma zwei Promille.« Er sah Simon an, fast etwas ehrfürchtig. »Das überlebt nicht jeder.«
Simon zuckte die Schultern. Der Beamte schnaufte.
»Nun gut, Herr Balsam.« Er reichte Simme den Ausweis. »Sie werden von uns hören. Bis dahin ...«
»Wird nicht wieder vorkommen«, sagte Simon leise und lächelte dabei wie ein Schulkind, das die erste Hälfte des Alphabets richtig aufgesagt hat.

Draußen schnappte er sich sofort die Schachtel, die ich vorsorglich mitgebracht hatte, aber an ein Feuerzeug hatte ich nicht gedacht. Also ging Simon einfach wieder ins Revier und kam eine Minute später mit glimmender Kippe im Mund heraus.

»Wolltest du dich umbringen?«, fragte ich geradeheraus, das Klapprad neben ihm herschiebend.

Er sah mich kurz an, entzündete die nächste Zigarette an der vorigen, die er quasi in einem Atemzug genommen hatte, und nickte dabei langsam.

»Gut möglich«, sagte er leise. »Ich weiß es nicht mehr, aber es ist möglich.«

Wir schlurften durch Neustrelitz und bemerkten erst nach einer Weile, dass wir den Kern der kleinen Stadt längst hinter uns gelassen hatten. In einer staubigen, unschönen Straße aktivierte ich die Routenplanung meines Telefons abermals. Wir waren genau in die verkehrte Richtung gegangen, standen aber direkt vor einer kaum als solche zu erkennenden Bäckerei, eingeklemmt zwischen zwei verfallenden Restaurants – einem italienischen und einem griechischen –, die aussahen, als würden ihre Besitzer derselben Mafiafamilie viel zu viel Schutzgeld zahlen.

»Holen wir ein paar Brötchen fürs zweite Frühstück«, schlug ich vor.

»Wäre mein erstes«, sagte Simon und öffnete die verkratzte Eingangstür. »Gab nur Kaffee bei den Bullen.«

Ich war vom Anblick des Ladeninneren so verblüfft, dass ich beinahe vergaß, warum wir es betreten hatten. Auf den »Konsum«-Regalen lagen ganze zwei Brote, in den milchigen Auslagen befand sich lediglich ein einsames Blech Streuselkuchen, und in einem Korb auf dem Tresen lagen zehn Brötchen. Mehr Angebot existierte nicht. Dafür standen drei Frauen plus/minus zehn Jahre rund ums Rentenalter hinter dem Tresen, in fleckigen Kitteln, und ich hatte kurz das Gefühl, sie würden uns hoffnungsvoll anschauen, bis ich herausfand, dass es überhaupt keine Regungen in ihren Gesichtern gab. Ebenso abwesend war jede Art von Dekoration in diesem Geschäft; die Wände waren sicherlich zuletzt vor der Vereinigung tapeziert worden, und der Fußboden sah aus wie derjenige einer Schulaula, die in den Fünfzigern gebaut worden war. Es war schlicht äußerst deprimierend. Mir wurde kalt, obwohl es hier drin noch heißer als draußen war.

»Bitte?«, fragten alle drei Verkäuferinnen zugleich.

Simon und ich zählten unser Klimpergeld – Scheine besaßen wir ja nicht mehr – und kamen immerhin auf eine Summe, die ausreichte, um die Brötchen, die beiden Brote und zehn Stücke Streuselkuchen zu kaufen. Es hätte mich nicht überrascht, hätten sich die drei Frauen zu einem gemeinschaftlichen Kotau vor uns auf den Linoleumboden geworfen. Unvorstellbar, dass dieser Laden jemals von drei Kunden *zugleich* aufgesucht wurde, zumal das Angebot ohnehin bestenfalls für zwei ausgereicht hätte.

»Abseits der Touristenrouten«, sagte Simon draußen.

»Ich muss dringend Geld holen«, antwortete ich.

Die Marina wirkte im gleißenden Sonnenlicht und ouzofrei noch abgerissener als zwei Tage zuvor. Der Bereich rechts vom Steg, wo offenbar die Ruinen einer älteren Steganlage aus dem Wasser ragten, wurde von Hunderten Möwen belagert, die »Findet Nemo«-mäßig »Meins! Meins! Meins!« zu krähen schienen. Im Hintergrund lag ein abgewracktes Frachtschiff.

Als wir auf unser Boot zukamen, das uns den Bug zeigte, war gut zu erkennen, dass die nächtliche Tour noch einige andere Blessuren als nur ein verbogenes, teilamputiertes Ruder hinterlassen hatte. Zwei Fender fehlten, die Reling an der Backbordseite wies einen energischen Knick auf, und der weiße, kunststoffbeschichtete Rumpf hatte zwei lange, dunkle

Striemen direkt über der Wasserlinie, die wirklich unschön aussahen.

Simon musterte die Schäden.

»Immerhin sind wir nicht noch Wasserski gefahren, obwohl Mark es unbedingt versuchen wollte, auf der Tischplatte«, sagte er.

»Du *erinnerst* dich?«, staunte ich.

Er nickte. »Halbwegs. Nachdem die Täub ... äh ... Frauen von Bord sind, sind wir noch ein paar Runden mit vollem Karacho über den Teich gerauscht, haben Seemannslieder gegrölt und mit leeren Flaschen nach Haien geworfen. Irgendwann haben wir kurz angelegt, ich bin runter und wollte, glaube ich, noch Nachschub organisieren. Ihr seid mit Vollgas rückwärts los. Mehr weiß ich auch nicht. Bin dann in der Wache wieder zu mir gekommen, am Nachmittag.«

Die anderen begrüßten Simon herzlich, ich setzte Kaffee auf, und wir machten es uns in der Sonne auf der Heckterrasse gemütlich, bis auf Mark, der im Salon irgendwas bastelte – Simon rauchte die Letzte aus der Schachtel, die ich ihm vor einer knappen Dreiviertelstunde überreicht hatte.

»Okay, Simon, wie viel schuldest du den Russen?«, fragte Henner plötzlich.

»Es sind Albaner«, antwortete Simon und sah aufs Wasser. »Dreißigtausend. Plus Zinsen. Also vierzig.«

»Wow«, sagte ich.

Simon nickte, ein mimisches Wow.

»Und sonst?«, hakte Henner nach.

»Keine Ahnung. Ein paar Tausender hier und da. Vielleicht zehn insgesamt, können auch zwanzig sein. Steuer nicht mitgerechnet. Irgendwie suchen sie mich wohl, es kann sogar sein, dass es einen Haftbefehl gibt.«

»Haftbefehl«, wiederholte Mark, der soeben die Terrasse betreten hatte. Er legte zwei weiße PVC-Folien auf den Tisch, die genau Form und Größe der *Dahme*-Namensschilder am

Bug hatten. Ziemlich kunstvoll hatte er, wohl mit wasserfestem Edding, den Schriftzug *Tusse* darauf gezeichnet.

»Es wird Zeit, dass wir das Boot umtaufen«, erklärte er.

»Erst will ich wissen, wie das passieren konnte«, sagte Henner, lächelte aber in Richtung der Schilder.

»Was?«, fragte Mark.

»Das mit Simon.«

Simon wurde Anfang der Sechziger als drittes Kind von Edith und Norbert Radler geboren, aber die beiden Schwestern, zwei Jahre ältere Zwillinge – Christine und Christina –, die stark sehbehindert zur Welt gekommen waren, vereinnahmten die Familie so stark, dass Simon früh allein zurechtkommen musste. Der Vater besaß eine kleine Firma, die allerlei Dienstleistungen rund um den Innenausbau anbot, vom simplen Tapezieren bis zum Dachstuhlausbau, und schubberte werktags wie an Wochenenden von fünf Uhr früh bis spät in die Nacht. Der Ein-Mann-Laden lief gut genug, um der Familie das Überleben zu sichern, gar die teuren Hilfsmittel und Maßnahmen zu finanzieren, die die Zwillinge benötigten, aber jedes Mal, wenn Norbert Radler krankheitsbedingt für ein paar Tage ausfiel, kriselte es, und Urlaub gab es nie – Ferien verbrachten die Radlers auf Balkonien, im Tiergarten und am Wannsee, meistens in Abwesenheit des Vaters. Simon bekam von der fragilen finanziellen Situation zunächst nicht viel mit, erarbeitete sich ohne familiäre Unterstützung eine Gymnasialempfehlung, gelangte problemlos bis in die Mittelstufe und entdeckte kurz vor der Einführungsphase die Schauspielerei für sich. Er las alle Dramen von Brecht bis Shakespeare, gründete eine Theater-AG und spielte umjubelte Hauptrollen, jedes Mal ohne seine Eltern im Publikum, die dafür einfach keine Zeit hatten oder haben wollten; Simons Schauspielerei war ein Luxus, der sich gegen das Baugeschäft und die Probleme der Zwillinge nicht durchsetzen konnte.

Mit sechzehn bekam er, vom Deutschlehrer vermittelt, die Chance, an der Eignungsprüfung einer Schauspielschule teilzunehmen, gab den »Mauler« aus Brechts »Die heilige Johanna der Schlachthöfe« – hier unterbrach er die Erzählung und präsentierte uns kurz eine beeindruckende Szene, der »andere Simon« wurde wieder sichtbar – und holte sich eine feste Zusage nebst Stipendium für die Zeit nach dem Abitur ab. Noch zweieinhalb Jahre und er würde seinen Traum verwirklichen können, er zählte die Monate, dann die Wochen und schließlich nur noch Tage. Das solide Zwei-Komma-fünf-Abitur war längst sicher, und das Fach, das die Durchschnittsnote herunterzog, war Mathematik – eine Disziplin, die Simon seit jeher als reine Folter betrachtete: Zahlen waren abstrakt und virtuell, hatten aber nichts mit der Fiktion gemein, die er so liebte und so gerne verkörperte.

Dann jedoch hatte Norbert Radler mit einer Baumaschine, die er qualifikationsgemäß nicht hätte bedienen dürfen, einen Unfall, verlor erst den Unterschenkel und kurz darauf das ganze rechte Bein – aber weder die Unfallversicherung noch die Berufsgenossenschaft traten ein, weil sich die Weisung des Auftraggebers nicht belegen ließ, sondern verwickelten das Ehepaar Radler in nicht enden wollende Briefwechsel und Prozesse, bis das Ehepaar, kurz vor dem Ruin, drei Jahre später auf- und sich dem Schicksal ergab.

Simon hatte nicht einmal die Chance, die Alternativen zu wählen. Er hatte dem Vater an den Wochenenden geholfen, beherrschte die Technik und das Material, weshalb es nur eine Option gab: Er musste in Norbert Radlers schmale Fußstapfen treten, um das Überleben der Familie zu sichern. Aus der Traum von der Schauspielerei, aber Simon, nunmehr Ersatzmann des Vaters, lernte eine neue Rolle: die des bauernschlauen, sich aber aus Gründen des Understatements nie den Kunden überlegen zeigenden Handwerkers, der seinen Job *technisch* exzellent machte, sich aber nie endgültig den

Zwängen fügte. Seine Form von Widerstand manifestierte sich in der Missachtung der äußeren Notwendigkeiten: Er arbeitete zwar gut und auch schnell, ergab sich aber nie dem Termindruck, missachtete Vereinbarungen und blieb im Kleinen der Künstler, der er im Großen nicht mehr sein durfte, nie hatte sein dürfen. Das funktionierte auch halbwegs, solange die Auftraggeber noch Vorschussschecks ausstellten und die Zahlungsmoral nicht zu jener Zahlungsunmoral wurde, die Mitte der Neunziger die gesamte Baubranche ergriff, als die Pleite von Subunternehmern zum kalkulierten Bestandteil der Finanzplanung von Projekten wurde, was Ende der Neunziger seine Klimax erreichte und nach dem Jahrtausendwechsel als unumstößliche Vorgehensweise etabliert wurde.

Edith und Norbert wohnten zu diesem Zeitpunkt längst in einem staatsfinanzierten Altenheim, Christine und Christina lebten in einer von der Krankenkasse bezahlten betreuten Wohngemeinschaft der Diakonie. Familiäre Gründe, das ungeliebte Unternehmen weiter zu betreiben, gab es nun nicht mehr, doch das Erbe, das jetzt abzuarbeiten war, hatte Simon selbst angehäuft: Seine mäßige Terminplanung und die Unart, Projekte mit viel Verve anzufangen, um alsbald zum Laissez-faire überzugehen, verbunden mit der ohnehin schwierigen Situation in der Branche, hatten ihn Schulden anhäufen lassen, die schnell sämtliche Außenstände überstiegen, von denen die meisten ohnehin kaum noch einzutreiben waren. Außerdem hatte er sich auch körperlich gehen lassen, seine Gesundheit aktiv ruiniert; die Zähne markierten lediglich die Spitze des Eisbergs. Die einsetzende Abwärtsspirale war ebenso alternativlos wie jene Entscheidung, das väterliche Erbe anzutreten: Simon nutzte die begeisterten Empfehlungen neuer Kunden, die noch nicht ahnten, was mittelfristig unvermeidbar auf sie zukäme, und sammelte verbrannte Erde wie chinesische Investoren europäische Technologieunternehmen. Er wurde zum Nomaden, gejagt von Gläubigern, gehasst von unzufriedenen Kunden, frustriert von der aussichtslosen Situation. Simon wechselte den Wohnsitz wie andere ihre morgendliche Unterwäsche, hauste bei Freunden, *Täubchen*, Kunden und schließlich wildfremden Menschen, die seinem Charme und seinen Renditeversprechungen erlagen.

Die Geschichte endete vorläufig damit, dass ihm ein Kumpel, der noch nicht völlig vergrätzt war, einen Job bei einem Albaner vermittelte, einem Neureichen, der sich südlich von Berlin ein riesiges Gehöft gekauft hatte, um dort den verfrühten Ruhestand anzutreten. Simon versprach viel und leistete ein bisschen, kassierte mehrere zehntausend als Vorschuss für Materialeinkäufe – und verschwand von der albanischen Bildfläche. Das Geld war schneller weg als eingestrichen. Simon zahlte die wichtigsten Gläubiger aus, kaufte sich ein neues *Täubchen* – den zehn Jahre alten Bulli – und hoffte darauf, dass ihn der Albaner nicht finden würde.

»Ich *hasse* meine Arbeit«, sagt er mit großem Nachdruck und zündete sich eine weitere Kippe an. »Ich hasse mein Leben. Ich hasse mich.«

»Feinkörnig«, murmelte Mark.

»Warum sagst du diesen Schwachsinn andauernd?«, fragte ich.

Mark sah mich irritiert an. »Was?«

»Dieses blöde *feinkörnig*.«

»Oh.« Er grinste. »Ich will ein Modewort kreieren. Wie cool, hip, posh, lässig, suboptimal. Und irgendwann sagen können: Das war von mir.«

»Und du meinst, *feinkörnig* hat dieses Potential?«

Er zog die Augenbrauen zusammen. »Mir ist kein besseres eingefallen.«

»Danach hört es sich auch an.«

»Vorschläge sind willkommen«, sagte Mark lächelnd und nahm die beiden PVC-Folien. »Jetzt wird die *Tusse* getauft.«

Es sah ziemlich echt aus, die ausgeschnittenen Folien passten exakt auf den Untergrund. Mark grinste stolz, als wir auf dem Steg standen und sein Werk bewunderten.

»Ich taufe dich, alte *Dahme*, auf den neuen Namen *Tusse*«, erklärte er. Weil es keinen Sekt und offenbar auch sonst nichts Alkoholisches mehr an Bord gab, kippte er etwas Kaffee aus seinem Topf gegen den Bug.

»Feinkörnig«, sagte ich und grinste ihn an. Dann applaudierten wir.

Wir bezahlten den Aufenthalt bei einem Mann, der sich letztlich wenig dafür interessierte, und legten ab. In der schmalen Fahrrinne des Zierker Sees, die wir um keinen Zentimeter verließen, erprobten wir die Steuerfähigkeit der lädierten *Tusse*. Beim Rückwärtsfahren schien sie noch etwas stärker nach links zu ziehen als vorher, ansonsten ging es erstaunlich gut.

»Keine Werft«, sagte Henner.

»Keine Werft«, wiederholten wir anderen drei. Also nahmen wir Kurs auf die Ausfahrt.

Es gab nur eine Richtung, nach Süden, zunächst einmal zurück nach Priepert. Gute anderthalb Stunden, Schleusen nicht mitgerechnet. Der Stern brannte, wir schlüpften in Badehosen, Mark übernahm das Steuer, Henner schmierte seinen ganzen Körper dick ein, was ihn ästhetisch nicht unbedingt aufwertete, und warf sich auf dem Vorschiff in die Sonne, mit dem »Hitchens« in den Händen, ohne Schutzumschlag. Simon und ich nahmen auf der Bank am Bug Platz, tranken Kaffee und blinzelten hinter den Sonnenbrillen. Ich rauchte aus Geselligkeit eine mit, schwieg aber, weil ich nicht wusste, was ich zu ihm sagen sollte. Meine Schwierigkeiten oder Nichtmehrschwierigkeiten mit Cora kamen mir so belanglos, so nichtig, beinahe behaglich vor. Hinter mir lag ein Pfarrer, der nicht mehr an Gott glaubte, eine lieblose Ehe und ein Doppelleben führte, das auf einer Lüge basierte. Neben mir saß jemand, der sein eigenes Leben aus Selbsthass vernichtet hatte. Am Steuer stand einer, der mit Mitte dreißig, wenn meine Schätzung stimmte, noch meinte, eine Form von Anerkennung zu benötigen, die andere mit Anfang zwanzig hinter sich gelassen haben. Und mein Problem bestand lediglich darin, dass ich mit einer wunderbaren Frau zusammen war – oder zusammen *gewesen* war –, die mich so sehr liebte, dass sie sich mindestens ein Kind mit mir wünschte. Eigentlich hätte ich aufspringen und das Leben lobpreisen müssen. Aber mir war definitiv nicht danach. Schließlich hatte ich diese Frau vor anderthalb Tagen mit sechs polnischen Nutten betrogen. Und ein Kind wollte ich immer noch nicht.

Wir passierten die erste Schleuse. Auf dem Woblitzsee, an dem Wesenberg lag, nahm der Verkehr deutlich zu – haufenweise Hausboote, aber auch Segler, kleinere Motorboote und Massen von Kanus. Ich grübelte kurz, bekam aber nicht heraus, welchen Wochentag wir hatten. Oder welchen Tag der Tour. Aber ich war auch zu faul, mein Telefon zu holen – oder jemanden zu fragen. Simon schien neben mir zu schlafen, jedenfalls saß er regungslos da, leicht zurückgelehnt – und rauchte *nicht*, was das deutlichste Indiz war. Auch Henner hatte das Buch beiseitegelegt und die Augen geschlossen. Mark stand am Steuer, Sonnenbrille im Gesicht und Basecap auf dem Kopf, grinste und nickte in einem Rhythmus, den nur er vernahm. Ich ging zu ihm.

»Wir könnten in Wesenberg anlegen und dort zu Mittag essen«, schlug ich vor.

»Da waren wir schon. Die anderen schlafen. Fahren wir weiter.«

»Es kommen noch Schleusen.«

»Das kriegen wir zu zweit hin.«

Simon lag ausgestreckt auf der Bank, als wir die Schleuse

Wesenberg erreichten. Henner schnarchte laut und seltsam keuchend. Ich hielt das Boot am Bug, Mark zog das Heck an die Schleusenkammerwand und turnte dann nach hinten, um das Schiff dort zu fixieren. Perfekt, als hätten wir nie etwas anderes getan. Bis Priepert käme keine Schleuse mehr, also holte ich mein Mobiltelefon und setzte mich auf die Terrasse. Nachdem ich es eingeschaltet hatte, zeigte es fünfzig Kurznachrichten an. Neunundvierzig stammten von Cora. Die letzte verursachte mir eine Gänsehaut – sie war anderthalb Tage alt.

Du hast mich mit der wichtigsten Entscheidung meines Lebens allein gelassen. Ich weiß nicht, ob ich Dich noch lieben kann. Oder will. C.

Ich war kurz versucht, auf die Nummer zu tippen und sie einfach anzurufen. Weil ich mich dazu nicht in der Lage fühlte, erwog ich, mit einer Nachricht zu antworten. Aber auch das brachte ich nicht über mich. Wichtige Entscheidung? Welche? Mich zu verlassen und mit ihrem verdammten Bassisten eine Familie zu gründen? Ins Allgäu zu ziehen?

Die fünfzigste Kurznachricht war ebenfalls eine echte Überraschung – als Absender zeigte mir das Telefon Rosa an, Coras Mutter. Es erstaunte mich, dass ich ihre Nummer überhaupt im Speicher hatte. Die Mitteilung lautete schlicht:

Ruf mich an, dringend. Es ist sehr wichtig.

Da stutzte ich ganz erheblich. Wenn Rosa mit Ameisenpopelhausen Kontakt aufnahm, musste wirklich was im Busch sein. War der Bassist aus ihrer Sicht möglicherweise ein noch größerer Idiot, eine noch niedere Lebensform als ich? Der Reiz, Frau Beinaheschwiegermutter anzurufen, war nicht gerade klein. Er wäre größer gewesen, hätte sie es über sich gebracht, das kleine Wörtchen »bitte« im Text unterzubringen. So glitt er gerade noch unter meiner Entscheidungsschwelle durch. Ich schaltete das blöde Telefon wieder aus und kletterte unter Deck, um in der Gluthitze, die in der Kabine herrschte, ein Nickerchen zu versuchen. Aber es gelang mir nicht. Ständig sah ich die Bilder unseres Partyabends vor mir. Fragte mich ergebnislos, woher Henner Cora kannte. Und was ich an Simons Stelle täte. Auch ohne Antwort.

Als wir Priepert erreichten, war es kurz vor eins. Henner und Simon erwachten gleichzeitig, streckten sich, Simon zündete sich blinzelnd eine Zigarette an. Wir passierten den Jachthafen erst und beschlossen dann, dort anzulegen, denn er verfügte offenbar über ein Restaurant. Außerdem müssten wir Proviant nachfassen. Und das Lämpchen für den Fäkalientank zeigte ein flackerndes Rot. Keine Ahnung, was der inzwischen alles enthielt, aber ich wollte es eigentlich auch nicht wissen. Ein abgebrühter forensischer Serologe hätte mit dem Inhalt sicher seinen Spaß gehabt.

Die Steganlage des Hafens war dicht besetzt und wies eine etwas vertrackte Anordnung auf – es war eng, beinahe *zu* eng für die *Tusse*, und als wir schließlich nach zehn Minuten erfolgloser Platzsuche ungefähr in der Mitte zwischen den zwei Hauptstegen auf das Ufer zuhielten, da es dort nach Freiraum aussah, brüllte plötzlich jemand: »Anhalten! Sofort anhalten! Hier wird es flach!« Vor uns, wo die Stege in eine Wiese übergingen, stand eine Frau in khakifarbenen Shorts und winkte hektisch. Mark winkte zurück und schrie: »Wir *lieben* flaches Wasser!«

Trotzdem stoppte er auf.

»Legt erstmal bei der Abpumpanlage an!«, befahl sie.

Das taten wir, obwohl es nicht ganz einfach war. Rückwärts ließ sich der Kahn mit dem lädierten Ruder tatsächlich noch schlechter manövrieren als vorher. Henner und Simon standen am Heck, Simon hantierte mit dem Bootshaken, Henner hielt sich mit einer Hand fest und lehnte sich weit über die Reling, um uns mit der anderen von Schiffen abzustoßen, mit denen wir beinahe kollidierten. Ich stand auf dem Vorschiff und gab Kommandos, Mark ließ unaufhörlich das Bugstrahlruder röhren. Als wir schließlich die Einfahrt erreichten, wo sich die Pumpanlage befand, und gemächlich auf den Steg zutrieben, applaudierten ein paar Leute. Mark betätigte das Signalhorn. Relativ üble Gerüche wehten herüber, und ich hoffte, dass dieser Platz nur vorübergehend uns gehörte. Simon und Mark übernahmen es, die Frischwassertanks aufzufüllen und die anderen leerzupumpen.

»Mmh«, brummte die Frau, die uns gewinkt hatte und inzwischen in einem Holzverschlag saß, der ein Schild mit der Aufschrift »Hafenmeisterei« trug. Offenbar waren sämtliche Hafenmeister *Hafenmeisterinnen*. Neben Liegeplätzen gab es hier Süßigkeiten, Getränke, Zigaretten und die Möglichkeit, Brötchen für morgens zu bestellen. »Peter ist gestern zum Plauer See aufgebrochen. Der kommt heute nicht mehr rein. Mmh. Ich zeige euch das. Fünfzehn Meter?«

Ich nickte.

»Müsste gehen.«

Es ging. Der Liegeplatz lag am äußerst rechten Steg, und wir rasierten nur einen kleinen Teil des Uferschilfs, als wir rückwärts anlegten. Ein paar Enten protestierten, möglicherweise war die Familienunterkunft etwas in Mitleidenschaft gezogen worden.

»Nett hier«, sagte Simon und sah grinsend der Hafenmeisterin hinterher. Beuteschema. Anfang vierzig, Tendenz mollig, aber durchaus verhältnismäßig attraktiv.

»Hast du noch nicht genug?«, fragte ich freundlich.

»Genug hat man, wenn man unterm Arsch das Krematoriumsfeuer spürt.« Er grinste, präsentierte »Dresden 1945« und zündete sich eine neue Kippe an.

Wir versiegelten die lädierte *Tusse* und enterten die Restaurantterrasse. Es gab – wie überraschend – Hausmannskost, aber wir hatten seit anderthalb Tagen nichts Vernünftiges mehr gegessen – und allesamt einen Mordshunger. Um uns herum saßen ältere Pärchen, denen vermutlich die Jachten im Hafen gehörten, ein paar ebenfalls ältere Leute, die gut als Touristen zu erkennen waren (meistens an den analogen Fotoapparaten um die Hälse, für die es erstaunlicherweise noch Filmmaterial zu geben schien) und einige Familien mit Kindern, die lautstark den Hafenspielplatz nutzten. Man nickte uns freundlich zu, wir nickten freundlich zurück, Simon verdrehte den Hals zur Hafenmeisterei. Henner hielt seinen rot glühenden, mit Mückenstichen übersäten Schädel in die Sonne. Mark verschwand auf die Toilette, obwohl er Minuten zuvor an Bord gepinkelt hatte. Keine schöne Angewohnheit, diese mistige Kokserei. Aber es gab leider kein Argument dagegen – wir hatten es schließlich vor zwei Tagen für gesellschaftsfähig befunden.

»Okay, raus damit«, sagte ich zu Henner, nachdem wir bestellt hatten. »Woher kennst du Cora?«

Er blinzelte, vielleicht war es auch ein Zwinkern.

»Du hast nicht viele Freunde.« Es war mehr eine Feststellung als eine Frage.

Nein, hatte ich nicht. Während der Oberschulzeit war eine intensive freundschaftsähnliche Beziehung zwischen mir und einem etwas seltsamen, eigenbrötlerischen, aber sehr charismatischen Typen namens Jens entstanden, der vor Selbstbewusstsein beinahe platzte und sich für etwas deutlich Besseres hielt als alle anderen Menschen auf dem Planeten, ohne dass sich dies etwa über seine Schulnoten oder wenigstens sportliche Leistungen beweisen ließ – hier war er Mittelmaß. Aus Gründen, die ich nie verstanden hatte, war Jens zu der Schlussfolgerung gelangt, dass ich seiner wert wäre, woraus auf seine Initiative, die an Drängen grenzte, etwas wuchs, dessen Wesen ich lange nicht begriff. Wir verbrachten viel Freizeit miteinander, Jens führte mich in seine seltsame Welt ein und auch in seine Familie, die faktisch unter seiner Knechtschaft lebte – er waltete und schaltete, wie er Lust und Laune hatte. Meine Eltern hatten mich zu einer obskuren Skepsis »Fremden« gegenüber erzogen, und Fremde waren praktisch alle Menschen, die nicht direkt zur Familie gehörten. Jens zeigte mir, dass diese Skepsis unangebracht war, und brachte mich dazu, mich ihm zu öffnen. Das war eine so seltsame, beglückende neue Erfahrung, dass mir das Fehlen der seinerseitigen Öffnung völlig entging. Nach ein paar Monaten brach er mit mir, einfach so und offenbar grundlos. Ich habe nie erfahren, was all das zu bedeuten hatte, fühlte mich getäuscht und kehrte sofort und umso intensiver zur familiären Skepsis »Fremden« gegenüber zurück. Mit einigen Kollegen aus dem Verlag traf ich mich hin und wieder, um bei Wein und Pasta über die Branche, unseren Laden und die Autoren zu schwätzen, und es gab natürlich Greta Meggs, aber, nein, ich hatte nicht viele Freunde. Genau genommen überhaupt keine. Von Cora abgesehen, die es vermutlich nicht mehr in meinem Leben gab. Und diesen drei Männern, mit denen ich eigentlich nur Badminton spielte.

Ich schüttelte den Kopf, Henner nickte.

»Sie hat mich angerufen. Das war vor, ich weiß nicht genau, sechs oder sieben Wochen. Sie war so verzweifelt, dass sie einfach Telefonnummern aus deinem Adressbuch abtelefoniert hat.«

»Das hast du mir nicht erzählt«, protestierte ich. Und Cora hatte es mir auch nicht erzählt.

Er schüttelte lächelnd den Kopf. Eine Spätvierzigerin in klassischer Kellnerinnenmontur, die etwas gehetzt wirkte und redlich schwitzte, brachte unsere Getränke – Apfelschorle für mich und Henner, Bier für Simon und Mark.

»Nein, sie hat mir das Versprechen abgenommen, dir nichts zu sagen. Wir haben uns in einem Café getroffen. Ich habe sie sofort erkannt – die Sängerin von *Ugly Carpet*. Ich bin ein Fan von ihrer Musik.«

»Toll.«

»Deinen Sarkasmus kannst du wegstecken.« Er seufzte, nahm einen Schluck Apfelschorle und verzog das Gesicht. »Du hast diese wunderbare Frau wirklich, wirklich unglücklich gemacht.«

Ich öffnete den Mund, um zu protestieren. »Sie hat Kondome perforiert«, murmelte ich stattdessen.

Henner grinste. »Diese Anekdote hat sie mir erzählt. Das hat beinahe die Qualität eines biblischen Gleichnisses.«

»Biblischen Gleichnisses«, wiederholte Mark und stellte den leeren Bierkrug ab.

»Halt die Klappe, Mark«, sagten Henner und ich gleichzeitig. Ich konnte nicht umhin, ich musste lächeln.

»Ich habe vielleicht nicht viel verstanden, und einiges beginne ich erst zu verstehen«, fuhr Henner fort. »Das Leben ist seltsam, unendlich facettenreich, und man kann es in keine Schablone pressen, niemals.« Er atmete tief ein. »Was ich aber verstanden habe, aus den vielen Gesprächen, die ich seelsorgerisch geführt habe: Eine Frau, die ihr Leben mit einem Mann teilt, tut das im Wortsinn – sie *zerteilt* ihr Leben. Männer hingegen verstehen die Partnerin oft nur als eine Art Ergänzung. Wie einen neuen Kumpel, einen Fußballclub, dessen Fan sie sind, eine Stammkneipe. Das Leben ginge auch halbwegs ohne das weiter, irgendwie und nahezu unverändert. Man macht ein paar Kompromisse und teilt sich die Zeit etwas anders auf, genießt die positiven Momente und bucht die negativeren als vermutlich vorübergehende Erscheinungen ab. Die Option, das Fähnchen bei Bedarf oder Gelegenheit in einen anderen Wind zu hängen, hakt nahezu kein Mann je endgültig ab. Frauen aber tun genau *das* zuerst. Wenn es nach ihrem Gefühl der

Richtige ist, bekommt das höchste Priorität, mit großem Abstand zu allem anderen einschließlich der eigenen Person.«

»Hört sich ein bisschen an, als hättest du das falsche Ratgeberbuch gelesen«, warf Simon ein und nippte augenzwinkernd an seinem fast leeren Bier.

»Manchmal *ist* es so simpel«, sagte Henner. »Was nicht heißt, dass es nicht zugleich kompliziert wäre. Es ist einfach so, dass wir« – er vollführte eine Geste, die sämtliche Leichtmatrosen einschloss – »von völlig anderen Voraussetzungen ausgehen. Wir denken, dass sich quasi im Nachhinein herausstellt, ob eine Beziehung gut war, ist oder nicht. Für Frauen ist das eine Anfangsvoraussetzung, sie wollen eine gute, perfekte Beziehung *herstellen*. Und dafür tun sie alles. Bis hin zur völligen Selbstaufgabe.«

»Cora will ... Cora wollte unbedingt ein Kind. Aber ich nicht.«

Henner lachte. »Nein, mein Freund. Dir geht es nicht um die Entscheidung, ein Kind zu bekommen oder doch lieber keines. Du hast nicht die leiseste Ahnung, was diese Entscheidung bedeutet und was aus ihr entstehen kann. Du siehst das Gesabber und hörst das Geschrei, weil du nur genau das wahrnehmen willst. Aber eigentlich willst du lediglich verhindern, dich nicht mehr jederzeit umentscheiden zu können. Frauen sind Dekoration in deinem Leben. Du teilst nicht, du tapezierst nur. Das ist zutiefst unfair.«

»Ich habe nie etwas anderes versprochen«, widersprach ich, spürte aber sofort, wie schwach das war.

Henner stöhnte theatralisch.

»Das Leben verändert sich drastisch durch ein Kind«, ergänzte ich leise.

»Und was an deinem fantastischen Leben ist so unglaublich gut, dass du es unbedingt vor jeder Veränderung schützen musst?«, fragte er zurück. »Kannst du drei Aspekte nennen? Zwei? *Einen?*«

Mark hielt sein Smartphone hoch.

»*Ugly Carpet*? Ist das die hier?«

Auf dem Telefon war das Cover des letzten Albums zu sehen, Coras Gesicht und Oberkörper im Profil, und in einem Ruderboot, das am Strand dahinter dümpelte, saßen die anderen Bandmitglieder. »Life is an Ocean« hieß die Platte. Ich nickte und fühlte plötzlich unendliche Sehnsucht in mir aufsteigen.

»Wow, du Glückspilz«, sagte Simon.

»Da würde ich nicht zustimmen«, sagte Henner. »Eher ein ziemlicher Vollidiot.«

Die Kellnerin brachte die Schnitzel und Fleischspieße. Wortlos vertagten wir die Diskussion, aber ich konnte beim Schweinefleischmümmeln nicht damit aufhören, an Cora zu denken. An die vielen, im Wortsinn hingebungsvollen Momente. An ihre liebevollen Versuche, mich für sie zu gewinnen. An ihr offensichtliches Bemühen, mich zu ändern, ohne mich je zu kritisieren. An ihre Sanftheit, ihre Zärtlichkeit, ihren Altruismus. Und ihre Zielstrebigkeit.

»Lass es raus«, sagte ausgerechnet Mark plötzlich.

»Was?«, fragte ich überrascht, und dann stellte ich fest, dass ich weinte.

Nach dem Essen durchsuchten wir den Ort nach einem Supermarkt, fanden aber nichts. Priepert besaß eine Kirche und den Jachthafen, ansonsten aber nur Wohnhäuser und einen Gasthof mitten im Nichts, der offenbar zum Verkauf stand. Wir kehrten durchgeschwitzt ins Restaurant zurück und bestellten Biere. Parallel zu den gutgefüllten, schaumgekrönten Töpfen trafen zwanzig dunkelrote Kanus ein, die von ihren Besatzungen fünf Meter von uns entfernt an Land gezogen wurden. Eine schlanke, dunkelblonde Frau zog sich ein Kopftuch aus den Haaren, sah sich um, dann mich direkt an – und lächelte strahlend. Sie trug stylische Flickenjeans, ein weißes

Top, ein ausgefleddertes Freundschaftsarmband und war barfuß. Ihre Haare sahen nicht danach aus, als hätte ihre Trägerin mehrere Tage auf dem Wasser verbracht – geschmeidiggelockt fielen sie über die Schultern. Die Frau war größer als Cora, wozu nicht viel gehörte, wirkte aber durch die äußerst schlanke Figur noch filigraner. Selbst aus dieser Entfernung konnte ich die markanten Wangenknochen und die hypnotischen Augen sehen. Sie lächelte immer noch. Legte den Kopf schief, schien eine Reaktion zu erwarten. Ich schätzte sie auf Ende zwanzig, höchstens Anfang dreißig.

»Alles okay?«, fragte Simon.

Ich sah zu ihm, kurz zu den anderen. Henner musterte mich skeptisch, Mark hatte den Kopf in den Nacken gelegt und die Augen geschlossen, aber sein Mund bewegte sich stumm, als würde er zu einem Kokser-Gott beten.

»Schon.«

Simon grinste, Henner zog die Augenbrauen hoch. Dann sah ich wieder zu ihr. Ich konnte einfach nicht anders. Dieser Gesichtsausdruck – da stand ein manifestierter Engel und lächelte mich an. Nach wie vor. Schließlich deutete ich ein Nicken an und lächelte ebenfalls. *Zoom!* Unglaublich, aber sie war noch zu einer weiteren Steigerung fähig. Die gleißende Sonne verkam innerhalb eines Wimpernschlags zu einer billigen Tranfunzel.

Aber mein Schicksal verlief weiter parallel zu dem von Curt Henderson.

»Fuck!«, zischte Simon plötzlich und sprang auf. »Schmeiß ein paar Scheine auf den Tisch. Wir müssen weg.«

Ich blickte mich irritiert um, Henner und Mark ebenfalls.

»Die verdammten Albaner«, sagte Simon leise, aber eindringlich und nickte in Richtung Hafenmeisterei.

Da waren sie. Zwei Muskelpakete in schwarzen Jogginghosen und Muscleshirts, etwa zwei Meter groß und mit kurz geschorenen Haaren, die einen schwarzgelockten, auch nicht eben unmuskulösen Typen im feinsten und wettermäßig sehr unpassenden Edelanzug einrahmten. Das Trio war an der anderen Seite des Restaurants aufs Gelände gekommen und von uns jetzt etwa zwanzig Meter entfernt. Alle drei sahen mit zusammengekniffenen Augen zu den Stegen, hinter denen das Sonnenlicht auf dem minimalen Seegang tanzte. Simon stieß seinen Stuhl beiseite und verschwand unter dem Tisch.

»Fuck«, ließ er von dort hören.

Der Tisch hatte keine Tischdecke. Ein kleiner Junge kam heran und fragte, sich zugleich bückend: »Was machst du da?«

»Was tun sie?«, flüsterte Simon und ignorierte den Jungen.

»Sich umsehen«, antwortete ich. In diesem Augenblick setzte sich das Trio in Bewegung. Ich gönnte mir einen kurzen Blick auf den dunkelblonden Engel – sie war dabei, ihr Kanu zu entladen.

Die drei kamen auf uns zu, aber wir saßen auf der erhöhten Terrasse, weshalb der supergut versteckte Simon möglicherweise für sie tatsächlich nicht zu sehen war.

»Onkel, was machst du da? Verstecken spielen?«, fragte der Junge beharrlich und ging in die Hocke.

»Ich gebe dir zehn Euro, wenn du verschwindest«, zischte Simon. Und: »Ich bin nicht dein Onkel.«

Henner zog seine Brieftasche hervor, entnahm ihr ein paar Münzen und reichte sie dem Kind. Freudestrahlend ging der Junge davon.

Die Albaner passierten uns und teilten sich – die beiden Leibwächter betraten den einen, der Lockenkopf den anderen Steg.

»Die sind ganz schön beharrlich«, fand Mark.

»Sie werden mich umbringen«, gab Simon zurück. Ich verkniff mir Bemerkungen über seinen Selbstmordversuch in Neustrelitz. »Und euch auch«, ergänzte er. »Wenn sie rausfinden, dass wir zusammengehören.«

»Sie sind auf den Stegen. Verpiss dich, Simon. Aufs Klo.«
Er kam unter dem Tisch hervor und sah sich vorsichtig um.
»Da werden sie mich finden.«
»Geh in die Kirche«, schlug Henner vor, ohne jede Ironie. »Ist ja nicht weit weg.«

Simon nickte und sprintete davon. Zehn Schritte. Dann hustete er vorsichtig in seine Armbeuge und verlangsamte sich deutlich.

Fünf Minuten später stand das Trio an unserem Tisch, die anderen hatten sich inzwischen geleert – die Mittagszeit war längst vorbei, die ältlichen Paare saßen auf ihren Booten und kochten Kaffee.

»Wir bitten um Entschuldigung«, sagte der schwarzgelockte Mann im Armani-Anzug – dunkle Augen, kantiges Gesicht, nicht unsympathisch, aber eine subtile Form von Gewaltbereitschaft, nein, *Macht* ausstrahlend. Sein Deutsch war akzentfrei. »Wir suchen eine Person. Könnten Sie uns bitte behilflich sein?«

»Selbstverständlich«, sagte Henner freundlich; diese Sonderform schauspielerischen Talents gehörte zu seiner Berufsbeschreibung. »Worum geht es?«

»Ein Freund von uns«, sagte der Albaner mit einem strahlenden Lächeln, das aufwändig renovierte, makellos weiße Zähne offenbarte. Alles an diesem Mann war teuer, dabei keineswegs stillos. »Wir sollten ihn hier treffen.«

»Hier ist außer uns niemand«, behauptete Mark, aber seine Mundwinkel zuckten deutlich. Er war eben kein Pfarrer.

Der Albaner zog eine Augenbraue hoch. »Möglicherweise haben Sie ihn dennoch gesehen.« Und dann beschrieb er Simon, äußerst präzise. Dabei behielt er Mark im Blick, wie eine Spinne, die ihre Beute beobachtet – ausgerechnet Mark.

»Wir würden Ihnen gerne helfen«, sagte Henner anschließend und lächelte dabei weiter gewinnend. »Aber wir haben keine Person gesehen, auf die diese Beschreibung zutrifft.«

»Das ist bedauerlich«, sagte der Mann vieldeutig.

Er nickte langsam und ließ Mark nicht aus den Augen. Dann sah er einen der Bodyguards an und nickte abermals. Der menschliche Bulldozer zog eine Visitenkarte aus der Hosentasche, die offenbar aus gebürstetem Magnesium gefertigt war, und legte sie vor uns auf den Tisch. Lediglich eine geprägte Telefonnummer befand sich darauf, nichts weiter.

»Falls sie ihn sehen. Es ist wirklich wichtig.«

Wir nickten pflichtbewusst, Mark nahm die Karte, um endlich dem prüfenden Blick des Mannes ausweichen zu können. Wahrscheinlich dachte er dabei: *Feinkörnig*.

Und ich dachte: Wenn sie reingehen und der Kellnerin gegenüber die Beschreibung wiederholen, sind wir geliefert. Ich sah Henner an, der offenbar dasselbe dachte, denn sein freundliches Lächeln war einem sorgenvollen Gesichtsausdruck gewichen. Aber die drei verließen die Terrasse – und gingen in Richtung Holzverschlag der Hafenmeisterin. Verdammt. Immerhin aber war, soweit ich erkennen konnte, die Hafenmeisterin derzeit aushäusig – das Kabuff war leer.

Glücklicherweise kam in diesem Moment die Kellnerin.

»Zahlen«, sagten wir im Chor. Und ebenso im Chor fiel uns dreien ein, dass wir kaum noch Bargeld besaßen, jedenfalls keine Scheine.

Also bargeldlos. Während das albanische Trio am Kiosk wartete, warteten wir zuerst auf die Kellnerin mit dem Lesegerät, dann auf den Verbindungsaufbau, die Kartenprüfung, den quälend langsamen Ausdruck der Belege, die Überprüfung der Unterschrift. Minuten zogen sich wie Jahre. Auf dem linken Steg erschien die Hafenmeisterin, sah, dass Leute vor ihrem Kabäuschen warteten, beschleunigte ihren Schritt mit wackelndem Gesäß, aber der Hauptinteressent dafür weilte inzwischen in einer Kirche. Endlich nickte die Kellnerin, uns freigebend. Wir sprangen auf.

Aber – wohin?

»Ich bin Anna«, sagte plötzlich eine weibliche Stimme. »Und du?«, fuhr sie fort. Ein Stuhl wurde gerückt, dann saß sie neben, nein, vor mir. Mit einem Lächeln wie von einem Dreitausend-Watt-Baustellenstrahler. Und sogar die Stimme war ... sahnig. Feinkörnig.

Mark und Henner standen bereits und sahen mich auffordernd an. In Henners Blick war, kaum überraschend, zugleich etwas Vorwurfsvolles. Marks Augen fixierten das Hafenmeister-Häuschen, vor dem die Albaner standen und bestätigend nickten. Simons Beuteschema kam heraus und zeigte erst zum Steg, an dem die *Tusse* lag. Und dann zu uns.

»Patrick«, antwortete ich dem Engel. »Aber das ist gerade ein bisschen schlecht. Wir müssen dringend los.«

Die beiden anderen Leichtmatrosen nickten energisch.

»Bleibst du noch?«, fragte ich vorsichtig.

»Vielleicht bis zum Abend«, trällerte sie. »Aber ich weiß nicht genau.«

Es blieb keine Zeit für eine Antwort. Mark und Henner rannten los, ich sprang auf und folgte ihnen. Ich hörte noch, wie jemand etwas brüllte, und es war keine weibliche Stimme.

Wir waren keine fünfzig Meter gerannt – Mark führte, ich hielt mich kurz vor Henner –, als ich die Idiotie der Situation zu begreifen begann.

»Haltet mal«, keuchte ich. Schon nach dieser kurzen Strecke pochte es in meinem Schädel.

»Die Kirche ist da vorne«, antwortete Henner.

»Das ist doch idiotisch. Sie mögen gewalttätig sein, aber sie werden doch nicht am helllichten Tag und vor Zeugen handgreiflich werden.«

»Handgreiflich«, wiederholte Mark.

»Werden sie nicht?«, fragte Henner nachdenklich und sah in Richtung Jachthafen.

»Eher nicht, oder? Den Bulli haben sie im Dunkeln abgefackelt. Hier ist die Situation eine andere. Wenn einer von uns nach Hilfe schreit, holt die Hafenmeisterin die Polizei.«

»Vielleicht sollten *wir* die Polizei rufen«, meinte Mark.

»Im Prinzip keine schlechte Idee«, sagte ich. »Es wäre eine gute, wäre Simons Situation etwas besser. Aber ich fürchte, das Abfackeln seines *Täubchens* wird ungesühnt bleiben. Er ist nicht in der Position, Strafanzeige zu erstatten.«

»Also was?«, fragte Henner.

»Wir gehen einfach zurück«, schlug ich vor. »Klettern aufs Boot und fahren los. Vielleicht nehmen wir noch ein paar Leute mit, als Zeugen oder menschliche Schutzschilder.«

»Ich kann mir vorstellen, wen du damit meinst«, unkte Henner.

»Scheißegal. Sie werden uns nichts tun.«

»Was würdest du darauf wetten?«

»Okay, dann mache ich es eben allein.«

»Bin dabei«, sagte Mark und grinste.

Henner sah zur Kirche und dann wieder zu mir. »Du könntest recht haben. Allerdings – dieser Mann macht nicht unbedingt den Eindruck, sich groß um Gefahren zu scheren.«

»Er hat Visitenkarten aus *Magnesium*«, konstatierte Mark.

»Und wenn sie aus Plutonium wären«, gab ich zurück. »Er kann uns nicht aufhalten.«

»Kann er nicht?«, fragte Henner rhetorisch, setzte sich aber in Richtung Jachthafen in Bewegung.

Die drei Männer standen vor der *Tusse*. Ein Bodyguard telefonierte in einer Fremdsprache, möglicherweise Albanisch.

»Sie haben mich belogen«, sagte der Armaniträger und grinste wölfisch.

»Das tut mir *unendlich* leid«, sagte Henner und schob sich an ihm vorbei. Mark und ich folgten, und als die drei Albaner hinter uns waren, kribbelte es stark in meinem Nacken. Ich erwartete sekündlich, den Lauf einer Schusswaffe im Rücken zu spüren oder einfach umgehauen zu werden.

»Ich verstehe, dass Sie Ihren Freund schützen möchten, aber er hat mich betrogen. Auf sehr unanständige Weise.«

»Das ist bedauerlich«, erklärte Henner und trennte den Landstrom. »Aber wir wissen erstens nicht, wo er ist, und haben zweitens mit dieser Sache nichts zu tun.«

»Das ist *eine* mögliche Sicht auf diese Angelegenheit.«

»Ja«, sagte Henner bestimmt. »Meine.«

Mark fuddelte an den Leinen herum und sah dabei aus, als würde er augenblicklich kollabieren. Er war die personifizierte Angst, schwitzte wie ein Inuit in Hurghada. Ich fühlte mich ähnlich, ließ es mir aber nicht anmerken. Hoffte ich wenigstens. Ich schob ihn in Richtung Ruder und übernahm es, die Leinen zu lösen. Mark startete den Motor.

»Sie gewinnen nur Zeit, nichts weiter«, sagte der Albanerhäuptling lächelnd.

»Wenigstens das«, gab ich zurück, dann legte unser Boot ab. Mark steuerte uns zielsicher mitten in die Schilfbeete, riss eine breite Furche hinein, vollführte dann noch ein paar weitere ähnlich originelle Stunts – und schließlich hielt die *Tusse* Kurs auf die östliche Ausfahrt des Ellbogensees.

»Und nun?«, fragte Henner. Sein Telefon piepte, er warf einen kurzen Blick darauf. »Immerhin wissen wir, unter welcher Nummer Simon zu erreichen ist. Er hockt in der Kirche.«

Ich sah zum Jachthafen. Ein kleines Motorboot, vermutlich eines mit 5-PS-Motor, das man ohne Führerschein und Einweisung chartern konnte, verließ ihn soeben. Es war gut zu erkennen, dass die Besatzung aus zwei Bulldozern und einem lockigen Anzugträger bestand. Der Rudergänger war offenbar kein Profi; der Kurs der Nussschale ähnelte einer unregelmäßigen Sinuskurve, aber die Tendenz war deutlich: auf uns zu.

»Scheiße«, konstatierte Mark.

Wir stoppten auf. Auch mit Simons speziellem Dieseltuning war es unserem Mehrtonner unmöglich, ein Rennen gegen das zwar schwach motorisierte, aber sehr leichte Bötchen zu gewinnen – spätestens an der Schleusenwartestelle würden sie uns einholen.

Es ging leichter Wind, ein paar der niedrigen Wellen wiesen kaum erkennbare Schaumkronen auf. Das kleine Albanerboot hüpfte, stellte sich plötzlich quer, nahm wieder Kurs auf uns. Der Chef brüllte Anweisungen. Das Boot kam uns zwar näher, aber es war wie eine zielsuchende Rakete, die zwei unterschiedliche Wärmequellen im Visier hat: irgendwie unentschlossen. Als sie etwa vierzig Meter von uns entfernt waren, geschah es. Der Bulldozer-Rudergänger riss die Pinne des Außenborders herum, um den Kurs zu korrigieren, das Heck des kleinen Bootes hob sich kurz, dann legte sich das Ding auf die Seite. Die Besatzung saß ungleich verteilt. Das Boot kippte, kenterte aber nicht, zwei Mann gingen dennoch über Bord. Im gleichen Augenblick machte das Fahrzeug einen Satz und flutschte an Steuerbord an uns vorbei. An der Stelle, an der ein Bodyguard und der Armaniträger ins Wasser gefallen waren, winkten baumdicke Arme.

»Nicht schwimmen«, brüllten einer von beiden.

»Sie können nicht schwimmen«, vervollständigte Mark und sah grinsend zu Henner.

»Interessant«, sagte ich und meinte das auch so. Unmittelbaren Handlungsbedarf sah ich eigentlich nicht.

»Wir müssen ihnen helfen«, verkündete jedoch Henner.

»Aye«, sagte Mark und setzte Kurs. Er hielt auf die Havaristen zu, schlug kurz vor ihnen das Ruder nach backbord ein, stoppte auf und drehte zugleich in die andere Richtung. Beinahe vollendet. Ich kletterte aufs Dach, löste den Rettungsring aus der Verankerung und warf ihn über Bord – das hatte ich schon tun wollen, seit ich das Rettungsmittel erstmals erblickt hatte. Henner turnte zum Heck und klemmte die Badeleiter fest, danach hielt er den Bootshaken über die Reling. Eine Minute später waren die triefnassen Männer an Bord.

»Das verändert einiges«, sagte der Chef nüchtern. Selbst heftig durchweicht sah er noch recht lässig aus – und der Anzug saß nach wie vor exzellent. Er musterte uns nacheinander, aber der geschäftsmäßig-joviale Gesichtsausdruck war einem anderen gewichen. Fraglos hielt er uns – wie gehabt – für Menschen, die es eigentlich nicht verdienten, dieselbe Galaxis mit ihm zu teilen, aber da war auch etwas Anerkennendes, beinahe Bewunderndes. Ich schämte mich augenblicklich dafür, dass mir das *gefiel*.

Wir folgten dem sich auf der Stelle drehenden Motorboot und brachten es längsseits neben uns. Auch der dritte Albaner fiel beim Versuch, auf die *Tusse* zu klettern, noch ins Wasser, wodurch er das nasse Trio komplettierte.

»Wollen Sie eine Linie ziehen, zur Entspannung?«, fragte Mark, als wir zu sechst auf der Terrasse hockten und auf die rasch anwachsenden Pfützen um die Albanerfüße herum starrten. Auf dem Wasser war nicht viel Verkehr, und der See war groß – keine Notwendigkeit also, den Anker zu werfen. Das Schiff trieb im leichten Wind in Richtung Südufer.

Henner und ich setzten gleichzeitig an, um der Idee energisch zu widersprechen. Aber der Obermotz grinste erfreut und deutete ein Nicken an. Also gingen Mark und er in den Salon, um sich etwas Koks einzupfeifen.

»Scheiß Angewohnheit«, sagte ich.

Henner nickte. »Ich mache mir Sorgen um Mark.«

Ich sah ihn an, sein ernstes, für seine Verhältnisse sehr entschlossenes Gesicht, und bemerkte relativ erstaunt, dass es mir ähnlich ging. Ich machte mir *auch* Sorgen um Mark. Und um Simon. Um Henner. Etwas Bemerkenswertes war geschehen: Ich empfand freundschaftliche Gefühle für die drei, und das wiederum fühlte sich gut an. Widerstand zwecklos – ich musste erfreut lächeln. Henner missdeutete das wohl und zog die Stirn kraus. Ich schüttelte den Kopf.

»Übrigens mache ich mir auch Sorgen um dich«, sagte er dann.

»Ich auch«, erwiderte ich.

Die muffeligen Bodyguards waren unter Deck aus ihren Klamotten gestiegen und trugen Badetücher um die Hüften, als sie jetzt auf die Terrasse zurückkehrten. Sie lächelten. Okay, es handelte sich nicht um echtes Lächeln, sondern eher um etwas, was ein eingesperrter Tiger macht, der herausgefunden hat, wie er Nachschlag bei der Fütterung herausholen kann. Halbnackt wirkten die beiden noch gewaltiger. Waschbrettbäuche. Schultern wie Schwarzenegger in seinen besten Tagen. Hälse von der Mächtigkeit eines Beton-Kanalisationsrohrs. Achselhaarbüsche, mit denen man die Glatzen einer ganzen Altenheimbesatzung revitalisieren könnte. Heilige Kacke.

Mark und der Albanerchef, der sich bei dieser Gelegenheit als Armend vorstellte, gesellten sich zu uns.

»Ich bin Ihnen sehr dankbar für unsere ... *Rettung*«, sagte er. »Aber Sie müssen bitte auch verstehen, dass es an der eigentlichen Angelegenheit wenig ändert. Herr Simon« – eiskalte Verachtung lag in seiner Stimme, als er den Namen aussprach – »hat sich äußerst unehrenhaft verhalten, und ich würde meine Reputation riskieren, ließe ich das durchgehen, auch wenn es letztlich um eine kaum bemerkenswerte Summe geht. In meiner Branche spricht sich schnell herum, wenn man sich auf der Nase herumtanzen lässt. Es würde meine sonstigen Geschäfte beschädigen.«

Ich war versucht nachzufragen, um welche Art von Geschäften es sich handelte. Und was für ihn bemerkenswerte Summen waren.

»Wir verstehen das«, erklärte Henner, einen angemessen

ernsthaften Gesichtsausdruck zeigend. »Aber Sie müssen auch verstehen, dass wir unseren Freund schützen möchten.«

»Freundschaft ist wichtig«, sagte Armend, nachdenklich nickend. »Loyalität schätze ich sehr hoch.«

»Eine Zwickmühle«, sagte Henner und nickte seinerseits.

Mark startete den Motor und nahm Kurs auf den Jachthafen.

»Ein Vorschlag zur Güte«, sagte ich, einem Impuls folgend. »Sie räumen Herrn Simon noch eine letzte Frist von, sagen wir: einer Woche ein, um die Angelegenheit ehrenhaft zu bereinigen. Wir verbürgen uns dafür, dass er nicht einfach von der Bildfläche verschwindet.«

Kaum hatte ich das ausgesprochen, wünschte ich mir eine stacheldrahtbesetzte Baseballkeule, um mich selbst damit zu prügeln. *Bürgen? Wir? Für Simon?* Henner glotzte mich konsterniert an und dachte augenscheinlich dasselbe.

Aber Armend lächelte, offenbar hatte ich seinem moralischen Paradigma entsprochen.

»Mit diesem Vorschlag könnte ich, wie ich meine, leben, ohne weiteren Gesichtsverlust zu riskieren.«

Das Gespräch musste unterbrochen werden, weil das Anlegemanöver unmittelbar bevorstand. Mark verschonte sowohl das Schilf als auch die dort hausenden Entenfamilien. Mit bewundernswerter Präzision steuerte er die *Tusse* rückwärts in die Lücke. Bemerkenswertes Zeug, dieses Kokain.

Armend ließ sich unsere Ausweise geben, ein Bodyguard notierte unsere Namen und Adressen – ein Vorgang, der wesentlich schneller vonstattengegangen wäre, hätte der menschliche Baumstamm mehr als die kalligrafischen Fähigkeiten eines I-Männchens besessen: Er *malte* die Buchstaben ab. Es dauerte geschlagene zehn Minuten, bis er die Daten kopiert hatte.

»Sie wissen, was das bedeutet«, sagte Armend und sah uns nacheinander an, mit einem Gesichtsausdruck, den Amtsrichter benutzen, um Zeugen stoisch zu erklären, dass sie die Wahrheit und nur die Wahrheit sagen dürfen. »Wenn *Herr Simon* nicht innerhalb einer Woche dafür sorgt, dass der Vorgang zu meiner Zufriedenheit geklärt wird, werde ich mich an Sie wenden. An jeden von Ihnen. Diese Zeit wird nicht zur glücklichsten in Ihrem Leben gehören, dafür garantierte ich.«

Wir nickten eingeschüchtert. Als das Trio – die Leibwächter trugen wieder ihre nassen Hosen – außer Sichtweite war, sagte Henner schlicht: »Wir hätten ihm ebenso gut versprechen können, die verdammte Hölle mit einer funktionierenden Klimaanlage auszustatten.«

Ich zuckte die Schultern. »Eine bessere Idee hattest du aber auch nicht.«

Er nickte.

»Feinkörnig«, sagte Mark.

Henner benötigte einige Versuche, um Simon telefonisch davon zu überzeugen, dass die Luft vorerst rein war. Wir trafen ihn auf der Restaurantterrasse, die Kellnerin brachte frisches Bier, von Anna war nichts zu sehen, aber die Kanus lagen noch auf der Wiese.

Jan-Hendrik erzählte kurz, was geschehen war.

»Ihr habt euch für mich *verbürgt?*«, fragte Simon ungläubig, dann musste er lachen. »Das würde ich nicht einmal selbst tun. Aber. Verdammt. Danke.«

In diesem Augenblick bekam ich Angst. Als hätte ich soeben alles, was ich besaß, beim Roulette auf die Null gesetzt – und bereits das »Rien ne va plus« vom Croupier gehört. Mit dem Unterschied, dass die Wahrscheinlichkeit, dass Simon innerhalb einer Woche klar Schiff machte, deutlich geringer als eins zu sechsunddreißig ausfiel. Selbst mit vier oder fünf Nullen an der Zahl stimmte das Verhältnis nicht. Es war praktisch ausgeschlossen. Andererseits – wir hatten immerhin Zeit gewonnen. Angeblich ja das kostbarste Gut von allen.

»Wir müssen eine Lösung finden, gemeinsam«, sagte Henner und nahm sein Bier. »Aber nicht mehr heute.«

»Gute Idee«, sagte Simon, nickte uns grinsend zu, stand auf und schlenderte zur Hafenmeisterei.

Ich lag in der Badehose auf dem Vordeck und genoss die späte Nachmittagssonne, Simon plauderte – oder pimperte bereits – mit der Hafenmeisterin, Mark schlief oder pumpte sich mit Drogen voll, Henner saß auf der Heckterrasse und schwätzte mit einer älteren Dame, die auf dem Nachbarschiff saß und an einer Pudelmütze strickte – eine äußerst originelle Beschäftigung bei geschätzten zweiunddreißig Grad im Schatten. In meinem Kopf rotierten wilde Gedanken umeinander, darunter diffuse Ängste, mein Leben in exakt einer Woche und die Tage danach betreffend, aber auch Cora, Rosas obskure Kurznachricht, Marks Drogensucht, Henners Nichtglauben und das Chaos, aus dem Simons Leben bestand, spielten kurz ihre Rollen. Erstaunlicherweise gelang es keinem dieser Gedanken, ein allgemeines, ziemlich entspanntes Wohlgefühl zu verdrängen, das ich trotz der Vorgänge des Tages grundsätzlich empfand und für das es eine simple Erklärung gab: Mir machte diese Reise tatsächlich großen Spaß. Mehr noch, ich musste das Erinnerungsintervall weit strecken, um eine schönere, interessantere Zeit in meiner jüngeren Vergangenheit zu finden. Bei diesem Gedanken wurde ich melancholisch, denn wir hatten nur noch zwei volle Tage – übermorgen, am Abend, würden wir in den Heimathafen zurückkehren, um die *Tusse* dann früh am Morgen des folgenden Tages abzugeben.

»Na du«, sagte jemand und entriss mich den Gedanken, eine weibliche Stimme, dann schwankte das Boot kurz; Anna kletterte an Bord und setzte sich neben mich. Sie trug ein hellgrünes Bikinioberteil und weiße Shorts, ging barfuß; ihr solide gebräunter Körper war wie die Gussform für ein weibliches Ideal. »Ich hätte nicht gedacht, dass wir uns wiedersehen. Wann war das? Vor einer Woche?«

Ich konnte nur verblüfft nicken. »Sechs Tage«, sagte ich dann leise. »Schleuse Steinhavel«, ergänzte ich.

Anna schwieg lächelnd und betrachtete unser Schiff.

»Willst du etwas trinken?«, fragte ich.

»Wir fahren morgen früh zur Basis zurück«, antwortete sie. »Mir ist nach Sekt. Habt ihr welchen?«

Ich schüttelte den Kopf – wenn ich etwas sicher wusste, dann, dass wir keinen Alkohol mehr an Bord hatten. »Wir könnten zum Restaurant gehen und dort was trinken.«

»Oder uns etwas holen und es woanders trinken«, schlug sie vor. »Gute Idee«, urteilte sie umgehend, quasi für mich mit, und stand auf.

»Ich ziehe mir kurz was an«, sagte ich.

»Wozu?«

»Ich fühle mich dann wohler.« Meine Cargohose und das T-Shirt mit dem Aufdruck »Overworked and underfucked« (das Geschenk eines Verlagskollegen) lagen im Salon. Als ich wieder an Deck erschien, stand Anna neben Henner. Beide lächelten, Henner sagte etwas, was ich nicht verstand. Ich verspürte einen Anflug von Eifersucht. Der verging aber sofort wieder: Auf dem Steg nahm Anna einfach meine Hand. Henner warf mir einen missbilligenden Blick zu, in dem gleichzeitig etwas Verständnisvolles, fast Zustimmendes lag. *Auf dem Boot bleibt auf dem Boot.* Ich musste blinzeln, um gegen das irritierende elektrisierende Gefühl anzukämpfen, dass die weiche, warme Hand in meiner hinterließ, aber das gelang nicht, umso weniger als Annas Daumen meinen Handballen leicht zu streicheln begann.

Anna erwarb eine Flasche vergorenen Traubensprudel an der Restaurantbar, außerdem trug sie zwei Plastikbecher, als sie wieder vor mir stand, dann sah sie sich suchend um. Am von uns aus gesehen rechten Steg lagen drei rustikale Holzhausboote, ich nickte in diese Richtung. Anna grinste. Wir schlichen zum hintersten und enterten den Verschlag. Das kleine Schiff in Floßbauweise barg im glühend heißen Innenraum zwei unbehandelte Holzbänke und ein Chemoklo. Es roch nach altem Schweiß, Seewasser und Sonnencreme. Oder ich glaubte zumindest, dass es danach riechen würde. Irgendwas stimmte nicht, aber ich verdrängte den merkwürdigen Gedanken. Anna nahm im Schneidersitz auf der einen Bank Platz und reichte mir wortlos die Sektflasche, die ich verhältnismäßig professionell entkorkte. Dann stießen wir an, sie lächelte, wir tranken.

»Ich komme aus Krefeld«, sagte sie. »Übermorgen fliege ich nach Australien und fange dort ein Studium an. Ich habe ein Stipendium.«

»Ich bin Lektor«, antwortete ich. »Bei einem Sachbuchverlag.«

»O-kay«, sagte sie langsam, trank und grinste dabei spitzbübisch.

»Das hier bedeutet ... *was*?«

Sie nickte. »Es gibt solche Momente. Man sieht jemanden und denkt: Wenn ich den verpasse, werde ich mich lebenslang ärgern. So war es bei mir vor einer Woche.«

»Ich habe seitdem nach dir Ausschau gehalten.«

»Ich auch.«

Wir sahen zum schmalen Eingang, der halbwegs nach Westen zeigte. Die Sonne erreichte die Baumwipfel, der Himmel färbte sich violettrot, Schwärme von Mücken begannen mit ihrer Suche nach Blutopfern. Anna griff kurz nach hinten, dann hatte sie plötzlich nur noch Shorts an. Vier Sekunden später war sie völlig nackt. Und lächelte, als würde sie ein festliches Abendkleid tragen.

Ich dachte daran, was Curt Henderson wohl in diesem Augenblick, den er im Film nie erlebt hatte, getan hätte, sah ihn sogar kurz vor mir, bemerkenswert realistisch. Seine Vorbildfunktion endete an dieser Stelle. Es gab zwei Optionen. Die eine bestand darin, sanft, aber bestimmt den Kopf zu schütteln, Anna die am Boden liegenden Bekleidungsstücke zu reichen und die Situation mit den Worten »Ich bin in einer festen Beziehung« zu beenden. Wenn man eine Plastiktüte mit hunderttausend Euro in bar fand, gab es auch die Option, zur Polizei zu gehen und den Fund abzugeben. Keine Ahnung, ob es Statistiken über Bargeldfinder und deren Verhaltensweisen gab, allein, Kleinpatrick und ich entschieden anders. Wir hatten Sex mit Anna, wunderschönen, wenn auch etwas unbequemen Sex auf einer Holzbank in einem Holzhausboot, dessen Fenster in etwa so gut gegen Blicke geschützt waren wie das Podium der Bundespressekonferenz. Sex ohne Kondom, erstmals in diesem Jahrtausend, wie ich irgendwann zwischendrin feststellte. Alles andere entzog sich meinem Einfluss, außerdem schien ein obskurer Zeitraffereffekt einzusetzen – ich dachte langsamer, als ich erlebte, oder umgekehrt.

Dann saßen wir auf dem Holzboden, nackt, sahen einander an. Anna lächelte wieder, nickte.

»Das war schön. Ich werde das in Erinnerung behalten, während ich down under bin.«

»Ich auch«, sagte ich, und war bereits down under, in gewisser Weise. Dann schwankte meine Wahrnehmung.

»Na du«, sagte eine weibliche Stimme. Ich schlug die Augen auf, war keine Sekunde erstaunt darüber, nur geträumt zu haben, und stellte parallel fest, dass ich trotz der frühabendlichen Hitze eine Gänsehaut hatte, sogar meine Kopfhaut kribbelte. Ich sah zum Steg, da stand Anna, in rosafarbenen Jogginghosen zum Bikini-Top, das aber nicht grün, sondern beige war. Sie lächelte, was ich trotz der untergehenden Sonne in ihrem Rücken gut erkennen konnte, ich zwang mir ebenfalls ein Lächeln ins Gesicht und setzte mich auf.

»Ich bin in einer festen Beziehung«, sagte ich spontan und überraschte mich damit selbst.

Sie zog die Stirn kraus.

»So? Das ist sicher interessant. Ich übrigens auch.«

»Du hast mir einen Kussmund zugeworfen, in der Schleuse.«

»Ja, habe ich wohl.« Sie grinste schelmisch. »Und du hast anschließend wie ein Wilder gewinkt. Außerdem hast du mich nicht wie jemand angesehen, der in einer festen Beziehung ist.«

Sie kletterte aufs Boot und setzte sich im Schneidersitz neben mich. Anna roch nach Sommer und See, also wie alles um mich herum. Den Duft eines Parfums nahm ich jedenfalls nicht wahr.

»Ich habe während der vergangenen Tage ziemlich viele Dummheiten gemacht«, sagte ich leise, wobei ich das sichere Gefühl hatte, ein fremder Geist hätte sich meiner bemächtigt. »So reizvoll es ist, aber ich will nicht noch eine obendrauf packen.« Es klang seltsam, aber ich meinte das offenbar ernst, wobei es mir schwerfiel, mir selbst zu glauben.

»Wer sagt, dass ich Dummheiten mit dir anstellen will?«, fragte sie.

Jetzt grinste ich. »Was soll das sonst werden?«

Anna zuckte die Schultern. »Trinken wir was zusammen und finden es heraus.«

Ich kletterte in Jeans und Shirt. Wir gingen zur Restaurantterrasse, wo wir die anderen Leichtmatrosen und den Rest der Kanutruppe trafen, die gemeinsam eine L-förmige Tischanordnung okkupierten. Simon saß neben der Hafenmeisterin, deren linke Hand auf seinem rechten Oberschenkel lag und die er schmunzelnd als »Karola« vorstellte. Henner redete mit einer Kanutenfreundin von Anna, die zwar weit weniger hübsch war, aber an den Lippen des Pfarrers hing, als wäre er wiederum ein Zwilling von Mark Wahlberg oder dem frühen

Brad Pitt. Mark blinzelte, als wir kamen, und murmelte etwas, vermutlich »feinkörnig«. Ich deutete ein Kopfschütteln an; Mark zog eine Augenbraue hoch. *Nicht?*, hieß das. Dazu nickte ich kurz.

Wir saßen beieinander, quatschten intensiv durcheinander, aber es gelang mir nicht so recht, mich in die Situation einzufinden – immer wieder drifteten meine Gedanken ab, auch in Richtung Allgäu. Weil während der folgenden anderthalb Stunden immer mehr Kanuten und auch ein paar Stammgäste an unseren Tischen Platz nahmen, rückten wir fortwährend dichter zusammen, wodurch Annas linker Oberschenkel ständig an meinem rechten rieb – häufiger als unbedingt nötig, wie ich meinte. Mir fiel durchaus auf, dass sie mich nicht nur bei diesen Gelegenheiten von der Seite musterte, aber sofort wegschaute und scheininteressiert jemand anders ansah, wenn ich eine Kopfdrehung andeutete. Zwischendrin wechselten wir ein paar Worte, ich erzählte von meinem Job, sie davon, dass sie Erzieherin in einem Jugendheim in Potsdam sei. Den Großteil des Gesprächs an unserem Tischflügel bestritt Mark, der beinahe Entertainerqualitäten demonstrierte, als er von den Highlights unserer Kreuzfahrt berichtete, sehr zum Gefallen seiner Zuhörer. Glücklicherweise ließ er die Nacht von Neustrelitz aus, aber der rasche Alkoholkonsum am gesamten Tisch ließ mich befürchten, dass er früher oder später auch damit herausrücken würde. Ich trank relativ zurückhaltend, und beim dritten halben Liter stellte ich fest, dass ein Gefühl einsetzte, dass ich früher oft, während dieser Fahrt noch nie beim fortgesetzten Trinken gehabt hatte – irgendwas zwischen Sehnsucht, Heimweh, grundlegender Melancholie, Selbstanklage und tiefer Reue. Als ich aufstand, um zu den Toilettengebäuden auf der Rückseite des Restaurants zu schlurfen, wurde aus diesem Gefühl kurz ein intensiver Schmerz, verstärkt durch Annas Blicke, die ich im Rücken spürte. Ich stand im Dunkeln, nur ein paar Meter vom Tisch entfernt, über dem eine Geräuschwolke aus Gelächter und Geschwätz hing, und wünschte mich weit fort. Auf dem Rückweg vom Klo dachte ich darüber nach, einfach zum Boot zu gehen und mich in die Koje zu werfen. Oder sogar ein Taxi zu rufen und nach Hause zu fahren.

»Die ist wirklich niedlich«, sagte plötzlich jemand neben mir, dessen Herankommen ich nicht bemerkt hatte. Die Glut einer Zigarette verstärkte sich kurz, selbst bei diesem Licht war die Intensität von Simons Augen gut zu erkennen.

»Mag sein«, sagte ich etwas knurrig.

»Du hast einen Kater. Einen mächtigen Reuekater«, stellte er fest.

Ich nickte. »Ja, vermutlich.«

»Ich fühle mich ein bisschen schuldig. Was heißt *ein bisschen*. Ich *bin* schuldig.«

Da musste ich lachen. »Du hast uns nicht gezwungen, unsere Schwänze in die polnischen Nutten zu stecken.«

»Ich habe euren Widerstand mindestens verringert.«

Ich zuckte die Schultern, was er vermutlich nicht sehen konnte.

»So ein paar Tage unter sehr ungewohnten Bedingungen lassen die Realität, die man daheim gelassen hat, in einem anderen Licht erscheinen«, sinnierte er und schnippte die Kippe weg, die einen parabelförmigen Bogen aus Funken durch das Dunkel zog. »Das geht mir nicht anders. Der Gedanke, mein bisheriges Leben fortzusetzen, fällt mir nicht leicht. Diese Fahrt hat etwas Kathartisches.«

»Kathartisches«, wiederholte ich markmäßig. »Da ist etwas Wahres dran. Ich habe das Gefühl, völlig verändert zu sein. Und mich zu Hause erst wieder in den Menschen zurückfinden zu müssen, der ich war.« In diesem Augenblick bemerkte ich abermals, dass ich an Land ein Schwanken spürte, auf dem Boot aber nie. Eine fast metaphorische Wahrnehmung.

»Musst du das?«

»Muss ich nicht?«

Simon schwieg, wobei er sich eine neue Fluppe anzündete. »Sieh es doch mal so«, sagte er, den Rauch ausatmend und deshalb etwas krächzend. »Betrachte diese zehn Tage als Auszeit von dir selbst. In jeder Hinsicht. Du kannst sicher darauf bauen, dass von uns niemand erfahren wird, was passiert ist oder noch passiert.«

»Vorausgesetzt, Mark plappert nicht weiter, im Suff und unter Koks.«

Er lachte höflich. »Ja, das vorausgesetzt. Was ich aber sagen will. Du bist einem Teil von dir begegnet, der auch vorhanden ist, sein Recht fordert. Gönn ihm dieses Recht. Und finde danach heraus, ob er recht *hatte*.«

»Du meinst ...?«

»Ich meine überhaupt nichts. Ich bin der schlechteste Berater, den du dir vorstellen kannst. Wie sang Regener in ›Don't You Smile‹? *You fucked up your life*. Das bin *ich*, und ich lächle trotzdem, wie der Typ in diesem Song. Aber ich weiß eines ganz gewiss: Was man unterdrückt, ist niemals weg. Es ist eben nur unterdrückt. Nutze die Gelegenheit, es mal rauszulassen. Es kann ja das einzige, erste und letzte Mal sein. Eine Form von einmaliger Ehrlichkeit dir selbst gegenüber. Aus der du etwas lernen kannst.«

Ich schwieg und sah zu dem orangegelben Leuchtpunkt achtzig Zentimeter von mir entfernt.

»So, und jetzt muss ich pinkeln«, sagte er in mein Schweigen. Und dann, als hätte ich vorhin laut gedacht: »Tu mir einen Gefallen, geh noch nicht schlafen. Das wird noch ein netter Abend.«

Er legte mir eine Hand auf die Schulter. Dann umarmte er mich, dieser kleine Mann, der nach sehr viel Rauch und, obwohl sein letzter Job über eine Woche zurücklag, nach Tapetenkleister roch. Ich war erst überrascht, umarmte ihn schließlich auch.

Mit dem nächsten Bier verringerten sich Melancholie und Trübsinn wieder, mit dem übernächsten war beides fast vergessen. Ein Kanute erzählte von einer Hausboottour, die er im vergangenen Jahr auf dem irischen Shannon unternommen hatte, sechs Männer, vierzehn Tage lang strunzhacke von Edeldestillaten. Die Herren hatten, bis sie im entsprechenden Hafen lagen, nicht geglaubt, dass *Limerick* tatsächlich ein Ortsname ist, und natürlich trug er gleich im Anschluss ein halbes Dutzend unlustige Limericks vor. Ein Bootsbesitzer, dessen Jacht hier im Hafen lag, meckerte eine Viertelstunde lang über die Chartertouristen, bis ihn Karola, die Hafenmeisterin, unter viel Gelächter mit Hausverbot bedrohte. Ein Kanufahrer holte eine Gitarre hervor und versuchte erfolglos, uns zum Chorsingen zu bringen, und verzog sich danach verärgert zur Wiese, um dort beim Aufbauen der Zweimannzelte für die Kanutruppe zu helfen. Karola schaltete die Außenbeschallung ein und startete eine CD mit Altherrenmucke – Rockklassiker aus den Siebzigern. Ein paar Leute tanzten, darunter Henner mit seiner Eroberung. Selbst im Halbdunkel waren die amüsanten Bewegungen des mächtigen Grobmotorikers gut zu sehen, aber es scherte ihn nicht und seine Kanutin offenbar noch weniger. Simon ging, Hand in Hand mit Karola, zu unserem Boot. Mark verschwand und kehrte mit kokstaubverschmierter Nase zurück, ich langte kurz zu ihm hinüber und wischte ihm das Gröbste von der Oberlippe, den Rest entfernte er dann rasch selbst.

Kurz darauf setzte ein Intro ein, von dem ich sofort eine Gänsehaut bekam. Zunächst die knarzende Spielerei an einem Radio, kurz Tschaikowskis 4. Sinfonie, dann David Gilmores Stahlgitarre, erst leicht verzerrt, als würde sie ebenfalls aus einem alten Mono-Transistorradio kommen, bis die Klänge plötzlich in einer Klarheit zu hören waren, die ich der Beschallung nicht zugetraut hatte: »Wish You Were Here«. *Pink Floyd* hatte mir nie etwas bedeutet, mal davon abgesehen, dass es kaum eine Band oder Mucke gab, die ich übermäßig spannend fand, aber dieser Song stand zweifelsohne weit über vielen ähnlichen.

»Lass uns tanzen«, sagte Anna und zog an meinem rechten Unterarm.

Wir tanzten. Engtanz, wie damals, vor Millionen von Jahren, als wir das, pickelig bis zum Bauchnabel, für eine Art Vorspiel, eigentlich aber für Beinahesex gehalten hatten, und genau dieses Gefühl setzte jetzt auch wieder ein. Meine linke Hand lag auf Annas linker Schulter, meine rechte von hinten an ihrer Hüfte, kurz über der Rundung ihres fantastischen Gesäßes, aber sie hatte ihre Arme einfach hinter meinem Rücken überkreuzt und drückte sich fest an mich. Wir bewegten uns minimal, setzten die Füße mit jedem Takt nur ein paar Zentimeter zur Seite. Das Lied schallte über das Hafengelände, jemand drehte lauter, am Tisch schwiegen plötzlich alle, sogar ein paar ältere Pärchen standen auf und gesellten sich zu uns.

And did they get you to trade
Your heros for ghosts?
Hot ashes for trees?
Hot air for a cool breeze?
Cold comfort for change?

Did they get you to trade cold comfort for change?, dachte ich und presste Anna an mich, die das körperlich offensiv begrüßte. Wessen Gefangener bin ich eigentlich? Mein eigener? Bin ich auch jemand, der nur an einen Gott glaubt, den sich andere ausgedacht haben? Ein Trockenbauer, der nie die Wahl hatte, sein eigenes Leben zu führen? Habe ich je darüber nachgedacht, was das ist, *mein Leben*? Je entschieden, was es sein *soll*? Ein klares *Nein*, Euer Ehren. Mein Verhalten Cora gegenüber war ein simpler Besitzstandswahrungsreflex, ein Festhalten an den alten Göttern.

Das Stück endete, die Leute auf der Terrasse applaudierten, und mit dem Lied endete auch die gesamte CD. Plötzlich war es für zwanzig Sekunden so still wie in der ersten Nacht auf dem Menowsee. Anna hielt mich noch immer fest umschlungen, hatte ihren Kopf auf meine Schulter gelegt und machte keine Anstalten, ihn dort wegzunehmen. Ich griff mit der linken Hand in ihren Nacken und erzitterte bei dem Gefühl, ihre weiche Haut zu spüren. Sie beugte ihren Kopf zurück, sah mich kurz an, und dann küssten wir uns.

Im Bett, zwanzig Minuten später, küssten wir uns weiter, minutenlange atemlose Küsse, während unsere fast nackten Körper – Mann: Badehose, Frau: String – möglichst große Flächen des jeweils anderen zu berühren versuchten. Aus der Richtung von Simons Kabine war sexuelle Schwerstarbeit zu hören, gelegentlich unterbrochen von einem unterdrückten Husten, aber auch von dort, wo Henner nächtigte, erklangen Geräusche, die auf mehr als eine Person im Bett schließen ließen. *Auf dem Boot bleibt auf dem Boot.*

»Ich will nicht mit dir schlafen«, sagte sie atemlos, küsste mich aber sofort wieder. »Aber vermutlich führt kein Weg daran vorbei.«

»Wir müssen nicht«, erklärte ich tapfer und widersprach damit der unüberseh- und -spürbaren Meinungsäußerung des Untermieters in der Badehose. Frauen werden verführt, aber *Männer können nicht anders*, dachte ich. Wenn sich eine reizvolle Stöpselchance ergibt, stöpseln wir auch, das ist so unvermeidlich wie der Biss des Löwen in die zarte Gazelle.

»Wir sollten nicht«, flüsterte sie. Und dann, nach einer kurzen Pause, als hätte sie meine Gedanken gehört: »Aber ich fürchte, ich kann nicht anders.«

»Ich glaube, ich liebe meine Freundin wirklich«, gestand ich und bekam wieder eine Gänsehaut, keine Ahnung, wovon.

»Ich liebe meinen Freund auch«, sagte sie keuchend. »Er heißt Andreas.«

»Cora.«

»Wir könnten uns nach dem Sex trennen und uns dann einreden, dass es nur ein Traum war.«

»Das spielt letztlich keine Rolle«, sagte ich. »Ob wir es tun oder nicht, in unseren Köpfen ist es ja sowieso längst passiert.«

Tag 8:
Peilen

Peilen – optisch oder durch Funk
einen Standort bestimmen.

Das Frühstück fand im Salon statt, weil es nieselte. Der Himmel zeigte sich bedeckt, aber es herrschten bereits jetzt – so gegen zehn – weit über zwanzig Grad. Es würde ein schwüler, diesiger Tag werden, vielleicht gäbe es wieder Gewitter – erklärte Henner, von seinem *Tablet* aufsehend, just als ich mich zu den dreien setzte. Mark tunkte soeben sein Messer ins Nutellaglas, drehte es dreimal um die Längsachse und förderte eine satte Nussnougatcremelocke zutage.

»Ich bin wohl der Einzige von uns, der gestern Nacht Solosex hatte«, sagte er grinsend und verstrich die Creme auf dem frisch duftenden Brötchen, das vor ihm auf dem Teller lag. Ein Präsent von Karola, nahm ich an. Sie war genauso abwesend wie Henners Kanutin.

Simon nickte lächelnd, Henners bemüht starrer Gesichtsausdruck war nicht einzuordnen, aber ich ersparte mir eine Bemerkung – die meinen kleinen Stolz darauf, Anna faktisch in letzter Sekunde im wahren Wortsinn von der Bettkante gestoßen zu haben, nur noch weiter verringert hätte. Dieser geringe Stolz war gepaart mit Reue – schließlich hatten wir mindestens gekuschelt – und gehörigem Ärger darüber, doch nicht mit dieser äußerst attraktiven Frau geschlafen zu haben. Etwas in mir spürte, dass diese Nacht eine Markierung darstellte, eine dieser Verzweigungen, die in zwei völlig unterschiedliche Leben führen: eines mit und eines ohne Vollzug. Es gab in meiner – wie in vermutlich jeder – persönlichen Geschichte ein paar dieser Punkte, an denen ein schlichtes Ja oder Nein einer grundsätzlichen Richtungsänderung mit weitreichenden Konsequenzen gleichkam. Mit sechzehn hatte ich ein inniges, sehr zärtliches Verhältnis mit einer Katja gehabt, einer – ansonsten mittelmäßig interessanten – Seele von einem Mädchen, die so intensiv und sich selbst verneinend in mich verliebt war, dass jede meiner Äußerungen einem Befehl gleichkam: Sie tat widerspruchslos, was immer ich wünschte, aber ich erlag nie der Versuchung, mir einfach alles Mögliche zu wünschen – etwa Analsex, den ich damals schrecklich gerne ausprobiert hätte. Weil sie noch nicht verhütete – sie arbeitete daran, ihre Mutter davon zu überzeugen, ihr die Pille verschreiben zu lassen – und meine Entscheidung, nur noch mit Lümmeltüte zu pimpern, erst wenige Monate später getroffen würde, beließen wir es bei stundenlangem Petting. Als sie schließlich stolz, aber flüsternd am Telefon verkündete, nunmehr empfängnisgesichert zu sein, wurde mir schlagartig klar, dass richtiger Sex mit Katja bedeuten würde, eine Verpflichtung einzugehen, für die ich mich nicht bereit fühlte, also machte ich noch während dieses Gespräches mit ihr Schluss. Ich hörte erst mehr als ein Jahrzehnt später wieder von ihr; sie hatte den nächsten Freund, einen schwammigen Steuerberater-Azubi, nach zwei Jahren Beziehung geheiratet und innerhalb der Dekade vier mäßig hübsche Steuerberater-Kinder von ihm bekommen. Als wir uns in einer Buchhandlung gegenüberstanden und ich erst nach mehrfachem Augenzusammenkneifen Katja hinter der aufgedunsenen und zugleich ausgezehrten Ich-bin-Mutter-und-nichts-sonst-Fassade erkannte, wurde mir bewusst, dass möglicherweise ich das Pendant des schmalen Weißgoldringes tragen würde, der zu diesem Zeitpunkt noch ihren rechten Ringfinger zierte – hätte ich seinerzeit nicht am Telefon die Beziehung beendet. Sie streifte den Ring ein halbes Jahr später ab, wie sie mir weitere fünf Jahre später gestand, per Mail, in der sie außerdem um ein Treffen »ohne Verpflichtungen« bat, das glücklicherweise nie zustande kam.

»Feinkörnig«, sagte Mark, unser Schweigen kommentierend, während ich an den Zettel dachte, der in meiner Jeans steckte, beschrieben mit dem Buchstaben »A« und einer Mobilfunknummer, die ich sicher *niemals* wählen würde.

Henner blickte auf. »Was ich dich schon immer fragen wollte«, sagte er, an ihn gewandt. »Was zur Hölle machst du eigentlich?«

»Machen?«, nuschelte Mark, das Nutellabrötchen mümmelnd. »Wie meinst du das?«

»Als Job. Zum Leben«, sagte Simon. »Interessiert mich auch.«

Ich nickte, drei zu eins.

Der Kokser legte das Brötchen ab. »Ich habe die AFFA, das ist meine.«

»Affer?«, fragte Henner.

»Ah. Eff. Eff. Ah. *Agentur für fast alles.*«

»Also letztlich für nichts?«, grübelte Simon.

Mark sah ihn an, etwas betroffen.

»Stimmt schon irgendwie. Zuletzt war ich Flughafentestkomparse.«

»Flughafenwas?«, fragte Simme und zündete sich eine Zigarette an.

»In Schönefeld. Vier Wochen lang gemeinsam mit mehreren hundert anderen so tun, als wäre ich ein Tourist, der abfliegen will, damit die Planer herausfinden konnten, ob alles funktioniert. Das war sogar recht lustig. Davor hatte ich einen Auftrag von einer Content-Agentur. Ich habe zweihundert Produktbewertungen geschrieben, zusammengestoppelt aus vorgegebenen Textbausteinen, ohne je eines der Produkte gesehen zu haben, und unter diversen Frauennamen. Vor allem Kosmetik und so Zeug. Zehn Euro pro Rezension, nur fürs Zusammenklicken und ein paar Füllwörter. Mein Glanzstück war die Besprechung eines Mascara-Stifts mit einem ultralangen, völlig sinnlosen Namen. Achtzig Zeilen darüber, dass diese Wimperntusche genau dasselbe tut wie jede andere, aber mehr kostet, weil der Name *noch* länger ist. Hundertzwölf *Hilfreich*-Bewertungen bei Amazon bisher.«

»Wie großartig«, sagte ich sarkastisch.

»Von irgendwas muss man leben«, antwortete Mark leise.
»Und du kannst davon leben?«, fragte Henner.
Mark sah ihn an und schien dann vorsorglich eine sich ankündigende Träne wegzublinzeln.
»Nicht wirklich«, sagte er.

Mark Rosen wurde im Dezember 1971 vor einer *Butter-Beck*-Filiale in Berlin-Gropiusstadt gefunden, eingewickelt in eine Steppdecke in einem Einkaufswagen liegend, von wo aus er wie ein Berserker schreiend auf sich aufmerksam machte. Der kurz vor der Erfrierung stehende Säugling war, wie man damals schätzte, ungefähr neun Monate alt. Die leiblichen Eltern wurden nie gefunden; man verbrachte das Findelkind zunächst in ein Heim und gab es ein knappes Jahr später zur Adoption frei. Allerdings fand sich vorerst niemand, der den kleinen Schreihals nehmen wollte; Mark krähte praktisch rund um die Uhr, energisch und durch nichts davon abzubringen, selbst beim Füttern und sogar im Schlaf schrie das Kind, zwischendrin schnappatmend wie ein Karpfen im Kescher. Erst als er fast fünf Jahre alt war, beruhigte sich der kleine Brüller etwas, aber in diesem Alter war er für die meisten suchenden Adoptiveltern bereits zweite Wahl. Für Renate und Helmut Rosen aus Berlin-Britz, beide spät in den Vierzigern und praktisch ohne nähere Angehörige, war er allerdings die erste: Das alternde Pärchen hatte längst die Hoffnung aufgegeben, den seit Jahrzehnten gehegten Kinderwunsch noch erfüllt zu bekommen, und griff beherzt zu, als ihnen der Junge mit dem dunklen, lockigen Haar angeboten wurde. Die beiden bewohnten ein pittoreskes Reihenhaus mit Einliegerwohnung nicht weit vom U-Bahnhof Parchimer Allee entfernt und umsorgten den kleinen Scheißer fortan, als wäre er mindestens das Jesuskind; kaum drei Monate später stellte er die Schreierei ersatzlos ein. Das Wort »behütet« wäre eine maßlose Untertreibung für das, was das Pärchen ihm angedeihen ließ. Mark wurde zum vergötterten Lebenszentrum der Rosens, und es gab keinen noch so ausgefallenen Wunsch, dessen Erfüllung sie ihm verweigert hätten. Der Junge honorierte diese Zuwendung seinerseits mit einer hinreißenden Liebe für seine Adoptiveltern, wodurch sich quasi ein positiver Teufelskreis ergab: Jede noch so kurze Trennung voneinander stürzte sämtliche Beteiligten in elementare Krisen, und noch bis weit ins dritte Schuljahr hinein harrte das Ehepaar abwechselnd in der Schule aus, um den Filius in jeder Pause betuddeln zu können, was ihm zwar Hohn und Spott seiner Klassenkameraden einbrachte, die Bindung aber nur noch inniger werden ließ. Die drei wurden zur Symbiose, die sofort am Rand einer Katastrophe lavierte, dauerte eine Trennung länger als eine Dreiviertelstunde, zugleich verweigerte sich das Trio jeder Annäherung Dritter: Renate und Helmut hatten ohnehin keine Freunde, Verwandte nur fernab lebend und höchstens x-ten Grades, und Klein-Mark entwickelte lange Zeit kein Interesse daran, sich anderen Kinder mehr als unbedingt nötig zu nähern. Erst gegen Ende der Grundschulzeit schaffte er es, einen kompletten Schultag hinter sich zu bringen, ohne seine Eltern zwischendrin zu sehen, aber die beiden Klassenreisen im siebten und neunten Schuljahr musste er schon nach zwei Tagen abbrechen.

Renate und Helmut waren alles andere als begütert – Renate arbeitete als Floristin und Helmut als Sachbearbeiter im Arbeitsamt. Das addierte Salär reichte kaum aus, um die Hypothek abzuzahlen, geschweige denn die nie geäußerten, aber trotzdem umgehend erkannten Wünsche des über alles geliebten Adoptivsohns zu erfüllen. Die Rosens verschuldeten sich, überschuldeten sich gar, als Renate ausgerechnet eine Allergie gegen einige Blumenduftstoffe entwickelte und den Job in der Floristik aufgeben musste. Aber irgendwie schafften sie es – Mark zog mit sechzehn in die Einliegerwohnung und wurde Herr über sein eigenes Leben, ohne auch nur das allergeringste Interesse dafür zu entwickeln, ein eigenes Leben zu führen. Freundschaften gab es nach wie vor nicht, die Kontakte zum Weibsvolk reduzierte er auf Few-Day-Stands, die er allerdings sehr genoss und zum Beziehungsmodell erhob. Er legte die Reifeprüfung ab, studierte dies und das und auch jenes, immer ein, zwei oder drei Semester, und merkte genauso wenig wie seine inzwischen fast siebzig Jahre alten Eltern, dass alle drei daran arbeiteten, den Status quo um jeden Preis aufrechtzuerhalten. Mark blieb der umsorgte Sohn, Renate und Helmut blieben die umsorgenden Eltern. Er gab die Studiererei schließlich auf und wechselte anschließend die Jobs wie zuvor die Studienfächer. Kellner, Türsteher, Rundfunkmoderator, Galerist, Copyshop-Mitarbeiter, Pizza-Lieferfahrer, Fahrradkurier, Grabredner und vieles andere mehr, meistens allerdings war er erwerbslos und auf die großzügigen Zuwendungen seiner inzwischen verrenteten – und theoretisch längst pflegebedürftigen – Eltern angewiesen. Eine Fortbildung zum Mediendesigner schloss er immerhin ab, ohne währenddessen je erfahren zu haben, was ein Mensch mit einer solchen Fortbildung eigentlich macht.

Und damit endete die Erzählung. Mark lebte nach wie vor in der Einliegerwohnung nicht weit vom U-Bahnhof Parchimer Allee entfernt, Helmut saß inzwischen im Rollstuhl, und Renate musste sich Dinge aufschreiben, die sie sonst in Stundenfrist wieder völlig vergaß, aber die krachende und knirschende, jedoch ungebrochen äußerst liebevolle Symbiose existierte weiterhin. Lebensunfähig nicht mehr mit-, aber auch nicht ohne einander, hofften die drei Rosens insgeheim darauf, dass es ewig so bliebe. Nur das Kokain war vor ein paar Jahren dazugekommen, wovon Renate und Helmut nichts wussten, aber das Haus war längst bezahlt, und die Renten reichten auch. An der innigen Liebe aber würde es sowieso nichts ändern.

»Du bist über vierzig?«, fragte ich erstaunt, als Mark geendet hatte.

»Gute Pflege«, sagte Simon und grinste, aber über die Erschütterung, die in seinem Gesicht stand, täuschte das nicht hinweg.

»Du bist ja noch ärmer dran als ich«, fasste Henner zusammen.

»Inwiefern?«, fragte Mark, offenbar erstaunt.

»Heilige Scheiße«, sagte ich und sparte mir den ziemlich langen Rest der Anmerkung. »Was machst du, wenn das nicht mehr funktioniert? Wenn deine Eltern ins Heim müssen?«

Er zuckte die Schultern. »Keine Ahnung. Mir eine Wohnung in der Nähe suchen?«

»Sie werden irgendwann sterben«, flüsterte Simon.

Mark sah ihn an, als hätte er soeben unwiderlegbar bewiesen, dass es den Gott nicht gibt, dem er – Mark – sein Leben gewidmet hat.

»Irgendwann«, wiederholte er nach einer Weile, ebenfalls ziemlich leise. Es war deutlich, dass dieser Termin für ihn bestenfalls fiktiv existierte.

»Es wäre an der Zeit, erwachsen zu werden«, schlug Henner in Konfirmanden-Betonung vor.

»Päh«, sagte ich, weil ich nicht anders konnte. »Erwachsen. So ein bescheuertes Wort. Es bedeutet, dass man aufhört zu wachsen, sich also nicht weiterentwickelt. Es gehört abgeschafft.«

Henner sah mich vorwurfsvoll an. »Du weißt, was ich meine.«

Ich nickte. »Diese Verantwortungssache. Entscheidungen treffen und dafür einstehen. Das eigene Leben in die Hand nehmen. Dieses Zeug. Bullshit, wenn du mich fragst. Man macht dieselben Fehler wie vorher. Das wird überschätzt. Irgendwann gibt man den Löffel ab, und die Summe unter der Rechnung ist für alle gleich: null.«

»Fatalistisch drauf heute, oder?«, fragte Simon. »Hast du die Kleine doch noch in die Wüste geschickt?« Er grinste, »Dresden 1945« zeigte sich in voller Pracht, aber ich verweigerte ihm jede Reaktion, tastete jedoch mit einer Hand nach dem Zettel in meiner Hosentasche.

Henner sah ostentativ auf die Uhr und seufzte dann. »Wir sollten irgendwann mal entscheiden, wo es heute hingeht. Und einen Laden finden, in dem wir unseren Proviant auffrischen können. Ist nur noch Tütensuppe da. Sogar das Obst ist alle.«

Simon nickte, sprang auf, zündete sich noch in der Bewegung eine neue Fluppe an, hüpfte in den Salon und kehrte mit der Gewässerkarte zurück.

»Ich will die Müritz sehen«, sagte er. »Wenigstens einen Blick drauf werfen.«

Während wir die Karte studierten, daddelte Henner mit seinem *Tablet* herum. »Der Ort Strasen an der gleichnamigen Schleuse ist ein bisschen größer als Priepert. Wahrscheinlich gibt es da irgendwo einen Laden, wo wir das Nötigste kaufen können.«

»Sind mindestens fünfundzwanzig Kilometer bis zum großen Teich«, sagte Mark nach einer Weile – er hatte die Kilometerpunkte auf der Karte gezählt. »Schleusen nicht mitgerechnet, fünf Stunden Fahrzeit. Sollte zu schaffen sein.«

Simon richtete den Blick auf den Steg hinter uns.

»Ich muss mich noch verabschieden«, sagte er. Ich sah in die gleiche Richtung, keine Spur mehr von den dunkelroten Kanus. Der Abschied mitten in der Nacht war seltsam ausgefallen.

»Wir hätten uns vor drei, vier Jahren treffen sollen«, hatte Anna gesagt und mir mit dem Handrücken über die Wange gestrichen.

»Oder *in* drei oder vier«, hatte ich geantwortet.

»Wie auch immer.« Und zwei Minuten später war sie verschwunden.

Das Ablegen gestaltete sich ein wenig kompliziert, weil Karola darauf bestand, uns mindestens bis zur Schleuse Strasen – drei Kilometer entfernt – zu begleiten, weshalb das Fünf-PS-Boot, mit dem die Albaner gekentert waren, an der *Tusse* vertäut und bis dorthin mitgeschleppt werden musste. Ich übernahm das Steuer und hatte dadurch wenigstens vorübergehend das Gefühl, etwas Zielführendes zu tun, Henner stand neben mir, nachdem er das Dach geöffnet hatte. Der Nieselregen hatte aufgehört, Temperatur und Luftfeuchtigkeit lagen im Grenzbereich, weshalb der mückenstichübersäte Schädel des Pfarrers vom Schweiß glänzte, und der Himmel sah zwar danach aus, als würde es sehr bald eine ziemliche Riesensauerei geben, aber noch hielten sich sämtliche Bedrohungen zurück. Henner schwieg, sah mich aber im Sekundenrhythmus prüfend von der Seite an, bis ich ihm ein energisches »*Was?*« entgegenschmetterte, das er mit einem wissenden Lächeln und einem Abgang in Richtung Heckterrasse quittierte, wo er sein Telefon herauszog und mit Wischgesten malträtierte.

Simon und Karola saßen am Bug, ineinander verknotet wie von blutigen Laien verbundene *Tampen*, Mark lümmelte am Salontisch herum und schien mit der Idee zu kämpfen, am helllichten Tag eine Linie zu ziehen. Nach kurzer Zeit erreichten wir die Seeausfahrt; wenig später geriet der Warteplatz für die Schleuse Strasen in Sicht, eine langgezogene Pfahlanordnung, dicht bepackt mit Kähnen und Booten aller Art, mindestens drei Dutzend insgesamt. Am rechten Ufer gab es hübschen Baumbewuchs, links Wiesen. Ich drückte den Gashebel durch, um im schmalen Fahrwasser eines der rustikalen kleinen Holzhausboote zu überholen, das vor uns schlingernd auf die Wartestelle zuhielt, wodurch ich den letzten freien Pfahl für uns sicherte, während die drei älteren Männer, die mit dem Außenborder ihres Spielzeugs kämpften, hinter uns im freien Gewässer warten mussten.

»Arschloch!«, rief Simon grinsend von vorne, gleich danach steckte er seine Zunge zurück in Karolas Mund.

»Macht an unserer Backbordseite fest«, schlug ich den Holzhausbootfahrern vor, die unisono freundlich nickten und einfach eine Leine mit einem unserer verbliebenen Fender verknoteten, danach widmeten sie sich einem Skatspiel auf dem Dach des Floßes.

Henner telefonierte energisch, wobei er mir gelegentlich seltsame Blicke zuwarf, und weil Simon gleichfalls okkupiert war, schnappte ich mir den wirr dreinschauenden Mark und kletterte mit ihm die Böschung hoch, um nach einem Lebensmittelladen zu suchen.

»Meinst du auch, dass ich ein Problem habe?«, fragte er etwas kindisch, als wir einen Trampelpfad erreichten und ein Schild ausmachten, das einen Laden in Gehweite ankündigte.

»Probleme hat *jeder*«, antwortete ich, als wäre ich Autor esoterischer Ratgeberbücher. »Man kann sich auf praktisch nichts vorbereiten – das Leben ist nicht nur voller Überraschungen, sondern insgesamt eine. Du wirst das schon hinkriegen. Aber an den Gedanken, etwas zu ändern, solltest du dich langsam gewöhnen. Und mit der Scheißkokserei aufhören.«

Er murmelte etwas, was ich – bis auf die Wendung »nicht abhängig« – nicht verstand. Kurz darauf standen wir vor einem winzigen Laden, der innen noch winziger war, dafür stand die Luft, als wäre zu allem Überfluss auch noch die Heizung eingeschaltet. Es gab zwei Sorten abgepackte Wurst, nämlich Bier*wurst* und Bier*schinken*, dafür frischen Fisch in großer Auswahl, eine Sorte Nudeln und im »Frischback«-Regal drei kastenförmige Vollkornbrote, die von weitem nicht eben nach »Frischback« aussahen. Immerhin wurden wir vor die Wahl gestellt, die zwei verfügbaren Kisten *Wernesgrüner* oder die drei Kisten *Radeberger* (eine davon halbleer) zu kaufen, aber es gab außerdem – gegen Pfand – einen Bollerwagen, also sammelten wir alle fünf Kisten ein und stapelten ansonsten so gut wie alles, was nicht niet- und nagelfest war, auf dem schmalen Verkaufstresen. Kurz vor Abschluss der gesamten Transaktion präsentierte Mark triumphierend eine etwas verstaubte Flasche Ouzo, die auch ins Kaufsortiment wanderte, während ich mich fragte, ob es für die Anisspirituose ein Mindesthaltbarkeitsdatum gab – gut möglich, dass diese Flasche noch aus der Vorwendezeit stammte; jedenfalls war sie in D-Mark ausgepreist, was zu einer originellen Umrechnungsorgie führte. Glücklicherweise akzeptierte man in diesem Außenposten des Konsums EC-Karten, so dass wir eine Viertelstunde später mit Proviant für mindestens eine weitere Woche neben der *Tusse* standen und minutenlang Kisten, Tüten und Päckchen an Henner reichten, der fast jedes Stück mit hochgezogenen Augenbrauen kommentierte, bis er die vier Tüten Obst (Äpfel, Tomaten, Gurken, Birnen) in den Händen hielt und mir anerkennend zuzwinkerte. Mark schnappte sich anschließend den Bollerwagen, um ihn zurückzubringen, und als er wieder beim Boot eintraf, rieb er sich intensiv die Nasenwurzel, während seine Augen tränten.

Es dauerte fast anderthalb Stunden, bis sich abzeichnete, dass wir demnächst in die Schleuse würden einfahren können. Simon und Karola lieferten auf der Wiese neben dem Warteplatz eine Abschiedsszene, für die jedes Hollywood-Team mindestens vierzig Takes benötigt hätte, sogar *mit* Julia R. und Hugh G. – einfach hinreißend.

»Ich glaube, ich bin verliebt«, sagte er, als Karola, heftig winkend, in der Albanerschaluppe außer Sicht geriet. Wir sahen ihn an; er meinte zweifelsohne, was er gesagt hatte.

»Feinkörnig«, kommentierte Mark. Henner und ich nickten freundlich. Ich blickte auf die Uhr. Kurz vor zwölf. Immer noch knapp fünfundzwanzig Kilometer.

Die drei älteren Männer, die an der *Tusse* festgemacht hatten, waren allerdings nach einer Stunde des Wartens mühselig über unser Schiff geklettert, um irgendwo, wie einer von ihnen in schwerstem Sächsisch erklärte, *een baar biere dringen zu gehn, no*. Danach hatten wir die Holzbootbesatzung, aber auch das knapp sechs Quadratmeter Deckfläche bietende Wasserfahrzeug selbst schlicht vergessen, wodurch wir, auf die Steuerbordseite und das Geschehen vor uns konzentriert, frisch-fröhlich mit seitlicher Beiladung auf die Schleusenkammer zuhielten, als sich die Tore für uns öffneten. Hinter uns, an der Wartestelle, herrschte lautstarker Betrieb, weil zwei Jachten mit *Party-People* eingetroffen waren, die sich ein konservenmusikalisches Gefecht mit einer Gruppe Jugendlicher lieferten, die die Wiese am rechten Ufer mit dem aktuellen Analogon eines Ghettoblasters beschallten. Wer auch immer von dort aus versuchte, uns per Signal oder Ruf zu warnen, kam gegen *Lady Gaga* und irgendwelche MCs nicht an. Der Schleusenwärter seinerseits war an der Ausfahrtseite der Schleuse zugange und half dort zwei Frauen, ihr Schiff festzumachen – wenn ich mich nicht irrte, handelte es sich um die beiden Ladys, die nach dem erfolglosen Versuch, den Bootsurlaub anzutreten, beschlossen hatten, ihn eher stationär zu verbringen. Jedenfalls konnte er uns nicht oder nur teilweise sehen. Die zuschauerbevölkerte Straßenbrücke lag jenseits der Schleuse. Am linken Ufer war kein Mensch, dort gab es nur ein paar vereinzelte Bäume und weitläufige Wiesen.

Mit lässiger Routine steuerte ich uns also als letztes Boot in die Kammer, zwar durchaus bemerkend, dass unser Kahn etwas stärker als gewöhnlich nach links zog, was ich aber dem lädierten Ruder zuschrieb; das Bug der *Tusse* passierte zuerst die Begrenzungspfähle und dann das Tor selbst, noch mit vergleichsweise solider Geschwindigkeit, denn ich hatte das Gefühl, das Schiff lässig – vielleicht sogar *feinkörnig* – zu beherrschen, war kurz davor, heftig aufzustoppen, um uns sauber und präzise hinter einer flachen Metalljacht zu platzieren, deren Besatzung dem Schleusenwärter zusah. Aber es war nicht der im Rückwärtsgang laufende Motor, der die *Tusse* schließlich zum Stillstand brachte, sondern etwas, das von einem kräftigen, unheilvollen Knirschen begleitet wurde, das von achtern backbord zu hören war. Das Schiff blieb keineswegs abrupt stehen, sondern verlangsamte sich nur stark, als wolle es nicht wahrhaben, dass es nicht weiterging, wobei es nach links drehte, dann erklangen ein bösartiges Reißen und ein metallischer Knall, woraufhin das Schiff einen befreiten kurzen Satz machte und gegen die linke Schleusenwand donnerte, dazu ertönte aus den Schränken im Salon vielstimmiges Geklirre. Die tolle Geräuschkulisse hatte mich vergessen lassen, doch noch den Rückwärtsgang einzulegen, was ich jetzt nachholte, während die drei anderen Besatzungsmitglieder hastig zum Heck kletterten, um zu sehen, was dort geschehen war.

Nun wohl.

Wir machten abermals an der Wartestelle fest, ungefähr zehn Minuten später, immerhin ganz vorne – wie auf Befehl rückten die Bootsführer ihre dort liegenden Schiffe zusammen, um den Havaristen Platz zu machen. Die drei alten Sachsen warteten bereits auf uns, konsterniert auf das starrend, was von ihrem Boot übriggeblieben war – und das war nicht besonders viel.

»*Nu gugge*«, sagte Simon laut und zündete sich breit grinsend eine Zigarette an.

Soweit das zu beurteilen war, fehlte der *Tusse* zwar ein gut meterlanges Stück der backbordseitigen Heckreling, und kurz über der Wasserlinie waren ein paar heftige Schrammen und Dellen zu sehen, die eine hübsche, beinahe harmonische Anordnung mit den Neustrelitz-Schäden vom Bug bildeten, aber ansonsten schien der Topf auch diesen Versuch, ihn ernsthaft zu verletzen, überwiegend ignoriert zu haben. Ganz anders sah es da mit dem Huck-Finn-Floß der spätherbstlichen Herren aus. Das aufgebaute Häuschen stand windschief, das Plastikdach wies einen langen, gezackten Riss auf, im Bugbereich waren einige Planken zersplittert, zwei der ehemals tragenden Metalltonnen darunter fehlten – die sammelte soeben der Schleusenwärter ein, lautstark fluchend von einem kleinen Motorboot aus; die Schleusenkammer war noch immer geöffnet. Dadurch hatte das Ding starke Schlagseite, das Deck wurde vom lauen, blaugrün schimmernden Wasser der Müritz-Havel-Wasserstraße überspült, sogar ein paar kleine Fische schienen sich für das Boot zu interessieren, jedenfalls schwammen sie im flachen Deckwasser umher. Einige persönliche Gegenstände – zwei Rucksäcke, ein paar Handtücher – dümpelten dort ebenfalls herum und wurden nur von den Resten der vorderen Reling abgehalten, auf immer zum Grund zu sinken. Wie ein fader, aber origineller Kommentar schwammen einige Skatkarten neben dem Boot im Wasser. *Null ouvert.*

Die Sachsen starrten weiterhin schweigend.

»Die Wasserschutzpolizei ist informiert«, sagte jemand – der Schleusenchef. »Ihr könnt von Glück reden, dass die Schleuse keinen Schaden genommen hat.« Er vertäute seine Nussschale und begann damit, die Tonnen an Land zu hieven – niemand machte Anstalten, ihm zu helfen. Die alten Herren verblieben in katatonischer Schockstarre.

»Wieso *wir*?«, fragte Simon und tat überrascht.

Der Mann, rotgesichtig von der Anstrengung, sah unseren Haushandwerker an. »Ihr Deppen habt doch dieses Schiff gesteuert, oder?«

»Ja, aber wir haben das Scheißfloß nicht daran festgemacht und dann *vergessen*. Das war die Rentnercombo dort.« Simon zeigte auf die Pensionärsgruppe, in die jetzt endlich Bewegung kam, als hätte jemand eine Glocke geläutet. Lautstark und komplett unverständlich meckerten die drei in einer lustigen Sozio- und Dialektmischung los, kletterten ungebeten an Bord und nahmen von der Heckterrasse aus die Reste ihres Boots in Augenschein. Simon sprang unter Deck, kam mit einem seiner Telefone am Ohr zurück.

»Ist bei Karola gechartert«, sagte er, eine Hand vors Mikro haltend und mit der anderen auf eine Metallplakette am schiefen Wohnbereich des Floßes weisend. »Keine Sorge.«

Einer der drei Herren schaffte es, auf die Floßreste zu wechseln, was das Wrack mit starkem Schwanken quittierte.

»Sie sollten das besser nicht tun«, meinte Mark, koksgeschwängert lächelnd.

Der Mann ignorierte ihn und begann damit, allen möglichen Krempel aus dem Kabäuschen zu holen und auf unser Boot zu werfen. Rucksäcke, Kleidung, drei Sechserträger irgendeiner Billigbiersorte, zwei Körbe mit Arzneien und – *hol's der Teufel* – verpackten Inkontinenzbinden, mehrere Plastiktüten, ein Transistorradio und zwei Fotoausrüstungen. Für einen Moment verspürte ich etwas wie teilnahmsvolle Rührung, sah mich selbst beim Bootsurlaub in dreißig Jahren, mit Billigbier und Pissbinden im Gepäck. Die beiden anderen Kollegen nahmen das Zeug entgegen und verbrachten es auf der anderen Seite an Land. Während die drei in enervierender Langsamkeit und stumm wie Havelfische zugange waren, pendelte das angeschlagene Schiffchen wie der Kopf eines Wackeldackels. Dann gab es plötzlich ein Fump-Geräusch, unter der Steuerbordseite tauchte eine weitere Metalltonne auf, die nun zwischen unserem Schiff und dem Wrack der Männer schwamm, das dadurch gemächlich in so starke Schieflage kam, dass es kein Halten mehr gab. Wie in Zeitlupe drehte es sich um die Längsachse, dann löste sich knirschend der Aufbau und rutschte, zusammen mit dem mitteldeutschen Geronten, der darin herumfuhrwerkte, seitlich von Deck. Das Geräusch dazu war kein Platschen, sondern eher ein besinnliches Gurgeln, begleitet von einem hölzernen Quietschen. Durch die Menschenmenge, die sich auf der Wiese um uns versammelt hatte, ging ein Stöhnen. Ich sprang ins Wasser, in sicherer Entfernung, und schwamm in die Richtung, in der ich den alten Sachsen vermutete – und kurz darauf, unter dem ehemaligen Dach des Aufbaus ziellos herumtauchend, auch fand. Henner hatte inzwischen die Badeleiter angebracht, über die wir – der Alte zuerst – an Bord der *Tusse* kletterten.

Dann traf Karola ein, keine drei Minuten später gefolgt von einem Einsatzfahrzeug der Wasserschutzpolizei, an dessen Bug ein braungebrannter Enddreißiger mit Bürstenschnitt stand, der mir bekannt vorkam; Henner musterte ihn mit böse zusammengekniffenen Augen. Mark war dabei, die Reste des Sachsenbootes – im Prinzip nur das aufbaulose Deck – vor uns zu vertäuen, während Simon und ich mit Bootsstange und Hilfe des Schleusenmeisters versuchten, die herumschwimmenden Wrackteile so zu sichern, dass die Schleuse ihren Betrieb wieder aufnehmen konnte, ohne einfahrende Boote zu gefährden.

Karola war *not amused*, jedenfalls zuerst.

»Die Dinger sehen zwar billig aus, kosten aber auch locker zehntausend Euro«, sagte sie, breitbeinig im Albaner-Erlebnisboot stehend und sich mit einer Hand an der Stirn kratzend.

»Wir konnten nichts dafür«, sagte Simon und zeigte sein prächtigstes Grinsen, was Karola mit einem liebevollen strahlenden Lächeln beantwortete, obwohl – oder vielleicht *weil* (nur der Geier weiß, wie Frauen ticken) – Simons Unterkiefer zu sehen war. Dann erklärte er, wie es zur Havarie gekommen war, wozu die alten Sachsen schuldbewusst nickten. Karola konnte sich ein kurzes Kichern nicht verkneifen.

»Wir hätten das Boot nicht verlassen dürfen«, sagte derjenige, der über Bord gegangen war.

Wachtmeister Bürstenschnitt hatte mit dem Schleusenwärter parliert, der inzwischen wieder an seinen Arbeitsplatz zurückgekehrt war; die Tore schlossen sich endlich, fast eine Stunde nachdem wir versucht hatten, in der Kammer anzulegen – am Ende der Wartestelle dümpelten mindestens zwanzig Boote im freien Wasser herum, für die zur Zeit kein Platz an der Wartestelle war. Hin und wieder ließ jemand nervös ein Signalhorn ertönen, große Gruppen von Urlaubern hatten sich im vorderen Bereich der Wiese versammelt und ließen sich von jenen, die bereits über zwei Stunden warteten, erläutern, warum es so lange dauerte.

»Das Wasser- und Schifffahrtsamt wird keine Anzeige erstatten«, sagte der Wasserschutzpolizist und musterte zuerst uns und dann das Boot. »Sie kommen mir bekannt vor«, fügte er hinzu.

»Ich auch nicht«, sagte Karola rasch, aber weiterhin selig Simon fixierend. »Das Charterboot ist versichert. Es ist niemand zu Schaden gekommen.«

Die Sachsen setzten zu Protest an.

»Niemand!«, wiederholte Karola laut und sah die Herren böse an. »Jedenfalls *noch* nicht.«

»Woher kenne ich Sie?«, fragte der Polizist, stirnrunzelnd den Namen unsers Schiffes studierend, während ich mich fragte, wie lange unsere erste Begegnung her war – gefühlt Monate, aber es musste am zweiten oder dritten Tag gewesen sein.

»Wir sehen aus wie viele«, sagte Mark lächelnd.

Es wurde halb drei, bis wir endlich den zweiten Versuch antreten konnten, in der Schleusenkammer festzumachen, was, mit Simon am Steuer, auch problemfrei gelang. Der Schleusenwärter stand, die Arme in die Hüften gestemmt, kopfschüttelnd an Land und sah uns an, als wären wir Pestbakterien. Wir gaben uns friedlich, winkten gar zum Abschied, verzichteten aber darauf, ein Trinkgeld herauszureichen.

»Es sind noch über zwanzig Kilometer«, sagte Henner. »Und ich habe Hunger.«

Wir entschieden, in den knapp drei Kilometer langen Großen Pälitzsee einzufahren, der hinter der Schleuse am Rand der Route lag, eine Ankerstelle zu suchen und ein spätes Mittagessen zu nehmen. Wir fanden ein Stückchen Strand ganz am ruhigen Ende und konnten endlich ausprobieren, mit dem Bug an Land festzumachen, was auch beim ersten Versuch gelang – Simon platzierte die *Tusse* im rechten Winkel exakt mittig auf dem Sandstreifen und stoppte im richtigen Moment auf. Ich warf den Heckanker aus, Mark sprang an Land und zurrte die Leinen an ein paar kurzen Pflöcken fest. Dann räumten wir das Mobiliar der Heckterrasse auf die duftende einsame Wiese jenseits des Strandes. Ich kochte Kaffee, Simon einen gewaltigen Linseneintopf mit Dosenwürstchen, den wir kurz darauf laut schmatzend schnabulierten – kein Sternekoch hätte ein schmackhafteres Mahl zubereiten können. Als wir die Löffel auf die Teller warfen und Simon seine After-Lunch-Zigarette entflammte, entschied der Wettergott, das wolkige, schwüle Vorgeplänkel in etwas deutlich Ernsteres übergehen zu lassen. Ohne jede Vorankündigung öffnete der Himmel seine Schleusen, aber nicht weltuntergangsmäßig wie ein paar Tage zuvor an der Schleuse Schorfheide, sondern eher auf ruhige, doch intensive Weise. Es regnete fett und stark, ohne Wind, Blitz und Donner, auf sanfte Weise prasselnd und zugleich ungleich erfrischend. Wir zogen synchron unsere Shirts aus und saßen einfach am Plastiktisch auf der Wiese im Regen. Der Regen spülte die Teller, flutete die sekündlich intensiver duftende Wiese, verwandelte die Wasseroberfläche in ein pittoreskes Muster. Simon hatte zwar Schwierigkeiten, seine Fluppen anzuzünden, aber sein überströmtes Gesicht zeigte ohne Unterbrechung ein zufriedenes Lächeln. Mark hatte den Kopf in den Nacken gelegt und trank mit offenem Mund das Regenwasser, Henner wischte sich zwar gelegentlich übers Gesicht, lächelte aber ebenfalls. Das Gefühl in mir ließ sich schwer beschreiben – es war reinigend und einend, als würde uns der Große Wettermacher mit dieser klimatischen Geste Absolution erteilen. Der Spuk dauerte ganze zehn Minuten, dann rissen die Wolken schlagartig auf, teilten sich direkt über der Stelle, an der wir saßen, jedenfalls schien es so. Ebenso schlagartig fiel uns auf, dass wir vergessen hatten, das Bootsdach zu schließen. Aber keiner machte Anstalten, nach möglichen Schäden zu sehen – diese Stufe hatten wir längst hinter uns gelassen. Ich stand auf und watete in den See, umschwamm das lädierte Boot, tauchte durch das aufgewühlte Uferwasser und fühlte eine lässige Freiheit, die mit nichts vergleichbar war. Dieser Zustand auf ewig – ich hätte nicht weniger als *alles* dafür gegeben.

Als wir ablegten, ging es auf vier zu. Regenschäden im Bootsinneren gab es keine, von ein paar durchweichten Lebensmittelverpackungen und einer ruinierten Stange Zigaretten abgesehen. Die Bilgepumpe summte im Heck.

»Bis zur Müritz werden wir es heute nicht mehr schaffen«, sagte Henner.

»Warum nicht?«, fragte Mark. »Die Schleusen schließen um acht, das sind noch sechs Stunden.«

»Es sind nach wie vor fast fünfundzwanzig Kilometer«, wandte ich ein. »Und drei Schleusen.«

»Volle Kraft voraus«, nuschelte Simon an seiner Zigarette vorbei und drückte den Hebel nach vorne.

Schweigend und fassungslos nahmen wir die Landschaft um uns herum zur Kenntnis, Henner und Mark am Bug, ich zunächst auf der Heckterrasse, Simon am Steuer, der uns mit Warp 7 in Richtung Schleuse Canow steuerte. Nach einer Weile gesellte ich mich zu ihm; der Zeiger des Drehzahlmessers zitterte am oberen Ende der Skala, aber auch die Kühlwassertemperaturanzeige gab sich redlich Mühe, es ihm gleichzutun. Als ich Simon darauf ansprach, grinste er und sagte dann: »Das ist äußerst robuste Technik, keine Sorge.«

An der Schleuse erwartete uns eine böse Überraschung – weit vor der Wartestelle und erst recht von der Einfahrt entfernt torkelten gut dreißig Boote im freien Wasser umher, zumeist ohne Bugstrahlruder mühsam Position haltend, darunter ein Schwesterschiff der *Tusse*, das mir bekannt vorkam. Bis wir die Schleuse sahen, verging eine weitere Stunde, und als wir das Nadelöhr passiert hatten, hing der kleine Uhrzeiger kurz vor der Sechs. Während Henner den Pott unter der Brücke hinter der Schleuse hindurchsteuerte, saß ich bei Simme am Bug. Das bewaldete Ufer der Mündung glitt an uns vorbei, dann waren wir auf dem Labussee, dessen Wasser im spätnachmittäglichen Sonnenlicht glitzerte. Henner steuerte nach links, gab ruckartig Vollgas und setzte uns kurze Zeit später vor die Hausbootarmada, die vor uns die Schleuse verlassen hatte. Schräg hinter uns lag eine Ferienhausanlage, ansonsten war das Seeufer unbebaut.

»Du hast nicht ganz richtig gelegen mit dem, was du gestern gesagt hast«, sagte ich nach zwei, drei Minuten.

»Ich habe gestern eine ganze Menge gesagt.« Simon ließ eine Kippe in die Bierflasche fallen, die er hielt, und zog sofort eine neue aus der Tasche seines Paradiesvogel-Hawaiihemds.

»Du weißt schon. Das mit der besonderen Situation. Mit der Auszeit von mir selbst. Das ist Quatsch.«

»Quatsch«, wiederholte er und musterte mich dabei mit einem leicht ironischen Gesichtsausdruck.

»Ja. Wenn man ein funktionierendes *Gewissen* hat, geht das nicht. Und ich kann nicht einfach ab übermorgen so tun, als hätte es diese zehn Tage nicht gegeben. Das mag dir gelingen, mir aber nicht.«

»Verstehe.«

»*Es gibt kein richtiges Leben im falschen*, hat Adorno gesagt.«

Simon blies Rauch aus und legte den Kopf in den Nacken.
»Kenne ich nicht.«

»Theodor W. Adorno. Ein Philosoph.«

»Und was hat er damit gemeint?«

»Dass man es sich nicht im Unrecht bequem machen kann. Ist vielleicht etwas überzogen im Hinblick auf unsere Situation, aber wenn es einen gewissen moralischen Anspruch gibt, sollte der umfassend sein – und nicht vor der eigenen Haustür aufhören.«

»Großer Gott! Solche Gedanken machst du dir im Urlaub?«

Ich zog ihm eine Zigarette aus der Hemdtasche, nahm einen Zug und einen Schluck Bier.

»Ja, mache ich. Unentwegt.« Das stimmte nicht ganz, aber – geschenkt. »Ich meine, du hast mir quasi nahegelegt, mit Anna zu schlafen, weil ich das einerseits sowieso wollte, womit du nicht ganz unrecht hattest, und es andererseits unter uns bleiben würde. Aber das ist wirklich kein Argument *dafür*. Ich könnte es nicht einfach ablegen, übermorgen, wenn wir wieder an Land gehen. Ein Betrug bleibt ein Betrug, auch wenn keiner davon erfährt – es genügt, dass *ich* ihn begangen habe und davon weiß.«

»Du hast ergiebig mit den polnischen Huren gepimpert«, gab Simon zu bedenken. Die nächste Kippe zischte in der Bierflasche. »Und mit Anna mindestens gekuschelt.«

Ich seufzte. »Schlimm genug. Keine Ahnung, wie ich damit umgehen werde. Sollte sich meine Beziehung mit Cora irgendwie und wider Erwarten retten lassen, werde ich es ihr gestehen. Vielleicht nicht mit allem drum und dran. Aber ...«

»Du solltest sie anrufen«, sagte Simon und richtete sich auf. Die Ausfahrt kam in Sicht.

»Ja, das sollte ich tun.«

»Nein, du solltest sie *jetzt* anrufen. Gleich.«

Ich sah ihn an. Nickte zu meinem eigenen Erstaunen. Stand auf, ging in meine Kabine, schaltete das Telefon ein und tippte ihre Nummer mit zitternden Fingern an. Aber der Teilnehmer war nicht erreichbar.

Wir kamen zu der kleinen Schleuse Diemitz, am Ende eines niedlichen Stücks Kanal, an dessen Ufer mehrere Reiher, einbeinig ausharrend, aufs Wasser starrten. Durch die Schleusenanordnung ging es relativ rasch, denn seit Canow, vier Kilometer zurück, waren keine weiteren Schiffe dazugekommen. Trotzdem war es kurz vor sieben, als wir einen verschlafenen Tümpel mit dem übertriebenen Namen Großer Peetschsee und ein weiteres Stück Kanal passierten, um über den Vilzsee nördlich in den Mössensee einzubiegen.

»Mösensee!«, quakte Mark vom Steuer aus. »Feinkörnig!«

»Mössensee«, antwortete Henner, der auf dem Vorschiff saß.

»Spaßbremse«, gab Mark zurück.

»Wir schaffen das nicht mehr bis zur Müritz«, sagte Simon neben mir.

»Bestenfalls noch bis Mirow«, sagte Henner. »Das sind neun Kilometer. Da gibt es mehrere Anleger.«

»Mirow«, sagte Simon und sah mich an. »Klingt wie der Name eines polnischen Philosophen.«

Es dauerte noch eine knappe Stunde. Den Zotzensee kommentierte Mark wiederum fröhlich, um sofort in Richtung Kabinen abzutauchen und eine weitere Nase zu nehmen – zum siebten Mal seit Strasen, wenn ich richtig mitgezählt hatte. Dennoch übernahm er kurz vor Mirow das Steuer, weil Henner telefonieren musste – bemerkenswert häufig an diesem Tag –, Simon gleichfalls per Handy mit Karola schmachtete, und auch ich versuchte, Cora zu erreichen, obwohl ich solide Angst davor hatte, sie tatsächlich ans Telefon zu bekommen, aber die Teilnehmerin verweigerte sich derzeit der drahtlosen Kommunikation. Wir erreichten die kleine Stadt, ließen sie an Steuerbord hinter uns und entdeckten schließlich eine Steganlage. Am seewärtigen Ende eines rustikalen Holzstegs stand ein etwa siebzig Jahre alter Seebärtyp in Ringelshirt und mit Zigarrenstumpen im Mund, der uns zuerst winkte und dann stumm einwies. Die *Tusse* belegte einen der letzten freien Plätze direkt neben einem kleineren Kunststoffhausboot, auf dem Walter, Sofie und Finn-Lukas beim Abendbrot saßen. Sie starrten uns erst an, als wären wir Wassergeister, dann gab es ein großes Hallo, Finn-Lukas ließ seinen Löffel fallen und wechselte auf unser Boot, während die Eltern – Walter wieder im schamhaarpräsentierenden Peinlich-Outfit – nicht so recht zu wissen schienen, ob sie erfreut oder verunsichert sein sollten. Simon sprang zu ihnen hinüber und umarmte sie herzlich, was sie verblüffend distanziert über sich ergehen ließen. Der Junge plapperte derweil davon, was sie bisher alles gesehen hatten, wovon aber unterm Strich nichts auch nur entfernt so cool gewesen sei wie jener Tag an Bord unseres Schiffes.

Noch während der Begrüßungsorgie traf ein weiteres Boot ein, das zwei Liegeplätze neben dem unseren festmachte – jenes Schwesterschiff, das ich an der Schleuse Canow gesehen hatte. Die durchweg adrette Besatzung ignorierte uns zwar energisch, aber das lautstarke »Arschlöcher!«, das Mark hören ließ, nahmen sie zur Kenntnis. Gleich nach dem Anlegen verließ die Familie das Boot, um auf Klapprädern davonzuradeln – just in dem Augenblick, als es wieder zu regnen begann. Wir verschlossen die *Tusse* und dackelten zum Restaurant, keine zwanzig Meter vom Liegeplatz entfernt. Der Regen endete in dem Moment, in dem wir die Tür aufstießen.

»Der vorletzte Abend«, sagte Simon, nachdem er unsere Getränkebestellung um eine Runde *Küstennebel* ergänzt hatte. »Morgen um diese Zeit werden wir im Heimathafen liegen, und dann ist es auch schon wieder vorbei.«

»Schade«, sagte Mark und dann, natürlich: »Feinkörnig.«

Wir studierten die Speisekarte, während wir wahrscheinlich alle dasselbe dachten. Übermorgen, das wäre nicht nur der Tag, an dem wir das lädierte Boot *irgendwie* zurückgeben und anschließend in Henners Discovery heimwärts bockeln würden, sondern auch jener, ab dem wir in die Realität heimkehren und uns den Problemen stellen müssten, die jeder Einzelne von uns für sich und – seit der denkwürdigen Bürgschaftserklärung Armend gegenüber – wir alle gemeinsam für Simon buckelten.

»Wie viele Pflegekinder habt ihr eigentlich, du und … äh … Consu*dings*?«, fragte Simon.

»Consuela.« – Konnswehla – »Fünf«, antwortete Henner. »Bisher«, setzte er hinzu. »Gut möglich, dass es demnächst mehr sind.«

»Feinkörnig«, sagte Mark und fixierte dabei die Toilettentür. Die ziemlich prächtige Landspinne, die direkt hinter ihm die raufasertapezierte Wand hochkrabbelte, sah er nicht.

»Keine kleine Verantwortung«, sagte Simme.

»Vor allem keine, deren man sich einfach so entledigen kann«, gab der Pfarrer zurück. »Was ich auch nicht vorhabe.«

»Sondern was?«

»Ehrlich – ich weiß es nicht. Das Jägerschnitzel ist für mich.«

Wir beobachteten, wie die geschlechtslose und etwas despektierlich gekleidete Kellnerin das – wie immer »gutbürgerliche« – Essen verteilte. Mark lehnte sich zurück, sein Haar berührte die Tapete nur wenige Zentimeter von der Spinne entfernt, die soeben eine Wanderpause einlegte.

»Was würdest du tun?«, fragte Henner nach dem ersten Bissen, an Simon gerichtet.

»Meinst du, was ich als Simon tun würde? Der Simon, der seine Zähne verfaulen lässt und kleine Renovierungskunden bescheißt? Oder meinst du, was ich täte, wenn ich zu urteilen hätte?«

»Beides?«

»Gut, dann zwei Antworten. Die eine lautet: Augen zu und durch. Das hat ja bisher auch geklappt. Die zweite: Man glaubt oft, dass andere mit fundamentalen Entscheidungen überfordert wären, und man meint zugleich, sie irgendwie zu schützen, indem man den Status quo über die Zeit zu retten versucht. Aber das ist Unsinn. Vielleicht stürzt man sie in Krisen, aber nur vorübergehend, denn sie ahnen sowieso, dass etwas im Busch ist, und Krisen, die keine Katastrophen sind, überleben wir alle, häufig sogar gestärkt. Möglicherweise wollen sie es nicht wahrhaben, doch über die notwendigen Antennen verfügt jeder, auch der Dümmste. Deine Consudings ahnt wahrscheinlich längst, wo die Kröte unkt.«

»Wo die Kröte unkt«, wiederholte Mark. Die Spinne ließ die Vorderbeine in der Luft tanzen, als würde sie nach ihm tasten.

»Aber sie ist auf mich angewiesen, und die Kinder sind es auch.«

»Kann schon sein, vielleicht unterschätzt du aber deine Nochfrau auch. Und die einzige Alternative zum derzeitigen Stand ist ja auch nicht die, Consudings und die Kids in den Wind zu schießen, also Sozialhilfe und Jugendamt zu überlassen. Du kannst für sie da sein, ohne so zu tun, als wärst du ein liebender Ehemann oder ein gottesfürchtiger Pfaffe.«

»Mmh«, gab Henner zurück, wobei er mich ansah. »Und du?«

Ich tat nicht nur überrascht, ich war es auch – so überrascht, dass ich für einen Moment vergaß, mich über die verbrannte und seltsamerweise nach *Essig* schmeckende Riesencurrywurst zu ärgern.

»Und *ich*?«

Henner grinste freundlich. »Ja, du.«

»Ich habe nicht das Gefühl, derzeit nennenswerten Einfluss auf die Entwicklung der Dinge zu haben«, sagte ich.

»Meine Freundin ist im Allgäu und verlustiert sich dort wahrscheinlich mit ihrem Bassisten.«

»Nimmst du an.«

»Es spricht mehr dafür als dagegen.«

»Es gab auch mal eine Zeit, in der viel für die Idee sprach, ein Gott hätte die Welt erschaffen. Dann veränderte sich nach und nach die Faktenlage. Hätte man sie vorher gekannt, wäre die Idee vielleicht nie entstanden.«

»Die Faktenlage ist in meinem Fall unverändert.«

»Weil du dich dem verweigert hast.«

Ich zog eine Augenbraue hoch und tauchte ein Stück frittierte Kartoffel in das, was hier Mayonnaise genannt wurde. Kauend dachte ich darüber nach, wie sich die aktuelle Faktenlage darstellte. Dass ich von Cora betrogen wurde, war eine Schlussfolgerung aus dem Gespräch mit Rosa. Und aus der Tatsache, dass mich Cora bezüglich ihrer Reisepläne offensichtlich belogen hatte. Aber nur ein paar Wochen zuvor hatte sie noch versucht, mich mit allen Mitteln dazu zu bringen, sie zu schwängern und eine richtige *Familie* mit mir zu gründen. Frauen, die ihre Männer betrügen oder sich wenigstens nach Alternativen umschauen, tun das vermutlich eher nicht. Beinahe zweihundert Kurznachrichten sprachen ebenfalls eine andere Sprache, als ich zu verstehen meinte. Aber – welche?

»Es gibt keine andere Erklärung für ihr Verhalten«, nuschelte ich am Kartoffelmatsch vorbei. »Jedenfalls keine vernünftige.«

»Hey, wir reden über *Frauen*«, warf Simon ein. »Viele sind fraglos vernünftig, aber für die meisten ist das zweifelsohne nicht die oberste Handlungsdirektive.« Dann warf er das Besteck auf den halb leergegessenen Teller »Schnitzel nach Art des Hauses«, das optisch Henners Gericht glich, stand auf und zündete sich noch im Gehen eine Fluppe an, was die seltsame Kellnerin, die sich hinter dem Tresen langweilte, mit einem missmutigen Räuspern zur Kenntnis nahm.

Ich sah ihm nach und staunte wieder. Wie leicht man sich doch in die Irre führen lassen kann. Hätte mir jemand vor vierzehn Tagen erklärt, Simon würde solche Sätze wie während der vergangenen zehn Minuten von sich geben, hätte ich demjenigen per Google Maps die Route zur nächsten Therapiegruppe rausgesucht. Und vermutlich war sogar sein derzeitiges Verhalten noch Understatement pur – wer den »Mauler« aus Brechts »Die heilige Johanna der Schlachthöfe« frei zitieren konnte, trug wahrscheinlich eine noch größere mentale Dosis mit sich herum.

»Da hat er nicht unrecht«, sagte Henner, der Simon ebenfalls stirnrunzelnd hinterhersah. »In diesem Fall bin ich sogar *sicher*, dass es stimmt.« Er blickte mich an. »Du suchst eine logische Lösung, aber der Suchansatz ist verkehrt.« Die Stirn blieb in Falten. »Wenigstens teilweise.«

»Und das bedeutet *was*?«

Er widmete sich wieder seinem Jägerschnitzel, graubraunes Wellfleisch, das sich in fettiger, graubrauner Tunke suhlte. Ich beobachtete ihn, während er vorzutäuschen versuchte, sich ganz dem lukullischen Erlebnis hinzugeben.

»Du weißt irgendwas«, mutmaßte ich relativ spontan.

Henner sah auf und nickte dabei langsam, kaute langsam, schluckte *betont* langsam. »Stimmt«, sagte er schließlich. »Aber ich kann dir unmöglich verraten, was ich weiß. Das würde quasi mein persönliches Maß übervoll machen. Tut mir leid.« Er blickte zu Mark und nickte in Richtung Wand. »Hast du das Tierchen neben dir noch nicht bemerkt?«

Die *Tusse* wurde von ganzen Heerscharen von Spinnen bevölkert, allein aus meiner Kabine hatte ich gute drei Dutzend entfernt. Unmöglich, dass Mark seit unserer Nachtfahrt am ersten? zweiten? Abend keiner weiteren Angehörigen der Gattung *Arachnida* begegnet war. Er schob sich ein Stück zur Seite und sah dann zur Wand. Kurz war er leicht schockiert, dann nahm er seine ursprüngliche Position wieder ein und lächelte schmal. »Das ist die dreißigste oder vierzigste seit Fahrtantritt«, sagte er. »Ich glaube, ich habe mir meine Phobie einfach abgewöhnt. Wegen der Übermacht. Sie tun einem nichts. Feinkörnig.«

»Jetzt musst du dir nur noch diese andere Sache abgewöhnen«, sagte Henner, schob den Teller von sich und betrachtete ihn mit einem ähnlichen Blick wie Sekundenbruchteile zuvor Mark die Spinne: leicht angewidert, aber versöhnlich. Mark drehte sich zur Spinne und schwieg.

Es war kurz vor halb zehn, als wir zum Boot zurückkehrten. Der Steg war feucht, wir hatten also einen weiteren Regenschauer verpasst, aber der Sonnenuntergangshimmel leuchtete in spektakulären Rottönen. Walter und Sofie hatten ihre Klappstühle von Bord geschafft und saßen neben der *Tusse*, *Pikkolöchen* schlürfend.

»Wir haben noch so viel zum Saufen an Bord«, sagte Mark. »Wir sollten eine Spontanparty schmeißen. Hier, auf dem Steg.«

»Aber ohne Viagra«, bat Henner grinsend.

Also räumten auch wir unser Inventar auf die Stegbretter, dazu die Bierkisten, die Ouzoflasche und allen möglichen anderen verzehrbaren Krempel. Simon nahm die Stereoanlage in Betrieb, dieses Mal ohne nackte Friseusen, sondern mit überraschend gepflegtem Indiepop – ach, Simon *konnte* mich inzwischen nicht mehr überraschen, er hätte sich auch hinstellen und eine verdammte *Arie* schmettern können. Finn-Lukas kam im Schlafanzug aus seiner Koje gekrochen, ignorierte Walters gegenläufige Bitten und setzte sich mit leuchtenden Augen zu uns. Kurz darauf standen weitere Plastik- und Anglerstühle auf dem Steg, und im Minutenrhythmus verlängerte sich das Bankett, nur die Losmacherfamilie ließ sich nicht blicken. Wir kippten Biere und Wodkas und Fruchtliköre und Ouzos und längst vergessen geglaubte Scheußlichkeiten wie

Stonsdorfer, aber wir besoffen uns nicht – es war eher ein sanftes Sich-ans-Limit-Trinken, ohne Druck und bei vergleichsweise geringer Schlagzahl. Irgendwann lümmelte sogar der Zigarrenstummel-Seebär an einem der Tische und goss sich Bier in den Hals, als wäre sein Schluckreflex amputiert worden. Sofie und Walter saßen direkt neben Simon; ich beobachtete, wie das Paar abermals seine Nähe suchte, Simon aber eher auf Distanz blieb, bis er sich schließlich zu Sofie beugte, ihr etwas ins Ohr flüsterte und dabei bestimmt nickte. Die Frau sah ihn überrascht an und nickte ebenfalls, erst etwas verunsichert, dann lächelnd. Sie küsste ihn auf die Wange, danach entspannte sich die Situation.

Wir quatschten und tranken, wechselten die Plätze, ab und an ging ich zum Ende des Stegs, setzte mich auf die Kante und starrte aufs Wasser, manchmal nahm ich eine Zigarette mit. Ich konnte nicht damit aufhören, die *Faktenlage* zu überdenken und die Möglichkeit, mit meiner Schlussfolgerung so sehr danebenzuliegen wie seinerzeit Christopher Columbus, als er gemeint hatte, Indien erreicht zu haben, obwohl es nicht einmal der richtige *Kontinent* war. Was, wenn ich wirklich von völlig falschen Tatsachen ausging? Wenn nicht Cora es war, die unsere Beziehung aktiv torpedierte, sondern ich mit der Annahme, sie würde mich betrügen? Aber aus allen möglichen Optionen fand ich dennoch keine, die wahrscheinlicher war. Ich sah sie wirklich vor mir, Cora mit ihren tiefbraunen, riesigen, meistens hoffnungs- und liebevoll dreinschauenden Augen – dieser Gedanke rührte mich mehr, als ich mir einzugestehen bereit war –, aber das Rätsel blieb eines. Nach dem fünften oder sechsten *Stoni* ging ich in die Kabine und wählte abermals ihre Nummer, erstarrte, als das Freizeichen zu hören war, dann knackte es, und die Verbindung war weg. Nach der Wahlwiederholung hörte ich die Mitteilung, dass der Teilnehmer nicht zu erreichen wäre.

Das gepflegte Besäufnis endete morgens um kurz vor vier, als es am Horizont schon wieder zu schimmern begann. Mark warf mit großer Geste – aber hackedicht, deshalb war die Geste wertlos – seine Kokserutensilien ins Wasser, Simon nuschelte abwechselnd Karolas Namen und das Wörtchen »Scheiße«, Henner hatte schon wieder irgendwas gerade noch so kategorisierbar Weibliches an der Angel, Finn-Lukas schlief auf der Heckterrasse der *Tusse*, Walter und Sofie besprachen letzte Details mit einem interessierten, ebenfalls schwerst angegangenen Pärchen, der Seebär schnarchte laut, den Kopf in einer Bierlache auf dem Tisch abgelegt, ein paar jüngere Leute schwammen nackt im See, und ich tippte Dutzende Kurznachrichten, die wahrscheinlich schwer zu verstehen waren, weil ich mit der komischen Korrektur- und Vorschlagsfunktion längst nicht mehr klarkam, schickte aber alle ab, obwohl oder weil ich wusste, das am nächsten Morgen – also gleich – zu bereuen. Als ich im Bett lag, zeigte der kleine Zeiger genau auf die Fünf. Ich schlief umgehend ein, als hätte mich jemand abgeschaltet.

Tag 9:
Kalfatern

Kalfatern – die Fugen
zwischen den hölzernen
Schiffsplanken abdichten.

Obwohl es erst kurz vor halb neun war, als ich erwachte, fühlte ich mich erfrischt, katerfrei und relativ ausgeschlafen. Von draußen erklangen die Geräusche morgendlicher Geschäftigkeit; Bootsbesitzer schlurften zu den Waschhäusern oder kamen vom Bäcker zurück, erste oder zweite oder dritte Schiffe legten ab, ein paar Enten- und Haubentaucherfamilien buhlten quakend und quiekend um Brotreste, entferntes Kindergeschrei erschallte, dazu das leichte Plock-Geräusch, das im Inneren der *Tusse* zu hören war, wenn es Seegang oder von anderen Booten verursachten Wellenschlag gab. Es war heiß in der Kabine; ich war durchgeschwitzt, obwohl ich nackt auf der zerknüllten Bettdecke lag. Ich ging ausgiebig pinkeln und pumpte mich anschließend dusselig, bis ich bemerkte, dass der Hebel in der falschen Stellung stand. Henner saß im Christen-Schlafanzug auf der Terrasse und schlürfte lächelnd Tee, aber er hatte außerdem vortrefflichen Kaffee gekocht. Auf dem Steg befanden sich die Überreste unserer Party – Tische, Stühle, leere Bierkisten, jede Menge Flaschen, Gläser, Teller und solches Zeug. Kurz dachte ich daran, dass sich hier die Chance bot, unseren reduzierten Geschirrbestand mit Fremdbesitz aufzustocken, verwarf die Idee aber gleich wieder. Stattdessen nahm ich mir einen Kaffee und ging aufs Vorschiff. Das Marina-Faktotum kam den Steg entlanggewankt, einen rauchfreien Zigarrenstumpen zwischen den Lippen, und warf mir einen kurzen, rätselhaften Blick zu, dann half er der Besatzung eines kleinen Kajütboots beim Anlegen. Ich genoss den Kaffee und starrte mein Telefon an, das zwar den Versand von fünfundzwanzig Kurznachrichten bestätigte, aber auch den Eingang keiner einzigen neuen. Der Teilnehmer war weiterhin unerreichbar.

Mark erschien, erkennbar verkatert und mit verquollenen Augen, setzte sich neben mich und glotzte ungefähr zu der Stelle, an der sein Silberetui im Wasser versunken war. Er trank Sprudel, gierig, lautstark und direkt aus der Flasche. Dann kam Simon, natürlich rauchend, mit einem Kaffeetopf in der Hand und nachdenklich lächelnd. Er wirkte in etwa so frisch, wie ich mich fühlte – ein bisschen angegangen, aber voller Tatendrang.

»Du kannst etwas Mehl schnupfen, das brauchen wir sowieso nicht«, sagte er zu Mark und legte ihm eine Hand auf die Schulter. »Nach einem Kilo davon merkst du vielleicht was.«

»Lass mich in Ruhe«, raunte Mark und schob die Hand weg.

»Uh. Schon gut, Tiger.« Simon setzte sich auf die Bugreling. Henner kam im akkuraten Tennisoutfit an Deck (hatte der Mann ein *Bügeleisen* dabei?), hievte das Fahrrad an den Partyresten vorbei auf den Steg und verkündete, Brötchen zu organisieren.

»Dein Philosoph, dieser ... äh«, sagte Simon, während wir Henner hinterhersahen.

»Adorno?«

»Jup.« Und die nächste Zigarette. »Der liegt daneben.«

»Lag. Ist seit über vierzig Jahren tot.«

»Geschenkt. Jedenfalls. Von wegen es gibt kein richtiges Leben im falschen. Der Satz ist zu lang. Es gibt kein richtiges *Leben*. Ohne Kompromisse geht es nicht. Man kann zum Beispiel seinen Freunden nicht in die Köpfe schauen. Denk mal daran, wie viele Leute nach der Wende überrascht waren, als sie feststellen mussten, dass ihre halbe Bekanntschaft aus *Inoffiziellen Mitarbeitern* bestand.«

»Schon klar. Er bezog das ja auch in erster Linie auf politische Systeme, in denen es sich Leute bequem machen, obwohl Widerstand angesagt wäre, weil das System zu ächten ist. Auf dein Beispiel bezogen, waren eher die IMs gemeint als jene, die mit ihnen befreundet waren.«

»Trotzdem. Jedes System hat seine Schwächen; *alles* hat Schwächen.«

»Ja, aber man sollte eben daran arbeiten, die zu minimieren. Und wenigstens keine faulen Kompromisse eingehen.«

»Genau das meine ich. Der Gedanke unterstellt, dass es richtig und falsch gibt. Das gibt es aber nur für einen *persönlich* und nicht als absolute Kategorie. Wahrheit existiert nicht.«

Ich sah Simme an, der rauchend auf den Mirower See sah, und konnte mir ein begeistertes Lächeln nicht verkneifen. »Es ist die Eigenart von Aphorismen, dass sie vereinfachen und verkürzen. Ich nehme an, dass du Adorno zustimmen würdest, wenn du sein Gesamtwerk lesen würdest.«

»Das«, sagte Simon bestimmt, »werde ich auch tun.«

Mark stand ächzend auf, warf uns einen Blick zu, der die mimische Entsprechung eines Vogelzeigens war, und lehnte sich über die Bugreling. Erst dachte ich, er würde entzugsbedingt kotzen, aber es war nur eine Art Dehnübung.

»Wir sollten ein bisschen aufräumen«, sagte er dann.

Der Ouzo war alle, aber eine etwas mehr als halbvolle Kiste Bier hatte überlebt. Wir sammelten schweigend ein, wovon wir glaubten, es würde zu unserem Inventar gehören, und schichteten den Rest aufeinander. Ein paar Urlauber kamen und holten Mobiliar ab, wobei sie uns freundlich zunickten.

»Flughafentestkomparse«, sagte Simon plötzlich.

Mark blickte auf. »Ja. Ich meine, wer kann schon von sich behaupten, mal so einen Job gemacht zu haben?«

»Nicht viele«, bestätigte der Handwerker.

»Oder produktfreier Produkttester. Ich war auch mal Schildermodel.«

»Schildermodel?«

»Für die Website einer kleinen Gemeinde irgendwo in Baden-Württemberg. Die haben ihre Wanderwege mit neuen Schildern ausgestattet, und ich habe mich mit zwei anderen Leuten in Outdoorkluft daneben gestellt und fotografieren lassen. Kann man immer noch auf der Website von denen sehen. Mark Rosen, der Kampfwanderer, der sich über die tolle neue Beschilderung freut. Gewandert sind wir allerdings nicht, die haben uns mit einem Jeep rumkutschiert.«

»Feinkörnig«, sagte Simon grinsend.

»Und Testkäufer für eine Kette von Erotikshops. Das war besonders lustig. Und exzellent bezahlt. Über die Eigenschaften diverser Latexpuppen könnte ich eine Menge erzählen.«

Familie *Schöner aussehen* verließ soeben ihr Schiff; die adretten Kinder trugen tatsächlich – gebügelte – Matrosenuniformen, die Jungs steckten in kurzen, dunkelblauen Hosen und die Mädchen in den dazu passenden Röckchen. Papa Adrett hatte ein strahlendweißes Hemd an, außerdem eine Designer-Jeans, deren Markenlogo auch aus der Ferne gut zu erkennen war. Der Hosenstoff bildete praktisch nur den Rahmen um das Signet.

»Hübsche Menschen auf Landgang. Wir sollten sie nicht so einfach davonkommen lassen«, sagte Mark.

Ich dachte *Faktenlage* und erwiderte: »Na ja, so *ganz* sicher können wir uns nicht sein, dass sie uns wirklich losgemacht haben. Bevor wir ihnen also beispielsweise Jauche in die Frischwassertanks füllen …«

Simon unterbrach mich. »Den Spieß mit dieser Unsicherheit können wir auch umdrehen. Mark, hast du noch das doppelseitige Klebeband? Und etwas von der Folie?«

Mark nickte.

»Würdest du es bitte holen?«

»Aye.«

Simon klemmte sich die Verschlusskappe des Eddings zwischen die Lippen und schrieb auf ein DIN-A4-großes Stück Folie:

Falls Sie diejenigen sind, die vor vier Tagen das Boot gewisser anderer Leute losgemacht haben, ist es *möglich*, dass Ihnen diese anderen Leute in den Frischwassertank gepullert haben.
Man sieht sich immer zweimal.
Meint: Das Ouzo-Orakel

»Das Ouzo-Orakel«, murmelte Mark ehrfürchtig. »Feinkörnig.«

»Das ist ein Buch«, sagte ich, zu Simon gewandt. »Von Frank Schulz.«

»Ich weiß«, gab Simon zurück. »Ist mein Lieblingsautor.«

»Ich …«, setzte ich an, aber Simme zwinkerte nur. Dann nahm er die Folie, versah sie mit Klebeband und latschte ziemlich entspannt zu unserem Schwesterschiff. Dort sah er sich kurz nach Zeugen um, betrat den schmalen Seitensteg und befestigte das Schild am vorderen Fenster.

»Sie haben ihr Schiff festgekettet«, sagte er, als er zurückgekehrt war und neues Rauchwerk illuminierte. »Eine Stahlgliederkette mit Fahrradschloss am Heck.«

»Das ist ein Geständnis«, befand Mark.

»Ich weiß nicht«, sagte ich und dachte an Cora. Dann spürte ich plötzlich etwas, eine Wahrnehmung, die sich schwer kategorisieren ließ. Ich sah mich irritiert um und entdeckte Henner, der, das Fahrrad mit dem schlüpferfarbenen Korb schiebend, den Steg entlang auf uns zukam.

Er war nicht allein.

»Finke«, sagte sie, sprach meinen Nachnamen leise aus – Vorwurf, Feststellung und Frage in einem. Ihr Gesicht verriet wenig darüber, was sie dachte und fühlte. Sie musterte mich einfach, fast ein bisschen teilnahmslos.

»Cora.« Ich war überrascht, erschüttert, dachte aber auch darüber nach, was es möglicherweise an Offensichtlichem gab, für das ich Ausreden erfinden müsste. Etwas in mir freute sich ganz enorm darüber, sie zu sehen, und ein anderer Teil empfand dieses Eindringen als Schlag ins Kontor – schließlich war ich unvorbereitet.

»Wow«, sagte Mark. »Feinkörnig. Ich will ein Autogramm.«

Sie sah hinreißend aus, schöner als in meiner eigentlich ziemlich frischen Erinnerung – das Haar reichte inzwischen wieder bis fast über die Schultern, ihre tiefbraunen Augen glänzten im Sonnenlicht, sie hatte – vermutlich im Allgäu – etwas Farbe bekommen, und ihr Gesicht wirkte auf gesunde Weise ein wenig rundlicher als sonst. Nicht dick, aber auch nicht mehr so schmal. Cora trug einen kurzen, dunkelgrünen Rock, elegante Sandalen und ein schlichtes, weißes Top. Als ich im Rahmen meiner Körperbetrachtungen in der Mitte ankam und die sehr leichte Wölbung ihres normalerweise idealschlanken Bauches bemerkte, war es, als würde mir jemand mit einem Anker auf die Rübe prügeln. Alles veränderte sich, und vieles ergab schlagartig einen Sinn.

»Ach du Scheiße«, brachte ich raus. »Du bist schwanger.«

Sie nickte, konnte ein Lächeln nicht unterdrücken. »Dritter Monat.« Cora trat einen Schritt auf mich zu, verkürzte die Entfernung auf einen Meter. »Es ist also noch vor dieser Sache mit den Kondomen passiert.« Und dann, etwas leiser: »Die können auch versagen, ohne dass man sie durchlöchert.«

Reflexartig wollte ich »Ist es von mir?« fragen, schaffte es aber noch, den Reflex zu unterdrücken. Stattdessen nickte ich, schaffte ein Lächeln, während ich nach Gefühlen forschte, war aber offenbar noch zu überrascht, um etwas außer Überraschung zu empfinden.

»Jan-Hendrik hat mir gesagt, dass ihr ein bisschen in Eile seid. Aber ich *muss* einfach mit dir reden. Also fahre ich mit bis – wie hieß das noch?«

»Rechlin«, sagte Henner, der wie ein Konfirmand beim Zählen der Geldgeschenke grinste.

»Bis Rechlin, dort steige ich ins Taxi; die Tour ist noch nicht vorbei, wir spielen heute Abend in Rostock. Das sind wohl zwei Stunden bis Rechlin. Die bekommst du von mir. Was danach wird, weiß ich noch nicht.«

Wir legten ab, was mit einer Frau an Bord – Cora drapierte sich auf dem Vorschiff – äußerst merkwürdig war, und ich war abseits aller anderen, nach und nach eintrudelnden Empfindungen nervös und aufgeregt wie zu Uni-Zeiten, wenn ich One-Night-Stands in meine Wohnung geführt hatte. Mein Angebot, ihr das Schiff zu zeigen, lehnte sie ab, doch sie rümpfte die Nase, als sie bemerkte, wie es im Salon stank, hauptsächlich nach Zigarettenqualm.

»Ich bin nicht für Besichtigungen hier, Finke«, sagte sie knapp. Aber die Schäden an der Backbordseite nahm sie durchaus zur Kenntnis.

Ich tat beschäftigt, prüfte die restlichen Fender, verpackte die Badeleiter, legte den Bootshaken für die Schleusung bereit. Simon stand am Steuer und beobachtete mich grinsend. Mark saß auf der Bank am Bug und musterte Cora ehrfürchtig, zu der sich Henner gesellt hatte, was mich daran hinderte, ihn wenigstens kurz zur Rede zu stellen. Aus Marks Sicht saß da ein Mensch, der es nicht nötig hatte, sich dadurch zu etwas Besonderem zu machen, dass er Modewörter erfand oder Jobs annahm, die äußerst originell, aber völlig bedeutungslos waren. Cora war praktisch der Gegenentwurf zu seinem Dasein: selbstbewusst, zielsicher, talentiert, drogenfrei. Es war gut zu erkennen, worüber Mark nachdachte. Aber ich war zu verwirrt, um mich dafür zu begeistern.

An der Schleuse Mirow ging es flotter als erwartet, wir erreichten die Müritz-Havel-Wasserstraße schon eine gute Viertelstunde nach dem Ablegen. Henner deckte den Frühstückstisch auf der Heckterrasse, und dann aßen wir zusammen, wobei sich Mark und Simon am Steuer abwechselten. Das Essen verlief sehr still, nur einmal sagte Cora kurz, den Blick aufs Ufer geheftet: »Wirklich sehr, sehr schön hier.«

Als Simon anbot, von der Reise zu berichten, sagte sie nur: »Danke, aber ich will das nicht hören.«

Und ich zählte die Minuten bis zur großen Aussprache, schlürfte meinen Kaffee langsam und kaute die Brötchen weit intensiver als erforderlich. Wir passierten eine leichte Ausbuchtung, Cora stand auf, nahm meine Hand und zog mich zum Bug. Ich hielt sie an der Hüfte fest, als wir an den Kabinen vorbeikletterten, und merkte erstaunt, dass ich offenbar einem Schutzimpuls folgte, der wohl mit ihrem ... *Zustand* zu tun hatte.

»Ich wollte abtreiben, aber ich habe es nicht fertiggebracht«, sagte sie schließlich, fast ein bisschen feierlich, als wir auf der Bank saßen. »Deshalb die Reise ins Allgäu, von der ich dir nicht erzählt habe.«

»Und ich habe gedacht ...«

»Schon klar. Daran denkt ihr Männer immer als Erstes, weil *ihr* es so tun würdet. Geheimnisvolle Reisen, durchgearbeitete Nächte im Büro, Seminarwochenenden, all dieses Detektivfilmezeug. Aber ich würde dich nie betrügen.« Und dann, nach einer kleinen Pause. »Ich *hätte* dich nie betrogen.«

Und ich habe es getan, dachte ich. Mit Huren gefickt und mit der Traumfrau aus dem weißen Thunderbird gekuschelt. Ich sah zum Himmel und erwartete, dass ein blendender, alles vernichtender Blitz auf mich herniederzuckte und mich auf der Stelle zu Asche verbrannte.

»Cora, ich ...«

Sie unterbrach mich wieder. »Es ist unverzeihlich, was ich getan habe. Zu versuchen, dich einfach vor vollendete Tatsachen zu stellen. Das war schlimmer als ein Verhältnis oder so etwas. Ich wollte dich zwingen, weil ich es nicht geschafft habe, dich zu überzeugen. Das ist mit Liebe unvereinbar. Ich muss lernen, das zu verstehen.« Sie seufzte, in ihren riesigen Augen glitzerte es, sie neigte den Kopf. »Und ich liebe dich. Vielleicht ist das mein Problem.«

In diesem Augenblick war ich kurz vor einem Geständnis – schließlich hatte sie eine Steilvorlage geliefert, von wegen ihre Tat wäre schlimmer als eine Affäre. In mir tobte ein unüberschaubares Gefühlschaos, eine Mischung aus hingerissener Rührung und ungefähr siebentausend verschiedenen Ängsten.

»Es ist ja nicht geschehen«, sagte ich stattdessen und dachte kurz an Anna. »Du warst schon vor dieser ... Aktion schwanger.«

»Aber ich habe es versucht. Ich wusste ja noch nicht, dass es längst passiert ist.«

»Das spielt keine Rolle«, behauptete ich. »Und es gibt nichts, das ich dir zu verzeihen hätte. Wenn hier jemand um Entschuldigung zu bitten hat, dann wohl ich.«

»Du hast nicht reagiert, hast mich einfach ignoriert.« Sie weinte lautlos. »Ich habe Hunderte SMS geschrieben und ununterbrochen versucht, dich zu erreichen, aber du warst nicht da.«

»Ich dachte, du wolltest mit mir Schluss machen.«

»Und ich habe einen Kliniktermin nach dem anderen verschoben, weil ich die Hoffnung hatte, du würdest dich melden und einfach *Ja* sagen.«

»Ja?«

»Zu uns dreien. Du und ich und der kleine Käfer.«

Du und ich und der kleine Käfer. Wie kurz zuvor am Steg war es, als würde mich jemand mit etwas sehr Schwerem prügeln. Da war sie, eine Abzweigung, hinter der zwei völlig unterschiedliche Leben lagen: Patrick Finke solo, weiter auf der Suche nach irgendwas. Und Papa Patrick, mit Frau Cora und dem *kleinen Käfer*. Ich sah zu ihrem Bauch und bemerkte erst jetzt, dass auch ihre Brüste etwas an Volumen zugelegt hatten. Cora nahm meine rechte Hand und legte sie auf die Stelle, unter der ein knapp drei Monate junges, winziges Herz pochte. Das andere, das ihre spürte ich deutlicher. Und meines. Es schlug mindestens bis zum Kinn, aber selbst meine Kopfhaut pochte im Rhythmus. Die Nutten und die Kanu-Zauberfrauen waren plötzlich bedeutungslos. Es ging nur noch um ein simples Ja oder Nein. Und darum, dass es aus beidem keinen Weg zurück gab.

»Du musst das nicht jetzt entscheiden«, sagte sie leise, ihrem keine Stunde alten Ultimatum widersprechend.

»Doch. Muss ich«, sagte ich tapfer, meinte es aber auch so.

Die Geräusche vom Anlegemanöver waren bereits zu hören, als wir verschwitzt wie saudische Ölarbeiter aus meinem Bett kletterten.

»Sie können hier nicht anlegen!«, brüllte jemand – natürlich wieder eine Frau – mit sich überschlagender Stimme.

»Dauert keine dreißig Sekunden«, gab Mark zurück, der sich offenbar direkt über uns befand.

»Sie *können* hier nicht anlegen!«, wiederholte die Stimme energisch. »Ich rufe die Polizei!«

Ich streifte meine Badehose über, Cora schlüpfte elegant in ihre Klamotten, was ich bedauerlich fand. Wie hatte ich all das auch nur für eine Mikrosekunde vergessen können? Wie dumm kann man eigentlich sein? Ich schüttelte den Kopf über mich selbst.

»Alles in Ordnung?«, fragte sie, etwas besorgt.

Ich lächelte. »Absolut. Feinkörnig.«

»Feinkörnig«, wiederholte sie lachend. »Blödes Wort.«

Zwei Minuten später schritt sie über den Steg von dannen, sich ständig umdrehend, winkend, mir Kusshände zuwerfend – und glücklich. Sie ignorierte die vermeintliche Hafenmeisterin, die mit den Händen in der Luft herumfuchtelte und unaufhörlich »Legen Sie ab! Legen Sie *sofort* ab!« schrie. Die anderen Leichtmatrosen hatten offenbar einfach einen Privatanleger angesteuert.

»Sie ruinieren sich noch die Stimmbänder«, sagte Simon an seiner Zigarette vorbei, während er die Leinen wieder löste.

»Das wird ein Nachspiel haben!«, krähte die Dame, eine hagere Endfünfzigerin in Jeans und Shirt.

»Wissen Sie«, sagte Mark zwinkernd. »Das haben wir während der letzten Tage oft gehört, aber passiert ist nie was.«

»Noch nicht«, merkte Simon leise an und hustete dann.

Mark drehte sich zu mir und nickte dabei heftig. »Die ist ja *unglaublich* süß. Unglaublich. Du Glückspilz.«

Ich nickte ebenfalls.

Der Scheiße-ich-werde-Vater-Kater erreichte mich mit voller Wucht, als wir die Kleine Müritz, an der Rechlin lag, in Richtung Nordwesten verließen. Ich saß auf der Bank, Henner – abwartend – im Schneidersitz ein paar Meter hinter mir, Simon steuerte, und Mark war unter Deck; vielleicht schnupfte er den Staub seiner Kabine in der Hoffnung, dieser enthielte ein paar heruntergefallene Ecgonylbenzoat-Moleküle. Die zurückliegende Stunde hatte alles relativiert, was mir passiert oder woran ich gedacht hatte während der vergangenen Wochen, und es kam mir völlig hirnrissig vor, auch nur darüber spekuliert gehabt zu haben, diese unglaubliche, *unglaublich süße*, fantastische, rührende, hingebungsvolle Frau zu verlassen, aber diese Stunde – vor allem ihr letzter Teil – hatte mich auch vom Kern der Angelegenheit abgelenkt. Cora war schwanger. *Schwanger.* So richtig und in echt: In fünf, sechs Monaten würde sie das blut- und schleimverschmierte Ergebnis unserer Chromosomenverschmelzung der staunenden Welt präsentieren, einen kleinen Patrick oder eine kleine Cora, und diese staunende Welt wäre danach völlig anders.

Kein Stein mehr auf dem anderen. Ich wurde Vater. Ende mit Patrick, Anfang mit Papa. Auch wieder so eine Alliteration.

Heiliges Kanonenrohr. Oder, um es mit Mark zu sagen: Feinkörnig.

»Es tut mir leid, dich so überrascht zu haben. Aber es musste einfach sein.«

Ich warf Henner nur einen kurzen Blick zu und sah wieder auf das Wasser. Links von uns verschwanden die Häuser eines kleinen Dorfes hinter den Bäumen, der Flusslauf knickte leicht nach rechts ab, wir überholten soeben eine Armada dunkelroter Kanus, aber natürlich befand sich in keinem davon Anna, die ohnehin längst auf dem Heimweg war. Was keinerlei Gefühle in mir auslöste. Mein Fokus war um hundertachtzig Grad geschwenkt. Vorläufig? Vorübergehend? Endgültig? Das hätte ich gerne gewusst.

»Ich müsste eigentlich sauer auf dich sein«, sagte ich nach einer Weile. »Tendenziell bin ich allerdings eher dankbar. Auf diese Weise verlief es wahrscheinlich sanfter und harmonischer, als es an Land abgelaufen wäre.«

»Glückwunsch«, sagte er vieldeutig.

»*Du* weißt, was es bedeutet, Vater zu sein. Ich kenne das bisher nur in der passiven Variante.«

»Und du hast immer noch keine Ahnung, ob du das wirklich willst.«

Ich nickte.

»Das weiß man auch erst *danach*. Man kann es nicht antizipieren, so wie man auch nicht wissen kann, wie es ist, äh, keine Ahnung, *tot* zu sein.« Er hob die Hände ob des unglücklichen Vergleichs. »Ein Kind ist … alles. Chaos, Rührung, Herzlichkeit, Angst, Panik, Erschöpfung und endlose Glückseligkeit. Täglich was Neues, jahrelang.«

Das ziemlich endgültige Wörtchen *jahrelang* verursachte eine Gänsehaut bei mir. »Man kann nur leider nicht ausprobieren, wie sich das im konkreten Fall darstellt«, murmelte ich.

»So ist es. Völlig unmöglich.«

»Ob sie schon etwas spürt?«

»Darauf kannst du Gift nehmen. Trinken wir ein Bier?«

Ich nickte wieder. »Mindestens.«

Wir warfen einen Blick auf die Müritz und waren rechtschaffen begeistert. Vor uns lag ein *Meer*; der gewaltige Tümpel verlor sich am Horizont im Nichts und ging direkt in den knallblauen Himmel über. Zugleich vermittelte der Ausblick etwas Melancholisches. Diese enorme Weite stand in krassem Kontrast zur pittoresken Behaglichkeit der kleinen Seen und Kanäle, die wir bisher befahren hatten. Erstmals kam mir unser Schiff ziemlich klein vor. Und ich mir selbst auch. Außerdem markierte dieser Moment, dass unsere Reise definitiv ihrem Ende entgegenging – ab hier wäre alles nur noch *Rückfahrt*. Ich fand das schade, spürte, dass ich ab morgen etwas sehr vermissen würde. Ein Blick in die Gesichter der anderen verriet, dass es ihnen offenbar ähnlich ging, vielleicht von Mark abgesehen, der etwas anderes noch sehr viel mehr vermisste.

»Hübsch«, sagte Simon.

Mark nickte stumm. Henner kämpfte mit der Karte.

»Hier sind mächtig viele Untiefen und unreiner Grund. Wir müssten Schwimmwesten anlegen. Und uns bei der Basis melden.« Er verzog das Gesicht.

»Es ist sowieso zu spät«, sagte ich. »Wenn wir es zurück nach Fürstenberg schaffen wollen, müssen wir mächtig ranklotzen.«

»Wir haben sie gesehen«, sagte Simme und rauchte eine Fluppe auf die Müritz.

»Ja, das haben wir«, sagte Henner, offenbar erleichtert, dann stießen wir feierlich auf den Teich an und wendeten das Boot. Damit zeigte unser Bug praktisch direkt auf denjenigen des Schöne-Familie-Schwesterschiffs, das soeben in den See einfuhr, keine dreißig Meter von uns entfernt. Die Folie vom Fenster hatten sie entfernt.

»Ahoi!«, rief Mark, wieder deutlich entspannter als noch am frühen Morgen. Dann stellte er sich an die Reling, ließ die Badehose runter und pisste demonstrativ ins Wasser.

Der Mann – natürlich stand der Mann am Steuer – hielt auf uns zu und stoppte kurz vor einer Kollision ziemlich gekonnt auf.

»Sie!«, sagte er laut, während er zum Bug kletterte. »Sie!«

»Ahoi«, sagte Mark abermals.

Die Frau trat hinzu, Kinder versammelten sich auf dem Vorschiff, neugierig zu uns herüberlinsend; immerhin hatte Mark sein Gemächt inzwischen wieder verstaut.

»Sie«, wiederholte er, aber schon etwas weniger energisch, vermutlich weil wir ihn auf die Art anlächelten, wie Pfleger das mit Psychiatriepatienten tun. »Sie haben ... Sie haben ... unser Wasser verunreinigt.«

»Verunreinigt«, wiederholte Mark.

»Ja. Das ist eine bodenlose Unverschämtheit.«

»Und wer behauptet das?«, fragte Simon. Unsere Boote schwammen unmittelbar voreinander, quietschend berührten sich die Gummipuffer. Wie zwei Boxer, die im Ring die Stirnen aneinanderpressen, wobei sie sich schwitzend, keuchend und mit blutunterlaufenen Augen niederzustarren versuchen.

»Dieser Zettel«, sagte nun die Frau, die eine etwas piepsige Stimme hatte. »Der war doch von Ihnen.«

»Wir rufen die Polizei«, meinte der Mann, zwar leiser und an seine Gattin gerichtet, aber für uns gut hörbar.

»Schon wieder«, murmelte Simon grinsend.

»Wir haben gute Connections zur örtlichen Polizei«, erklärte Mark. In gewisser Weise stimmte das sogar.

»Um was genau zu erreichen?«, fragte Simon nun, an den

Mann gewandt, zündete sich eine Zigarette an, betrachtete kurz die leere Schachtel, zerknüllte sie und warf sie dann auf das andere Boot, was ich als unangebracht rüpelhaft empfand. Der adrette Kapitän machte einen überraschten Schritt beiseite, als hätte Simon eine tote Ratte hinübergeworfen.

»Sie haben unser Boot losgemacht«, sagte ich möglichst freundlich.

»Haben wir *nicht*«, piepste die Frau.

»In diesem Fall«, sagte Simon langsam, »haben wir auch nicht in Ihren Frischwassertank gepinkelt.«

Die beiden blickten redlich konsterniert. Ich dachte an Schrödingers Katze.

»Also. Haben Sie oder haben Sie nicht?«, fragte sie.

»Haben *Sie* oder haben Sie nicht?«, fragte Simon zurück.

»Haben wir nicht«, beharrte die Frau, aber deutlich kleinlauter. Die Kinder kicherten. Sie wussten ja, was tatsächlich geschehen war. Und ihre endfeinen Eltern logen gerade in aller Öffentlichkeit.

»Dann ist ja alles klar«, meinte Mark und drehte sich zu Henner, der am Steuer stand. »Volle Kraft voraus.«

»Aber, Moment mal! Wir müssen jetzt den Tank abpumpen lassen. Wie stellen Sie sich das vor?«

»Auf jeden Fall lustig«, sagte ich, dann gab Henner Vollgas. Mit nur einer Handbreit Abstand schipperten wir an den hübschen Menschen vorbei, die wahrscheinlich demnächst irgendwo anlegen und ihren Wassertank leerpumpen lassen würden. Fast fünfzehnhundert Liter, und das vielleicht zweimal, schließlich musste der virtuelle Urin ja gründlich weggespült werden.

»Fünfundvierzig Kilometer. Bei einem Schnitt von 7 km/h und ohne Berücksichtigung der Schleusenzeiten sind das sechseinhalb Stunden.« Henner sah von der Karte auf und zur Armbanduhr. »Halb eins. Kaum zu schaffen. Und es sind fünf Schleusen, die uns mindestens eine weitere Stunde kosten. Wenn wir irres Glück haben und nichts los ist.«

»Lassen wir den Topf fliegen«, sagte Simon.

Was wir auch taten – Mecklenburgische Seenplatte im Schnelldurchlauf. Statt der vorgeschriebenen Geschwindigkeit fuhren wir mit über 10 km/h durch die Müritz-Havel-Wasserstraße, Simon am Steuerstand, der eine wild winkende Bootsbesatzung nach der anderen überholte, die restlichen drei Männer in den Kabinen, um die Sachen zu packen. Ich fühlte mich dabei ein bisschen wie beim Abspann von *American Graffiti*, der in mir immer den Wunsch ausgelöst hatte, auf Anfang zurückzustellen und gleich wieder in die beschaulich-dramatische Post-Kindheits-Welt von Steve, Milner, Laurie, Froschauge, den *Pharaohs* und, natürlich, Curt einzutauchen. Noch während ich das dachte, wurde mir bewusst, dass der Film und seine ganz persönliche Botschaft an mich während der vergangenen neun Tage ihre Unschuld verloren hatten. Vielleicht würde ich ihn mir abermals anschauen, irgendwann, möglicherweise sogar mit Cora und dem *Käfer*, aber Curt sagt seiner Traumblondine am Ende, als sie ihn auf dem Parkplatz anruft, dass es nicht, wie sie vorschlägt, möglich sei, ihn beim *Cruising* wiederzutreffen, weil er eine andere Entscheidung getroffen habe. Und genau das hatte ich am heutigen Tag auch getan, eine Entscheidung getroffen. Das Cruising war vorbei. Ein merkwürdiges Gefühl. Irgendwie erfrischend. Auf beängstigende Weise.

Hinter Mirow – nur zwanzig Minuten Wartezeit an der Schleuse – nahm Simon seine Telefonphalanx in Betrieb, die sofort ein etwa fünfzehnminütiges Nachrichteneingangsgepiepe startete.

»Du hast also Wort gehalten«, sagte ich erstaunt in das polyphone SMS-Orchester.

»Manchmal tue sogar ich das.«

Zotzensee, Mössensee, Vilzsee, Schleuse Diemitz (fünfzig Minuten), Labussee – wir droschen mit Höchstgeschwindigkeit über die Gewässer, alle Zeiger auf Anschlag, räumten Schränke auf, füllten Mülltüten (größtenteils mit überflüssigem Proviant), stellten Rucksäcke, Reisetaschen und Koffer bereit. Vierzig Minuten an der Schleuse Canow, danach Canower See, Kleiner Pälitzsee, Großer Pälitzsee. Ein halbes Dutzend Schiffe im freien Gewässer vor der Einfahrt zur Schleuse Strasen, der Warteplatz dahinter voll bis zum Anschlag. Simon kochte einen Riesentopf Spaghetti mit Fantasiesoße, mit tomatenverschmierten Mündern grüßten wir den Schleusenwärter, der uns aber nicht erkannte und nur müde nickte. Als wir den Ellbogensee erreichten, ging es auf halb sieben zu. Es kam mir vor, als wären wir gerade erst auf der Müritz gewesen.

»Wir müssen in Priepert halten«, sagte Simon bestimmt. »Wir *müssen*.«

»Wir haben keine Zeit«, sagte Henner, Schweiß auf der Stirn, eine kleine Seenlandschaft rund um die Mückenstichhügel. »Die Schleusen schließen um acht.«

»Das schaffen wir. Nur fünf Minuten.«

Also taten wir auch das; Simon sprang von Bord, noch bevor der Topf neben der Abpumpanlage angelegt hatte, sprintete – schon nach ein paar Schritten laut keuchend – zum Hafenmeistereihäuschen. Wir räumten weiter. Fünf Minuten vergingen, zehn, fünfzehn, zwanzig.

»Es sind verdammte neun Kilometer bis zur letzten Schleuse«, stöhnte Henner. »Mindestens eine Stunde.«

Ich wählte Simons Nummer, irgendeine. Aus seiner Kabine antwortete ein Telefon. Mark rannte los. Fünfundzwanzig Minuten, dreißig. Er kehrte zurück, schüttelte schon den Kopf, als er noch zwanzig Meter entfernt war.

»Da ist niemand. Kein Simon, keine Karola. So hieß die doch, oder?«

»Scheiße«, sagte Henner.

Ich sah auf die Gewässerkarte. »Die Schleuse öffnet um sieben, danach sind es nur noch drei Kilometer, also maximal eine halbe Stunde. Wir könnten auch hier übernachten und morgen in aller Frühe losfahren. So gegen sechs.«

»Gegen sechs«, wiederholte Mark. »Das ist sehr lange her, dass ich mal um sechs aufgestanden bin. Wobei ... ich glaube, in der Flughafentestzeit musste ich zweimal sogar um fünf aufstehen.«

Nach insgesamt anderthalb Stunden kamen Simon und Karola den Steg entlang, einander innig umarmend. Simon legte den Kopf schief.

»Tut mir leid, ist etwas dazwischengekommen. Aber wir können hier übernachten und morgen in aller Frühe losfahren.«

»Simon«, sagte Henner, die Hände etwas albern gegen die Hüfte gestemmt. »Ich mag dich, aber du bist ein verdammtes Arschloch. Eines, um das herum die Worte *äußerst unzuverlässig* tätowiert sind.«

»Ich weiß«, sagte Simme, zog Karola zu sich und küsste sie intensiv. »Aber ich arbeite daran. Und ich habe auch gute Neuigkeiten.«

Wir bekamen einen Liegeplatz neben einem Segelboot mit dem Namen *Die vier Fragezeichen* und enterten abermals die Restaurantterrasse – es war ein bisschen wie Nachhausekommen.

»Also«, sagte ich, während wir das erste Bier schlürften, erfrischend und äußerst delikat nach den Anstrengungen des Tages. »Gute Neuigkeiten.«

Simon sah zu Karolas Kabuff. »Diese Frau ... so etwas hatte ich lange nicht mehr. Daraus könnte wirklich etwas werden.«

»Glückwunsch«, raunte Mark, völlig ironiefrei.

»Sie macht das hier allein. Hafenbetrieb, Slipanlage, eine

kleine Werkstatt mit zwei Angestellten, ausgelastet mit Bootspflege, den ganzen Winter über. Das Restaurant gehört ihr auch, ist aber verpachtet. Ihr Mann hat sie vor drei Jahren verlassen. Sie braucht jemanden. Und sie hat mir angeboten, einzusteigen.«

»Das ist ein bisschen, als würde man die Haare absichtlich in eine Kolonie Kopfläuse stecken, mit Verlaub«, sagte Henner.

»Ich kann mich ändern«, sagte Simon, nickte aber. »Das habe ich schon einmal getan. Mir fehlte bisher nur die Motivation.«

»Es ist schön hier«, sagte ich, etwas hilflos.

»In Neustrelitz gibt es ein ambitioniertes Laientheater«, fuhr Simon fort. »Karola kennt einen Zahnarzt in Waren, der mich auf Kredit restaurieren würde. Und«, er senkte die Stimme, »sie würde mir etwas Geld leihen. Für Armend. Zehntausend.«

»Fehlen noch dreißig«, sagte ich.

»Zehn von mir«, erklärte Henner, als hätte er auf diesen Moment gewartet, und atmete dabei lautstark durch die Nase aus. »Vielleicht fünfzehn.« Er seufzte. »Ach, klar. Fünfzehn.«

Ich rechnete kurz. »Sieben, möglicherweise acht. Mehr würde mir wirklich wehtun.«

»Das sind dreiunddreißig.« Simon wagte es nicht, uns bei diesen Worten anzusehen. »Aber es wird eine Weile dauern, bis ich euch das zurückzahlen kann.«

»Definiere *eine Weile*«, sagte ich, schüttelte aber sofort den Kopf, als mich der Handwerker und zukünftige Hafenmeisterinnenlebenspartner betreten ansah.

»Ich kann die fünfunddreißig rund machen«, sagte Mark, der bis dahin geschwiegen hatte. »Mehr ist nicht drin.«

Simon traten Tränen in die Augen. Er stand auf, zündete sich währenddessen eine Zigarette an und kletterte von der Terrasse. Sein Oberkörper bebte.

»Vielleicht genügt das, um den Albaner zu beruhigen«, murmelte Henner.

»Vielleicht«, wiederholte Mark, und es war seine erste Wiederholung, die auch etwas aussagte.

Das Restaurant schloss um halb zwölf, aber Karola schleppte ein paar Kisten Bier auf die Terrasse. Wir tranken schweigend, sahen in die Sterne und bemerkten erst nach einer Weile, dass es nach den kurzen, aber heftigen Böen am frühen Abend inzwischen deutlich kühler geworden war. Nacheinander holten wir Jacken und Fleecepullis. Ein paar Leute gesellten sich zu uns, irgendwann kamen Gespräche in Gang, aber ich lauschte nur, sog die frische, würzig duftende Luft ein und umschwamm metaphorisch den Melancholiestrudel. Die Stunden rannen dahin, Stunden, die uns von der Schiffsrückgabe und der Heimkehr trennten, von Cora und dem *Käfer*, vom Adoptiveltern-Reihenhaus in Britz, von *Konnswehla*, Pflegekindern und der ungeliebten Kirche, aber auch von jenem Moment, in dem wir uns die Hände reichen, uns möglicherweise umarmen würden und mit je drei neuen Freunden ausgestattet wären. Ich sah die Leichtmatrosen an, den überhaupt nicht mehr so tumben Henner, den strukturfreien, aber auf seine Art liebenswerten Mark, und Simon, das kompakte Chaos mit Einstein'schen Qualitäten. Wie merkwürdig! Jede Wette, vor zehn Tagen abgeschlossen, hätte ich heute verloren, und es gab wenig, das sich je besser angefühlt hatte.

Gegen drei beschlossen wir, einfach durchzumachen. Simon und Karola tanzten wieder zu Musik, zu der tanzen eigentlich unmöglich war, während ich Henner zuhörte, manchmal mit mir sprechend, meistens aber vor sich hin murmelnd, wobei er Optionen prüfte. Ungefähr in diesem Moment erfasste mich ein unbeschreibliches Glücksgefühl, kam endlich bei mir an, was die Konsequenz dessen wäre, was mir heute passiert war. Cora würde bei mir bleiben. Wir würden eine Familie gründen, was auch immer das bedeutete, aber es bedeutete in jedem Fall, dass ich damit aufhören würde, mir einzureden, das Leben ließe sich an jedem Morgen neu erfinden.

Die aufgehende Sonne tupfte weißgelbes Licht an den Horizont, es war zwar windstill, aber die Temperatur war inzwischen bei bestenfalls noch zehn, elf Grad angelangt. Simon und Karola schmusten an Bord der *Tusse*, Henner war vor einer halben oder ganzen Stunde zu einem Spaziergang aufgebrochen, Mark schlief, schräg auf seinem Klappstuhl hängend. Ich ging an Bord, kochte Kaffee, setzte mich mit einem Becher in der Hand aufs Deck und sah der Sonne zu. Der Himmel färbte sich graublau, der Ellbogensee lag glatt wie eine Eisfläche. Kein Lüftchen ging, aber über dem Wasser kräuselten sich erste Nebelfetzen. Es war kalt. Es blieb kalt. Um halb sechs klopfte ich an Simons Kabinentür, hörte unaufgeregtes Gepolter. Henner kam, goss sich einen Kaffee ein und legte sich auf die Bank im Salon. Mark folgte ihm kurz danach, rieb sich die Augen und nahm sich ebenfalls Kaffee. Simon und Karola krabbelten aus der Kabine, verabschiedeten sich voneinander. Wir lösten die Leinen, setzten Kurs auf Fürstenberg und kamen uns wahrscheinlich allesamt wie Pioniere auf dem Weg in eine unbekannte Welt vor. Zumal der Nebel sekündlich dichter wurde, als wolle jemand um jeden Preis verhindern, dass wir pünktlich die Basis erreichten.

Tag 10:
Slippen

Slippen – Wasserfahrzeuge
mit Hilfe eines Bootstrailers
oder Slipwagens zu Wasser lassen
oder aus dem Wasser holen.

Nach etwa vier Kilometern, als wir an der Engstelle ankamen, die vom Ellbogensee in den Ziernsee führte, hatte die Suppe etwa die obere Relingkante erreicht. Es war nicht so, dass wir nichts mehr sehen konnten oder gar unfähig waren, zu navigieren, doch die *Tusse* schwamm praktisch durch den Nebel, als hätte sie zwei statt nur einen Meter Tiefgang. Der Dunst dünnte aber oberhalb der Aufbauten deutlich aus, so dass die Ufer und sogar die Ausfahrtbaken auszumachen waren, wenn man die Augen zusammenkniff und das Ziel ausreichend lange fixierte. Ein faszinierendes und irgendwie beklemmendes Erlebnis. Es war mir unmöglich, die Geschwindigkeit des Schiffes abzuschätzen, dazu kam die nur vom Plätschern und Motorgeräusch des Bootes unterbrochene Stille. Niemand sonst war auf die Idee gekommen, zu dieser unchristlichen Uhrzeit aufzubrechen. Auch der Ziernsee lag völlig still, und an Bord blieb es ebenso ruhig. Simon saß, schweigend und rauchend, am Bug, während wir anderen drei im Salon herumlungerten und in alle möglichen Richtungen glotzten.

Dann verließen wir auch den Ziernsee, bogen in die Steinhavel ein, erreichten kurz darauf den Menowsee, unseren ersten nächtlichen Ankerplatz. Danach wurde es etwas brenzliger, fast wie in jener Nacht, als wir Simon abgeholt hatten, nur in umgekehrter Richtung. Der Nebel schien sich wellenartig anzuheben und abzusenken. Manchmal betrug die Sicht geschätzt zwanzig, dreißig Meter und sank dann schlagartig auf einen Wert nahe null ab. Henner am Steuer schwitzte stark, obwohl es im Boot empfindlich kühl war. Der Drehzahlmesser zeigte gerade noch so an, dass der Motor arbeitete, aber das doch recht plötzliche Auftauchen der Straßenbrücke Steinförde *über uns* überraschte die komplette Besatzung.

»Wow«, flüsterte Mark.

»Wir sollten vielleicht anhalten«, sagte Henner, das Gesicht tropfnass von Schweiß und Luftfeuchtigkeit, während er hektisch der Tatsache Rechnung trug, dass die Steinhavel eine Kurve vollführte – die wir nicht wirklich sehen konnten, nur die Karte verriet das. Hier *musste* eine Kurve sein.

»Wir können hier nicht anhalten«, sagte ich. »Sind denn wenigstens alle Lichter an?«

Henner nickte.

Nur wenig später – ob wir nun hundert oder nur zwanzig Meter von der Brücke entfernt waren, keine Ahnung – wurde es vor uns etwas besser. Der Pfarrer schnaufte, und ich konnte Simons Zigarettenqualm wieder vom Nebel unterscheiden. Henner kämpfte; das Boot befand sich riskant dicht am rechten Ufer.

An der Schleuse war niemand, aber offenbar war auch im Wärterhäuschen keiner. Die Ampel zeigte doppelrot – Schleuse außer Betrieb.

»Es ist zehn nach sieben«, schimpfte Henner.

Als hätte das jemand gehört, sprang die Ampel auf Grün um, während sich zugleich auf gespenstisch geräuschlose Weise die Tore öffneten. Erstmals während dieser zehn Tage fuhren wir völlig allein in eine Schleuse. Um kurz vor halb acht verließen wir sie wieder, winkten dem Wärter, der das ignorierte, und während wir das restliche Stück Steinhavel befuhren, änderte sich das Wetter auf einmal. Die letzten Nebelfetzen lösten sich auf, dafür setzte starker Wind ein, dessen tatsächliche Stärke wir anhand der sich heftig neigenden Baumspitzen nur abschätzen konnten, aber erst zu spüren bekamen, als wir aus dem Flüsschen in den See einbogen, an dem der Heimathafen lag. Schlagartig wurde die *Tusse* um gute zwanzig Meter versetzt, das westliche Ufer glitt rasch auf uns zu, schaumgekrönte Wellen klatschten gegen Bug und Seitenwände. Trotz Vollgas, Simons Spezialtuning und stark eingeschlagenem Ruder rackerte das Schiff scheinbar erfolglos gegen die Böen an. Mark turnte, die Haare im brausenden Wind wehend, über das Deck und sammelte ein, was nicht befestigt war oder noch an Wäscheklammern an der Reling hing, sogar die Plastikstühle von der Heckterrasse musste er reinholen. Simon schaffte es nicht, sich im Salon Zigaretten anzuzünden, obwohl nur die Hecktüren geöffnet waren, und musste dafür immer wieder unter Deck gehen. Außerdem war das Schauspiel bemerkenswert laut; es kam mir sogar sehr viel lauter vor als das Gewitter an der Schleuse Schorfheide, und natürlich krachte und klirrte es wieder in den Schränken. Wir mussten – überwiegend nutzlose – Anweisungen und Hinweise schreien, während das stampfende, zitternde und schwankende Boot wie in Zeitlupe und nahezu unmerklich die Distanz zum Hafen verringerte, wobei redlich starke Gischt an Bug und Backbord hochspritzte. Zwei bauartähnliche, aber kürzere Schiffe trudelten dicht vor dem Ufer herum, das eine Schiff strandete dann, im windgepeitschten Schilf verschwindend, während die Besatzung des anderen kurzerhand den Buganker auswarf und sich so wenigstens eine vorübergehende Verschnaufpause verschaffte – allerdings zerrte der Wind auch an diesem Boot so stark, dass es sich weiter dem Seerand näherte.

»Irgendwer will nicht, dass wir heimfahren!«, brüllte Simon grinsend, während die *Tusse* mit leichter Schräglage durch die Wellen knallte.

»Feinkörnig!«, krähte Mark zurück.

Als wir den Hafen schließlich erreichten, schlugen vier Versuche fehl, aufzustoppen und mit dem Heck auf einen freien Platz zu zielen, da uns der stürmische Wind immer wieder weit davontrieb. Die Schiffe, die bereits festgemacht hatten, polterten und donnerten aneinander. Beim fünften Versuch rechnete Simon, der das Steuer übernommen hatte, den Wind ein und brachte uns endlich wenigstens in die Nähe des Anlegers. Wir hantierten mit Bootshaken und mehrfach erfolglos in Richtung Land geworfenen Leinen, bis es plötzlich eine kurze Flaute gab und wir festmachen konnten. Danach setzte der Wind sofort wieder in unverminderter Stärke ein.

Im Heimathafen herrschte bereits intensiver Betrieb. Etwa ein Dutzend Bootsbesatzungen waren dabei, Gepäck, Müll und Proviantreste von Bord zu schaffen; um die Köpfe der Touristen flatterten deren Haare im Wind, wodurch die Szenerie etwas Endzeitmäßiges hatte, an Bilder aus wirbelwindgeschädigten Gebieten in den USA erinnerte. Wir holten die beiden letzten verfügbaren Bollerwagen, fuhren viermal, jeweils zu zweit die Wagen sichernd, um den Discovery zu beladen. Die Karre sah ziemlich mitgenommen aus, staubig und verklebt, als wäre jemand in Henners Abwesenheit heimlich mit dem Ding im Gelände gewesen. Wir arbeiteten schweigend, kehrten dann zum wackelnden Schiff zurück, um den Augenblick der Wahrheit abzuwarten: die Rückgabe. Von den offensichtlichen Schäden abgesehen, hatten wir den Geschirrbestand auf knapp ein Drittel reduziert (aktuelle Sturmschäden nicht mitgerechnet), außerdem hatten wir vergessen, Simons Dieseltuning rückgängig zu machen, und im Boot stank es nach Zigarettenqualm wie in einer dicht besetzten Neuköllner 24-Stunden-Eckkneipe. Henner setzte sich an den Tisch und schrieb mühevoll – der Kahn schwankte ziemlich – eine Schadensliste, während wir anderen draußen auf der Terrasse saßen, uns die Haare aus dem Gesicht wischten und den Cheftechniker beobachteten, der, leicht geneigt im Wind stehend, nacheinander mehrere Besatzungen verabschiedete – äußerst kurz, knapp und sehr leidenschaftslos, es dauerte jeweils keine halbe Minute. Noch zwei Boote, noch eines. Dann stand er vor uns, genau in dem Augenblick, als der Wind wieder abflaute. Henner kam ans Heck, die krakelige Liste in der Hand.

»Da sind ein paar Sachen«, sagte er, etwas zu laut, als würde es immer noch tosen.

Der Techniker betrachtete das Boot. Die beschädigte Heckreling war nicht zu übersehen, das Fehlen eines Gutteils der Fender ebenso. Er kniff die Augen zusammen.

»Fährt das Ding noch?«, fragte er.

»Durchaus«, sagte ich.

»Na. Ihr habt das *Ruspi*, oder?«

Ich versuchte, mich zu erinnern. Ach ja, das Rundum-sorglos-Paket. Ich nickte. »Ja, Ruspi.«

»Dann ist alles fein. Ab durch die Mitte.«

»*Was?*«, fragte Jan-Hendrik konsterniert. Er hob den Zettel in die kaum noch bewegte Luft, fast etwas anklagend. »Wir ...«

»Es schwimmt, der Motor läuft«, unterbrach ihn der Chartermensch. »Alles andere ist unsere Sache. Das bisschen Kleinkram kostet uns eine Stunde in der Werft, die ist da vorne.« Er wies zur Ausfahrt in Richtung Fürstenberg. »Und natürlich rechnen wir mit der Versicherung mehr als eine Stunde ab.« Er grinste lahm.

»Das Ruderblatt sollten Sie sich allerdings genauer ansehen«, sagte Simon und bot dem Mann eine Zigarette an, die dieser annahm. »Und die Motordrosselung auch.«

»Machen wir. Und jetzt haut ab, bevor ich es mir anders überlege.«

Wir waren immer noch überrascht, als wir Fürstenberg längst hinter uns gelassen hatten.

»Feinkörnig«, sagte Mark. »Und ich habe gedacht, wir müssen den lädierten Kasten *kaufen*.«

»*Ruspi*.« Simon grinste. »Ist wahrscheinlich sogar ein gutes Geschäft für den Charterer.«

Der Nebel hatte sich komplett gelichtet, aber es war weiterhin kühl (behauptete das Außenthermometer des Autos), und jetzt zog tiefhängende, dunstartige Bewölkung auf. Die Sonne war bestenfalls zu erahnen, ein weißgelber, flächiger

Fleck links von uns, eine Handbreit über dem Horizont. Das blieb auch so ähnlich, bis wir die Stadtgrenze von Berlin erreichten, knapp anderthalb Stunden später.

»Übrigens«, sagte Henner plötzlich und drehte sich kurz zu Mark. »Ich war mit dem Wagen sofort im Gelände, als ich ihn bekommen habe. Mehrfach. Eine Kiesgrube in der Nähe von Jüterbog. Und einmal so eine Strecke in Sachsen, ein Areal nur für SUV-Besitzer.«

»Hä?«, fragte Mark.

»Du hast das gefragt, als wir losgefahren sind. Ob ich mit dem Auto im Gelände war.«

»Stimmt ja«, sagte Mark nickend.

»Eigentlich wollte ich einen Defender kaufen, einen *Fendi*. Das ist quasi die robuste Version. Kantiger, nackter Stahl und so geländetauglich wie ein Kamel. Aber ich war zu vernünftig.« Er grinste.

»Kannst du ja immer noch machen«, sagte Simon.

Das waren die letzten Worte, die vor der Verabschiedung gesprochen wurden. Am Treffpunkt umarmten wir uns nacheinander, sehr herzlich, standen schließlich ein bisschen verloren da, weil keiner den ersten Schritt machen wollte. Das Land unter mir schwankte, stellte ich verblüfft fest.

»Wir sollten das wiederholen«, sagte ich.

»Nächstes Jahr?«, frage Henner und lächelte.

»Beispielsweise.«

»Feinkörnig«, sagte Mark.

Ein Jahr später: Ankern

Ankern – ein Wasserfahrzeug
mit Hilfe einer Einrichtung,
die Anker genannt wird, am Grund
oder auf Eis festmachen.

»Und von so einem Idioten wie mir willst du wirklich ein Kind?«, fragte ich Cora, zehn Tage nach dem Abschluss der Hausboottour, als wir uns in Hamburg trafen, wo sie den Abschluss *ihrer* Tour feierte, die deutlich mehr als nur ein Achtungserfolg werden würde, wie sich abzeichnete. Wir lagen nachts um halb zwei auf dem Bett in ihrem Hotelzimmer und atmeten schwer von fantastischem Sex. Das Hotel war ein futuristischer Glasbetonbau, dessen Zimmer raumhohe Fenster hatten. Vor uns lag der nächtliche Hamburger Hafen, lichterübersät und auch zu dieser Zeit noch sehr geschäftig. Ich sah die riesigen Schiffe und verspürte eine diffuse Sehnsucht, die aber nicht dazu in der Lage war, das Glücksgefühl des Moments zu überdecken. Wasser und Wasserfahrzeuge hatten mir früher weniger als nichts bedeutet; all das war so sehr Bestandteil meiner Lebensplanung gewesen wie Regenwald, Rumänien oder Raumfahrt, aber inzwischen büffelte ich die Fragebogen für den *Sportbootführerschein Binnen*, denn bei der Wiederholung unserer Reise wollte ich kein Charterscheinkapitän mehr sein, sondern ein richtiger. Henner und ich waren für einen Wochenendkurs angemeldet, der im August irgendwo südlich von Berlin stattfinden würde, und Karola würde schon dafür sorgen, dass ihr neuer Lebenspartner entsprechende Prüfungen ablegte oder die nötigen Scheine über Beziehungen bekam, ohne etwas dafür zu tun. Simon hatte sich inzwischen mit Armend getroffen, wie er uns beim Badminton erzählt hatte, die fünfunddreißig Riesen übergeben und von einem der Bodyguards einen satten Schlag in den Magen für die fehlenden fünf bekommen – einen Schlag, der ihn für eine geschlagene Viertelstunde auf die Bretter geschickt hatte. Danach war er aufgestanden und hatte, eine frische Fluppe zwischen den Lippen, keuchend gefragt, was jetzt noch zu leisten wäre. Inzwischen war er dabei, den ursprünglichen Auftrag kostenlos zu erfüllen, und in zwei oder drei Wochen würde er dann nach Priepert umziehen, was das Ende unserer Federballrunde markieren würde. Das stünde auch Mark bevor, also: umziehen. Schon während unserer Fahrt hatten seine Adoptiveltern beschlossen, den Tatsachen ins Auge zu sehen, und den Verkauf des Hauses in Marks Abwesenheit angeleiert, um in ein Pflegeheim zu wechseln. Beim Offenbarungsgespräch im Reihenhaus in Berlin-Britz hatte es viel Heulen und Zähneklappern gegeben.

»Weißt du«, sagte Cora. »Es ist okay, wenn du dich als Idioten verkaufen willst, Finke. Aber du weißt, dass du keiner bist, und ich weiß das auch. Vielleicht bist du alles Mögliche, möglicherweise sogar ein Arschloch, wenn auch ein ziemlich liebenswertes. Ein Idiot weiß nicht, was er tut, und er trägt auch keine Verantwortung dafür. Du hast nur eines dieser beiden Probleme.«

Ich legte meine Hand auf ihren Bauch. Ihr Körper bebte noch von der Anstrengung, aber ihre Bauchdecke spannte auch, ließ deutlich spüren, was sich darunter tat. Ich sah ihre Brüste an und war ziemlich begeistert. Ich war alles andere als ein Busenfetischist, aber ihre Schwangerschaftsmöpse mochte ich *wirklich*.

»Ich muss dir etwas gestehen«, sagte ich leise und zog die Hand vorsichtig weg. »Etwas, das auf dem Boot passiert ist.«

Sie richtete sich auf. »Ich will das nicht wissen«, sagte sie energisch. »Egal, was es ist.«

»Warum nicht?«

»Wenn du etwas gestehen willst, willst du von mir wahrscheinlich auch Absolution, und das kann ich dir nicht versprechen. Außerdem war das in jeder Hinsicht eine besondere Situation. Wenn also etwas geschehen ist, was dich so sehr reut, dass du meinst, es mir offenbaren zu müssen, ist das für mich genug. Behalt es als Geheimnis. Ich will das nicht wissen.«

»Aber ...«

Sie legte mir eine Hand auf den Mund.

»Wir fangen neu an. *Jetzt*. Du musst mir versprechen, dass du treu, loyal und ehrlich bist, das sind meine Voraussetzungen. Ohne das geht es nicht, und ich garantiere dir das meinerseits. Aber es gilt ab jetzt. Alles andere interessiert mich nicht.«

»Und du«, fragte ich leise, »bist dir immer noch sicher, dass du eine Familie mit mir gründen willst?«

Sie lachte. »Nein, ich bin mir *nicht* sicher. So etwas wie Sicherheit gibt es in diesem Zusammenhang nicht, das solltest du langsam mal begreifen, Finke. Aber ich *wünsche* es mir, mehr als vieles andere. Und ich hoffe mit ganzem Herzen, dass sich ein Teil von dir das auch wünscht.«

»Feinkörnig«, murmelte ich und zog sie an mich.

»Wir holen Simon in Priepert ab«, sagte Mark. »Aber erst morgen früh.«

Henner verschloss seinen neuen Defender und nickte lächelnd. Er trug ziemlich lässige Klamotten – beigefarbene Cargohosen und ein schwarzes Shirt, dazu Dockers an den Füßen. Sein Kopf war vor zwei oder drei Wochen rasiert worden, und sein spärliches Resthaar war vielleicht so lang wie ein Daumennagel breit ist, aber es sah auch irgendwie lässig aus. Der gesamte Henner wirkte lässig. Zumal er nahezu pausenlos ziemlich entspannt lächelte, seit wir in seinen urigen Bockel gestiegen waren, der allerdings *noch* langsamer war als der vorige – Höchstgeschwindigkeit um die 140 km/h.

»Okay«, sagte er.

Wir hatten ein Schwesterschiff der *Dahme* namens *Nuthe*, konnten aber ohne Chartereinweisung und sonstiges Gedöhns an Bord gehen und einfach losfahren. Schließlich hatten zwei von uns einen Bootsführerschein. Und wo die Bilgepumpe war, das wussten wir im Schlaf – ich für meinen Teil würde das wahrscheinlich niemals vergessen.

»Darf ich trotzdem fahren?«, fragte Mark und zog eine Augenbraue hoch.

Henner und ich nickten. »Jeder, der älter als sechzehn ist, wenn mindestens einer mit Schein an Bord ist«, sagte der ehemalige Pfarrer, pfarrermäßig mild lächelnd.

»*Nuthe*«, murmelte Mark.

»Das ist ein Nebenfluss der Havel«, erklärte Henner schmunzelnd, aber nur, weil wir anderen ihn stoisch erwartungsvoll ansahen. »Und wir werden das Boot dieses Mal *nicht* umtaufen. Auch wenn es sich aufdrängt.«

»Es ist erst kurz nach halb drei«, sagte ich. »Wir können auch jetzt nach Priepert fahren.«

»Absolut«, sagte Mark.

Schon nach wenigen Minuten am Ruder verspürte ich eine gewissermaßen körperliche Erinnerung daran, wie es gewesen war, einen solchen Pott zu steuern, obwohl wir die – ziemlich lustige – Prüfung vor einem guten Dreivierteljahr in kleinen Booten mit Außenbordmotor abgelegt hatten. Wir erreichten die Schleuse Steinhavel problemlos, mussten dort allerdings zwei Schleusungen abwarten, während deren wir ein kühles Willkommensbier tranken und die nackten, kreidebleichen Füße ins flirrende Sonnenlicht hielten. Der Sommer gab sich bisher noch etwas unentschlossen; es war zwar knapp über zwanzig Grad warm und auch sonnig, aber auf den schattigen Abschnitten der noch recht kühlen Gewässer fühlte man deutlich, dass die Thermometer bis vor kurzem selten mehr als eine Achtzehn oder Neunzehn angezeigt hatten. Immerhin waren die Vorhersagen exzellent; morgen, spätestens übermorgen würde es hochsommerlich warm werden – und auch eine Weile so bleiben. Eigentlich aber spielte das keine große Rolle: Schon beim Ablegen war es so freundschaftlich, behaglich und harmonisch, dass es auch hätte Matsch regnen können. Dass wir uns sofort wohlfühlten, musste nicht einmal ausgesprochen werden. Die Fahrtvorbereitungen verliefen entspannt, und auch beim Proviantkauf gab es keinerlei Diskussion, allerdings hob Mark auch nur zwei Kisten Bier in den Wagen. Es war, als täten wir das regelmäßig, was in gewisser Weise stimmte, und dem Zusammensein auf engem Raum fehlte diese merkwürdige Peinlichkeit, die ich vor einem Jahr empfunden hatte. Außerdem brauchte ich den Urlaub und die damit hoffentlich einhergehende Ruhe dringend – Simon Mark Hendrik Finke (Geburtsgewicht: 3320 Gramm, Länge über alles: 54 cm) war zwar rührend, sogar absolut hinreißend, wenn auch seine soziale Interaktionsfähigkeit diejenige eines Goldhamsters noch kaum überschritt, aber während der sechs Monate Elternzeit hatte ich bestenfalls eine Handvoll Nächte durchgeschlafen. Das war etwas, auf das ich mich – unter anderem – sehr freute und auf das ich hoffte: *Schlafen*. Rosa, Coras Mutter, deren Verhältnis zu mir sich seit der Geburt deutlich entspannt hatte, ohne dass ich ihr die Piesackerei bereits völlig vergab, war für die kommenden zwei Wochen in unsere Wohnung gezogen, um Kleinfinke zu umsorgen, weil Cora in Tourvorbereitungen steckte und parallel Promotermine für das neue Album absolvierte. Außerdem arbeitete ich, trotz Elternzeit: Greta Meggs hatte mich vor einem Dreivierteljahr zum Programmleiter »Sachbuch/populär« gekürt, wodurch ich, Elternzeit hin oder her, einmal pro Woche im Verlag aufzuschlagen und ansonsten per »Home Office« tätig zu werden hatte, eine Hand am Rechner und die andere am permanent servicebedürftigen *Käfer*, den wenig interessierte, was ich parallel kulturell veranstaltete. Das kommende Herbstprogramm Sachbuch/populär verantwortete ich quasi allein, was ein zusätzlicher Grund für viel Stolz war, von dem ich derzeit in jeder Hinsicht überquoll. Es war zweifelsohne schön, die Dinge zu tun, die Entscheidungen folgten, davon abgesehen raubte Cora einen Guttteil meiner verbliebenen Schlafenszeit, indem sie mich körperlich rannahm, als hätten wir uns gerade erst kennengelernt. Manchmal sah sie mich nach dem Sex minutenlang schweigend mit ihren riesigen Augen an, als ließe sich auf diese Weise herausfinden, ob ihre Bemühungen geeignet wären, mich zur Einhaltung der gegenseitigen Versprechungen zu bringen: Treue, Loyalität und Ehrlichkeit. Ich konnte nachgerade fühlen, woran sie dachte, und lächelte dann meistens nach einer kleinen Weile.

Also legte ich mich auch gleich nach der Schleuse Steinhavel aufs Vorschiff und schlief augenblicklich ein, auf der Brust ein leerer Becher Mousse au Chocolat.

Am Anleger wurden wir von Karola herzlich begrüßt, die umgehend kürzlich eingetroffenen Charterurlaubern den Liegeplatz wieder entzog, denn der Hafen war proppenvoll.

»Das ist ja großartig, dass ihr noch rechtzeitig zum Auftritt gekommen seid«, sagte sie dann, während der Topf mit der konsternierten Kleinfamilie etwas ziellos auf dem Ellbogensee herumdümpelte.

»Auftritt?«, fragten wir im Chor.

»Ihr wisst das nicht? Simon spielt heute Abend in Neustrelitz. Premiere. Hat er euch das nicht erzählt?«

Hatte er *nicht*.

Eine Taxifahrt und zwei Stunden später saßen wir mit dreihundert anderen Leuten – zumeist Freunden und Bekannten der Darsteller – in einem kleinen, ziemlich miefigen Saal, und dann spielte Simons fünfzehnköpfige Laientheatergruppe eine angestaubte, nahezu pointenfreie Komödie aus den Siebzigern, verfasst von einem italienischen Autor, dessen Name mir nichts sagte – immerhin aber war mir bekannt, dass die Laientruppen selten an die Aufführungsrechte für wirklich gute Stücke kamen und deshalb Zeug spielen mussten, das sogar die zuschauerfreien, öffentlich geförderten Provinzbühnen übrigließen. Der Abend wäre zu einem quälenden Fremdschämerlebnis geworden, siebzig Minuten holprige, krass fehlbesetzte, völlig talentfreie, absolut unlustige Peinlichkeit – wäre da nicht Simon in der Hauptrolle des Künstlers gewesen, der für einen anderen, charismatischeren, besser aussehenden (eine Behauptung des Programmhefts) die Gemälde malt und schließlich – wie überraschend – aus dessen Schatten tritt, um am Ende auch noch die (wiederum nur behauptet) hübsche Braut abzuräumen. Simons Auftritt und Abgang waren wie die Klammern, die den faden, hölzernen Scheiß um mehrere Ebenen emporhievten. Mit seinem runderneuerten Gebiss überstrahlte der kleine, auf der Bühne aber äußerst präsente Mann sie alle; er war der Einzige, der wirklich *spielte*, während die anderen lediglich Texte aufsagten, und der Schlussapplaus galt allein ihm, wie ihm auch erkennbar bewusst war.

»Nicht zu fassen«, hauchte Henner, während wir noch applaudierten und eine freudentränenüberströmte Karola dem eigenen Partner knicksend Blumen überreichte (wobei sich Simon offensichtlich nach einer Zigarette verzehrte – *diese* Mimik war eindeutig).

»Das Stück war ja richtig Scheiße«, sagte Mark etwas lauter, was Gezische auf den Nebenplätzen auslöste. »Aber Simon ...«

»Feinkörnig?«, schlug ich vor.

Mark blinzelte. »Feinkörnig«, wiederholte er langsam und runzelte dabei die Stirn. »Das war dieses bescheuerte Wort, das ich letztes Jahr andauernd gesagt habe, richtig?«

Ich nickte. »Ist da was draus geworden?«

Er zuckte die Schultern, weiterhin klatschend. »Eher nicht, denke ich. Aber, um ehrlich zu sein – es ist mir inzwischen auch egal.«

Tatsächlich *war* etwas daraus geworden – die Anzahl der

Suchmaschinentreffer für den Begriff hatte sich in Jahresfrist mehr als verdoppelt. Vielleicht würde ich das Mark irgendwann während der nächsten zehn Tage mitteilen.

Wir feierten die Premiere an Bord der *Nuthe*, wobei es uns anderen selten gelang, den Redefluss des völlig überdrehten Hauptdarstellers zu unterbrechen – wir schafften es nur, wenn er sich eine Zigarette anzündete, was gefühlt deutlich seltener geschah als noch vor einem Jahr, etwa im Drei- statt im Zweiminutentakt, also immerhin dreißig Prozent weniger. Nicht nur Simons Zähne waren renoviert, er wirkte insgesamt gesünder und frischer als vor elfeinhalb Monaten, und wenn er nicht gerade plapperte, knuddelte er endverliebt mit Karola. Tatsächlich hatte ich ihn seit dem letzten Badmintonspiel nicht mehr gesehen; wir hatten uns ein paar Mails geschrieben und einige Male telefoniert, aber Job und *Käfer* ließen einfach nicht zu, dass ich die Reise nach Priepert antrat, und Simon hatte im Hafen alle Hände voll zu tun, wenn er nicht, wovon er während der Telefonate aber nichts erzählt hatte, mit seiner »Truppe« probte, wie er die talentlosen Kollegen grinsend nannte. Die Leistung seiner Mitschauspieler kategorisierte er leidenschaftslos und präzise, er machte sich auch keine Illusionen bezüglich möglicher Erfolge des Stücks, aber im Premierenpublikum, verriet er flüsternd, hätten »ein, zwei wichtige Leute« gesessen. Diese Redewendung kannte ich aus der Verlagsbranche zur Genüge.

Simon und Karola verschwanden, um sich voneinander zu verabschieden, wie sie das nannten, aber Simon wollte in jedem Fall die Nacht an Bord verbringen. Das gab mir Gelegenheit für die kleine Überraschung, die ich im Gepäck hatte. Ich turnte unter Deck und kam mit dem Leseexemplar von »Glauben ohne Götter« zurück, Hardcover, 450 Seiten, *Meggs & Pollend*, kommendes Herbstprogramm – der schnellste Titel, den ich je gemacht hatte. Henner hatte ganze drei Wochen für die

Rohfassung benötigt, während Konzept und Leseprobe alle im Haus begeisterten, von der Programmkonferenz bis zu den Vertretern. Es war längst nicht das erste Buch über gottlos-spirituelle Ethik, aber vielleicht das persönlichste und ganz davon abgesehen eines, das auf Dogmatismus, Arroganz und dieses beschissene »Ich habe die Weisheit mit kontinentgroßen Schaufeln gefressen«-Getue verzichtete. Henner sparte sämtliche Seitenhiebe aus, obwohl sie sich anboten, oft sogar aufdrängten, und pickte einfach sehr präzise die Erbsen heraus, deutete die Demontage nur an, geizte aber mit Axiomen. Die Schlussfolgerungen überließ er komplett dem Leser; das Buch war ein Angebot, eine offene Fragestellung und vielleicht gerade deshalb so überzeugend. Ich *liebte* es, und zwar keineswegs nur, weil es von Henner stammte. Es war schlicht ein gutes Buch, und Henner hatte echtes Talent. Gestählt von Jahrzehnten auf der Kanzel, wusste er einfach, wo man anpacken musste, um in eine Richtung zu schieben, ohne das Ziel vorzugeben, und mit dem druckfrischen Titel überreichte ich ihm eine Rezension, die ein honoriger Theologe verfasst hatte, der »Glauben ohne Götter« zwar inhaltlich energisch ablehnte, aber Henner zugleich attestierte, einen Standpunkt formuliert zu haben, der wenige Widersprüche zuließ. Diese Rezension würde unsere Marketingkampagne begleiten. Leider wäre ich käferbedingt nicht dazu in der Lage, Henners Lesereise zu folgen, aber ich freute mich trotzdem darauf.

»Hier«, sagte ich und überreichte ihm das Buch. Ich hoffte, dass meine Mimik ausdrückte, was ich dabei empfand, denn wirklich passende Worte fand ich nicht.

Er nahm den Ziegel und legte ihn vorsichtig auf den Plastiktisch. Dann sah er mich an und murmelte sehr gerührt: »Danke.« Und, nach einer kurzen Pause: »Aber bevor ich mich damit auseinandersetze, muss ich *das hier* tun.« Er streifte das Shirt über den Kopf, stieg aus den Cargohosen, unter denen er dunkelblaue Badeshorts trug, kletterte in Richtung Bug und sprang dann relativ unbeholfen, aber ohne zu zögern, ins kalte Wasser. Prustend, dabei über beide Backen strahlend, zog er ein paar Runden, zwar weit entfernt vom Kampfschwimmer, doch immerhin konnte er es: Kurz vor dem Führerscheinkurs hatte er sein Seepferdchen gemacht. Als er nach drei Minuten aus dem Wasser stieg, überzog ihn eine intensive Gänsehaut. Er bibberte noch minutenlang, aber seinem Stolz tat das keinen Abbruch. Henner konnte endlich schwimmen.

Sein Ausstieg hatte sich weniger tragisch gestaltet, als er erwartet hatte. Consuela hatte natürlich längst geahnt, *wo die Kröte unkt*, und ihn nach der Ankündigung, sich aus Pfarramt und Ehe nunmehr zurückzuziehen, zwar mit wochenlanger Nichtachtung gestraft, aber schließlich doch in seinen Kompromissvorschlag eingewilligt. Die Familie lebte nach wie vor – in wilder, weil demnächst geschiedener Ehe – zusammen, wenn auch nicht mehr im von der Gemeinde gestellten Haus, sondern im Süden von Neukölln, nicht weit von Marks ehemaligem Wohnort. Henners Erbschaft reichte aus, um finanzielle Schwierigkeiten zu vermeiden, außerdem willigte die Kirche in eine Vorruhestandslösung ein, zudem verdingte sich Consuela als Tagesmutter, was ihr erlaubte, den Kinderbestand weiter zu erhöhen, ohne sammelnd herumzureisen. *Meggs & Pollend* zahlte zwar keinen exorbitanten Vorschuss, aber das Buch hatte solide Vormerkerzahlen, und ich ging davon aus, dass Henner für mehr als nur einen Fernsehtermin gebucht werden würde – er würde sich exzellent in Talkshows machen, vor allem der lässige, entspannte, des Schwimmens mächtige Henner, der sich nach der befreienden Metamorphose präsentierte. Das und seine originelle Vita würden die Presse auf den Plan rufen – kurz gesagt, ich ging von einem kleinen Bestseller aus. Das Thema war mit »Glauben ohne Götter« längst nicht erschöpft; zwei Folgetitel hatte er bereits konzipiert, für Henners Auskommen war also gesorgt.

Mark verschwand unter Deck und kehrte drei Minuten später zurück, wobei er etwas verschämt grinste. Seine Kokserei war nicht vom Tisch, vermutlich würde das, wenn es überhaupt je eintrat, noch eine Weile dauern. Aber er arbeitete daran, wie er entschieden versicherte, wenn ich ihn traf, was während der vergangenen Monate einige Male geschehen war. Inzwischen volontierte er in einer Werbeagentur, die für den Verlag arbeitete. Ich empfand das eigentlich als eine Überstrapazierung meiner Kontakte, aber die Agentur hatte tatsächlich gesucht, was einen Sonderfall für den Bereich »Ich mache was mit Werbung« darstellte, und Mark gab nicht weniger als alles. Volontariat bedeutete allerdings vorläufig nicht viel, obwohl ihn die Agentur stark beanspruchte, und es gab die Wahrscheinlichkeit, dass er anschließend keinen Vertrag bekäme, aber es war etwas anderes, was an dieser Situation bedeutsam war: Mark versuchte es *allein*, mit einem richtigen Job, den er ernst nahm. Es existierte kein Adoptiveltern-Backup mehr und kein Rettungsnetz in der Nähe des U-Bahnhofs Parchimer Allee, sondern lediglich Mark Rosen solo. Und er schien das tatsächlich zu begreifen. Möglicherweise würde er noch drei-, viermal auf die Fresse fallen, aber er hatte verstanden, dass es nur eine Möglichkeit gab, sein Leben mit einem Sinn zu versehen: indem er aktiv danach suchte.

Simon kehrte um kurz nach Mitternacht aufs Boot zurück, neben seinem Seesack hatte er nur ein einziges Mobiltelefon als Gepäck. Außerdem trug er eine Flasche unter dem Arm, die eine klare Flüssigkeit enthielt. »Wir trinken aber höchstens eine oder zwei Runden«, sagte er grinsend, wobei er seinen renovierten Unterkiefer präsentierte.

Wir tranken zwei Runden Ouzo, studierten dabei die Gewässerkarte und einigten uns darauf, am nächsten Morgen in Richtung Rheinsberg aufzubrechen. Ich stellte mein leeres

Glas ab, ging unter Deck und zog einen sorgfältig gefalteten Zettel aus der Reisetasche, auf dem sich ein einzelner Buchstabe und eine Telefonnummer befanden, dann schaltete ich mein Mobiltelefon ein und tippte eine Kurznachricht.

Morgen Abend, Rheinsberg. Ich freue mich.

Nachbemerkung

Einen Urlaub, wie ihn die vier Leichtmatrosen in diesem Buch ausprobiert haben, kann man ohne Bootsführerschein (im Amtsdeutsch: »Sportbootführerschein Binnen«) auf den riesigen Revieren der Mecklenburgischen Seenplatte und auf den Brandenburger Seen zwischen Zehdenick (etwa 40 km nördlich von Berlin), Schwerin und Dömitz/Elbe selbst machen. Dafür muss man nur einen der vielen Charterer finden, die Boote verleihen, etwa hier: www.ferien-auf-dem-wasser.de (Dieser Link ist *nicht* gesponsort!).

Voraussetzung ist lediglich, dass man mindestens 18 Jahre alt ist und die Boote eben chartert, also mietet: Es ist nicht zulässig, einfach die Jacht eines Kumpels auszuleihen (steuern dürfte man sie allerdings in seinem Beisein). Im Rahmen der Chartereinweisung wird man in Theorie und Praxis eingeführt, was im Schnitt drei bis vier Stunden dauert; Beschränkungen etwa hinsichtlich der Motorleistung gibt es *nicht*, und die Schiffe dürfen – wie bei Vorhandensein des Bootsführerscheins – durchaus stattliche 15 Meter lang sein. Die Bootstypen, die angeboten werden, sind sehr unterschiedlich. Die Palette reicht vom robusten, rustikal ausgestatteten Holzhausboot mit Außenborder (bis 5 PS auch ohne Chartereinweisung) bis zur hochseefähigen, mehrstöckigen Jacht mit leistungsstarkem Motor und marmorgefliesten Luxusbädern. Da es auf den fraglichen Gewässern nur sehr wenig Berufsschifffahrt gibt – und praktisch keine Lastschifffahrt –, besteht auch kaum die Gefahr, die Wege der Profis zu kreuzen. Und selbst bei einem mehrwöchigen Urlaub wird es schwerlich gelingen, das gewaltige, wunderschöne Gebiet komplett zu erkunden – ich habe dort inzwischen knapp zwei Monate netto auf dem Wasser verbracht und war längst noch nicht überall. Das Erlebnis, das größte Binnengewässer Deutschlands – die Müritz – am Steuer eines Hausboots zu befahren, ist schlicht hinreißend, aber auch die vielen kleineren Seen, Flüsse und Kanäle bieten ein unvergleichliches Naturpanorama. Auf einem stillen See zu ankern, den Sonnenuntergang und etwas später das erste Morgenlicht zu genießen ist unbeschreiblich. Es sei jedoch empfohlen, die Herangehensweise von Patrick, Jan-Hendrik, Mark und Simon *nicht* als Vorbild zu wählen.

Ich danke Michael Höfler (wieder mal), den 42erAutoren und den Büchereulen.

Glossar

Seemännische Fachbegriffe
für Landratten (ohne Gewähr)

Achtern: Alles, was bei einem Schiff hinter der Mitte liegt. Das Gegenteil ist simpel »vorne«. »Achteraus« allerdings bezeichnet das, was quasi hinter dem Schiff ist.

Anker: Eine – zumeist aus Metall bestehende – Gerätschaft, die mit einer Kette oder einer Leine (oder beidem: erst Kette, dann Leine) am Bug des Bootes befestigt ist und herabgelassen wird, um ein Wasserfahrzeug am Grund festzumachen. Hierfür sollte die Länge der Leine oder Kette das Drei- bis Fünffache der Gewässertiefe betragen, damit die Leine letztlich einen spitzen Winkel bildet. Der Anker liegt dann am Grund und wird durch die Rückwärtsbewegung des Bootes im Untergrund eingegraben; seine Arme (bzw. deren Spitzen) ziehen sich in den Sand. Anker werden eigentlich niemals geworfen, sondern nur abgelassen, den Rest erledigt dann die Bewegung des Bootes. Trotzdem kann man hin und wieder Menschen auf See beobachten, die sich damit abmühen, Anker möglichst weit weg zu schleudern. Wenn sich Schiffe im wechselnden Wind um die Ankerstelle drehen, nennt man das wunderbarerweise schwojen. (Bitte laut üben: *Unser Boot schwojt.*) Um wiederum dies zu verhindern, wird zuweilen zusätzlich ein Heckanker ausgelegt. Anker gibt es in vielen Formen, die gebräuchlichste in der Freizeitschifffahrt ist ein vierarmiger Stockanker (klassische Form). Es ist nicht falsch, wenn sich ein Schiff um den Anker herum bewegt, da sich dieser immer wieder eingräbt, aber dafür muss rund um die Stelle, an der der Anker liegt, genügend Platz sein. Anker liegen nicht immer wirklich fest im Grund. Nicht selten bewegen sich auch ordentlich festgemachte Boote noch einige Meter vom Ankerplatz weg, vor allem bei stärkerem Wind. Wenn sich Anker zwischen am Grund liegendem Geäst verhaken, hat man viel Spaß.

Aye: Bei Seeleuten die Bestätigung eines Befehls. Der Kapitän befiehlt etwas, der Befehlsempfänger sagt »Aye aye« oder »Aye, Sir«. Bedeutet letztlich etwas wie »immer«.

Backbord: Die linke Seite eines Schiffes, wenn man in Richtung Bug blickt. Übrigens wird auf See nicht immer nur von back- und steuerbord gesprochen, sondern tatsächlich von links und rechts – aber das ist kompliziert. Das linke Gewässerufer ist nämlich nicht notwendigerweise das an der Backbordseite (sonst wäre für Entgegenkommende das andere Ufer das linke), sondern das, was von der Quelle des Gewässers aus betrachtet an der linken Seite liegt. Deshalb ist nicht nur in diesem Zusammenhang interessant, zu wissen, in welche Richtung das Gewässer fließt, auf dem man gerade herumschippert. Seen ohne Zu- und Ablauf oder auch Ozeane haben überhaupt kein linkes oder rechtes Ufer; hier werden dann die Himmelsrichtungen verwendet. Übrigens legt das Wasser- und Schifffahrtsamt etwa bei Kanälen, die überhaupt keine Flussrichtung haben, diese einfach willkürlich fest. Man erfährt das dann aus der Gewässerkarte. Der Begriff hat seinen Ursprung vermutlich darin, dass die Steuermänner dieser Seite früher den Rücken (engl. »back«) zugewandt haben, wenn sie bei der Arbeit waren.

Bootshaken: Eigentlich ein simpler Besenstiel mit einem Haken am Ende, zumeist aus Kunststoff. Verwendet man, um Sachen aus dem Wasser zu fischen (auch Leute), gelegentlich aber auch zum Abstoßen von Anlegern, Schleusenwänden oder anderen Schiffen, obwohl abstoßen unter

»Fachleuten« verpönt ist. Unter uns: In Schleusen stoßen fast alle ab.

Bord: Eigentlich bezeichnet das die Oberkante eines Schiffsrumpfs. Wenn man also »an Bord« ist, hat man die Oberkante überwunden. Simpler: Man ist auf dem Schiff. Wenn man »über Bord« ist, hat man die Oberkante in die verkehrte Richtung passiert und sollte sich nach einem Rettungsmittel umsehen.

Bug: Das Vorderteil eines Schiffes, eigentlich seine Spitze.

Bugstrahlruder: Im Prinzip eine Röhre, die am Bug unterhalb der Wasserlinie quer durch den Schiffsrumpf geht und durch die Wasser in die eine oder andere Richtung gepumpt wird. Je nach Pumprichtung zieht es dann den Bug zur Seite, ohne dass sich das Schiff ansonsten bewegt, wodurch zum Beispiel das Anlegen sehr viel einfacher ist. Bei großen Schiffen und neueren Motorjachten gibt es zusätzlich Heckstrahlruder, die ähnlich funktionieren. Werden Bug- und Heckstrahlruder zugleich eingesetzt, bewegt sich ein Schiff seitwärts. Ein Freizeitkapitän, der etwas auf sich hält, schafft komplizierte Manöver auch ganz ohne solche Hilfsmittel.

Deck: Das obere Ende des Schiffsrumpfs, manchmal sind damit aber auch »Etagen« eines Bootes gemeint.

Eindampfen: Das ist eine Form des Ablegens, bei dem das Boot vorne (mit Vorspring) festgemacht bleibt. Man schlägt das Ruder in die Richtung ein, in der sich die Festmachstelle befindet, also als würde man beispielsweise den Steg intensiv rammen wollen. Dann gibt man Gas, fährt also gegen den Steg (allerdings liegt man bereits daran – mit größerem Abstand sollte man das nicht versuchen), das Boot drückt gegen den Steg und dreht dabei mit dem Heck von ihm weg. Wenn das Heck dann aufs freie Gewässer zeigt, löst man die Leine und fährt rückwärts los. Tatsächlich ist das die Art des Ablegens, die bei einem seitlich festgemachten Boot empfohlen wird.

Gischt: Schäumendes Wasser, etwa am Strand bzw. an Klippen, aber auch auf Wellenkämmen – oder vor dem Bug eines Schiffs, wenn dieses relativ schnell fährt.
Havarie: Schiffsunglück. Also Unfall, mit und ohne Fremdeinwirkung.
Heck: Das Hinterteil eines Schiffes.
Kiel: Einfach gesagt das untere Ende eines Schiffes, quasi die tiefste Stelle (außer bei Segelbooten, die noch über ein zuweilen sehr langes Schwert verfügen, das das Boot stabilisiert). Eigentlich aber die Längsversteifung, also das Bauteil, das verhindert, dass ein Boot durchbricht.
Klampe: Ein häufig wie der obere Teil eines (sehr kleinen) Ambosses geformtes Metallding am Boot, das man mit einer Leine »belegen« kann, an dem man also eine Leine festmacht. Dafür windet man die Leine ein- oder zweimal in Achtform um die Klampe, wechselt dann die Drehrichtung und zieht so eine Art Schlaufe, die bei Zugbelastung sehr fest sitzt, sich aber dennoch leicht lösen lässt. Es ist ziemlich lustig, beim sog. Klampenbelegen zuzuschauen, denn die Entscheidung, in welche Richtung die Leine schließlich verdreht werden muss, fällt vielen schwer (mir übrigens auch). Die meisten Leinen, die am Boot selbst festgemacht sind, hängen an Klampen, beispielsweise die Anker- und Festmachleinen.
Leichtmatrose: Der Begriff »Matrose« ist in der Berufsschifffahrt eigentlich nicht mehr gebräuchlich; diese Leute sind jetzt »Schiffsmechaniker« (»Krankenschwestern« nennt man inzwischen ja offiziell auch »Gesundheits- und Krankenpfleger/innen«). Bis Mitte der Achtziger aber gab es die dreijährige Ausbildung zum Matrosen, und einen solchen, der das zweite Lehrjahr hinter sich gebracht hatte, bezeichnete man als »Leichtmatrosen«. Davor nannte man ihn zuerst »Moses« und dann »Jungmann«.

Manövrieren: Die Anwendung von nautisch-technischen Maßnahmen, in deren Folge sich die Position oder Lage eines Schiffes verändert. Komplizierte Worte für einen einfachen Sachverhalt: Irgendwo hinfahren/-steuern. Muss nicht weit sein.

Reling: Eine Art Geländer um das Deck eines Bootes. Soll verhindern, dass man rausfällt, hilft bei Seegang aber auch, sich abzustützen.

Rettungsmittel: Gegenstände, die zur Rettung von Menschen eingesetzt werden können, die über Bord gegangen sind oder sich aus anderen Gründen irgendwie hilflos im Wasser herumtreiben. Dazu gehören beispielsweise Rettungsringe, Rettungsinseln und Schlauchboote, aber man kann auch den Bootshaken als Rettungsmittel einsetzen, wenn man vorsichtig agiert (Verletzungsgefahr).

Ruder: Die Vorrichtung, mit der ein Schiff gesteuert, also das Ruderblatt bewegt wird. Meistens handelt es sich hierbei um eine simple Metallplatte, die um die Längsachse gedreht wird. Das, was der Rudergänger, also derjenige, der das Schiff steuert, in der Hand hält, ist nicht das Ruder oder auch »Steuer«, sondern das Steuerrad oder eine Pinne. Und übrigens heißen die Dinger, die man beim Rudern im Ruderboot bewegt, auch nicht Ruder, sondern Skulls (wenn man zwei davon hat) oder Riemen (einer).

Rumpf: Der Korpus eines Schiffes. Darauf befinden sich dann die Aufbauten. Genau genommen ist der Rumpf der Teil, der schwimmt (bzw. schwimmen kann). Letztlich sehr hilfreich.

Schleuse: Eine Einrichtung, um einen Höhenunterschied zwischen zwei Gewässerabschnitten zu überwinden, meistens in Kanälen oder Flüssen mit ursprünglich starkem Gefälle, das ohne Schleusen nicht schiffbar wäre. Schleusen bestehen aus einer länglichen Kammer mit aufklappbaren Toren an beiden Seiten, die in der Regel gegen die Strömung angewinkelt sind, so dass der Strömungsdruck dafür sorgt, dass sie geschlossen bleiben und auch nicht nach innen klappen. Nach dem Einfahren der Boote und dem Schließen der Tore wird einfach entweder aus dem höher gelegenen Bereich des Gewässers Wasser in die Schleuse gelassen, bis der Wasserstand das höhere Niveau erreicht hat, oder aus der Schleuse Wasser abgelassen, bis ihr Wasserstand auf dem niedrigeren Niveau ist, dann können die Schiffe wieder ausfahren. All dies geschieht ohne Pumpen. In den Revieren, von denen im Buch die Rede ist, gibt es überwiegend Automatikschleusen ohne Personal; die Bootsführer lösen also das Öffnen der Tore und den Schleusungsvorgang selbst aus. Bewegt man sich durch eine Schleuse auf höheres Niveau, nennt man das Bergschleusung, das Gegenteil ist die Talschleusung. Berge oder Täler müssen hierfür nicht in Sicht sein. Eine seltene Sonderform der Schleuse ist das Schiffshebewerk: Hier fährt man zwar auch in eine Kammer ein, aber die gesamte Kammer nebst Boot wird angehoben oder abgesenkt, natürlich mit Maschinenkraft.

Seegang: Mehr Wellen als sonst üblich.

Slip: 1. Eine Leine liegt »auf Slip«, wenn sie nicht festgemacht ist, sich also bewegen/nachgeben kann – dies sollte man in Schleusen unbedingt beachten. 2. Slip bezeichnet den Vorgang, Boote über eine Slipanlage aus dem Wasser zu holen oder zu Wasser zu lassen (»slippen«).

Spring: Vorspring (am Bug festgemacht) oder Achterspring (am Heck) sind Leinen zum Festmachen, die in Richtung Bootsmitte verlaufen. Intuitiv würde man die Leinen vom Boot wegführen, aber wenn dafür kein Platz ist oder die Wind- und Strömungsverhältnisse ungünstig sind, legt man eben beide (!) Leinen »nach innen«. Das Gegenteil hiervon – also das Festmachen der Leinen quasi vom Boot weg – nennt man simpel Vor- und Achterleine. Spring legt man auch beim Eindampfen, einer meiner Lieblingsbegriffe aus der Fachsprache. Wenn man beides kombiniert, also etwa Vorspring und Achterleine, treibt das Schiff davon.

Stampfen: Ein Schiff schwankt um die Längsachse, wackelt also seitwärts hin und her.

Steuerbord: Die rechte Seite eines Schiffes, wenn man in Richtung Bug schaut. Heißt übrigens so, weil sich dort früher meistens das Steuerrad bzw. die Position des Steuermanns befand.

Tampen: Eigentlich das Ende eines Taus, häufig werden damit auch kurze Taustücke bezeichnet, etwa jene, die die Führerscheinschüler zum Üben von Seemannsknoten erhalten. Früher mal haben Seeleute mit Tampen Dresche bekommen, wenn sie nicht gespurt haben. Erzählt man sich.

Tau: Geflochtenes Seil, meistens dicker als eine Leine, also ein (einfaches) Seil.

Tiefgang: Der Abstand zwischen der Wasserlinie und dem Kiel eines Schiffes. Die »Menge Boot« also, die unter Wasser ist. Das ist häufig verblüffend wenig: Selbst größere Sportboote haben selten mehr als einen Meter Tiefgang, obwohl sie vier, fünf Meter aus dem Wasser herausragen.

Vorschiff: Der vordere Teil eines Schiffes. Nicht zu verwechseln mit dem Bug, der liegt am Ende des Vorschiffs.

Wasserlinie: Die Stelle, ab der ein Boot aus dem Wasser herausschaut, also zu sehen ist. Wenn ein Schiff am Ende der Saison herausgeholt (beispielsweise geslippt) wird, sieht man diese Linie tatsächlich, etwa durch den Algenbesatz und andere Verschmutzungen. Boote sind unter der Wasserlinie dreckiger als darüber, erstaunlicherweise.

Wellenschlag: Von Schiffen verursachte Wellen, die gegen den Rumpf oder Uferbefestigungen laufen, wobei sie Schlaggeräusche verursachen, also störenden Lärm. Ein rotes Quadrat mit zwei durchgestrichenen schwarzen Wellen als Schild verbietet das explizit.